CANCIÓN DE NAVIDAD
Y OTROS CUENTOS

Austral Singular

CHARLES DICKENS
CANCIÓN DE NAVIDAD Y OTROS CUENTOS

Traducciones
C. Axenfeld
José C. Vales
Manuel Ortega y Gasset

Planeta

Obra editada en colaboración con Editorial Planeta – España

Charles Dickens

Traducción de «La historia de los duendes que se llevaron a un sacristán»:
Manuel Ortega y Gasset

Traducciones de «La historia del pariente pobre», «La historia del
estudiante»,
«Los siete vagabundos», «El naufragio de la *Golden Mary*», «Las desventuras
de ciertos prisioneros ingleses», «Un árbol de Navidad», «La historia del niño»,
«La historia de Nadie» y «El significado de la Navidad cuando envejecemos»:
C. Axenfeld

Edición y revisión: José C. Vales

© 2018, Traducción de «Canción de Navidad»: José C. Vales

© 2021, Editorial Planeta, S. A. – Barcelona, España

Derechos reservados

© 2022, Editorial Planeta Mexicana, S.A. de C.V.
Bajo el sello editorial AUSTRAL M.R.
Avenida Presidente Masarik núm. 111,
Piso 2, Polanco V Sección, Miguel Hidalgo
C.P. 11560, Ciudad de México
www.planetadelibros.com.mx

Diseño de la colección: Austral / Área Editorial Grupo Planeta
Ilustración de la portada: Shutterstock

Primera edición impresa en España en Austral: octubre de 2021
ISBN: 978-84-08-24809-5

Primera edición impresa en México en Austral: noviembre de 2022
ISBN: 978-607-07-9383-7

Austral queda a disposición de aquellos que ostenten los derechos de las
traducciones de C. Axenfeld y Manuel Ortega y Gasset, con quienes no ha
podido contactar.

Impreso en los talleres Impresora Tauro, S.A. de C.V.
Av. Año de Juárez 343, Colonia Granjas San Antonio, Iztapalapa
C.P. 09070, Ciudad de México.
Impreso en México - *Printed in Mexico*

Biografía

Charles Dickens (Portsmouth, 1812 – Gadshill Place, 1870) ha llegado hasta nosotros como el autor más importante e influyente de la literatura victoriana. Sus obras y su peripecia personal, íntimamente relacionadas, plasmaron no sólo el pulso social de su época, también el terrible estado moral de una sociedad atrapada en la desigualdad y las convenciones. Dickens experimentó la miseria, el éxito popular, la cárcel, el hambre... únicamente logró cumplir con el más íntimo de sus anhelos, la libertad, entregándose a la literatura. Aunque numerosas obras suyas gozaron de un extraordinario favor popular (baste decir que muchas de ellas fueron publicadas por entregas, en formato folletín), serían las críticas entusiastas de George Gissing y G. K. Chesterton las que encumbrarían a Dickens como el autor más importante de la literatura inglesa del siglo XIX.

La identificación de Charles Dickens con la Navidad es tal que en alguna ocasión se ha llegado a decir que Dickens *inventó* la Navidad tal y como la imaginamos hoy, e incluso que Dickens *es* la Navidad.

La selección aquí reunida se abre con la historia del avaro Scrooge, el relato más genuino y popular que escribió Dickens sobre la Navidad. Le siguen algunas narraciones que el autor (a menudo con la colaboración de ciertos escritores de renombre, entre ellos Wilkie Collins) ofreció a su público como números especiales de Navidad. Son relatos puramente dickensianos, para leer o escuchar al amor de la chimenea: cementerios lúgubres, los colegios pobres, la vida del Londres victoriano y algunas sorprendentes aventuras en mares atestados de piratas componen el escenario de esta primera parte.

En la segunda parte se reproducen cuatro artículos breves del primer Dickens, también relacionados con la Navidad. En un tono más íntimo y personal —también más espiritual—, estas historias son meditaciones y reflexiones sentimentales sobre la Navidad y lo que significaba para el gran narrador inglés del siglo XIX.

ÍNDICE

PRIMERA PARTE

Canción de Navidad

Prefacio

En este pequeño cuento de fantasmas he intentado presentar al Fantasma de una Idea que no incomode a mis lectores ni consigo mismos, ni con otros, ni con la Navidad, ni conmigo. ¡Ojalá esta historia cautive sus hogares agradablemente y nadie desee abandonarla!

Su fiel amigo y servidor,

CD
Diciembre de 1843

El fantasma de Marley

Marley estaba muerto; eso para empezar. En ese punto no cabe la menor duda. El registro de su entierro fue firmado por el pastor, el secretario, el director de la funeraria y por el principal allegado: Scrooge. Scrooge lo firmó; y el nombre de Scrooge confería validez a todo aquello en lo que decidiera estampar su firma. El viejo Marley estaba tan muerto como el clavo de una puerta.

¡Ojo! No estoy diciendo que yo sepa, por mi cuenta, qué tiene de muerto concretamente el clavo de una puerta. Por lo que a mí respecta, podría haberme sentido inclinado a considerar que el clavo de un ataúd es el objeto más muerto de todo el comercio ferretero. Pero la sabiduría de nuestros antepasados radica en ese dicho; y mis manos impías no se atreverán a cambiarlo o todo el país se irá a la ruina.[1] Así que permítanme repetir, enfáticamente, que Marley estaba tan muerto como el clavo de una puerta.

Scrooge sabía que estaba muerto. Por supuesto que sí. ¿Cómo no lo iba a saber? Scrooge y Marley habían sido socios durante no sé cuántos años. Scrooge era su único albacea, su único administrador, su único cesionario, su único heredero legítimo: su único amigo y su único allegado en el entierro. Y aunque Scrooge no se sintió excesivamente afectado por el triste acontecimiento, se

---

[1] La expresión «Estar más muerto que el clavo de una puerta» («*ded as a dorenayle*», o la moderna «*dead as a door-nail*») se remonta, como mínimo, al siglo XIV. Aparece en baladas antiguas y, naturalmente, también en Shakespeare.

comportó como un competente hombre de negocios el mismo día del funeral, y consiguió que fuera un acto solemne por una verdadera ganga.

La mención del funeral de Marley me devuelve al punto de partida: no cabe la menor duda de que Marley estaba muerto. Esto debe quedar muy claro o no habrá nada de maravilloso en la historia que voy a contar. Si no estuviéramos perfectamente convencidos de que el padre de Hamlet está muerto antes de que comience la obra, no tendría nada de extraordinario que saliera a dar un paseo nocturno por las murallas de su castillo,[2] con ese viento del este, y no sería más raro que el hecho de que cualquier otro caballero de mediana edad saliera imprudentemente después del anochecer a dar un paseo por un lugar ventoso —digamos el cementerio de San Pablo, por ejemplo— para literalmente aterrorizar la frágil mente de su hijo.

Scrooge nunca borró el nombre del viejo Marley. Allí seguía, muchos años después, sobre la puerta de la tienda: SCROOGE & MARLEY. La empresa era conocida como Scrooge & Marley. A veces, la gente nueva en el negocio llamaba a Scrooge Scrooge, y otras veces lo llamaban Marley, pero él respondía a los dos nombres, pues le daba igual.

¡Oh, Scrooge! ¡Qué infatigable en su avariciosa tarea! ¡Un viejo pecador codicioso, roñoso, tacaño, egoísta, mezquino y miserable! Duro y cruel como un pedernal del que ningún acero pudo sacar jamás ni una chispa de generosidad; taciturno, reservado y solitario como una ostra. El frío de su interior congelaba sus rasgos envejecidos, afilaba su nariz ganchuda, le arrugaba las mejillas, anquilosaba sus andares, enrojecía sus ojos, le amorataba los labios y confería a su estridente voz un desagradable tono de astucia maliciosa. Llevaba en la cabeza y por encima de sus cejas, y en su barbilla nervuda, una costra de escarcha helada. Siempre cargaba con su baja temperatura: congelaba su despacho los días más calurosos y no se descongelaba ni un grado por Navidad.

---

[2] *Hamlet*, acto I, escena i, v. 31: «¡Qué! ¿Ha vuelto a aparecerse esa cosa esta noche?» («*What! Has this thing appear'd again to-night?*»).

Ni el calor ni el frío exterior influían mucho en Scrooge. No había calor que pudiera calentarlo, ni tiempo invernal que pudiera hacerle pasar frío. No había viento gélido que soplara con más inquina que él, ni nevada con peores intenciones, ni tormenta de granizo menos proclive a escampar. El tiempo desapacible no hacía mella en él. Los peores chubascos, la nieve, el viento, el pedrisco o la cellisca solo podían presumir de aventajarlo en un aspecto: ellos habitualmente tenían la amabilidad de amainar, mientras que Scrooge nunca escampaba.

Nadie lo paraba por la calle para decirle, con amabilidad, «Mi querido Scrooge, ¿cómo está usted? ¿Cuándo va a pasar a verme?». Ningún mendigo le suplicaba una limosna, ningún niño le pedía la hora, nadie, ni hombre ni mujer, le preguntaron a Scrooge, en toda su vida, por dónde se iba a tal o cual sitio. Incluso los perros de los ciegos parecían conocerlo y, cuando lo veían acercarse, tiraban de sus dueños hacia los portales y los patios, y luego meneaban el rabo como diciendo: «¡Mejor no tener ojos que tener mal de ojo, amo ciego!».

Pero ¿eso qué le importaba a Scrooge? Eso era precisamente lo que le gustaba. Avanzar al margen de los trillados caminos de la vida y advertir a los sentimientos compasivos que mantuvieran las distancias: eso era lo que le «pirraba» a Scrooge, como dicen los modernos entendidos.

En cierta ocasión —entre todos los días del año, tuvo que ser la víspera de Navidad—, estaba el viejo Scrooge en su oficina de prestamista, trabajando avariciosamente. Hacía un frío deprimente y penetrante, y además había niebla, y podía oír a la gente en la calle, yendo de un lado para otro, resoplando, golpeándose el pecho para entrar en calor y dando patadas en el pavimento para desentumecer los pies. Los relojes de la ciudad acababan de dar las tres, pero ya era completamente de noche —no había habido verdadera luz en todo el día— y las velas ya estaban encendidas en las ventanas de los despachos vecinos, como fulgores amarillentos en una atmósfera densa y turbia. La niebla penetraba por cada rendija y por cada cerradura, y sin embargo era tan densa que aunque la calle era de las más estrechas de la ciudad, las casas de enfrente apenas eran fantasmagorías. Viendo cómo aquella sucia niebla lo envolvía y lo oscurecía todo, uno podría pensar que la Naturaleza apenas era capaz de sobrevivir y que se estaba disolviendo en sí misma a gran escala.

La puerta del despacho de Scrooge estaba abierta, así podía tener vigilado a su secretario, que se encontraba copiando cartas en un sombrío cuartucho anejo, una especie de trastero. Scrooge tenía encendido un fuego mínimo, pero el fuego de la estufa del oficinista era aún más pequeño, tan pequeño que parecía solo un ascua. Pero no podía alimentarlo, porque Scrooge guardaba la caja carbonera en su propio despacho, y seguramente en cuanto el secretario se presentara allí con la badila, el jefe se plantearía despedirlo. Así que el secretario se abrigó con la bufanda e intentó calentarse las manos con la vela; en ese sentido, sin embargo, como no era un hombre muy imaginativo, fracasó.

—¡Feliz Navidad, tío! ¡Dios le guarde! —exclamó una voz alegre. Era el sobrino de Scrooge, que entró tan intempestivamente en la oficina que aquellas palabras fueron el primer indicio de su presencia.

—¡Bah! —dijo Scrooge—. ¡Paparruchas![3]

El sobrino de Scrooge venía tan acalorado, por caminar deprisa en medio de la niebla y la escarcha, que traía la cara encendida. Tenía un rostro colorado y agradable; su mirada chispeaba llamaradas y su respiración dejaba escapar vapor.

—¿La Navidad son paparruchas? ¡Tío! —exclamó el sobrino de Scrooge—. Seguro que no está hablando en serio...

—Pues sí —replicó Scrooge—. ¡Feliz Navidad! ¿Qué derecho tienes tú a ser feliz? ¿Qué razones tienes tú para ser feliz? ¡Si eres pobre!

—Bueno, puede ser... —respondió alegremente el sobrino—. ¿Y qué derecho tiene usted a estar tan enfurruñado? ¿Qué razones tiene usted para estar tan malhumorado? ¡Si es usted muy rico!

_____

[3] «¡*Bah! ¡Humbug!*» La exclamación antigua (era vieja ya en tiempos de Dickens) «*Humbug!*» podría traducirse como «¡Bobadas!», «¡Tonterías!» o «¡Patrañas!» pero en España, tanto en los textos como en las versiones cinematográficas, se ha traducido tradicionalmente como «¡Paparruchas!», y esta es la forma que se ha decidido conservar aquí.

No disponiendo de ninguna respuesta adecuada en aquel preciso momento, Scrooge volvió a decir:

—¡Bah! —Y añadió de nuevo—: ¡Paparruchas!

—No se enfade, tío —dijo el sobrino.

—¿Y qué otra cosa puedo hacer —contestó el tío— si vivo en un mundo de necios? ¡Feliz Navidad! ¡A la porra con tu Feliz Navidad! ¿Qué es la Navidad para ti, sino la época de pagar facturas y no tener ni un chelín? ¿Qué es, sino esa época en la que uno se encuentra un año más viejo y ni una hora más rico, una época para hacer balance en los libros de cuentas y encontrarse con que cada asiento, a lo largo de doce meses, da resultado negativo? Si fuera por mí —añadió Scrooge con indignación—, a todos esos idiotas que no hacen más que repetir «¡Feliz Navidad!» los hornearía con su propio pastel navideño y los enterraría con una estaca de acebo clavada en el corazón. ¡Eso es lo que haría!

—¡Tío...! —suplicó el sobrino.

—¡Sobrino! —replicó el tío, con más severidad—. ¡Celebra la Navidad a tu modo y déjame que yo la celebre al mío!

—¿Celebrarla? —repitió el sobrino de Scrooge—. ¡Pero si usted no la celebra!

—¡Pues entonces déjame en paz! —dijo Scrooge—. ¡Y que te aproveche la Navidad! ¡Que te aproveche lo mismo que siempre!

—Yo diría que hay muchas cosas de las que podría haberme beneficiado y de las que no he sacado provecho —respondió el sobrino—. La Navidad, entre otras cosas. Pero estoy seguro de que siempre he pensado en la Navidad, cuando está a punto de llegar, como una buena época, dejando aparte el respeto debido a su nombre y a su origen sagrado, si es que algo de eso puede dejarse aparte, claro. Una buena época, sí: amable, compasiva, generosa, agradable... La única época del año, que yo sepa, en la que hombres y mujeres parecen ponerse de acuerdo en abrir sus corazones endurecidos, generosamente, y considerar a las personas que están por debajo de ellos como si fueran realmente compañeros de viaje hacia la tumba, y no otra especie de criaturas cuyo destino correrá una suerte distinta. Así pues, tío, aunque la Navidad jamás ha añadido ni una pizca de oro o plata a mi bolsillo, creo que me ha hecho bien y seguirá haciéndome bien. Y por eso digo: ¡Dios bendiga la Navidad!

El oficinista del cuarto trastero aplaudió casi sin pensarlo. Al darse cuenta inmediatamente de su imprudencia, intentó atizar el fuego, pero lo único que consiguió fue apagar definitivamente las últimas y tibias ascuas.

—¡Como te vuelva a oír el más mínimo ruido —dijo Scrooge— celebrarás la Navidad con la pérdida de tu empleo! Eres un orador fabuloso —añadió, volviéndose a su sobrino—. Me asombra que no estés en el Parlamento.

—No se enfade, tío. ¡Vamos! ¡Venga a comer con nosotros mañana!

Scrooge dijo que pasaría a ver..., sí, dijo que lo haría. Y luego completó toda la frase, y dijo que pasaría a ver la miseria en que vivía su sobrino.

—Pero ¿por qué? —exclamó el sobrino de Scrooge—. ¿Por qué?

—¿Por qué te casaste? —dijo Scrooge.

—Porque me enamoré.

—¡Porque te enamoraste! —gruñó Scrooge, como si enamorarse fuera la única cosa del mundo que pudiera considerarse más ridícula que una feliz Navidad—. ¡Buenas tardes!

—No, tío: usted tampoco vino a verme nunca antes de casarme. ¿Por qué lo pone como excusa para no venir a verme ahora?

—Buenas tardes —repitió Scrooge.

—No quiero nada de usted. No le pido nada. ¿Por qué no podemos llevarnos bien?

—Buenas tardes —dijo Scrooge.

—Lo siento, siento de todo corazón que sea tan tozudo. Nunca hemos discutido por algo en lo que yo me empeñara. Pero lo he intentado esta vez solo porque es Navidad, y conservaré mi espíritu navideño hasta el final. ¡Así que Feliz Navidad, tío!

—Buenas tardes —dijo Scrooge.

—¡Y Feliz Año Nuevo!

—Buenas tardes —insistió Scrooge.

A pesar de todo, su sobrino salió del despacho sin una mala palabra. Se detuvo un instante en la puerta para felicitarle la Navidad al secretario, quien, a pesar de estar helado, fue más cálido que Scrooge, y le devolvió la felicitación cordialmente.

—Otro majadero —farfulló Scrooge, que lo había oído—, mi secretario, con quince chelines a la semana, y una mujer y una familia a su cargo, hablando de una feliz Navidad. Tendré que llevarlo al manicomio.

El loco en cuestión, al acompañar a la puerta al sobrino, dejó entrar a otras dos personas. Eran dos caballeros elegantes, de aspecto agradable, y se habían adelantado, con los sombreros en la mano, hasta el despacho de Scrooge. Llevaban libros y otros documentos consigo, y lo saludaron con una leve reverencia.

—Scrooge & Marley, supongo —dijo uno de los caballeros, leyendo el nombre en un listado—. ¿Tengo el placer de dirigirme al señor Scrooge o al señor Marley?

—El señor Marley lleva muerto siete años —replicó Scrooge—. Murió hace siete años, esta misma noche.

—No nos cabe la menor duda de que su generosidad estará bien representada por su socio superviviente... —dijo el caballero, presentando sus credenciales.

Así era ciertamente, porque habían sido almas gemelas. Cuando escuchó la palabra *generosidad*, Scrooge frunció el ceño, negó con la cabeza y les devolvió las credenciales.

—En estas fiestas tan señaladas, señor Scrooge —dijo el caballero, cogiendo una pluma—, más que en cualquier otro momento, es deseable que fijemos una pequeña provisión para los pobres y menesterosos, que suelen sufrir muy especialmente en esta época. Hay miles de personas que carecen de lo más común y necesario, y cientos de miles precisan de las comodidades más elementales, señor.

—¿No hay cárceles? —preguntó Scrooge.

—Hay muchas cárceles —dijo el caballero, dejando la pluma en la mesa.

—¿Y los albergues de las Uniones Parroquiales?[4] —quiso saber Scrooge—. ¿Ya no funcionan?

---

[4] Thomas Gilbert impulsó la ley para el Socorro de los Pobres (1782) por la que grupos de parroquias se asociaban para ayudar a los menesterosos. En 1834

—Sí. Aún funcionan —contestó el caballero—. Aunque me gustaría decir que no.

—Entonces los molinos penitenciarios y la Ley de Pobres siguen en vigor.[5]

—Y a pleno rendimiento, señor.

—¡Ah, por lo que me ha dicho al principio me temía que hubiese ocurrido algo que impidiera que esas instituciones siguieran operando tan beneficiosamente como siempre —dijo Scrooge—. Me alegra saber que no es así.

—Dado que da la impresión de que semejantes medidas apenas pueden proporcionar consuelo cristiano ni a las almas ni a los cuerpos de los miserables —replicó el caballero—, algunos de nosotros estamos intentando recaudar fondos para comprar a los pobres algunos alimentos y algunas bebidas, y algún medio para que no pasen frío. Elegimos esta época del año porque, de todas, es cuando la necesidad se hace más apremiante y la beneficencia se aprecia más. ¿Qué cantidad le apunto?

—Nada —contestó Scrooge.

—¿Desea figurar como donante anónimo?

—Deseo que me dejen en paz —dijo Scrooge—. Ya que ustedes me han preguntado qué deseo, caballeros, esa es mi respuesta. No celebro la Navidad y no voy a dar dinero para que la celebren los holgazanes. Ya colaboro en la financiación de las instituciones que he mencionado (y bien que me cuestan), los que anden mal de dinero pueden acudir a ellas.

—Muchos no pueden ir; y otros preferirían morir antes que ir a esos lugares.

—Si prefieren morir —dijo Scrooge—, que lo hagan, y así solucionarán el problema de la superpoblación. Además, perdónenme, yo no entiendo nada de esas cosas...

—Pues debería —observó el caballero.

---

se reformó la ley (Nueva Ley de Pobres), gracias a la cual se construyeron nuevos asilos parroquiales organizados en pequeños distritos *(Unions)*.

[5] Los molinos penitenciarios, movidos gracias al esfuerzo de los presos, se instalaron en algunas cárceles a partir de 1818. El más famoso, por su crueldad, fue el molino de la Brixton Prison.

—No es asunto mío —replicó Scrooge—. Ya es bastante que uno sepa de lo que le incumbe y no ande metiendo las narices en los asuntos de los demás. Y mi negocio me mantiene constantemente ocupado. ¡Muy buenas tardes, caballeros!

Viendo claramente que sería inútil continuar insistiendo en su petición, los caballeros se retiraron. Scrooge volvió a sus asuntos con una opinión muy favorable de sí mismo y con un humor más divertido del que le era habitual.

Entretanto, la niebla y la oscuridad se espesaron tanto que había gente que iba por las calles con faroles encendidos, ofreciendo sus servicios para ir delante de los coches de caballos y guiarlos en su camino. La vetusta torre de una iglesia, cuya vieja campana refunfuñona estaba siempre espiando ladinamente a Scrooge desde un vano gótico en el muro, ya ni siquiera se veía, y daba las horas y los cuartos en tinieblas, con trémulas vibraciones, como si estuviera castañeteando los dientes por el frío, allí arriba. Cada vez hacía más frío. En la calle principal, en una esquina de la plaza, algunos obreros andaban reparando las farolas de gas y habían encendido una gran hoguera en un bidón, en torno al cual se había reunido un grupo de hombres y niños harapientos; se calentaban las manos y entrecerraban los ojos fascinados ante las llamas. La boca de riego parecía abandonada, con el agua rebosante congelada en sombríos carámbanos, convertida en misantrópico hielo. El fulgor de los escaparates, donde brillaban las frutas y los acebos al calor de las estufas, conseguía que los rostros helados se pusieran colorados al pasar. Las pollerías y las tiendas de ultramarinos se habían convertido en una fabulosa ironía, un glorioso espectáculo con el cual era casi imposible creer que tuvieran nada que ver conceptos tan turbios como la compra y la venta. El señor alcalde, en su bastión de la terrible Mansion House, daba órdenes a sus cincuenta cocineros y mayordomos para que la Navidad se celebrara tal y como se suponía que debía celebrarla la familia de un señor alcalde; e incluso el pobre sastre a quien había multado el lunes pasado con cinco chelines por estar borracho y andar en pendencias callejeras, removía la masa del pastel navideño en su buhardilla, mientras su famélica mujer salía con el niño a comprar la carne.

¡Más niebla, y más frío! Un frío punzante, penetrante, cortante. Si el buen san Dunstán hubiera pellizcado la nariz del Espíritu Maligno con una mano así de fría en vez de emplear sus armas convencionales, seguro que el demonio habría gritado bastante más.[6] El propietario de una naricilla joven, mordisqueada y arañada por el frío hambriento, igual que los huesos mordisqueados por los perros hambrientos, se detuvo ante la cerradura de Scrooge, para regalarle un villancico navideño, pero con las primeras melodías del

¡Dios le bendiga, feliz caballero!
¡Que nada le aflija![7]

Scrooge agarró la regla con una violencia tan amenazadora que el tunante huyó aterrorizado, abandonando la puerta para adentrarse en una niebla y en un hielo más propicios.

Por fin llegó la hora de cerrar el despacho de contaduría. De mala gana, Scrooge abandonó su silla y admitió a regañadientes dicha circunstancia ante su expectante secretario, que rápidamente apagó la vela con un soplido y se puso el sombrero.

—Imagino que mañana querrá tener el día libre, ¿no? —dijo Scrooge.

—Si no le parece mal, señor.

—Me parece mal —dijo Scrooge—, y no es justo. Si le descuento media corona por ello, usted pensaría que abuso de usted, ¿me equivoco?

El secretario sonrió levemente.

---

[6] Según una leyenda del siglo XI, el diablo se presentó ante san Dunstán en forma de hermosa joven para tentarlo. Como el santo permaneció impasible a su hermosura, el diablo recuperó su forma infernal, y san Dunstán utilizó sus tenazas ardientes para pellizcarle la nariz. Una coplilla popular decía que los aullidos del demonio pudieron oírse en tres millas a la redonda.

[7] *«God bless you merry gentleman! May nothing you dismay!»* Se trata de una *versión* peculiar de un villancico popular, registrado por vez primera hacia 1760, que decía: *«God rest you merry, Gentlemen, / Let nothing you dismay»* («Que Dios os procure felicidad, caballeros, / que nada os aflija»).

—Y sin embargo —añadió Scrooge—, usted no cree que esté abusando de mí cuando le pago el sueldo de un día que usted no trabaja.

El oficinista murmuró que era solamente una vez al año.

—¡Menuda excusa barata para ventilarle el bolsillo a un hombre honrado cada veinticinco de diciembre! —exclamó Scrooge, abotonándose el abrigo hasta la barbilla—. Pero supongo que tendré que concederle toda la jornada libre. ¡Lo quiero aquí al día siguiente a primera hora!

El secretario prometió que así lo haría y Scrooge salió gruñendo del despacho. La oficina quedó a oscuras en un abrir y cerrar de ojos y el oficinista, cubriéndose los costados con los extremos de su larga bufanda blanca (porque no podía permitirse un abrigo), bajó por una calle helada hasta Cornhill, tras un grupo de muchachos, patinando veinte veces en honor de la Nochebuena, y luego corrió a casa, en Camden Town, tan rápidamente como pudo, para jugar a la gallinita ciega.

Scrooge tomó su deprimente cena en su deprimente taberna habitual, y después de leer todos los periódicos y matar el resto de la noche con su libro de cuentas se fue a casa a dormir. Vivía en unos apartamentos que antaño habían pertenecido a su socio fallecido. Eran unas cuantas habitaciones siniestras que ocupaban unos edificios bajos construidos en torno a un patio donde había tan poca cosa que hacer que uno casi podía imaginar que el edificio, siendo una casa joven, había llegado corriendo hasta allí mientras jugaba al escondite con otras casas y había olvidado el camino de regreso. Ahora ya era un edificio viejo, y lo suficientemente lúgubre como para que nadie que no fuera Scrooge viviese allí. El resto de las viviendas estaban alquiladas como oficinas. El patio era tan oscuro que incluso Scrooge, que conocía cada una de sus baldosas, se veía obligado a avanzar a tientas. La niebla y la escarcha estaban tan pegadas al negro portalón de la casa que parecía como si el Genio del Invierno hubiera decidido sentarse en fúnebre meditación en el umbral.

Por otra parte, es un hecho que no había nada en absoluto de particular en la aldaba de la puerta... salvo que era muy grande. También era un hecho cierto que Scrooge la había visto mil veces, de día y de noche, durante toda su estancia en aquel lugar, y también que tenía una cantidad tan limitada de eso que se llama imaginación como cualquier hombre de la City de Londres, incluyendo —y ya es decir— al ayuntamiento, a los concejales y a los gremios. Téngase también en cuenta que Scrooge no le había dedicado a Marley ni un solo pensamiento desde que mencionara, esa misma tarde, que su difunto socio había muerto siete años antes. Así pues, que alguien me explique, si puede, cómo fue que Scrooge, al meter la llave en la cerradura de la puerta, vio en la aldaba, sin que esta sufriera ningún proceso de cambio intermedio, no una aldaba, sino la cara de Marley.

La cara de Marley. No estaba sumida en las impenetrables sombras, como el resto de los objetos del patio, sino que parecía iluminada por una tenue luz, como una langosta podrida en una bodega oscura.[8] No parecía enfadada, ni furiosa, sino que miraba a Scrooge igual que solía mirarlo Marley, con unas gafas fantasmales levantadas sobre su frente fantasmal. Tenía el pelo curiosamente despeinado, como si se lo estuviera desordenando un aliento invisible o un aire caliente, y aunque tenía los ojos muy abiertos, estaban completamente inmóviles. Eso y su lividez le conferían un aspecto horrible; pero ese horror parecía ajeno a su rostro, como si no estuviera en su mano dar miedo, tan solo ser parte de su propia expresión.

Cuando Scrooge observó fijamente ese fenómeno, el rostro volvió a convertirse en una aldaba.

Sería falso decir que no se sorprendió, o que los latidos de su pulso no registraron una terrible sensación a la que había sido ajeno desde la infancia. Pero volvió a coger la llave que había abandonado en la cerradura, la giró vigorosamente, entró y encendió una vela.

Entonces, efectivamente, se detuvo, en un momento de indecisión, antes de cerrar la puerta, y, efectivamente, volvió a mirar la puerta por el interior, como si esperase volver a sentirse aterro-

---

[8] «*Like a bad lobster in a dark cellar*». Se trata de una de las expresiones más famosas de Dickens: en efecto, los exoesqueletos de algunos crustáceos adquieren propiedades bioluminiscentes cuando se pudren.

rizado al ver las melenas desaliñadas de Marley colándose en el vestíbulo. Pero en la parte interior de la puerta no había nada, salvo los tornillos y las tuercas que sujetaban la aldaba en el exterior. Así que dijo «¡Bah, bah!» y cerró de un portazo.

El golpetazo resonó por toda la casa como un trueno. Cada habitación del piso de arriba y cada tonel en las bodegas del vinatero parecieron retumbar con ecos particulares. Scrooge no era un hombre que se dejara intimidar por los ecos. Echó el cerrojo a la puerta, cruzó el vestíbulo y subió las escaleras —muy lentamente—, despabilando la vela mientras ascendía.

Se podría discutir, por ejemplo, sobre la manera de guiar un coche de seis caballos por un amplio tramo de escaleras viejas o por uno de los modernos debates parlamentarios... Lo que quiero decir es que por aquellas escaleras podría subir un carruaje funerario, y que se podría colocar de través, con la lanza o la vara hacia la pared y la puerta trasera hacia la balaustrada, y cabría perfectamente. Había espacio suficiente para ello y sobraría sitio; tal vez esa fue la razón por la que Scrooge creyó ver una comitiva funeraria avanzando delante de él entre las sombras. Media docena de farolas de gas de la calle no habrían conseguido iluminar suficientemente aquel vestíbulo, así que puede suponerse que, a pesar de la luminaria que llevaba Scrooge, el lugar estaba bastante oscuro.

Subía Scrooge, sin que aquello le importara un bledo: la oscuridad es barata y a Scrooge le gustaba. Pero antes de cerrar la pesada puerta de su apartamento, recorrió sus aposentos para comprobar que todo estaba en orden. Tenía muy presente el recuerdo de la cara en la aldaba y por eso lo hizo.

El salón, el dormitorio, el trastero. Todo estaba como debía estar. No había nadie debajo de la mesa, nadie debajo del sofá; un pequeño fuego en la rejilla de la chimenea; la cuchara y el tazón, dispuestos; y la cazuelilla de gachas (Scrooge estaba resfriado) en el fogón. Nadie debajo de la cama; nadie en el armario; nadie en su batín, colgado en la pared con una sospechosa postura. El trastero, como siempre. La vieja pantalla guardafuegos de la chimenea, los viejos zapatos, dos cestos de mimbre, un palanganero de tres patas y un atizador.

Finalmente tranquilo, cerró la puerta de sus dependencias, y la cerró con llave... con dos vueltas, aunque esa no era su costumbre. Protegido así ante cualquier sorpresa, se quitó la corbata, se puso el batín y el gorro de dormir, y se calzó las zapatillas; luego se sentó delante de la chimenea para tomarse las gachas.

En realidad tenía muy poco fuego; prácticamente nada, teniendo en cuenta el frío que hacía aquella noche. Se vio obligado a sentarse muy cerca de la chimenea y a encorvarse sobre el fuego para poder extraer una mínima sensación de calidez de aquel puñado miserable de combustible. La chimenea era antigua, construida por algún mercader holandés hace mucho tiempo y alicatada por completo con extraños azulejos holandeses, confeccionados con ilustraciones de las Sagradas Escrituras. Había caínes y abeles, hijas de faraones, reinas de Saba, mensajeros angelicales que descendían por los aires en nubes que parecían camas de plumas..., abrahames, baltasares, apóstoles haciéndose a la mar en barquitos que parecían mantequilleras, cientos de personajes que atraían su atención. Y sin embargo, el rostro de Marley, muerto siete años atrás, volvía a su imaginación como aquel cayado del profeta y devoraba todo lo demás.[9] Si cada uno de aquellos suaves azulejos hubieran sido completamente blancos, y se pudiesen formar imágenes en su superficie a partir de los fragmentos dispersos del pensamiento de Scrooge, en todos y en cada uno de ellos se habría plasmado la cara del viejo Marley.

—¡Paparruchas! —dijo Scrooge, y se levantó para caminar de un lado a otro por toda la habitación.

Tras varias idas y venidas, volvió a sentarse. Cuando reclinó hacia atrás la cabeza en el sillón, su mirada se detuvo en un cordel de campanilla —una campanilla desusada— que colgaba junto a la pared de la sala y que, con algún propósito desconocido, comunicaba su habitación con el desván que había arriba. Con un enorme asombro, y con un extraño e inexplicable temor, Scrooge

---

[9]   Es una referencia a cierto pasaje bíblico del Éxodo, en el que Aarón, hermano de Moisés, transforma su cayado o bastón en serpiente; los magos del faraón hacen otro tanto con sus bastones para demostrar que todo es un truco del judío, pero la serpiente de Aarón devora entonces a todas las demás.

vio que aquel cordel comenzaba a balancearse. Al principio se balanceaba tan levemente que apenas si emitía sonido alguno; pero no tardó en moverse más y hacer sonar claramente la campanilla. Y lo mismo hicieron todas las campanillas de la casa.

Puede que aquello durara medio minuto, o un minuto, pero a él le pareció una hora. Las campanillas dejaron de sonar igual que empezaron, todas al mismo tiempo. Y después se oyó un ruido seco y metálico, en el piso inferior al principio, como si una persona estuviera arrastrando una pesada cadena junto a los toneles que el comerciante de vinos tenía en la bodega. Entonces, Scrooge recordó haber oído alguna vez que los fantasmas de las casas encantadas se describían como espectros que iban arrastrando cadenas.

La puerta de la bodega se abrió de repente con un estruendo y luego Scrooge comprobó que el ruido era cada vez más fuerte en los pisos inferiores, y entonces supo que empezaba a subir las escaleras; le pareció que el ruido de cadenas avanzaba directamente hacia su puerta.

—¡No son más que paparruchas! —dijo Scrooge—. ¡No me lo creo!

Sin embargo, se puso pálido cuando, sin más, el ruido atravesó la vieja puerta de sus aposentos y el espectro se presentó en la sala delante de él. Cuando entró, la llama mortecina de la chimenea se avivó, como si gritara «¡Lo conozco! ¡Es el fantasma de Marley!», y volvió a debilitarse después.

Era su misma cara, su mismísima cara. Marley, con su coleta, con el chaleco de siempre, con sus calzas y sus botas; con las borlas en su calzado, despeluzadas igual que su coleta, y los faldones de su levita y el pelo de la cabeza. La cadena que llevaba arrastrando lo atenazaba por la cintura. Era larga y la llevaba enrollada alrededor del cuerpo, como si fuera un tentáculo; estaba hecha (porque Scrooge la pudo observar detenidamente) con cajas de caudales, llaves, candados, libros de cuentas, títulos de propiedad y pesados monederos de acero. Su cuerpo era transparente, así que Scrooge, observándolo y mirando a través del chaleco, pudo ver los dos botones traseros de su levita.

Scrooge había oído decir a menudo que Marley no tenía entrañas, pero nunca lo había creído... hasta ese momento.

No, tampoco lo creyó, ni siquiera entonces. Aunque observó al fantasma de arriba abajo y de pies a cabeza, y lo veía allí plantado delante de él, aunque notaba la gélida presencia de su mirada fría como la muerte, y aunque veía claramente el tejido del pañuelo de mortaja que le rodeaba la cabeza y la barbilla (en lo que no se había fijado antes), aún se negaba a creerlo y luchaba contra lo que le decían los sentidos.

—¿Y esto a qué viene? —dijo Scrooge, cáustico y gélido, como siempre—. ¿Qué quieres de mí?

—¡Todo! —Era la voz de Marley, no cabía la menor duda.

—¿Quién eres?

—Pregúntame quién fui.

—¿Quién fuiste, entonces? —dijo Scrooge, levantando la voz—. Eres muy puntilloso... por una tontería.

Iba a decir «para ser una tontería», pero prefirió callarse esto último, porque le pareció más apropiado.[10]

—En vida fui tu socio: Jacob Marley.

—¿Quieres... puedes sentarte? —preguntó Scrooge, mirándolo con suspicacia.

—Sí.

—Hazlo entonces.

Scrooge planteó la cuestión porque no sabía si un fantasma tan transparente se encontraría en condiciones de tomar asiento, y pensó que en el caso de que le resultara imposible podría darse la circunstancia de que fueran necesarias explicaciones embarazosas. Pero el fantasma se sentó finalmente frente a él, al otro lado de la chimenea, como si estuviera muy acostumbrado a hacerlo.

—No crees que exista —observó el fantasma.

—No —contestó Scrooge.

—¿Qué prueba necesitas de mi existencia, aparte de la que te proporcionan tus sentidos?

---

[10] En el texto original, Dickens formula un juego de palabras con *shade*, que significa 'fantasma' y 'espectro', pero también 'nimiedad', 'pequeñez', 'matiz', 'fruslería' o 'tontería'. La tontería, evidentemente, se refiere a la precisión léxica y a la consideración que Scrooge tiene del propio fantasma.

—No lo sé... —dijo Scrooge.

—¿Por qué dudas de tus sentidos?

—Porque cualquier nimiedad les afecta —dijo Scrooge—. Un pequeño malestar en el estómago los confunde. Tú puedes ser el resultado de una leve indigestión por carne, o por una cucharada de mostaza, o por una pizca de queso, o un trozo de patata mal cocida. Seas lo que seas, ¡seguro que eres más el resultado del fogón que de la fosa![11]

Scrooge no estaba muy acostumbrado a hacer chistes ni creía, en el fondo, que fuera gracioso en aquel preciso momento. La verdad es que intentaba ser ingenioso con el fin de distraer su propia atención y disipar su terror, porque la voz del espectro le hacía temblar hasta la médula de los huesos.

Scrooge pensó que si se quedaba allí sentado, mirando fijamente aquellos ojos helados e inmóviles, en silencio, acabaría perdiendo la partida. Además, había algo espantoso en el hecho de que el espectro tuviera su propia atmósfera infernal. Scrooge no podía notarla, pero era evidente que existía, porque aunque el fantasma permanecía allí sentado, completamente inmóvil, sus cabellos, su ropa y las borlas de sus botas se seguían agitando como si los moviera el ardiente vapor de un horno.

—¿Ves este mondadientes? —preguntó Scrooge, volviendo rápidamente a la carga, por la razón ya apuntada, y deseando, aunque solo fuera durante un segundo, que aquella pregunta apartara de él la mirada hierática e impasible de la fantasmagoría.

—Sí —contestó el espectro.

—Si no lo estás mirando... —dijo Scrooge.

—Pero lo veo —dijo el fantasma— de todos modos.

—¡Bueno! —replicó Scrooge—. Si me trago esa bola, me pasaré el resto de mis días perseguido por una legión de duendecillos, todos nacidos de mi propia invención. Paparruchas, ya te lo digo: ¡paparruchas!

En ese instante, el espíritu dejó escapar un alarido aterrador e hizo sonar su cadena con un ruido tan tétrico y espeluznante que

---

[11] Scrooge asegura que el fantasma es producto de una mala digestión y Dickens juega con las palabras *gravy* ('salsa', 'jugo de carne') y *grave* ('fosa', 'tumba').

Scrooge tuvo que sujetarse fuerte a su sillón para no caerse de miedo. Pero su terror fue mucho mayor cuando el fantasma se quitó la mortaja de la cabeza, como si le diera mucho calor llevar el pañuelo dentro de la casa, ¡y la mandíbula inferior se le desprendió y le cayó sobre el pecho!

Scrooge cayó de rodillas y se cubrió el rostro con las manos.

—¡Piedad! —exclamó—. ¡Terrible aparición!, ¿por qué me persigues?

—¡Hombre de poca fe! —replicó el fantasma—. ¿Crees ahora en mí o no?

—Sí, creo —dijo Scrooge—. Debo creer. Pero ¿por qué vienen los espíritus a este mundo? ¿Y por qué me persiguen a mí?

—A todo hombre se le exige —contestó el fantasma— que su espíritu acompañe a sus semejantes y viaje a lo largo y ancho del mundo con ellos. Y si ese espíritu no lo hace en vida, está condenado a hacerlo tras su muerte. Está condenado a vagar por el mundo, ¡ay de mí!, y ser testigo de lo que ya no puede compartir, pero podría haber compartido en el mundo, ¡y conocer lo que podría haberle proporcionado la felicidad!

El espectro, una vez más, volvió a lanzar un alarido, y agitó sus cadenas, y entrelazó amargamente sus sombrías manos.

—Estás encadenado... —dijo Scrooge, temblando—. Dime por qué.

—Cargo con la cadena que me forjé en vida —replicó el fantasma—. La forjé eslabón a eslabón, y palmo a palmo; me la ceñí por mi sola voluntad, y solo por mi voluntad cargo con ella. ¿Te resulta extraña?

Scrooge temblaba cada vez más.

—¿O ya conoces el peso y la longitud de la dura cadena que llevas encima? Hace siete Navidades era ya tan larga y tan pesada como esta. La has aumentado mucho desde entonces. ¡Es una cadena insoportable!

Scrooge miró a su alrededor, hacia el suelo, con el temor de verse rodeado por cincuenta o sesenta palmos de eslabones de hierro, pero no vio nada.

—Jacob —dijo suplicante—. Mi viejo amigo Jacob Marley..., dime algo, dame algún consuelo, Jacob.

—No tengo ninguno que darte —replicó el fantasma—. Eso ha de venir de otros lugares, Ebenezer Scrooge, y corresponde a otros mensajeros, y es para otro tipo de personas. Ni siquiera puedo decirte lo que querría decirte. Muy poco más se me permite. No puedo descansar, no puedo quedarme, no puedo demorarme en ningún lugar. En vida, mi espíritu nunca fue más allá de nuestro despacho de contaduría, ¡acuérdate de esto!, mi espíritu nunca traspasó los estrechos límites de nuestra cueva de usureros. ¡Ahora me esperan agotadoras peregrinaciones!

Siempre que Scrooge se ponía meditabundo, tenía la manía de meter las manos en los bolsillos del pantalón. Meditando lo que había dicho el fantasma, cumplió con su costumbre, pero sin levantar la mirada ni ponerse de pie.

—Debes de haber viajado muy lentamente, Jacob —apuntó Scrooge de un modo amablemente comercial, aunque con humildad y deferencia.

—¿Lentamente? —repitió el fantasma.

—Llevas siete años muerto —dijo pensativo Scrooge—. ¿Has estado peregrinando todo este tiempo?

—Todo el tiempo —dijo el fantasma—. Sin descanso, sin paz. Una incesante tortura de remordimientos.

—¿Y viajas deprisa? —preguntó Scrooge.

—En las alas del viento —contestó el fantasma.

—Debes de haber recorrido una gran cantidad de terreno en siete años —dijo Scrooge.

El fantasma, al oír aquello, dejó escapar otro alarido e hizo sonar sus cadenas de un modo tan espantoso en el silencio mortal de la noche que la Guardia[12] habría tenido razones para detenerlo por molestar al vecindario.

—¡Oh!, cautivo, condenado y doblemente encadenado —exclamó el fantasma—, no sabes que las criaturas inmortales deben sufrir siglos de incesantes penurias en este mundo y hacer todo el bien del que sean capaces antes de pasar a la eternidad. No sa-

---

[12] *The Ward*, o los vigilantes nocturnos *(night watchmen)*, era un cuerpo policial de larga trayectoria en Inglaterra, destinado a mantener el orden en las calles de Londres.

bes que ningún espíritu cristiano que actúe caritativamente en su pequeña esfera, cualquiera que esta sea, encontrará su vida mortal demasiado corta para sus enormes posibilidades de ser útil. ¡No sabes que no hay arrepentimiento que pueda enmendar una ocasión desaprovechada en la vida! Sin embargo, ¡eso hice yo! ¡Oh!, ¡eso hice yo!

—Pero tú siempre fuiste un buen hombre de negocios, Jacob —corrigió Scrooge, intentando aplicarse el elogio a sí mismo.

—¡Negocios! —exclamó el fantasma, entrelazando y apretándose las manos de nuevo—. ¡La humanidad tendría que haber sido mi negocio! ¡El bienestar común tendría que haber sido mi negocio! ¡La caridad, la compasión, la bondad, la benevolencia, todo eso tendría que haber sido mi negocio! ¡Los tratos comerciales no fueron más que una gota de agua en el inmenso océano de lo que debería haber sido mi negocio!

Sujetó la cadena con el brazo, mostrándosela en toda su longitud, como si aquello fuera la causa de todo su inútil arrepentimiento, y luego la volvió a dejar caer pesadamente en el suelo.

—En esta época del año —dijo el espectro— es cuando más sufro. ¿Por qué anduve entre la multitud de mis semejantes con la mirada esquiva y nunca la levanté hacia la estrella bendita que condujo a los Magos hasta aquella pobre morada? ¿Es que no había casas pobres hacia las que su luz podría haberme conducido a mí?

Scrooge se sintió consternado al comprobar que el espectro seguía hablando de aquel modo, y comenzó a temblar cada vez más.

—¡Escúchame! —exclamó el fantasma—. ¡Mi tiempo casi se ha agotado!

—¡Te escucho! —dijo Scrooge—. ¡Pero no seas duro conmigo! ¡Y no me hables con florituras, Jacob! ¡Te lo ruego!

—No te puedo decir cómo es que me he aparecido ante ti en la forma que puedes ver. He estado a tu lado muchos días, pero he sido invisible para ti.

No era una idea agradable. Scrooge tuvo un escalofrío y se secó el sudor de la frente.

—No es la parte más leve de mi penitencia —prosiguió el fantasma—. He venido esta noche para advertirte, para decirte que aún tienes una oportunidad y una posibilidad de escapar a mi mismo destino. Una oportunidad y una posibilidad que yo te puedo ofrecer, Ebenezer.

—Siempre fuiste un buen amigo —dijo Scrooge—. ¡Gracias!

—Te acosarán tres espíritus... —dijo el fantasma.

El gesto de Scrooge se desplomó casi como la mandíbula del fantasma.

—¿Esos son la oportunidad y el favor de que me hablabas, Jacob? —preguntó, desmoralizado.

—Sí.

—Yo..., yo más bien preferiría que no... —dijo Scrooge.

—Sin sus visitas —dijo el fantasma—, jamás podrás apartarte del camino que yo he tenido que recorrer. Mañana vendrá el primero, cuando el reloj dé la una.

—¿No podrían venir juntos, y acabar con todo esto de una vez, Jacob? —sugirió Scrooge.

—El segundo vendrá la noche siguiente, a la misma hora. El tercero se presentará una noche después a la misma hora.[13] Has de saber que no volverás a verme y, por tu bien, ¡recuerda lo que hemos hablado!

Cuando terminó de pronunciar aquellas palabras, el espectro cogió su mortaja de la mesa y se la enrolló alrededor de la cabeza, como la tenía antes. Scrooge se percató de ello por el ruido arenoso que hicieron sus dientes cuando las dos mandíbulas volvieron a encajar gracias al vendaje. Se atrevió a levantar la mirada de nuevo y se encontró con que su visitante sobrenatural estaba de pie, delante de él, con la cadena enrollada en el brazo.

La aparición comenzó a caminar hacia atrás, apartándose de él, y a cada paso que daba la ventana se abría un poco, de modo que cuando el espectro llegó a su altura estaba completamente abierta. Le hizo gestos a Scrooge para que se acercara, y este lo hizo. Cuando se encontraban a un par de pasos uno del otro, el fantasma de Marley levantó la mano, advirtiéndole para que no se acercara más. Scrooge se detuvo.

---

[13] Aunque no aparece en el manuscrito, en algunas ediciones se lee: «El tercer espíritu vendrá una noche después, cuando la última campanada de las doce en el reloj haya dejado de vibrar».

Y no tanto por obediencia, sino por susto y temor, porque cuando el fantasma levantó la mano empezó a oír ruidos confusos, sonidos incoherentes de lamentos y amarguras, llantos indescriptiblemente tristes y arrepentidos. Tras permanecer allí durante unos instantes, el espectro de Marley se unió a aquellos coros fúnebres y salió volando hacia la oscura y gélida noche.

Scrooge se acercó a la ventana, muerto de curiosidad. Se asomó.

La noche estaba llena de fantasmas que vagaban de aquí para allá, agonizantes y sin descanso, entre quejas y lamentos. Todos llevaban cadenas, como el fantasma de Marley; algunos de ellos (puede que fueran políticos corruptos) iban encadenados juntos; ninguno vagaba libremente. A muchos de ellos los había conocido Scrooge en vida. Había tenido bastante amistad con un viejo fantasma con chaleco blanco que llevaba una monstruosa caja de caudales atada al tobillo y que lloraba lastimosamente al ser incapaz de ayudar a una pobre miserable con un niño a quien veía abajo, junto al quicio de la puerta. La desgracia, para todos ellos, era, claramente, que querían interferir, para bien, en los asuntos humanos, pero ya habían perdido para siempre esa posibilidad.

Al final, Scrooge no supo si todas aquellas criaturas se desvanecieron en la niebla o fue la niebla la que los engulló, pero tanto los espectros como sus voces fantasmales se disiparon a un tiempo, y la noche volvió a su ser tal y como era cuando él había regresado a casa.

Scrooge cerró la ventana y observó de cerca la puerta por la que había entrado el fantasma. Tenía dos vueltas de llave, porque así la había cerrado con sus propias manos, y nadie había tocado los cerrojos. Intentó decir «¡Paparruchas!», pero se detuvo en la primera sílaba. Y como estaba agotado —por las emociones que había sobrellevado, o por las fatigas del día, o por la visión del Más Allá, o por la turbadora conversación con el fantasma, o por lo avanzado de la hora—, se fue directamente a la cama, sin desvestirse, y se quedó dormido de inmediato.

Estrofa II

El primero de los tres espíritus

Cuando Scrooge se despertó, estaba el día tan oscuro que al mirar a su alrededor apenas pudo distinguir los cristales transparentes de las ventanas y las paredes opacas de su alcoba. Estaba intentando escrutar la oscuridad con sus ojos de hurón cuando las campanas de una iglesia cercana dieron los cuatro cuartos. Esperó a escuchar la hora.

Para su enorme asombro, la grave campana pasó de las seis y llegó a las siete, y de las siete pasó a las ocho, y así sucesivamente hasta las doce; y luego se detuvo. ¡Las doce! Eran más de las dos cuando se fue a la cama. ¡Aquel reloj estaba mal! Algún carámbano había averiado el mecanismo. ¡Las doce!

Activó el mecanismo de su reloj de sonería para corregir a aquel campanario descabellado. El rápido y leve tañido de su reloj particular dio las doce, y luego se detuvo.

—Bueno, no es posible... —dijo Scrooge—, no es posible que haya dormido todo el día entero y hasta las doce de la noche siguiente. ¡No es posible que le haya ocurrido algo al sol y que sean las doce del mediodía!

La idea era tan aterradora que saltó de la cama y avanzó a tientas hacia la ventana. Se vio obligado a raspar la escarcha del cristal con la manga del batín para poder ver algo, pero aun así pudo ver muy poca cosa. Todo lo que distinguió fue que aún seguía habiendo mucha niebla y que continuaba haciendo mucho frío, y que había desaparecido el habitual bullicio callejero y no había nadie que fuera corriendo de acá para allá, con gran animación, como indudablemente habría sucedido si la noche hubiera derrotado al brillante día y se hubiese adueñado del mundo. Aquello supuso un enorme alivio, porque si no se pudieran contar los días, el «páguese por la presente a sesenta días» y todo eso se habría convertido en «papel americano».[14]

---

[14] Se refiere al «Panic of 1837», la gran crisis financiera estadounidense, en la que los bancos no pudieron hacer frente a las deudas.

Scrooge volvió a la cama y pensó y pensó, y volvió a pensar en ello una y otra vez, una y otra vez, aunque no sacó nada en claro. Cuanto más pensaba, más perplejo se sentía. Y cuanto más intentaba no pensar, más pensaba. El fantasma de Marley le preocupaba muchísimo. Y cada vez que decidía en su fuero interno, después de una reflexión serena, que todo había sido un sueño, su mente regresaba al punto de partida, como un muelle liberado, y le planteaba de nuevo el mismo problema sin solución: «¿Fue un sueño o no?».

Scrooge permaneció tumbado en ese estado hasta que las campanas volvieron a dar tres cuartos más, y entonces recordó, repentinamente, que el fantasma le había advertido que un espíritu lo visitaría cuando la campana diera la una. Decidió quedarse allí, tumbado y despierto, hasta que pasara la hora. Y considerando que sería igual de difícil dormirse que ir al Cielo, aquella era tal vez la decisión más inteligente que podía tomar.

El último cuarto de hora duró muchísimo, tanto que llegó a pensar en más de una ocasión que debía de haberse quedado adormilado inconscientemente y que no había oído las campanadas. Al final, el sonido del reloj estalló en sus expectantes oídos.

¡Ding, dong!

—Un cuarto —dijo Scrooge, comenzando a contar.

¡Ding, dong!

—La media —murmuró.

¡Ding, dong!

—Menos cuarto —prosiguió Scrooge.

¡Ding, dong!

—En punto los cuatro cuartos —dijo Scrooge con aire triunfal—, ¡y no pasa nada!

Dijo aquello antes de que el reloj diera la hora, que finalmente sonó con un toque profundo, ronco, grave y melancólico: LA UNA. Una luz relampagueó durante un instante en la alcoba y las cortinas del dosel se descorrieron.

Las cortinas del dosel se descorrieron, os lo digo yo, porque una mano lo hizo. No eran las cortinas de los pies, ni las cortinas del cabecero, sino las que estaban delante de su cara. Las cortinas del dosel se descorrieron, y Scrooge, asustado y medio incorporado en la cama, se encontró cara a cara con el sobrenatural visitante que las había abierto, y estaba tan cerca como estoy yo ahora de ti, ¡porque yo estoy ahora mismo, en espíritu, a tu lado!

Era una extraña figura…, como un niño; sin embargo, no era tanto un niño como un anciano visto a través de un medio sobrenatural que le confería la apariencia de haberse alejado y de haber adquirido proporciones infantiles. Sus cabellos, que colgaban por la nuca y por la espalda, eran blancos como las canas propias de la edad, y sin embargo su rostro no tenía ni una sola arruga y la piel lucía con la lozanía más tersa. Los brazos eran largos y musculosos; las manos también, como si su puño tuviera una fuerza extraordinaria. Sus piernas y sus pies, torneados con una elegancia singular, eran como los miembros superiores, y estaban desnudos. Vestía una túnica de un blanco purísimo y un deslumbrante cinturón cuyo brillo era precioso. Llevaba en la mano una ramita de acebo fresco y, en franca contradicción con aquel símbolo invernal, su túnica venía adornada con flores estivales. Pero lo más extraño era que de la corona que llevaba en la cabeza salía un brillante rayo de luz, gracias a lo cual se podía ver todo lo demás; y sin duda, cuando deseaba permanecer a oscuras, debía colocarse el apagavelas con forma de sombrero que en ese momento llevaba bajo el brazo.

Sin embargo, cuando Scrooge lo miró con detenimiento, observó que, a pesar de todo, ese no era su rasgo más extraordinario. Porque su cinturón lanzaba destellos y refulgía en una parte o en otra indistintamente, y lo que ahora era luz, al instante siguiente era oscuridad, de modo que la figura fluctuaba en su grado de nitidez: en un momento dado era un ser con un brazo, luego con solo una pierna, luego con veinte piernas, luego con un par de piernas sin cabeza, luego una cabeza sin cuerpo, del cual se difuminaban algunas partes, sin que hubiera un perfil visible en el denso resplandor en el que se fundían. Y en cada una de aquellas maravillas, el ser seguía siendo él mismo, distinto y claro como siempre.

—Señor, ¿eres el espíritu que, como se me advirtió, iba a venir? —preguntó Scrooge.

—¡Sí!

La voz era dulce y amable..., extrañamente baja, como si, en vez de estar muy cerca de él, estuviera a cierta distancia.

—¿Quién y qué eres? —preguntó Scrooge.

—Soy el fantasma de las Navidades pasadas.

—¿Pasadas? ¿De hace mucho tiempo? —quiso saber Scrooge, calculando la enana estatura del espíritu.

—No. De tu pasado.

Seguramente Scrooge no le podría haber dicho a nadie por qué, si es que alguien se lo hubiera preguntado, pero tenía muchísimas ganas de ver al espíritu con el gorro, y le pidió que se lo pusiera.

—¿Qué? —exclamó el fantasma—. ¿Ya quieres apagar, con tus manos mundanas, la luz que traigo conmigo? ¿No es suficiente que seas uno de esos con cuyas pasiones se fabrican matacandelas como este, que me obligan a llevar calado hasta las cejas a lo largo de años y años?

Scrooge, humildemente, negó tener ninguna intención de ofender al espíritu y negó que hubiera deseado mantener «ensombrerado» al espíritu en ningún momento de su vida. Después, se atrevió a preguntarle qué asuntos le llevaban hasta su alcoba.

—¡Tu felicidad! —dijo el fantasma.

Scrooge dijo que le estaba muy agradecido, pero que no podía evitar pensar que una larga noche de descanso ininterrumpido habría contribuido de una forma más eficaz a ese fin. El espíritu debió de averiguar su pensamiento, porque dijo inmediatamente:

—¿Esa es tu queja entonces? ¡Ahora verás!

Y adelantó su imponente mano mientras hablaba, y lo agarró suavemente por el brazo.

—¡Levántate! ¡Y ven conmigo!

Habría sido en vano que Scrooge suplicara que el mal tiempo y la hora no eran propicios para ir a dar un paseo, que la cama estaba caliente y el termómetro muy por debajo del punto de congelación, que estaba vestido, pero que solo llevaba unas zapatillas, un batín y un gorro de dormir, y que estaba un poco resfriado. Aquella mano, aunque delicada como la de una mujer, era implacable. Se levantó, pero viendo que el espíritu se dirigía hacia la ventana se aferró suplicante a su túnica.

—¡Soy mortal! —protestó Scrooge—. ¡Y me voy a caer!

—Déjame que te toque con mi mano... aquí —dijo el espíritu, colocándola sobre el corazón de Scrooge— ¡y te evitaré ese peligro y mucho más!

Mientras pronunciaba esas palabras, traspasaron una pared y aparecieron en un camino, en campo abierto, con terrenos a uno y otro lado. La ciudad se había desvanecido por completo. No quedaba ni un vestigio de ella. La oscuridad y la niebla también se habían disipado, porque hacía un día claro, frío e invernal, y había nieve en los campos.

—¡Santo Dios! —dijo Scrooge, entrelazando las manos mientras observaba el panorama a su alrededor—. Yo me crie en este lugar. ¡Yo viví aquí siendo niño!

El espíritu le lanzó una mirada amable. Su tacto suave, aunque había sido casi imperceptible y momentáneo, parecía haberse transmitido a los sentimientos del viejo. Era consciente de los mil olores que flotaban en el aire, cada uno de ellos relacionado con otro millar de ideas, esperanzas, alegrías y preocupaciones olvidadas... ¡Oh, hacía tanto y tanto tiempo...!

—Tiemblan tus labios —dijo el fantasma—. ¿Y qué es eso que cae por tu mejilla?

Scrooge murmuró algo con un tono de voz bastante inusual, y dijo que no era más que un grano, y rogó al espíritu que lo llevase donde deseara.

—¿Te acuerdas de este camino?

—¿Acordarme? —exclamó emocionado Scrooge—. ¡Podría recorrerlo con los ojos cerrados!

—¡Es extraño que lo hayas olvidado durante tanto tiempo! —suspiró el fantasma—. ¡Vamos!

Avanzaron por el camino. Scrooge era capaz de reconocer cada cancela, cada esquina, cada árbol, hasta que una pequeña ciudad apareció en la distancia, con su mercado, su puente, su iglesia y su serpenteante río. Vieron a varios ponis lanudos trotando hacia ellos, con algunos muchachos montados a horcajadas en sus lomos, y llamaban a otros chicos que iban en carros campesinos y en carrozas, guiados por granjeros. Todos aquellos muchachos estaban felices y contentos, y se gritaban unos a otros, hasta que todo el campo se llenó de músicas tan festivas que hasta el aire helado se divertía al oírlas.

—No son más que sombras de lo que fueron —dijo el fantasma—. No son conscientes de nuestra presencia aquí.

Los alegres viajeros continuaron avanzando, y a medida que se acercaban Scrooge fue identificando y nombrando a cada uno de ellos. ¿Por qué al verlos se alegraba infinito? ¿Por qué su mirada gélida brillaba y su corazón se emocionaba a su paso? ¿Por qué pareció colmarse de alegría cuando los oyó desearse «Feliz Navidad» cuando se despedían en los cruces de caminos y en los senderos, camino de sus casas...? Pero ¿qué era una «Feliz Navidad» para Scrooge? ¡Al demonio con las felices Navidades! ¿Qué había sacado él de todo aquello?

—La escuela no se ha quedado del todo vacía... —dijo el fantasma—. Un niño solitario, olvidado por sus compañeros, aún sigue allí.

Scrooge dijo que ya lo sabía. Y comenzó a sollozar.

Salieron del camino real para tomar un sendero que Scrooge recordaba bien y no tardaron en acercarse a una mansión de ladrillos de un rojo apagado, con una pequeña veleta que adornaba la cupulilla del tejado, en la que había una campana. Era una casona grande, como una mansión de propietarios arruinados. Las zonas de servicio estaban muy poco utilizadas, los muros se habían humedecido y tenían musgo, los cristales de las ventanas estaban rotos y las puertas, desvencijadas. Las gallinas cacareaban y deambulaban por los establos, y las cocheras y los cobertizos estaban llenos de maleza. El interior de la casa tampoco conservaba mucho de su estado original; al entrar en el siniestro vestíbulo y echar un vistazo por las puertas abiertas de varias habitaciones, comprobaron que tenían un mobiliario escaso, y parecían frías y desangeladas. Había un olor terroso en el ambiente, una gélida desnudez en el lugar que parecía indicar de algún modo que allí la gente madrugaba mucho pero no había demasiado que comer.

El fantasma y Scrooge siguieron avanzando por el vestíbulo hasta que llegaron a una puerta, en la parte trasera de la casa. La abrieron y descubrieron una sala amplia, vacía y triste, que parecía aún más lúgubre por las filas de sencillos bancos corridos y pupitres. En uno de ellos había un muchacho solitario, leyendo, junto a una chimenea mortecina. Scrooge se sentó en un banco y lloró al verse a sí mismo, pobre y abandonado, tal y como era antaño.

No fueron sino los recuerdos implícitos en la visión de la casa, los chillidos y las algaradas de los ratones tras las paredes revestidas de madera, la gota que se descongelaba del grifo en el sombrío patio trasero, el suspiro del viento entre las ramas desnudas de un álamo abatido, el perezoso balanceo de la puerta en un cobertizo o el chisporroteo en la chimenea lo que se derramó en el corazón de Scrooge con benéfica influencia y abrió las puertas de las lágrimas, que resbalaron entre sus dedos mientras se cubría el rostro con las manos.

El espíritu le tocó el brazo y señaló al joven Scrooge, ocupado en la lectura. De repente, un hombre con atuendo extranjero —increíblemente real y distinguible— apareció al otro lado de la ventana, con un hacha colgando del cinturón y guiando por la brida a un burro cargado con leña.

—¡Bueno...! ¡Es Alí Babá! —exclamó Scrooge emocionado—. ¡Es el bueno de Alí Babá! ¡Sí, sí..., lo conozco! Una Navidad, cuando yo..., cuando él..., cuando ese crío de ahí se quedó solo en este lugar, Alí Babá vino..., vino por primera vez, igual que ahora. ¡Pobre muchacho! Y Valentín —dijo Scrooge—, y su feroz hermano Orson..., ¡ahí están! ¿Y cómo se llamaba aquel al que dejaron sin pantalones, dormido, a las puertas de Damasco? ¿No lo ves? ¡Y el caballerizo del sultán, al que puso boca abajo el genio..., ¡ahí está, cabeza abajo! ¡Le estuvo bien empleado! ¡Me alegro! ¿Qué d*** pretendía queriéndose casar con la princesa?[15]

---

[15] La conocida historia de «Alí Babá y los cuarenta ladrones» suele incluirse, aunque con dudas, en la colección de cuentos orientales de *Las mil y una noches*. El relato medieval de *Valentin et Orson* es de origen francés y cuenta la historia de dos hermanos mellizos que fueron abandonados en el bosque siendo niños: uno se convirtió en cortesano mientras que al otro, Orson, lo cría un oso y se convierte en un salvaje. Dependiendo de las versiones, en algunos casos se hacen compañeros y amigos y liberan a su madre encantada o capturada por un

Escuchar a Scrooge empleando toda la severidad de su carácter en semejantes temas, con una voz tan exaltada, entre la risa y el llanto, y ver su rostro congestionado y excitado... ¡habría sorprendido a sus colegas de negocios en la City, desde luego!

—¡Ahí está el loro! —exclamó Scrooge—. Con las plumas del cuerpo verdes y con la cola amarilla, y con una especie de lechuga saliéndole en lo alto de la cabeza: ¡ahí está! «Pobre Robin Crusoe», eso fue lo que le dijo cuando el náufrago regresó después de rodear la isla. «Pobre Robin Crusoe. ¿Dónde has estado, Robin Crusoe.» El hombre pensaba que estaba soñando, pero no. Era el loro, ¿sabes? Ahí va Viernes... corriendo para salvar la vida hacia la pequeña ensenada. ¡Vamos! ¡Corre! ¡Vamos![16]

Entonces, con un cambio repentino muy extraño, distinto de su comportamiento habitual, dijo, sintiendo lástima por su yo de antaño:

—Pobre muchacho. —Y volvió a llorar—. Ojalá... —balbuceó Scrooge, metiendo la mano en el bolsillo y mirando a su alrededor, tras secarse los ojos con la manga—, pero ya es tarde.

—¿Qué ocurre? —preguntó el espíritu.

—Nada —contestó Scrooge—. Nada. La noche pasada un niño estuvo cantando villancicos en mi puerta. Ojalá le hubiera dado algo. Eso es todo.

El fantasma sonrió pensativamente y agitó la mano, como si quisiera quitarle importancia, y luego añadió:

—¡Veamos otras Navidades!

El joven Scrooge creció a medida que pronunciaba esas palabras y el aula se convirtió en una sala un poco más oscura y más sucia. El revestimiento de madera desapareció, las ventanas crujieron, algunos pedazos de escayola cayeron del techo y las vigas de madera, antes ocultas, quedaron al descubierto. ¿Cómo se ha-

---

gigante... Los otros dos episodios pertenecen también a *Las mil y una noches*: en la noche XXI el joven Badraddín aparece desnudo a las puertas de Damasco, creyendo estar en El Cairo y poco después se cita el caso de un palafrenero jorobado al que un genio (*efrit*) pone boca abajo. Es destacable que Dickens presente a un niño leyendo esos pasajes, donde hay llamativas escenas eróticas.

[16] De la novela de Daniel Defoe, *Robinson Crusoe* (1719).

bía operado semejante cambio? Scrooge no podría explicarlo mejor que el lector. Lo único que sabía era que todo era completamente cierto, que todo había ocurrido así, que él estaba allí, solo otra vez, cuando todos los demás chicos se habían ido ya a casa para disfrutar de unas alegres vacaciones.

Ahora no estaba leyendo, sino dando vueltas por la sala, arriba y abajo, desesperado. Scrooge miró al fantasma y con un triste gesto de negación miró hacia la puerta con inquietud.

Se abrió y una niña pequeña, mucho más joven que el muchacho, entró corriendo y fue a abrazarlo y a besarlo, llamándolo «Queridísimo hermano».

—¡He venido para llevarte a casa, querido hermano! —dijo la niña, dando palmadas con sus manitas y echándose a reír a carcajadas—. ¡Te voy a llevar a casa! ¡A casa! ¡A casa!

—¿A casa..., pequeña Fan? —preguntó el muchacho.

—¡Sí! —contestó la niña, rebosante de alegría—. A casa, y ya para siempre. A casa para siempre, para siempre jamás. Padre está mucho más amable que antes, ¡así que en casa se está maravillosamente! Me estuvo hablando muy cariñosamente una noche, cuando me iba a ir a la cama, y me dijo que no temiera preguntarle una vez más si tú podrías volver, y luego dijo que sí ibas a volver, y me envió en un coche para llevarte de nuevo a casa. ¡Y ya eres un hombre! —dijo la niña, abriendo mucho los ojos—, y ya nunca tendrás que volver aquí. Pero, lo primero: vamos a estar juntos todas las Navidades y vamos a pasar los días más felices del mundo.

—Ya estás hecha una mujercita, pequeña Fan —exclamó el muchacho.

Ella dio unas palmadas y se echó a reír, e intentó tocarle la cara, pero como era tan pequeña no alcanzaba; se volvió a reír y se puso de puntillas para abrazarlo. Luego empezó a tirar de él hacia la puerta con vehemencia infantil, y él, con gesto de no estar muy predispuesto a hacerlo, la acompañó.

Una terrible voz se oyó en el vestíbulo.

—¡Bajad inmediatamente aquí el baúl del señor Scrooge!

En el vestíbulo apareció el mismísimo maestro, que lanzó al joven Scrooge una mirada de feroz condescendencia y lo sumió en un estado de temor al darle la mano. Luego condujo a él y a su hermana al salón más viejo y aterrador que se haya visto jamás, donde los mapas que colgaban de la pared y los globos celestes y terrestres de las ventanas estaban amarillos de frío. Entonces, el maestro sacó una garrafa de vino particularmente ligero y un trozo de pastel particularmente duro, y administró a los dos jóvenes ciertas porciones de aquellas delicias culinarias. Al mismo tiempo, envió a un escuálido criado a que le ofreciera un vaso de «algo» al postillón del carruaje, que contestó que se lo agradecía mucho al caballero, pero que si iba a ser lo mismo que le habían dado otras veces prefería no tomar nada. Una vez que acomodaron el baúl del joven señor Scrooge en lo alto del carruaje, los muchachos se despidieron del maestro muy felices y, montándose en el vehículo, cruzaron alegremente el abandonado jardín; las veloces ruedas convertían en miles de gotas de rocío la escarcha y la nieve de la hierba quemada por el frío.

—Siempre fue una criatura delicada, a la que una leve brisa podría marchitar —dijo el fantasma—. ¡Pero tenía un gran corazón!

—Sí, así es —lloró Scrooge—. Es verdad. No voy a negarlo, espíritu. ¡Dios no lo permita!

—Murió siendo ya mujer —dijo el fantasma—, y tuvo hijos, me parece.

—Tuvo un niño —contestó Scrooge.

—Cierto... —dijo el fantasma—. ¡Tu sobrino!

Scrooge pareció incómodo al darse cuenta de ello y contestó con un gruñido.

—Sí.

Aunque apenas hacía un instante que habían abandonado la vieja escuela, de repente se encontraban en las ajetreadas calles de una ciudad, donde una multitud interminable de viandantes sombríos iban y venían, donde lúgubres carros y carruajes pugnaban por adelantarse en la vía, y donde se daban las constantes contiendas y tumultos de una gran ciudad. Era evidente, por los adornos de las tiendas, que allí también era Navidad de nuevo, pero era ya de noche y las calles estaban iluminadas.

El fantasma se detuvo ante la puerta de cierto taller y le preguntó a Scrooge si lo conocía.

—¡Lo conozco! —dijo Scrooge—. ¡Yo fui aprendiz aquí!

Entraron. Cuando vieron a un viejo caballero con una peluca galesa,[17] sentado tras un escritorio tan elevado que si el hombre hubiera sido dos pulgadas más alto se habría golpeado la cabeza con el techo, Scrooge exclamó con notable emoción:

—¡Pero bueno! ¡Si es el viejo Fezziwig! ¡Dios lo bendiga! ¡Fezziwig está otra vez vivo!

El viejo Fezziwig dejó la pluma en la mesa y miró el reloj, que marcaba las siete. Se frotó las manos, se ajustó su enorme capote, se rio de buena gana para sí mismo, disfrutando desde los zapatos hasta el órgano de la benevolencia, y exclamó con su agradable, animada, robusta, fuerte y jovial voz:

—¡Ho-ho-ho! ¡Atención! ¡Ebenezer! ¡Dick!

El Scrooge de antaño, convertido en un hombre joven, se acercó de inmediato, acompañado de su compañero aprendiz.

—¡Ese es Dick Wilkins, estoy seguro! —le dijo Scrooge al fantasma—. ¡Vaya, que Dios me bendiga...! Ahí está... ¡Ah! Me quería mucho, Dick. ¡Pobre Dick! ¡Mi querido, mi querido Dick!

—¡Ho-ho-ho! ¡Mis muchachos! —dijo Fezziwig—. Se acabó el trabajo por hoy. Es Nochebuena, Dick. ¡Es Navidad, Ebenezer! ¡Echemos el cierre de una vez —exclamó el viejo Fezziwig, dando una fuerte palmada—, antes de que nadie pueda decir Jack Robinson![18]

¡Es difícil creer con qué disposición los dos muchachos se pusieron a ello! ¡Salieron a la calle con las contraventanas —uno, dos, tres—, las colocaron en sus lugares —cuatro, cinco, seis—, las engarzaron y las cerraron —siete, ocho, nueve—, y regresaron antes de que se pudiera llegar a contar doce, jadeando como caballos de carreras.

---

[17] La «peluca galesa» (*welsh* o *welch wig*) es una especie de gorro de lana basta que simula rizos de cabello en la parte posterior. Es, al parecer, original del antiguo condado de Montgomeryshire, en Gales.

[18] Es un coloquialismo inglés: «Hacer algo antes de que uno pueda decir Jack Robinson». Aunque hay varias referencias históricas a distintos Jack Robinson, el *Classical Dictionary of the Vulgar Tongue* (1785), de Francis Grose, cita a un personaje llamado así, Jack Robinson, cuyas visitas sociales eran especialmente breves.

—¡Ahí, ahí, ho-ho-ho! —exclamó el viejo Fezziwig, saltando desde su altísimo escritorio con fabulosa agilidad—. ¡Haced sitio, mis muchachos, necesitamos mucho espacio aquí mismo! ¡Ahí, ho-ho-ho, Dick! ¡Venga, venga, venga, Ebenezer!

¿Hacer sitio? No hubo nada que no retiraran o no pudiesen retirar de en medio, con el viejo Fezziwig mirando. Lo hicieron en un minuto. Apartaron todos los muebles, como si fueran a quedar condenados a no volver a participar de la vida pública jamás; barrieron y fregaron el suelo, despabilaron las lámparas, apilaron la madera y el carbón junto a la chimenea, y el taller se convirtió en un amplio, cálido, limpio y brillante salón de baile, tanto como cualquiera pudiera desear en una noche de invierno.

Vino un violinista con unas partituras y se subió al pupitre elevado, convirtiéndolo en una orquesta, y afinó como si estuvieran matando a cincuenta gatos. Vino también la señora Fezziwig, una enorme y oronda sonrisa. Vinieron las tres señoritas Fezziwig, resplandecientes y encantadoras. Vinieron los seis jóvenes pretendientes cuyos corazones habían roto dichas damas. Vinieron todos los jóvenes, hombres y mujeres, que trabajaban en el negocio. Vino el ama de llaves con su prima la panadera. Vino la cocinera, con el amigo particular de su hermano, el lechero. Vino el criado del otro lado de la calle, del que se sospechaba que no recibía la suficiente comida por parte de su patrón, e intentó ocultarse tras la sirvienta que trabajaba en la puerta de al lado, de la cual se decía —y parecía demostrado— que su señora le tiraba de las orejas. Vinieron todos, en fin, uno tras otro, unos con timidez, otros con alboroto, unos con gracia, otros con torpeza; unos empujando, otros siendo empujados. Vinieron todos, y entraron de un modo u otro. Cuando todos hubieron llegado, se formaron de inmediato veinte parejas, giraron cogidas de las manos y luego dieron media vuelta; brincaron hacia un lado, y luego hacia el otro. Dieron vueltas y vueltas en varias etapas y en animada cooperación; la pareja del principio giró en el lugar equivocado, la siguiente quiso arreglar el desaguisado cuando le llegó su turno; todas las demás siguieron a la última, y no a la primera. Cuando se llegó a esa situación, el viejo Fezziwig, dando unas palmadas, detuvo el baile y exclamó: «¡Muy bien!», y el violinista se lanzó de cabeza hacia una jarra de cerveza barata especialmente dispuesta para él a tal efecto. Pero, despreciando el descanso en pro de su reaparición, enseguida comenzó de nuevo a darle al violín, allí donde se habían quedado los danzantes, como si al otro violinista se lo hubieran llevado a casa, agotado, en parihuelas, y él fuera un hombre totalmente nuevo dispuesto a hacer olvidar al otro o a morir.

Hubo más bailes, y hubo juegos de prendas, y más bailes, y hubo pastel, y hubo ponche, y hubo un gran pedazo de carne asada y de fiambre, y hubo un enorme trozo de carne guisada, y pastel de Navidad con carne picada, y toda la cerveza imaginable. Pero la mayor sorpresa de la noche llegó después de la carne, asada y guisada, cuando el violinista (¡un condenado artista, ya lo creo!, el tipo de hombre que conoce su oficio mejor de lo que cualquiera de nosotros podríamos haber imaginado) empezó a tocar *Sir Roger de Coverley*.[19] Entonces, el viejo Fezziwig salió a bailar con la señora Fezziwig. Formaron pareja de apertura, lo cual era un considerable trabajo para ellos, porque había veintitrés o veinticuatro parejas más y era gente a la que no se le podía engañar, gente que iba a bailar y que no pensaba ir caminando.

Pero aunque hubiera tenido que lidiar con el doble de parejas —ah, incluso el cuádruple—, el viejo Fezziwig habría estado sin duda a la altura, y lo mismo se puede decir de la señora Fezziwig. Porque respecto a ella puede decirse que era una compañera perfectamente digna en todos los sentidos. Si ese no es un gran elogio, decidme uno mejor y lo utilizaré. Un hermoso lustre parecía desprenderse de las pantorrillas de Fezziwig. Brillaban, en cada fase del baile, como verdaderas lunas. No se hubiera podido predecir, en un momento dado, en qué se convertirían a continuación. Y cuando el viejo Fezziwig y la señora Fezziwig completaron la danza —hacia delante y hacia atrás, reverencia y cortesía, tirabuzón, enhebrado y vuelta a empezar—, Fezziwig hizo «la tijereta», y la hizo con tanta destreza que parecía estar parpadeando

---

[19] «Sir Roger de Coverley» (o «The Haymakers») es una danza inglesa y escocesa cuya versión más antigua documentada se remonta a finales del siglo XVII y cuyos pasos imitan la caza del zorro.

con las piernas, y luego volvió a caer sobre sus pies sin tambalearse lo más mínimo.[20]

Cuando el reloj dio las once, aquel baile doméstico se dio por concluido. El señor y la señora Fezziwig ocuparon sus posiciones respectivas, uno a cada lado de la puerta, y fueron dando la mano a todos los que se iban, personalmente, y deseándoles feliz Navidad. Cuando todo el mundo se hubo retirado, salvo los dos aprendices, hicieron lo mismo con ellos. Y de este modo concluyó la alegre algarabía navideña, y los muchachos se fueron a la cama, que estaba bajo un mostrador en la trastienda.

Durante todo ese tiempo, Scrooge actuó como un hombre que hubiera perdido el juicio. Tanto su alma como su corazón participaron de la escena con su antiguo yo. Asentía a todo lo que ocurría, lo recordaba todo, lo disfrutaba todo y lo vivía con una emoción muy extraña. No fue hasta aquel momento, cuando las brillantes caras de su antiguo yo y de Dick se volvieron hacia él, que recordó que estaba con un fantasma, y entonces fue consciente de que este estaba mirándolo atentamente, mientras el rayo de luz de su cabeza brillaba con luminosidad.

—¡Con qué poca cosa se puede conseguir que esos tontos estén agradecidos! —dijo el fantasma.

—¿Poca cosa? —repitió Scrooge.

El espíritu le hizo un gesto para que escuchara a los dos aprendices, que estaban elogiando de todo corazón a Fezziwig, y después dijo:

—Bueno, ¿no te parece poca cosa? No se ha gastado más que unas cuantas libras de vuestro dinero mortal..., tres o cuatro, tal vez. ¿Por esa nimiedad se merece tantas alabanzas?

—No es por eso —dijo Scrooge, picado por la observación y hablando inconscientemente como su antiguo yo, no como el viejo Scrooge—. No es por eso, espíritu. Fezziwig tiene la potestad de hacernos felices o infelices, hacer que nuestro trabajo sea agra-

---

[20] «*Fezziwig cut*». Según Michael P. Hearne (*The Annotated Christmas Carol*, Nueva York, 1989), este paso de baile se ejecutaba con un salto: cuando el bailarín estaba en el aire y frente a su compañera, debía ejecutar un movimiento rápido de tijeras con las piernas, y caer graciosamente de nuevo al suelo.

dable o insoportable, un placer o un castigo. Digamos que su poder reside en las palabras y en las miradas, en gestos tan leves e insignificantes que es imposible valorarlos y contarlos..., ¿y qué? La felicidad que nos proporciona es tan enorme como si costara una fortuna...

Notó entonces la mirada del espíritu, y se detuvo.

—¿Qué ocurre? —preguntó el fantasma.

—Nada de particular —dijo Scrooge.

—Me parece que sí... —insistió el fantasma.

—No —repitió Scrooge—. No. Solo que me gustaría decirle un par de cosas a mi secretario en estos momentos. Eso es todo.

El joven Scrooge apagó las luces mientras el viejo expresaba aquel deseo, y tanto él como el fantasma aparecieron nuevamente juntos en el exterior.

—Ya casi no me queda tiempo —observó el espíritu—. ¡Deprisa!

Pero eso no se lo decía a Scrooge, ni a nadie que este pudiera ver, aunque de todos modos produjo un efecto inmediato, porque Scrooge pudo verse de nuevo a sí mismo. Era mayor ahora: un hombre en la madurez de su vida. Su rostro no tenía la dureza y las feroces arrugas de los últimos años, pero había empezado a adquirir los rasgos de la preocupación y la avaricia. Había destellos de ansiedad, de codicia y de inquietud en su mirada, que mostraban que el egoísmo había echado raíces y que aquel árbol seguiría creciendo y ensombrecería su frente.

No estaba solo. Se encontraba al lado de una joven muy guapa vestida de luto, en cuyos ojos había lágrimas que centelleaban a la luz del fantasma de las Navidades del pasado.

—Ya poco importa —decía, con voz muy suave—. Y para ti, muy poco. Otro ídolo me ha desplazado. Y si puede hacerte feliz y consolarte, como yo lo habría intentado, no tengo ninguna razón para quejarme.

—¿Qué ídolo te ha desplazado? —replicó el caballero Scrooge.

—Un ídolo de oro.[21]

---

[21] La referencia es el capítulo 32 del Éxodo, cuando los israelitas funden todo su oro para fabricar un becerro al que adorar.

—¡Así es como funciona el mundo! —dijo—. ¡No hay nada que el mundo desprecie más que la miseria y no hay nada que condene con más rigor que la búsqueda de la riqueza!

—Te preocupa mucho lo que piense el mundo —contestó ella, amablemente—. Todas tus esperanzas se han reducido a la obsesión de que no se te hagan esos reproches. Yo he visto cómo tus nobles aspiraciones caían una tras otra, hasta que esa pasión voraz, el deseo de ganar dinero, te ha absorbido por completo. ¿O no es así?

—¿Y qué? —replicó Scrooge—. Si me he convertido en una persona mucho más prudente, ¿qué tiene eso de malo? Mis sentimientos hacia ti no han cambiado.

Ella negó con la cabeza.

—¿Han cambiado? —preguntó Scrooge.

—Nuestro compromiso es antiguo —dijo la joven—. Lo hicimos cuando éramos pobres y no nos importaba serlo, hasta que, por suerte, pudimos mejorar nuestra fortuna material gracias a nuestro paciente trabajo. Has cambiado. Cuando formalizamos nuestro compromiso eras otro hombre.

—¡Era un crío! —dijo Scrooge con impaciencia.

—Tus propios sentimientos te confirmarán que entonces no eras lo que eres hoy —replicó la joven—. Yo sigo siendo la misma. Tus propios sentimientos te dirán que lo que nos prometía la felicidad cuando pensábamos igual solo nos amenaza con desgracias ahora que pensamos distinto. No puedo decirte cuánto y cuán profundamente he pensado en todo esto. Pero baste con decirte que lo he pensado bien y que te libero de nuestro compromiso.

—¡Yo nunca he querido liberarme de ese compromiso!

—De palabra, no. Nunca.

—¿Y cómo, entonces?

—Cambiando tu carácter, cambiando tu alma, cambiando tu modo de vivir, cambiando tus esperanzas y deseos. Cambiando todo lo que hacía que mi amor fuera digno o tuviese algún valor ante ti. Si no hubiera habido nada de eso entre nosotros —dijo la muchacha, mirando con ternura, pero con firmeza, al joven Scrooge—, dime: ¿me pretenderías e intentarías conseguirme ahora? ¡Pues claro que no!

Pareció que Scrooge admitía que tal suposición era cierta, muy a su pesar. Pero, debatiéndose internamente, dijo:

—Eso no lo piensas de verdad.

—Me gustaría pensar de otra forma, si pudiera —contestó—. ¡El Cielo y mi alma bien lo saben! Cuando me di cuenta de la verdad, también supe lo fuerte e irresistible que debe de ser. Si fueras libre hoy, mañana, ayer, ¿podría creer que tú ibas a elegir a una muchacha huérfana y sin dote? ¿Tú, que siendo absolutamente sincero con ella, todo lo valoras dependiendo de las ganancias? O si la eligieras a ella, si por casualidad fueras lo suficientemente desleal a tu único principio vital para actuar así, ¿no sé yo bien que lo lamentarías y te arrepentirías inmediatamente? Lo sé. Y por eso te libero de tu compromiso... de todo corazón, por el amor que le tuve a aquel que fuiste una vez...

El joven Scrooge estuvo a punto de decir algo, pero ella le volvió la cara y añadió:

—Puede que esto te apene..., el recuerdo del pasado casi me permite confiar en que sea así. Pero pronto, muy pronto, acabarás despreciando incluso esos recuerdos, alegremente, como un sueño ridículo del cual por suerte te pudiste despertar. ¡Ojalá seas feliz con la vida que has escogido!

Se levantó y se fue. Y se separaron.

—¡Espíritu! —dijo Scrooge—, ¡no me enseñes nada más! Llévame a casa. ¿Por qué te complaces en torturarme?

—¡Solo un episodio más! —exclamó el fantasma.

—¡Nada más! —exclamó Scrooge—. Nada más. No quiero verlo. ¡No me enseñes nada más!

Pero el implacable fantasma lo sujetó por los brazos y le obligó a mirar lo que ocurrió después.

Se encontraban ante otra escena y otro lugar: un salón, ni muy grande ni muy lujoso, pero lleno de comodidades. Junto a la chimenea invernal se encontraba una joven muy hermosa, tan parecida a la última que Scrooge pensó que sería la misma, hasta que la observó mejor, ahora convertida en una atractiva matrona, sentada frente a su hija. El alboroto en la salita era verdaderamente tumultuoso, porque había más niños allí de los que Scrooge, en su estado de nervios, podía contar. Y, a diferencia del celebrado rebaño del poema,[22] no había cuarenta niños que se comportaran como uno solo, sino que cada crío se comportaba como si fueran cuarenta. La consecuencia era un escándalo inimaginable, aunque a nadie parecía preocuparle. Por el contrario, la madre y la hija se reían de buena gana y disfrutaban mucho de la algarabía. Y la segunda, que no tardó en mezclarse en los juegos de los críos, fue asaltada por los jóvenes forajidos del modo más despiadado. ¡Qué no habría dado yo por ser uno de ellos... aunque yo nunca hubiera sido tan rudo, ni hablar! Ni por todo el oro del mundo habría desordenado aquellas trenzas ni tirado de ellas. Y respecto a aquel delicado zapatito, ¡Dios bendito, yo nunca lo habría robado, ni aunque de ello dependiera mi vida! Y respecto a lo de rodear su cintura por diversión, como ellos hacían, descarada barahúnda, jamás lo habría hecho: temería que, como castigo, mi brazo se quedara doblado para siempre y que no se volviera a enderezar jamás. Y sin embargo, me habría gustado muchísimo, lo reconozco, tocar sus labios, preguntarle algo para que pudiera abrirlos, deleitarme en las pestañas de sus ojos cerrados y nunca provocar su rubor, deshacer las ondas de su pelo (una pulgada de sus cabellos sería un recuerdo valiosísimo). En resumen, me habría gustado, lo confieso sinceramente, haber gozado de las inocentes confianzas de un niño y, sin embargo, ser lo suficientemente adulto como para conocer su valor.

Pero entonces se pudo oír que llamaban a la puerta, e inmediatamente se organizó una avalancha que la joven observó con el gesto sonriente y el vestido desaliñado, al tiempo que la colocaban en el centro de aquel grupo escandaloso y sofocado, justo a tiempo para dar la bienvenida al padre, que, atendiendo a una costumbre familiar de Nochebuena, llegaba a casa acompañado por un hombre cargado con juguetes y regalos navideños. ¡Entonces hubo gritos y forcejeos, y un asalto en toda regla contra el indefenso porteador de los regalos! Lo escalaron con sillas, en vez

---

[22] Es una referencia al poema de William Wordsworth «Written in March» (Escrito en marzo), que al final de la primera estrofa dice: *«The cattle are grazing, / Their heads never raising: / There are forty feeding like one!»* («El ganado está pastando, / nunca levantan la cabeza: / ¡son cuarenta comiendo como una sola!»).

de escaleras, para hurgar en sus bolsillos, lo despojaron de los paquetes envueltos en papel de estraza, se colgaron de su corbata, rodearon su cuello con los brazos, lo aporrearon en la espalda y le patearon las piernas con un cariño irreprimible. ¡Con qué gritos de asombro y felicidad se recibían los regalos cuando se desenvolvían! ¡Qué terrible conmoción cuando se anunció que el más pequeño había sido sorprendido llevándose a la boca una sartén de juguete y era más que sospechoso de haberse tragado un pavo de mentira junto a su bandeja de madera! ¡Qué inmenso alivio cuando se descubrió que todo era una falsa alarma! ¡Qué alegrías, que gratitudes, qué emociones! ¡Todas indescriptibles! Será suficiente decir que poco a poco los niños y sus emociones fueron abandonando el salón y, subiendo juntos las escaleras, se acomodaron en el piso superior de la casa, y allí se metieron en sus camas y se tranquilizaron.

Y entonces Scrooge observó la escena más atentamente que nunca, cuando el señor de la casa, con la hija colgada de su cuello en todo momento, se sentó junto a ella y su madre frente a la chimenea. Y cuando pensó que una criatura parecida, tan bonita y tan prometedora, podría haberlo llamado padre, y que podría haber sido la primavera en el consumido invierno de su vida, su vista se enturbió por completo.

—Belle —dijo el marido, volviéndose hacia su mujer con una sonrisa—, esta tarde he visto a un viejo amigo tuyo.

—¿A quién?

—¡Adivina!

—¿Cómo voy a...? ¡Anda, no lo sé...! —Y a continuación, viendo que su marido se reía, exclamó—: ¡Al señor Scrooge!

—¡Al mismísimo señor Scrooge! He pasado por delante de su oficina, y como no estaba cerrada, y tenía una vela encendida dentro, apenas he podido evitar verlo. He oído que su socio está al borde de la muerte, y él estaba allí solo. Me parece que está completamente solo en el mundo.

—¡Espíritu! —dijo Scrooge con la voz quebrada—, ¡sácame de aquí!

—Ya te he dicho que eran escenas de cosas que han ocurrido —dijo el fantasma—. Son lo que son, ¡no me culpes a mí!

—¡Sácame de aquí! —exclamó Scrooge—. ¡No lo soporto!

Se volvió hacia el fantasma, y viendo que el espíritu lo miraba con una cara en la que, por algún extraño motivo, había fragmentos de todos los rostros que le había ido mostrando, quiso agredirlo.

—¡Déjame! ¡Llévame a casa! ¡No me persigas más!

En el forcejeo, si es que puede llamarse forcejeo a una lucha en la que el fantasma no tuvo que emplearse en absoluto, no sufrió ningún daño a pesar de los esfuerzos del adversario. Scrooge observó que su luz ardía viva y brillante; y sospechando a medias que eso tenía alguna relación con él, se las arregló para arrebatarle el matacandelas y, con un movimiento rápido, se lo plantó en la cabeza.

El espíritu se fue desvaneciendo a medida que el apagavelas iba cubriendo toda su figura. Pero aunque Scrooge presionaba con todas sus fuerzas, no podía mitigar del todo la luz que seguía ardiendo debajo y que se esparcía por el suelo inundándolo de fulgor.

Tuvo conciencia entonces de su agotamiento y se sintió invadido por una irresistible somnolencia; también se percató de que se encontraba en su propia alcoba. Le dio al matacandelas un último apretón y luego relajó su mano. Casi no le dio tiempo a llegar a la cama, antes de sumirse en un profundo sueño.

Estrofa III

El segundo de los tres espíritus

Scrooge se despertó en medio de un ronquido prodigiosamente fuerte y se sentó en la cama para ordenar sus ideas; no tuvo tiempo para darse cuenta de que la campana estaba a punto de dar la UNA otra vez. Pensó que ya se encontraba bien despierto y consciente, justo a tiempo, con el fin de mantener una conversación con el segundo mensajero que se presentara, tal y como le había advertido Jacob Marley. Pero notó un cierto frío incómodo cuando comenzaba a preguntarse cuál de las cortinas de su dosel se apartaría para dejar ver al nuevo espectro, así que decidió apartarlas todas él mismo. Y tumbándose de nuevo, mantuvo una atenta vigilancia en torno a su cama. Porque deseaba enfrentarse al espíritu en el preciso instante en el que se presentara y no tenía ganas de que lo cogiesen por sorpresa y le dieran un susto.

Los caballeros alegres y desenfadados que presumen de conseguir cualquier cosa con chasquear los dedos, y de no hacer nada en todo el día, expresan capacidad y disposición general para la aventura diciendo que son buenos en todo, desde los juegos callejeros[23] a los homicidios; entre ambos extremos, sin duda, hay un abanico bastante amplio y completo de asuntos. Sin aventurar que Scrooge fuera en absoluto tan duro como esos jóvenes, no temo decirle al lector que puede estar seguro de que estaba dispuesto a aguantar un buen muestrario de extrañas apariciones, y que nada que se encontrara entre un bebé y un rinoceronte podría impresionarle en exceso.

Ahora bien, aun estando preparado para casi cualquier cosa, no estaba de ningún modo preparado para nada; y, en consecuencia, cuando la campana dio la una y no apareció ninguna figura, le acometió un violento ataque de temblores. Cinco minutos, diez minutos, un cuarto de hora transcurrió, pero nada ocurrió. Durante todo ese tiempo estuvo tumbado en la cama, centro y núcleo de un fulgor de luz rojiza que había empezado a aparecer cuando el reloj dio la hora. Y aun siendo solo luz, era más aterradora que una docena de fantasmas, porque Scrooge era incapaz de entender qué significaba o de dónde venía, y por momentos temió que aquello pudiera resolverse en cualquier instante en un sorprendente caso de combustión espontánea, sin tener siquiera el consuelo de poder confirmarlo.[24]

---

[23] «*Pitch-and-toss*». Se trata de un juego infantil de habilidad y azar, en el que se lanzan monedas de poco valor y gana el que queda más cerca de una línea o un punto acordado, con distintas variantes en sus reglas.

[24] La combustión espontánea fue uno de los grandes temas de la medicina victoriana. Hubo médicos y críticos escépticos (como G. H. Lewes) que car-

Al final, en cualquier caso, empezó a pensar —igual que el lector o yo mismo habríamos pensado enseguida, porque siempre son las personas que no están en apuros quienes saben lo que debe hacerse y lo que sin duda alguna habrían hecho de estar en esas circunstancias—, empezó a pensar que la fuente y el secreto de aquella luz fantasmal podrían estar en el cuarto anejo, desde donde, si uno se fijaba bien, parecía brillar. Esta idea comenzó a obsesionarle y se levantó muy despacio, y fue arrastrando sus pantuflas hasta la puerta.

En el momento en el que Scrooge puso la mano en el picaporte, una extraña voz lo llamó por su nombre y lo invitó a entrar. Él obedeció, asomando la cabeza.

¡Era su propia habitación! No cabía la menor duda al respecto. Pero había sufrido una sorprendente transformación. Las paredes y el techo estaban tan llenos de plantas que aquello parecía prácticamente un bosquecillo: por todas partes se veían lustrosas y brillantes bayas relucientes. Las tersas hojas de acebo, muérdago y hiedra reflejaban la luz, como si fueran una multitud de espejuelos colocados allí al azar. Y había un fuego tan poderoso y cegador en la chimenea que era imposible que aquel hogar hubiera conocido nada semejante en tiempos de Scrooge, o de Marley, o en tantos y tantos inviernos anteriores. Apilados en el suelo, formando una especie de trono, había pavos, gansos, caza, aves de corral, jabalíes, grandes patas de carne, lechoncillos, largas ristras de salchichas, pasteles de carne, púdines de pasas, canastas de ostras, castañas asadas, manzanas coloradas, naranjas jugosas, peras deliciosas, grandes pasteles de la noche de Reyes[25] y calientes cuencos de ponche que conseguían que la sala se difu-

---

garon contra Dickens por su tendencia a lo macabro y anticientífico: en *Bleak House* (1852-1853, *Casa desolada*), un personaje, Krook, muere por combustión espontánea.

[25] Los «*twelfth cakes*» no son los roscones de Reyes, sino más bien tartas muy ornamentadas que se degustan en la Twelfth Night (literalmente, la Noche Duodécima después de Navidad), el 6 de enero, con lo que se dan por terminadas las festividades navideñas.

minara con sus deliciosos vapores. Sentado cómodamente sobre aquel trono se encontraba un gigante de aspecto jovial, glorioso en su figura, que sostenía una antorcha ardiente, cuya forma no era muy distinta a la del Cuerno de la Abundancia, manteniéndola en lo alto, arriba, para lanzar su luz sobre Scrooge cuando asomó la nariz por la puerta.

—¡Entra! —exclamó el fantasma—. ¡Entra y conozcámonos, hombre!

Scrooge avanzó tímidamente y humilló la cabeza delante del espíritu. Ya no era el Scrooge testarudo de antes, y aunque la mirada del fantasma parecía clara y amable, no le apetecía enfrentarse a ella.

—Soy el fantasma de la Navidad actual —dijo el espíritu—. ¡Mírame!

Scrooge lo hizo con temor reverencial. El espíritu iba ataviado con una túnica sencilla, de color verde oscuro, o una especie de capa adornada con un festón de piel blanca. Aquella indumentaria caía tan despreocupadamente sobre su figura que su imponente pecho quedaba al desnudo, como si despreciara la idea de cubrirlo u ocultarlo mediante cualquier artificio. Sus pies, que podían verse bajo los amplios pliegues de la túnica, también estaban desnudos. Y sobre la cabeza no llevaba más que una guirnalda de acebo de la que pendían, aquí y allá, brillantes carámbanos de hielo. Los rizos castaños de su pelo eran largos y limpios, limpios como su rostro amable, su mirada centelleante, su mano abierta, su voz alegre, sus gestos confiados y su expresión feliz. Ceñida a su cintura llevaba una antigua vaina, pero sin espada, y el metal parecía comido por la herrumbre.

—¡Jamás has visto a nadie como yo! —exclamó el espíritu.

—Jamás —dijo como respuesta Scrooge.

—Nunca has andado con los miembros más jóvenes de mi familia, es decir (porque yo soy muy joven), con mis hermanos mayores, nacidos en los últimos años... —prosiguió el espectro.

—Creo que no —dijo Scrooge—. Me temo que no. ¿Tienes muchos hermanos, espíritu?

—Más de mil ochocientos —dijo el fantasma.

—¡Una familia tremenda para mantenerla! —farfulló Scrooge.

El fantasma de las Navidades presentes se incorporó y, mientras lo hacía, Scrooge observó que parecía estar escondiendo algo bajo los pliegues de la túnica. Imaginó que había visto como la garra de un gran pájaro o un pie mucho más pequeño que el del propio espíritu sobresaliendo un instante entre sus ropajes, y picado por la curiosidad en todo lo concerniente a sus visitantes sobrenaturales le preguntó al espíritu qué significaba aquello.

—Los que desean saber o preguntar no son tantos como podrían ser —replicó el fantasma—. Pero ahora todo eso no importa. ¿Estás listo para venir conmigo?

—Espíritu —dijo Scrooge humildemente—, llévame donde desees. La pasada noche salí a la fuerza y aprendí una lección que aún me afecta. Esta noche, si tienes que enseñarme algo, que me sea de algún provecho.

—¡Toca mi túnica!

Scrooge hizo lo que se le ordenaba y agarró con firmeza el ropaje.

El acebo, el muérdago, los frutos rojos, la hiedra, los pavos, los patos, la caza, las aves de corral, los jabalíes, la carne, los cochinos, las salchichas, las ostras, los pasteles, los púdines, la fruta y el ponche..., todo se desvaneció al instante. Y también desaparecieron la estancia, la chimenea, el fulgor rojizo y la hora nocturna, y de repente ambos se encontraron en las calles de la ciudad la mañana de Navidad, donde (dado que el tiempo era muy desapacible) la gente estaba haciendo una especie de ruido áspero, pero vigoroso, y no del todo desagradable, al raspar la nieve de las aceras, frente a sus casas y en los tejados de sus hogares. Y ver cómo la escarcha caía en la calle y formaba pequeñas y falsas tormentas de nieve era una completa delicia para los chicos.

Las fachadas de las casas parecían muy oscuras, y las ventanas aún más, contrastando con el suave manto de nieve blanca de los tejados y con la nieve sucia del suelo; sobre la última nevada las pesadas ruedas de los carros y carretas habían formado unas profundas huellas, huellas que se cruzaban y se entrecruzaban unas con otras, cien veces, donde se ramificaban las amplias avenidas, y formaban intrincados canales, difíciles de seguir en el espeso fango amarillento y en el agua helada. El cielo estaba sombrío y las calles más pequeñas parecían asfixiarse en una niebla turbia, medio derretida medio helada, cuyas partículas más pesadas caían al suelo en una suerte de lluvia de átomos de hollín, como si todas las chimeneas de Gran Bretaña se hubieran puesto de acuerdo para encenderse al mismo tiempo y estuviesen lanzando sus llamaradas en los hogares. No había nada excesivamente agradable ni en el tiempo ni en la ciudad; y sin embargo había un ambiente de alegría en todas partes, tanta que solo los días más limpios del verano o de sol estival más brillante podrían haber intentado concebirlo... en vano.

Porque la gente que andaba retirando con palas la nieve de los tejados parecía alegre y contenta: se saludaban unos a otros desde los edificios y de vez en cuando intercambiaban divertidos bolazos de nieve, unos proyectiles más amables que muchos chistes habituales, y se reían de buena gana cuando daban en el blanco, y no menos cuando fallaban estrepitosamente. Las pollerías todavía estaban medio abiertas y las fruterías estaban radiantes y en todo su esplendor. Había grandes cestas de castañas, redondas y orondas, que parecían los chalecos barrigudos de caballeros alegres, recostados junto a las puertas y mostrando al mundo su tendencia al colapso sanguíneo. Había cebollas españolas, moradas, gordas y de piel marrón, brillando en su rollizo volumen como los frailes españoles, y guiñando desde las estanterías con taimada picardía a las jóvenes que pasaban por la calle, al tiempo que lanzaban tímidas miradas al muérdago del techo. Había también peras y manzanas organizadas en altas y floridas pirámides; había racimos de uvas que —gracias a la benevolencia de los tenderos— estaban colgados de enormes ganchos para que a la gente se le hiciera la boca agua, gratis, cuando pasaba por delante; había montones de avellanas, marrones y también recubiertas con sus hojas: recordaban, con su perfume, los antiguos paseos por los bosques y las agradables excursiones con los pies metidos en los montones de hojas secas hasta los tobillos; había manzanas rojas de Norfolk para cocinar,[26] rechonchas y colora-

---

[26] Norfolk Biffins.

dotas, presumiendo entre los amarillos de los limones y las naranjas, y con la fabulosa densidad de sus jugosas personalidades llamaban y apremiaban a los transeúntes para que se las llevaran a casa en bolsas de papel y se las comieran a la hora de la cena. El mismo pez dorado y plateado, que se encontraba en una pecera, entre todas esas delicias, aun siendo miembro de una especie estúpida y de sangre fría, parecía saber que allí estaba pasando algo, y, aun siendo pez, boqueaba de un lado a otro en su pequeño mundo con una lenta y desapasionada emoción.

Las tiendas de comestibles, ¡ah, las tiendas...! Algunas casi habían cerrado, con un par de contraventanas tal vez ya colocadas, o al menos una, pero a través de las ventanas libres, ¡qué maravilloso espectáculo! No era solo que las balanzas de los mostradores tintinearan con su alegre ruidillo o que el bramante se desenrollara con gozoso brío, ni que los botes y las latas subieran y bajasen como si las manejaran malabaristas, y ni siquiera que los perfumes mezclados del té y del café resultaran tan agradables al olfato, ni siquiera que las frutas pasas fuesen tan abundantes y exóticas; las almendras, tan extraordinariamente blancas; las ramitas de canela, tan largas y rectas; el resto de las especias, deliciosísimas; las frutas escarchadas, tan almibaradas y espolvoreadas con azúcar que podrían hacer que los observadores más escépticos se desmayaran y se tornaran inmediatamente golosos. No era tampoco que los higos estuvieran frescos y carnosos, o que las ciruelas francesas se ruborizaran con modesta acidez desde sus espléndidas y decorativas cajas, o que todo fuera delicioso para comer y estuviese ataviado con sus mejores galas navideñas, sino que los clientes andaban todos tan apurados y tan entusiasmados con la perspectiva del día de Navidad, corriendo de un lado a otro, y de puerta en puerta, tropezando con sus cestas de mimbre, olvidando las compras en los mostradores, y volviendo deprisa a recogerlos, y cometiendo cientos de errores parecidos con el mejor humor posible... mientras los tenderos y sus empleados se mostraban tan francos y alegres que los corazones que formaban las elegantes lazadas de los delantales a la espalda podrían haber sido los suyos propios, expuestos al público para la inspección general y para que los cuervos navideños los picotearan, si ese era su gusto.[27]

Pero los campanarios no tardaron en llamar a las gentes de bien para que acudieran a iglesias y capillas, y allá que fueron todos, llenando con multitudes las calles, ataviados con sus mejores galas, y con sus rostros más gozosos. Y al mismo tiempo, desde una infinidad de calles, callejas y callejuelas sin nombre, salía una cantidad ingente de personas que acudían a los hornos a preparar sus cenas.[28] La visión de esos pobres ciudadanos pareció interesar mucho al espíritu, porque se apostó junto a Scrooge a la puerta de un horno panadero y, levantando las tapas de las cestas cuando pasaban sus portadores, dejaba caer chispas de fuego de su antorcha sobre las cenas. Y era un tipo de antorcha de lo más extraño, porque en una o dos ocasiones, cuando se producía algún altercado entre las gentes que iban a hornear sus cenas o se empujaban, con su extraña antorcha el fantasma dejaba caer unas gotas de agua sobre ellos, y su buen humor regresaba casi de inmediato. Y decían que era una vergüenza discutir en Navidad. ¡Y eso era verdad! ¡Así lo quiere Dios, y así era!

Al final, las campanas callaron y los panaderos cerraron sus hornos. Sin embargo, había algo encantador en todos aquellos alimentos y en el proceso de su cocinado, en las manchas aún húmedas que se veían en los hornos de los panaderos, donde el suelo aún humeaba, como si las losetas se estuvieran cocinando también.

—¿Tiene un sabor especial el fuego de tu antorcha, con el que has salpicado la comida de esa gente? —preguntó Scrooge.

—Sí, el mío.

—¿Sirve para cualquier clase de comida de hoy? —preguntó Scrooge.

---

[27] Es una referencia al *Otelo* (I, i) de Shakespeare, donde dice Yago: «Llevaré el corazón en la manga, / para que lo picoteen los cuervos, si quieren». Llevar el corazón «al descubierto» es un signo de honradez y bondad.

[28] Los panaderos tenían prohibido utilizar los hornos el día de Navidad y los domingos; en cambio, se les permitía cocinar en ellos comidas de particulares (carnes y pasteles), sobre todo de personas que no podían permitirse el lujo de tener hornos caseros.

—Para cualquier clase de comida que se ofrezca con cariño. Sobre todo para la de los pobres.

—¿Por qué sobre todo para la de los pobres? —dijo Scrooge.

—Porque lo necesitan más.

—Espíritu... —dijo Scrooge, después de meditarlo un rato—. Me extraña mucho que tú, entre todos los seres de los mundos infinitos que rondan sobre nuestras cabezas, hayas permitido que se limiten las oportunidades de esa gente para que disfruten de sus inocentes placeres.

—¿Yo? —exclamó el espíritu, sorprendido.

—Bueno, tú les impides que puedan alimentarse todos los domingos, a menudo el único día en el que se puede decir que comen algo... —añadió Scrooge—. ¿No es así?

—¿Yo? —volvió a gritar el espíritu.

—Tú has querido que se cierren los hornos el domingo —prosiguió Scrooge—. Y eso viene a ser lo mismo.

—¿Que yo he querido...? —exclamó el espíritu.

—Perdóname si me equivoco. Eso se ha hecho en tu nombre, o al menos en el de tu familia —apuntó Scrooge.

—Hay alguna gente en esta tierra tuya —contestó el espíritu— que presume de conocernos, y que en nuestro nombre lleva a cabo actos de ira, orgullo, odio, malicia, envidia, fanatismo y egoísmo, pero son tan ajenos a nosotros y a nuestra familia y estirpe como si no hubieran existido jamás. Recuerda eso, y carga en el debe de esas gentes sus actos, no sobre nosotros.

Scrooge prometió que así lo haría. Y luego continuaron, invisibles como hasta entonces, caminando por los barrios de la ciudad. Una cualidad especialmente llamativa del fantasma (y que Scrooge había podido observar en la panadería) era que, a pesar de su enorme estatura, podía acomodarse a cualquier lugar sin mayor inconveniente, y que se encontraba tan contento y con su habitual gesto de ente sobrenatural en una habitación de techo bajo como en un amplio salón.

Y tal vez fuera ese placer que el buen espíritu tenía al mostrar esa habilidad, o tal vez fuera su propia naturaleza, amable, generosa y cordial, y su compasión para con los pobres, lo que los condujo directamente a la casa del secretario de Scrooge. Porque fue allí donde se dirigieron, y el espíritu llevó a Scrooge colgando de su túnica, y en el quicio de la puerta el espíritu sonrió, y se detuvo para bendecir el hogar de Bob Cratchit con las chispas brillantes de su antorcha. ¡Pensémoslo! Bob apenas ganaba quince *bobs*[29] a la semana: se embolsaba los sábados solo quince repeticiones de su nombre, y sin embargo el fantasma de las Navidades presentes bendijo su casa de cuatro piezas.

Apareció entonces la señora Cratchit, la mujer del oficinista, ataviada muy lastimosamente con una bata a la que ya le habían dado dos vueltas, pero adornada con cintas baratas que daban bien el pego por seis peniques, y empezó a poner el mantel ayudada por Belinda Cratchit, la segunda de sus hijas, que también lucía muchas cintas. Mientras, el caballerete Peter Cratchit metía un tenedor en la bandeja de las patatas, y alisándose los picos de su enorme cuello camisero (propiedad privada de Bob, cedida a su hijo y heredero con motivo de tan honroso día) disfrutaba de verse tan galanamente vestido y estaba deseando presumir de su ropa blanca en los parques de moda.[30] Luego, dos pequeños Cratchit, un niño y una niña, entraron atropelladamente en la estancia, gritando que habían descubierto ellos solos que estaban asando su ganso en el horno de la panadería y que lo habían sabido por el olor, y enfrascándose en una discusión sobre la salvia y la cebolla, los jóvenes Cratchit empezaron a bailar alrededor de la mesa, y adulando al joven Peter Cratchit y poniéndolo por las nubes, mientras él (no muy orgulloso, porque su cuello casi lo asfixiaba) avivaba el fuego, hasta que las patatas casi frías comenzaron a bullir, golpeando ferozmente la tapa de la cazuela para que las sacaran y las pelasen.

—¿Dónde anda vuestro adorado padre? —dijo la señora Cratchit—. ¿Y vuestro hermano Tim? ¿Y Martha, que el día de Navidad del año pasado hacía ya media hora que andaba por aquí?

—¡Aquí está Martha, madre! —exclamó la voz de una joven, entrando mientras lo decía.

---

[29] Chelines.

[30] Rotten Row, en Hyde Park, era el lugar para ver y dejarse ver en público, aunque es dudoso que el joven Cratchit pudiera lucir mucho en un espacio tan selecto.

—¡Aquí está Martha, madre! —gritaron los dos jóvenes Cratchit—. ¡Hurra! ¡Menudo ganso tenemos, Martha!

—¡Bueno! ¡Dichosos los ojos que te ven, cariño, qué tarde llegas! —dijo la señora Cratchit, besándola una docena de veces y quitándole el chal y el gorro, con afecto zalamero.

—Dejamos un montón de trabajo sin acabar anoche —contestó la muchacha— y hemos tenido que solucionarlo esta mañana, madre.

—Bueno, lo importante es que hayas venido —dijo la señora Cratchit—. Siéntate junto al fuego, cariño, y caliéntate, ¡que Dios te bendiga!

—¡No, no...! ¡Ya viene padre! —gritaron los dos jóvenes Cratchit, que estaban en todas partes a la vez—. ¡Escóndete, Martha, escóndete!

Así que Martha se escondió, y entró Bob, su padre —con al menos tres palmos de bufanda colgando por detrás, y con el traje raído, zurcido y desgastado, para ir a tono con la época— y Tiny Tim, que venía a hombros del señor Cratchit. Porque, ay, pobre Tiny Tim, tenía que utilizar una muleta y llevaba las piernas sujetas con un aparato de hierro.

—Vaya, ¿dónde está nuestra Martha? —exclamó Bob Cratchit, buscando a su alrededor.

—No ha venido —dijo la señora Cratchit.

—¿Cómo que no ha venido? —protestó Bob, con una repentino abatimiento, porque había sido el purasangre de Tim todo el camino desde la iglesia y había venido hasta casa galopando—. ¿No va a venir el día de Navidad?

A Martha no le gustaba verlo disgustado, ni siquiera en broma, así que salió antes de tiempo de su escondite y corrió a sus brazos, mientras los dos pequeños Cratchit zarandeaban a Tiny Tim y lo arrastraban hasta el lavadero, desde donde se podía oír cómo bullía el pastel en el barreño de cobre.[31]

---

[31] Puede resultar extraño que los niños vayan al lavadero a ver el pastel. Rich Bowen apunta que el *copper* era un gran barreño (de hierro, en realidad) donde se hacía la colada y, dado que la familia Cratchit no disponía de horno, seguramente estaría cocinando el pudin en ese recipiente y, precisamente, en el lavadero, que era con frecuencia un espacio comunal, compartido con otros vecinos.

—¿Y qué tal se ha portado el pequeño Tim? —preguntó la señora Cratchit, después de reírse a gusto de Bob y su credulidad, y después de que este hubiera abrazado a su hija con toda la alegría de su corazón.

—¡A las mil maravillas —dijo Bob—, y aun mejor! A veces se queda un poco meditabundo al estar sentado solo tanto tiempo, y piensa las cosas más extrañas que puedas imaginarte. Me ha dicho, viniendo para casa, que esperaba que la gente lo viera en la iglesia, porque, siendo un lisiado, eso podría alegrar a otras personas y recordarles, en Navidad, a aquel que conseguía que los mendigos tullidos caminaran y los ciegos vieran.

La voz de Bob casi temblaba cuando decía eso, y tembló aún más cuando dijo que Tiny Tim estaba creciendo fuerte y sano.

Se oyeron los golpecillos de la pequeña muleta en el suelo y Tiny Tim entró en la estancia antes de que se pudiera decir nada más, escoltado por su hermano y su hermana pequeños, que lo acompañaron hasta un taburete junto al fuego. Y mientras Bob se remangaba —pobrecillo, ¡como si los puños de su camisa pudieran correr el riesgo de estar más desastrados!— y empezaba a preparar una bebida caliente en una jarra, con ginebra y limones, dándole vueltas y más vueltas, y poniéndola en el fogón de la chimenea para que hirviera a fuego lento, el joven Peter y los dos pequeños y ubicuos Cratchit fueron a recoger el ganso, con el que no tardaron en regresar en solemne procesión.

Se produjo tal algarabía que cualquiera podría haber pensado que un ganso era la más extraordinaria de las aves, un fenómeno con plumas, frente al cual un cisne negro sería un animal común y corriente. Y, en realidad, esa ave sí que era algo parecido en aquella casa. La señora Cratchit hizo que la salsa (preparada con antelación en una cazuela) silbara al fuego. El joven Peter machacaba las patatas con increíble vigor; la señorita Belinda endulzaba el puré de manzana; Martha limpió los hornillos; Bob puso a Tiny Tim a su lado, en una esquinita de la mesa; los dos jovenzuelos Cratchit colocaron las sillas para todos, sin olvidar las suyas, y montaron guardia en sus puestos: se metieron las cucharas en la boca, o de lo contrario chillarían pidiendo ganso asado antes de que llegara su turno. Al final se colocaron los platos y se bendijo la mesa. A continuación todos contuvieron el aliento cuando la señora Cratchit, observando detenidamente el gran cuchillo trinchador, se dispuso a hundirlo en la pechuga. Pero cuando lo hizo, y el anhelado relleno se abrió paso en la bandeja, un murmullo de asombro y gozo recorrió toda la mesa, e incluso Tiny Tim, animado por los dos pequeños Cratchit, comenzó a golpear la mesa con el cuchillo y exclamó débilmente: «¡Hurra!».

Jamás hubo un ganso parecido. Bob dijo que no creía que nunca se hubiera cocinado un ganso semejante. Su ternura y sabor, su tamaño y su buen precio, fueron temas que suscitaron una admiración generalizada. Junto a la compota de manzanas y el puré de patatas, hubo suficiente comida para toda la familia. Y, en efecto, como dijo la señora Cratchit con enorme alegría (observando un diminuto fragmento de hueso en el plato), al fin y al cabo no había podido comérselo todo. Sin embargo, todos habían comido lo suficiente, y los Cratchit más jóvenes en particular estaban embadurnados de salvia y cebolla ¡hasta las cejas! Luego la señorita Belinda cambió los platos y la señora Cratchit salió sola de la estancia —demasiado nerviosa para que nadie la acompañara—, con la intención de sacar el pudin y llevarlo a la mesa.

¡Imaginad que no estuviera bien hecho! ¡Imaginad que se hubiese roto al volcarlo! ¡Imaginad que alguien hubiera saltado la tapia del patio y lo hubiese robado mientras ellos disfrutaban del ganso..., una suposición que hizo palidecer a los dos jóvenes Cratchit! ¡Se imaginaron todo tipo de espantos!

¡Bueno! ¡Qué cantidad de vapor! Se sacó el pudin del barreño de cobre. ¡El perfume de un día de colada! ¡Era por el paño! ¡Había un olor como de casa de comidas y de pastelería que estuvieran puerta con puerta, y de una lavandería que estuviese al lado! ¡Ahí estaba el pudin! En medio minuto, la señora Cratchit —sofocada, pero sonriendo orgullosa— entró en el salón con el pudin, que parecía una bala de cañón moteada, tan duro y tan firme, resplandeciente con su mitad de medio cuartillo de brandy flambeado ¡y aderezado con una ramita de acebo navideño en lo más alto!

¡Oh, qué pudin tan maravilloso!, dijo Bob Cratchit con sosiego y aplomo, pues consideraba aquel pudin como el mayor éxito logrado por la señora Cratchit durante todo su matrimonio. La señora Cratchit dijo —ahora que se había quitado un peso de encima— que había tenido sus dudas respecto a las cantidades de harina. Todo el mundo tuvo algo que decir al respecto, pero nadie dijo o pensó que efectivamente fuera un pudin demasiado pequeño para una familia tan numerosa. Habría sido una vulgar herejía decir eso. Cualquier Cratchit se habría avergonzado de haber sugerido siquiera algo semejante.

Por fin concluyó la comida; se levantaron los manteles, se barrió el fogón y se avivó el fuego. La bebida de la jarra se probó y se consideró perfecta, se pusieron manzanas y naranjas en la mesa, y se echó un buen montón de castañas al fuego. Luego, toda la familia Cratchit se sentó en torno a la chimenea —como dijo Bob Cratchit, «en círculo», aunque solo era un semicírculo— y enseguida fue asaltada por toda la cristalería familiar: dos vasos y un cuenco sin asa.

De todos modos, en esa vajilla se sirvió la bebida caliente, igual que si se hubiera servido en copas de oro; Bob lo servía con miradas radiantes, mientras las castañas del fuego chisporroteaban y crujían ruidosamente. Entonces Bob exclamó:

—Feliz Navidad a todos, queridos. ¡Que Dios os bendiga!

Y toda la familia lo repitió.

—¡Que Dios nos bendiga a todos! —dijo Tiny Tim, el último.

Estaba sentado muy cerca de su padre, en un pequeño taburete. Bob sujetaba la manita enferma del niño entre las suyas, porque adoraba al chico y quería mantenerlo a su lado, como si temiera que fueran a arrebatárselo.

—Espíritu... —dijo Scrooge, con una emoción que jamás había sentido antes—. Dime si Tiny Tim vivirá.

—Veo un asiento vacío —contestó el espíritu— en la esquina de la chimenea, y una muleta, sin dueño, cuidadosamente guardada. El niño va a morir.

—No, no... —dijo Scrooge—. Oh, no, buen espíritu: ¡dime que se salvará!

—Nadie volverá a verlo ahí —replicó el fantasma—. Pero ¿y qué? Si tiene que morir, que se muera de una vez, y así se rebajará la superpoblación.

Scrooge dejó caer la cabeza sobre la barbilla al escuchar sus propias palabras citadas por el espíritu, y de algún modo se sintió abrumado por los remordimientos y la pena.

—¡Hombre! —dijo el fantasma—, si realmente tienes un corazón de hombre, y no de piedra, guárdate esa infame hipocresía hasta que sepas qué es la superpoblación y dónde está.[32] ¿Es que vas a ser tú y los que son como tú quienes decidáis qué hombres deben vivir y qué hombres deben morir? Puede que a los ojos del Cielo tú seas más inútil y menos digno de vivir que millones de niños como el de ese pobre hombre. Ay, Dios: ¡tener que oír a un insecto que vive en una hoja proclamar que sus hambrientos congéneres del polvo viven o no viven demasiado...!

Scrooge se humilló ante la reprimenda del fantasma y, temblando, hundió su mirada en el suelo. Pero luego levantó la vista enseguida, al oír su propio nombre.

—¡El señor Scrooge! —dijo Bob—. ¡Va por usted, señor Scrooge, el patrocinador de este banquete!

—¡Ah, sí, ya lo creo..., el patrocinador de este banquete! —exclamó la señora Cratchit, roja de furia—. Ojalá lo tuviera aquí delante. ¡Le daría una buena ración de lo que pienso de él, y espero que tuviera buen apetito para digerirla!

—¡Querida...! —dijo Bob—, los niños..., es Navidad...

—Solo podría ser en Navidad, desde luego —contestó la mujer—, cuando uno pudiera beber a la salud de un hombre tan odioso, mezquino, cruel e insensible como el señor Scrooge. ¡Y tú sabes que es así, Robert! ¡Nadie lo sabe mejor que tú, pobrecito mío!

—Querida... —fue la amable respuesta de Bob—, es Navidad.

—Beberé a su salud porque lo dices tú y porque es Navidad —dijo la señora Cratchit—, pero no porque lo merezca. ¡Que tenga larga vida! ¡Y feliz Navidad y feliz Año Nuevo! Seguro que

---

[32] Charles Dickens arremete en varios momentos de su cuento contra la teoría de la superpoblación esgrimida por el reverendo Thomas Malthus (1766-1834), que en su *Essay on the Principles of Population* afirmaba que las personas que no pudieran ser mantenidas por sus padres o cuyos trabajos no fueran necesarios para la sociedad «No deberían tener derecho ni a la más mínima porción de alimento» y que la misma Naturaleza debería deshacerse de ellas.

para él será muy próspero y muy feliz, ¡no me cabe la menor duda...!

Los chicos bebieron después del brindis. Y fue lo primero que hicieron sin ningún entusiasmo. Tiny Tim bebió el último de todos, sin que le importara un rábano. Scrooge era el ogro de la familia. La mera mención de su nombre arrojaba una negra sombra sobre la concurrencia que no acababa de disiparse hasta transcurridos cinco minutos.

Después de que esa sombra hubiese pasado, se pusieron diez veces más contentos que antes por el simple alivio de haber cumplido ya con el ritual de brindar por Scrooge el Funesto. Bob Cratchit les dijo que tenía a la vista una colocación para el joven Peter, y que eso supondría, si lo conseguían, cinco chelines y seis peniques a la semana. Los dos pequeños Cratchit se rieron escandalosamente ante la idea de que su hermano Peter se convirtiera en un hombre de negocios; y el propio Peter se quedó pensativo mirando el fuego de la chimenea entre los picos de su cuello camisero, como si estuviera meditando qué inversiones concretas debería favorecer cuando entrara en posesión de esa cantidad inconcebible de dinero. Martha, que era una pobre aprendiza en una sombrerería, les dijo entonces qué tipo de trabajo tenía que hacer y cuántas horas seguidas trabajaba, y que tenía la intención de quedarse tumbada en la cama hasta la mañana del día siguiente para poder descansar bien, dado que al día siguiente sería fiesta y estaría en casa. También dijo que había visto a una condesa y a un lord algunos días antes, y que el lord era «casi tan alto como Peter», a lo que Peter contestó estirándose tanto los picos de su cuello camisero que si el lector hubiera estado allí no habría podido verle la cabeza. Durante todo ese tiempo las castañas y la jarra fueron dando vueltas y pasando de unos a otros, y luego Tiny Tim les cantó una canción sobre un niño que se perdía en la nieve;[33] tenía una vocecilla lastimera y cantó realmente muy bien.

---

[33] Al parecer, Charles Dickens no tenía en mente ningún villancico en particular o, si lo tenía, no se ha podido identificar. Chesterton se percató de este detalle y escribió en 1826 un poema titulado «A Child of the Snows» para llenar ese vacío «hasta que pueda encontrarse la referencia concreta».

Todo aquello no tenía nada de particular. No eran una familia especialmente agraciada: no iban bien vestidos, sus zapatos estaban lejos de poder resistir un aguacero, sus ropas eran escasas y Peter podía haber conocido la casa del prestamista, y muy probablemente la conocía bien. Pero eran felices, se sentían agradecidos, contentos de estar juntos y satisfechos con lo que les había tocado. Y cuando todos empezaron a desvanecerse y parecieron aún más felices con los resplandores de las chispas que desprendía la antorcha del espíritu, Scrooge no apartó ni un instante la mirada, y especialmente se detuvo en Tiny Tim, hasta el final.

Para entonces ya estaba oscureciendo y empezaba a nevar con fuerza. Y cuando Scrooge y el espíritu comenzaron a recorrer las calles, los resplandores de los fogones en las cocinas, en los salones y en toda suerte de estancias resultaban maravillosos. Aquí, el parpadeo de las llamas reflejaba los preparativos de una cálida cena, con los calderos bullendo e hirviendo delante del fuego, y las cortinas de un rojo oscuro prontas a impedir que pasaran la oscuridad y el frío. Allí, todos los críos de la casa salían corriendo a la nieve para recibir a sus hermanas casadas, a sus hermanos, primos, tíos, tías, y ser los primeros en abrazarlos. Y por esta otra parte, las persianas hacían sombras chinescas de los invitados reunidos. Y en aquella otra calle, un grupo de jóvenes elegantes, todas con sus capuchas y con sus botas de piel, y todas parloteando a la vez, apuraban el paso para acudir a otra casa del vecindario, donde el viejo solterón (¡ay!) las vio entrar resplandecientes: astutas hechiceras, bien lo sabían.

Pero si se tuviera que juzgar la noche por la cantidad de gente que salía de su casa para acudir a reuniones de amigos, podría pensarse que nadie estaba en casa para darles la bienvenida cuando llegaran, en vez de que en cada casa se estuviera esperando a los invitados y alimentando las chimeneas con una gran cantidad de madera. ¡Cómo disfrutaba el fantasma, bendiciéndolo todo! ¡Cómo hacía ondear su antorcha, y descubría su pecho desnudo, y abría sus generosas manos y las extendía, derramando con generosidad su fuego brillante e inofensivo sobre todo lo que le rodeaba! El mismísimo farolero, que corría por las calles oscuras dejando un camino moteado de puntos de luz, y que iba ataviado para pasar la noche en cualquier parte, se empezó a reír a carcajadas cuando el espíritu pasó a su lado; aunque el farolero no tenía ni idea de que no había nadie más con él, salvo la Navidad.

Y entonces, sin una palabra de aviso por parte del fantasma, Scrooge y él aparecieron en un páramo desolado y desierto, donde monstruosas masas de ásperas rocas surgían por doquier, como si fueran tumbas de gigantes.[34] El agua surgía por todas partes y constantemente, y habría formado torrentes si el hielo no la hubiera mantenido prisionera; y nada crecía allí, salvo el musgo y el espino, y todo tipo de hierbajos. Hacia la parte del oeste, el sol poniente se había convertido en una esfera de un rojo incandescente que derramó su resplandor sobre aquella desolación durante unos instantes, como un ojo tétrico, y enfureciéndose cada vez más, y ocultándose cada vez más y más, acabó perdiéndose en la densa oscuridad de la noche más negra.

—¿Qué lugar es este? —preguntó Scrooge.

—El lugar donde viven los mineros que trabajan en las entrañas de la tierra —contestó el espíritu—. ¡Pero incluso ellos me conocen! ¡Mira!

Una luz brillaba en la ventana de una cabaña, y un instante después ambos se dirigían hacia allí. Traspasaron las paredes de barro y piedra, y descubrieron a un alegre grupo de personas reunidas en torno a una resplandeciente chimenea. Había un hombre muy muy viejo y una mujer, con sus hijos y los hijos de sus hijos, y aún otra generación después de esa; todos iban vestidos alegremente con su ropa de fiesta. El anciano, con una voz que apenas se oía más que los aullidos del viento sobre las tierras baldías e inhóspitas, estaba cantándoles una canción de Navidad... Ya era una canción muy vieja cuando él era niño, y de vez en cuando todos se unían a él en los coros. Así que cuando los demás ele-

---

[34] Se ha supuesto tradicionalmente que Charles Dickens está describiendo Cornualles, un lugar que visitó en 1842 para conocer las condiciones de trabajo de los niños en las minas y donde, según algunas leyendas, hay gigantes enterrados.

vaban la voz, el viejo también se animaba y gritaba, y cuando los demás callaban, su vigor se desvanecía otra vez.

El espíritu no quiso detenerse allí, sino que le indicó a Scrooge que se agarrase de su túnica y, volando por encima de los páramos, se desplazaron veloces adonde... ¿No era eso el mar? ¡El mar! Para horror de Scrooge, al volver la vista reconoció el final de la tierra firme —un aterrador cúmulo de rocas—, que había quedado atrás. Sintió que el bramido de las aguas ensordecía sus oídos, al revolverse y rugir y enfurecerse en las espantosas cavernas que ellas mismas horadaban, al tiempo que intentaban socavar ferozmente la tierra.

Construido sobre un sombrío acantilado de rocas marinas, a una distancia de una legua, más o menos, de la orilla, allí donde las aguas rompían y estallaban durante todo el año, había un faro solitario. Enormes montones de algas se aferraban a su base, y los petreles —que uno podría suponer nacidos del viento, como las algas de los mares— se elevaban y rondaban a su alrededor, igual que las olas sobre las que volaban.

Pero incluso allí, dos hombres miraban el fuego de su faro, que, a través de la tronera excavada en el grueso muro de piedra, lanzaba un rayo de luz sobre el espantoso mar. Uniendo sus rudas manos por encima de la burda mesa a la que estaban sentados, se desearon mutuamente feliz Navidad con su cuenco de grog; y uno de ellos, el mayor, con el rostro tan herido y lleno de cicatrices por culpa del feroz clima como podría estarlo el mascarón de un viejo barco, entonó una canción con tanta energía que parecía una galerna.

De nuevo, el fantasma voló veloz, por encima del mar negro y agitado, y continuó y continuó hasta que, estando lejos de cualquier costa, como le dijo a Scrooge, divisaron un barco. Se situaron junto al timonel, el vigía de proa y los oficiales que estaban de guardia; eran figuras fantasmales y sombrías, inmóviles en sus puestos, pero cada hombre murmuraba una tonada navideña, o tenía un pensamiento navideño, o le comentaba en susurros a su compañero cómo fueron otros días de Navidad, con la esperanza de regresar a casa. Todos los hombres a bordo, despiertos o dormidos, buenos o malos, habían tenido para los demás una palabra más amable aquel día que cualquier otro día del año, y habían compartido en alguna medida la celebración, y habían recordado a los seres queridos que se encontraban lejos, y habían comprendido que les encantaba recordarlos.

Fue una enorme sorpresa para Scrooge, mientras escuchaba los quejidos del viento y pensaba qué cosa tan solemne era moverse a través de la solitaria oscuridad sobre los abismos desconocidos, cuyas profundidades eran secretos tan insondables como la muerte..., fue una gran sorpresa para Scrooge, mientras meditaba sobre todo aquello, oír una gran carcajada. Fue una sorpresa descubrir que era la risa de su sobrino, y encontrarse en un salón luminoso, seco, resplandeciente, con el espíritu sonriente a su lado ¡y mirando a su sobrino con generosa amabilidad!

—¡Ja, ja...! —Se reía el sobrino de Scrooge—. ¡Ja, ja, ja...!

Si diera la casualidad de que por una imposible jugada del azar el lector conociese a un hombre más proclive a la risa que el sobrino de Scrooge, lo único que yo podría decir es que también me gustaría conocerlo. Preséntemelo y cultivaré su amistad.

Es justo e incluso espléndidamente útil para el correcto funcionamiento del mundo que aunque exista la infección en las enfermedades y en las penas, no haya nada en el mundo tan irresistiblemente contagioso como la risa y el buen humor. Cuando el sobrino de Scrooge se reía de aquella forma —sujetándose los costados, agitando la cabeza y contorsionando la cara del modo más extravagante—, la sobrina de Scrooge (por matrimonio) se reía de tan buena gana como él. Y los amigos que estaban reunidos con ellos no se quedaban atrás, y se reían escandalosamente.

—¡Ja, ja! ¡Ja, ja, ja, ja...!

—¡Dijo que la Navidad eran paparruchas, como que estoy aquí! —exclamó el sobrino de Scrooge—. ¡Y lo decía en serio!

—¡Peor para él, Fred! —dijo la sobrina de Scrooge, indignada. Benditas sean las mujeres así: nunca hacen nada a medias. Siempre van en serio.

Era muy guapa, extraordinariamente guapa. Con una preciosa carita, con hoyuelos y una permanente expresión de sorpresa; una boquita delicada que parecía hecha para que la besaran..., como sin duda ocurría; algunos bonitos lunares en la barbilla que se reunían unos con otros cuando se reía, y el par de ojos más alegres que uno ha podido ver jamás en cualquier criatura. Además, era lo que uno llamaría «provocadora», entiéndase..., pero con un comportamiento apropiado. ¡Oh, perfectamente apropiado!

—¡Es un viejecillo muy gracioso! —dijo el sobrino de Scrooge—. Esa es la verdad, aunque no tan agradable como podría ser. De todos modos, en el pecado lleva la penitencia, y no tengo nada que decir contra él.

—Estoy segura de que es muy rico —apuntó la sobrina de Scrooge—. Al menos, eso es lo que siempre me has dicho...

—¿Y qué tiene que ver eso, querida? —dijo el sobrino de Scrooge—. Su riqueza no le sirve de nada. No hace nada bueno con ella. No la utiliza para vivir mejor. No tiene siquiera la satisfacción de pensar..., ja, ja, ja..., que nos está beneficiando a nosotros con ella.

—No lo soporto —observó la sobrina de Scrooge. Las hermanas de la sobrina de Scrooge, y todas las damas reunidas, expresaron la misma opinión.

—¡Oh...!, yo sí —dijo el sobrino—. Lo siento mucho por él. No podría enfadarme con él aunque quisiera. ¿Quién sufre por sus manías? Él mismo, siempre. Ahora se le ha metido en la cabeza odiarnos y no ha querido venir a cenar con nosotros. ¿Y qué más da? Tampoco se pierde una gran cena...

—Pues yo sí creo que se pierde una gran cena —interrumpió la sobrina de Scrooge. Y todo el mundo dijo lo mismo, y se les debía conceder el derecho a ser jueces imparciales, porque acababan de cenar, y, con los postres en la mesa, se reunieron en torno a la chimenea, junto la lámpara.

—¡Bueno! Me alegra mucho oír eso —dijo el sobrino de Scrooge—, porque no tenía mucha fe en estas jóvenes amas de casa. ¿Qué dices tú, Topper?

Topper le había echado el ojo, claramente, a una de las hermanas de la sobrina de Scrooge, porque respondió que un soltero era un pobre desgraciado que no tenía ni derecho a expresar una opinión sobre ese tema. Entonces, la hermana de la sobrina de Scrooge (la gordezuela con los cuellos de encaje, no la que llevaba rosas) se ruborizó.

—Continúa, Fred... —dijo la sobrina de Scrooge, dando palmaditas—. ¡Nunca acaba lo que está diciendo! ¡Es así de tonto!

El sobrino de Scrooge soltó otra carcajada y fue imposible impedir que todo el mundo se contagiara: su ejemplo fue seguido unánimemente.

—Solo iba a decir —añadió el sobrino de Scrooge— que la consecuencia de que ahora le caigamos mal, y de que no quiera disfrutar con nosotros, es, tal y como yo lo veo, que se pierde unos ratos muy agradables, que por otra parte no le harían ningún daño. Estoy seguro de que se pierde unos ratos mucho más agradables de los que puede encontrar pensando solo en sí mismo, sea en su mohosa y vieja oficina, sea en las polvorientas estancias de su casa. Y quiero decir que le ofrezco lo mismo todos los años, le guste o no, porque me da lástima. Puede criticar y mofarse de la Navidad hasta que se muera, pero me apuesto lo que sea a que no podrá evitar ir mejorando su idea de ella si, año tras año, me presento allí, de buen humor, y le digo: «Hola, tío Scrooge, ¿qué tal estás?». Si así consigo convencerlo para que le deje a su pobre secretario cincuenta libras, ya será algo. Y creo que ayer conseguí conmoverlo un poco.

Entonces fue el turno de que los demás se rieran a gusto, solo con la idea de que había conseguido conmover un poco a Scrooge. Pero como era de natural risueño y no le importaba mucho que se rieran de él —porque de todos modos se habrían reído—, los acompañó y animó en su alegría, y pasó la botella con entusiasmo.

Después del té, disfrutaron de un poco de música. Porque era una familia muy musical y sus miembros sabían cómo disfrutar cuando cantaban una canción sin acompañamiento o hacían un coro general,[35] eso puedo asegurarlo; sobre todo Topper, que podía alcanzar notas más graves como el mejor bajo y al que nunca se le hinchaba la vena de la frente ni se ponía colorado cuando lo hacía. La sobrina de Scrooge tocaba bastante bien el arpa, e interpretó, entre otras canciones, una muy sencilla (una tontería, cual-

---

[35] Dickens habla de dos modalidades musicales: el *glee,* que era una canción interpretada por un trío (generalmente masculino) sin acompañamiento; y el *catch,* interpretado por un coro y característico por su complejidad rítmica. Ambas fórmulas fueron típicas de los siglos XVII y XVIII.

quiera podría aprender a silbarla en un par de minutos) que alguna vez había cantado también aquella niña que fue a buscar a Scrooge al internado, tal y como se lo había recordado el fantasma de las Navidades pasadas. Cuando sonaron aquellos acordes, todas las cosas que le había mostrado el fantasma acudieron a su mente; Scrooge se fue ablandando más y más, y pensó que si hubiera escuchado más a menudo aquella canción, durante los años anteriores, podría haber cultivado, con sus propias manos, la amabilidad en la vida y su propia felicidad, sin tener que acudir a la pala del sepulturero que enterró a Jacob Marley.

Pero el grupo no dedicó toda la velada a la música. Un poco después jugaron a las prendas, porque a veces es bueno ser como niños, y nunca mejor que en Navidad, cuando su todopoderoso fundador fue Niño también. ¡Un momento! ¡Antes se jugó a la gallinita ciega! Por supuesto. Y si tengo que creer que Topper tenía los ojos tapados, también me creo que los tuviera en los pies. En mi opinión, él y el sobrino de Scrooge se habían puesto de acuerdo en cierto asunto, y, además, el fantasma de las Navidades presentes lo sabía. La manera en la que el muchacho se dirigió hacia la hermana gordezuela con los cuellos de puntillas era un atropello a la credulidad de la naturaleza humana. Tirando por los suelos los atizadores de la chimenea, tropezando con las sillas, estampándose contra el piano, enredándose en las cortinas..., fuera donde fuese la muchacha, allí iba Topper. Siempre sabía dónde estaba la hermana gordezuela. Era incapaz de coger a nadie más. Si alguien se caía delante de él, como les ocurrió a varios, y se quedaba allí quieto, él simulaba que iba a cogerlo, con unas maneras que eran una afrenta al entendimiento, e inmediatamente se escabullía en dirección a donde se encontraba la hermana gordezuela. Ella a veces gritaba que aquello no era justo, y realmente no lo era. Pero cuando al final la cogió, cuando, a pesar de las resbaladizas sedas y los ágiles revoloteos de la joven para huir de él, la acorraló en una esquina donde ya no tenía escapatoria, entonces su conducta fue de lo más execrable. Porque empezó a fingir que no sabía quién era; fingía que era necesario tocarle el peinado, y luego, para confirmar su identidad, que era necesario tocar un anillo que llevaba en la mano y una cadena que llevaba al cuello. ¡Eso fue infame, monstruoso! Sin duda ella le dijo lo que pensaba al respecto cuando, dado que otro invitado estaba ejerciendo de gallinita ciega, se apartaron para hablar confidencialmente tras unas cortinas.

La sobrina de Scrooge no estaba jugando a la gallinita ciega: se había acomodado en un rincón agradable, en un butacón con escabel, muy cerca de donde se encontraban el fantasma y Scrooge. Pero luego se unió al juego de las prendas, y suscitó la admiración de su marido con el dominio que tenía del alfabeto.[36] Igual que en el juego del «cómo, cuándo y dónde», era muy buena y, para secreto regocijo del sobrino de Scrooge, ganó fácilmente a todas sus hermanas, aunque eran chicas muy listas también, como Topper podría haber certificado. Puede que allí hubiera unas veinte personas, jóvenes y viejas, pero todos jugaron, y también lo hizo Scrooge; porque, admirado por lo que estaba ocurriendo, olvidó por completo que nadie oía su voz, y a veces gritaba la respuesta a los acertijos, y con mucha frecuencia acertaba también, porque la aguja más aguda —mejor que las de Whitechapel, con garantía de que no se corta el hilo al enhebrarlo—[37] no era más aguda que Scrooge, por muy cabezota que pudiera ponerse a veces.

El fantasma estaba encantado de verlo de tan buen humor, y lo miraba con tanto gusto que Scrooge le rogó, como un niño, que le permitiera quedarse un poco más, hasta que se marchasen los invitados. Pero el espíritu le dijo que eso no podía ser.

—¡Un juego nuevo! —dijo Scrooge—. ¡Solo media hora, espíritu, solo media hora!

Era un juego llamado «Sí y no», en el que el sobrino de Scrooge tenía que pensar una cosa y el resto tenía que averiguar de qué se

---

[36] Se trataba de un juego en el que había que descubrir el nombre del amado de alguien añadiendo letras del abecedario por turnos: «*I love my love with an A...*». En el juego de «cómo, cuándo y dónde» —del que se habla inmediatamente después— había que responder a las preguntas «¿Cómo te gusta?», «¿Cuándo te gusta?» y «¿Dónde te gusta?».

[37] El barrio popular de Whitechapel —de mala fama en aquella época— era conocido por sus fábricas metalúrgicas, donde se fabricaban agujas también. El eslogan «Con garantía de que no se corta el hilo al enhebrarlo» («Warranted not to cut in the eye») correspondía a la fábrica de agujas de Hemmings & Sons.

trataba: él solo podía responder a las preguntas de los demás con un «sí» o un «no», lo que correspondiera. De la andanada de preguntas a la que se expuso se desprendía que estaba pensando en un animal, en un animal vivo, un animal bastante desagradable, un animal salvaje, un animal que gruñía y rugía a veces, y que otras veces hablaba, y que vivía en Londres, y que caminaba por las calles, y que no participaba en un espectáculo, y que no pertenecía a nadie, y que no vivía en una casa de fieras, y que no se vendía en los mercados, y que no era ni un caballo, ni un burro, ni una vaca, ni un toro, ni un tigre, ni un perro, ni un cerdo, ni un gato, ni un oso. A cada nueva pregunta que se le planteaba, el sobrino estallaba en una cascada de carcajadas, y se estaba riendo tanto que se vio obligado a levantarse, dejar el sofá y saltar de risa. Al final, la hermana gordezuela, entregándose a una alegría parecida, exclamó:

—¡Ya lo sé! ¡Ya sé lo que es! ¡Ya sé lo que es!

—¿Qué es? —gritó Fred.

—¡Es tu tío Scrooooooge!

Sí, esa era la respuesta. La admiración fue el sentimiento generalizado, aunque algunos objetaron que la respuesta a la pregunta «¿Es un oso?» debería haber sido «sí», ya que una contestación negativa era suficiente para despistar a los participantes y apartar sus pensamientos del señor Scrooge, suponiendo que hubieran tenido la idea de pensar en él.

—Nos ha hecho pasar un buen rato, ya lo creo —dijo Fred—, y sería de desagradecidos no brindar por él. Aquí viene un vaso de vino caliente con especias y naranjas para cada uno. Y yo digo: «¡Por el tío Scrooge!».

—¡Bueno! ¡Por el tío Scrooge! —exclamaron todos.

—¡Y feliz Navidad y próspero Año Nuevo para el viejo, sea como sea! —dijo el sobrino de Scrooge—. Nunca me aceptaría ese deseo, pero, bueno, que lo tenga de todos modos. ¡Por el tío Scrooge!

El tío Scrooge se había ido poniendo tan alegre y tan contento, casi sin darse cuenta, que habría devuelto el brindis al grupo que ignoraba su presencia, y les dio las gracias con unas palabras inaudibles. Pero entonces toda la escena se desvaneció, con las últimas palabras proferidas por su sobrino, y el viejo y el espíritu reanudaron de nuevo sus viajes.

Mucho vieron, y muy lejos viajaron, y muchas casas visitaron, pero siempre con un final feliz. El espíritu lo llevó junto a las camas de enfermos, y estaban contentos; lo llevó junto a personas que vivían en tierras lejanas, y añoraban volver a sus hogares; lo llevó junto a los combatientes, y ellos tenían confianza en sus grandes esperanzas; lo llevó ante la pobreza, y era riqueza. En casas de caridad, en hospitales, en cada refugio miserable donde el orgullo del hombre, con su nimia y breve autoridad, no había cerrado las puertas, dejando fuera al Espíritu de la Navidad, él llegó para repartir sus bendiciones y enseñar a Scrooge sus preceptos.

Fue una noche larga, si es que fue solo una noche, porque Scrooge tenía sus dudas al respecto, dado que las vacaciones de Navidad parecían haberse condensado en el período de tiempo que ambos pasaron juntos. También resultaba extraño que mientras Scrooge seguía invariable en su aspecto externo, el fantasma envejecía, y envejecía cada vez más y más evidentemente. Scrooge había observado ese cambio, aunque no comentó nada hasta que llegaron a una fiesta infantil de la Duodécima Noche,[38] cuando, al mirar al espíritu —estando ambos juntos en un lugar abierto—, se percató de que tenía el pelo canoso.

—¿Tan poco viven los espíritus? —preguntó Scrooge.

—Mi vida sobre la tierra es muy breve —contestó el fantasma—. Acaba esta noche.

—¡Esta noche! —exclamó Scrooge.

—Esta noche, a las doce. ¡Atiéndeme! La hora se acerca.

Las campanas estaban dando las once y tres cuartos en ese momento.

—Perdóname si no tengo derecho a preguntarte esto... —dijo Scrooge, mirando de reojo la túnica del espíritu—, pero... lo veo otra vez..., es un pie, ¡no una garra!

—Bien podría ser una garra, con lo huesudo que está —fue la lastimera respuesta del espíritu—. Mira esto.

---

[38] «Twelfth Night.» Esta «Duodécima Noche» es la Noche de Reyes (doce días a partir de Navidad). Es el cierre tradicional de la estación navideña.

De los pliegues de su túnica salieron dos niños: infelices, miserables, horribles, repulsivos, desgraciados. Se arrodillaron a sus pies y se aferraron al borde de los ropajes.

—¡Hombre! ¡Mira esto! ¡Mira, mira, mira ahí abajo! —exclamó el fantasma.

Eran un niño y una niña. Amarillentos, escuálidos, harapientos, huraños, hambrientos, pero también postrados en su humildad. Allí donde la hermosa juventud debería haber alegrado sus rostros y donde debería haberlos bendecido con sus colores más bellos, una mano envejecida y marchita, como la de los ancianos, los había demacrado y encorvado y los había reducido a andrajos. Allí donde los ángeles podrían haber asentado su trono, allí moraban los demonios, y acechaban amenazantes. Ninguna alteración, ninguna degradación, ninguna perversión de la humanidad, en grado alguno, y a lo largo de todos los misterios de la maravillosa creación, ha generado jamás monstruos que fueran la mitad de horribles y espantosos.

Scrooge se apartó un poco, aterrorizado. Al mostrárselos de aquel modo, intentó decir que eran unos niños muy guapos..., pero las palabras se le atragantaron, negándose a ser parte de una mentira de tan enorme magnitud.

—Espíritu..., ¿son tuyos? —Scrooge no pudo decir otra cosa.

—Son del Hombre —dijo el espíritu, mirándolos desde lo alto—. Y se aferran a mí, clamando contra sus padres. Este niño es la Ignorancia. Y la niña es la Necesidad. Guárdate de ambos y de su estirpe, pero sobre todo guárdate de este niño, pues en su frente veo escrita la palabra *Miseria*, salvo que alguien se ocupe de borrarla. ¡Niégalo si puedes! —exclamó el espíritu, tendiendo la mano hacia la ciudad—. ¡Infames aquellos que lo digan! ¡Admítelo para tus deplorables propósitos, y empeóralo todo! Y ese será el final.

—¿Acaso no tienen refugio o recursos? —exclamó Scrooge.

—¿Acaso no hay cárceles? —dijo el espíritu, volviéndose hacia él por última vez y pronunciando sus propias palabras—. ¿Acaso no hay albergues de beneficencia?

La campana dio las doce.

Scrooge miró a su alrededor buscando al fantasma, pero no lo vio. Y cuando el último tañido dejó de vibrar, recordó la predicción del viejo Jacob Marley, y levantando la mirada, vio a un imponente fantasma, con una fabulosa túnica y encapuchado, que se acercaba como la niebla sobre los campos, hacia él.

El último espíritu

El fantasma se aproximó lenta, grave, silenciosamente. Cuando estuvo muy cerca de él, Scrooge se arrodilló, porque incluso en el mismo aire en el que se movía aquel espíritu parecían reinar la tristeza y el misterio.

Venía envuelto en una especie de mortaja, toda la indumentaria teñida de un profundo color negro, con la que ocultaba la cabeza, el rostro, su cuerpo, y no dejaba nada a la vista, salvo una mano tendida. Pero excepto por esto, habría resultado difícil distinguir su figura de la mismísima noche y diferenciarla de la oscuridad de la que venía rodeada.

Cuando estuvo a su lado, Scrooge pensó que era un ser alto y majestuoso; su misteriosa presencia lo sumía en un temor reverencial. Nada más pudo saber, porque el espíritu ni se movía ni hablaba.

—¿Estoy acaso en presencia del fantasma de las Navidades que aún han de venir? —dijo Scrooge.

El espíritu no contestó, pero señaló hacia el frente con la mano.

—Vas a mostrarme imágenes de cosas que aún no han ocurrido, pero que ocurrirán en el futuro —prosiguió Scrooge—, ¿no es así, espíritu?

La parte superior de sus vestiduras se contrajo durante un instante, formando pliegues, como si el espíritu hubiera inclinado la cabeza. Esa fue la única respuesta que obtuvo de él.

Aunque para entonces ya estaba acostumbrado a las compañías fantasmales, Scrooge tenía tanto miedo de aquella figura silenciosa que le temblaban las piernas y llegó a pensar que apenas podría mantenerse en pie cuando se dispuso a seguirlo. El espíritu se detuvo unos segundos, como si estuviese observando su estado, como si quisiera darle tiempo para que se recobrara.

Pero aquello no hizo sino empeorar las cosas. Scrooge se aterrorizó con un difuso e incierto pavor al percatarse de que tras aquel sudario tenebroso había unos ojos fantasmales, clavados fijamente en él, aunque por mucho que se esforzara no podía ver nada salvo aquella mano espectral y un gran bulto negro.

—¡Fantasma del futuro! —exclamó Scrooge—, te temo más que a cualquier otro espectro que haya visto. Pero como sé que tus intenciones son buenas, y como espero vivir para convertirme en un hombre distinto al que fui, estoy preparado para soportar tu compañía, y hacerlo agradecido de corazón. ¿No vas a decirme nada?

No le dio respuesta alguna. La mano señalaba directamente hacia adelante.

—¡Llévame! —dijo Scrooge—. Llévame. La noche se está desvaneciendo y es un tiempo precioso para mí, lo sé. ¡Llévame, espíritu!

El fantasma avanzó del mismo modo que había llegado hasta él. Scrooge lo siguió al resguardo de sus vestiduras, que —eso pensó— lo sostenían y lo arrastraban inevitablemente.

Casi no pareció que entraran en la ciudad, sino más bien que la ciudad surgía en torno a ellos, y los rodeaba, por su sola voluntad. Y allí estaban, en el corazón de la urbe, en el mercado, entre los comerciantes, que iban atareados de un lado para otro, y hacían sonar las monedas en sus bolsillos, y conversaban en grupos, y miraban sus relojes, y cotilleaban con gesto serio mientras se miraban sus grandes anillos de oro, y todo aquello que Scrooge había visto tantas veces.

El espíritu se detuvo junto a un pequeño grupo de hombres de negocios. Observando que la mano señalaba hacia allí, Scrooge se adelantó para escuchar su conversación.

—No —decía un gordo enorme con una mandíbula monstruosa—, de todos modos no sé mucho al respecto. Lo único que sé es que ha muerto.

—¿Y cuándo murió? —preguntó otro.

—Anoche, creo.

—Vaya, ¿y qué le pasó? —preguntó un tercero, cogiendo una gran cantidad de rapé de una enorme tabaquera—. Pensé que no se iba a morir nunca.

—Nunca se sabe —dijo el primero, con un bostezo.

—¿Qué ha hecho con su dinero? —preguntó un caballero rubicundo que lucía en la punta de la nariz una excrecencia pendular, que se balanceaba como el moco de un pavo.

—Ni idea —dijo el hombre de la enorme mandíbula, bostezando de nuevo—. Lo habrá dejado a la empresa, tal vez. A mí, desde luego, no me lo ha dejado. Eso es lo único que sé.

Aquella bromilla fue recibida con risas generalizadas.

—Parece que va a ser un funeral bastante triste —dijo el mismo murmurador— y, maldita sea, no conozco a nadie que vaya a asistir. Podríamos formar un grupo y pedir voluntarios.

—A mí no me importa ir si dan de comer —apuntó el caballero de la excrecencia nasal—, pero si voy, tengo que comer.

Más risas.

—¡Bueno! Yo soy el más desinteresado de todos nosotros, al fin y al cabo —dijo el que había hablado primero—, porque nunca llevo guantes negros de luto y nunca almuerzo. Pero me ofrezco a ir, si hay alguien más que se anime. Cuando lo pienso, no estoy del todo seguro de no haber sido su mejor amigo, porque solíamos pararnos y hablar siempre que nos encontrábamos. ¡Bueno, adiós!

Unos y otros se despidieron y se separaron en diferentes direcciones, y se mezclaron con otros grupos. Scrooge miró al espíritu en busca de una explicación. Conocía a aquellos hombres y no vio nada extraño en su conversación.

El fantasma se internó por una callejuela. Su dedo señaló a dos personas que se estaban saludando. Scrooge se dispuso a escuchar de nuevo su conversación, pensando que allí residiría la explicación a lo sucedido anteriormente.

Conocía también a aquellos dos hombres. Eran hombres de negocios, muy ricos y muy importantes. Scrooge siempre había procurado ganarse el aprecio de aquellos caballeros... en un sentido comercial, se entiende; estrictamente en un sentido comercial.

—¿Qué tal? —dijo uno.

—¿Qué tal? —contestó el otro.

—¡Bueno...! —dijo el primero—, el viejo demonio[39] al final ha tenido lo suyo, ¿no?

—Eso me han dicho —replicó el segundo—. Frío, ¿no?

—Lo normal en Navidad. Usted no es patinador, supongo.

—No. No. Tengo otras cosas en las que pensar. ¡Buenos días!

Y no hubo más. Aquel fue su saludo, aquella fue su conversación y aquella su despedida.

Al principio, Scrooge se sintió casi sorprendido de que el espíritu pudiera concederles importancia a conversaciones aparentemente tan triviales; pero advirtiendo que, con toda seguridad, habría algún propósito oculto en sus actos, se sintió impelido a considerar cuál podría ser. Sería muy raro que todo aquello guardara relación con la muerte de Jacob, su antiguo socio, porque eso correspondía al pasado, y el fantasma con el que estaba ahora habitaba los territorios del futuro. Tampoco pudo pensar en nadie que hubiese estado estrechamente relacionado con él y que fuera el objeto de aquellas conversaciones. Pero, entendiendo que sin duda alguna aquellas conversaciones contendrían alguna moraleja latente para su provecho —independientemente del individuo al que se refirieran—, decidió memorizar todo lo que había oído, y todo lo que había visto, y especialmente resolvió observar su propia imagen cuando apareciera. Porque tenía la esperanza de que la conducta de su yo futuro le daría la clave que necesitaba y que le proporcionaría la solución a todos aquellos acertijos.

Miró a su alrededor, en aquel mismo lugar, buscando su propia imagen. Pero otro hombre ocupaba la esquina en la que solía parar, y aunque el reloj señalaba la hora habitual en la que acostumbraba a estar allí, no vio a nadie como él entre las multitudes que iban y venían por los soportales. Aquello le sorprendió poco, de todos modos, porque había estado pensando en cambiar radicalmente de vida, y pensaba y confiaba que lo que estaba viendo era la consecuencia de las decisiones que había tomado.

---

[39] «Old Scratch», una de las formas populares de denominar al demonio.

Callado y oscuro a su lado, el fantasma permanecía inmóvil, con su mano extendida. Cuando despertó de sus consideraciones personales, imaginó —por el giro de la mano y por la posición que adoptaba respecto a él— que los ojos invisibles estaban mirándolo fijamente. Aquello le provocó un estremecimiento y sintió mucho frío.

Abandonaron ambos aquella bulliciosa escena y se adentraron en la parte más oscura de la ciudad, donde Scrooge jamás había estado antes, aunque reconoció su situación y su mala reputación. Las callejas estaban asquerosas, las tiendas y las casas eran miserables, la gente iba medio desnuda, borracha, harapienta, espantosa. Los callejones y los soportales, como las innumerables alcantarillas, regurgitaban sus fétidos olores, y la suciedad, y la vida, en calles aún más apartadas, y todo el barrio apestaban a delincuencia, inmundicia y miseria.

En lo profundo de aquel infecto lugar había una tienda de mala muerte, mugrienta, bajo un techado saledizo, donde se vendían y compraban chatarras, harapos, botellas, huesos y despojos grasientos. Esparcidos por el suelo del interior había montones de llaves oxidadas y clavos, cadenas, bisagras, limas, balanzas, pesas, y chatarra de todo tipo. Secretos en los que pocos habrían sentido placer en indagar se reproducían y se ocultaban en montañas de harapos asquerosos, amasijos de grasa podrida y sepulcros de huesos. Sentado en medio de los objetos con los que comerciaba, junto a una estufa de carbón, hecha con ladrillos viejos, había un vagabundo canoso, de unos setenta años de edad, que se protegía del aire frío con una apestosa cortina confeccionada con harapos de todo tipo que tenía colgada de un cordel; estaba fumando una pipa en la placidez de su tranquilo retiro.

Scrooge y el fantasma se colocaron ante aquel hombre, justo cuando una mujer cargada con un pesado fardo entró con aire desconfiado en la tienda. Pero apenas había entrado aquella, otra mujer, igualmente cargada, entró también. Y esta vino seguida de un hombre vestido de negro desteñido, que no pareció menos sorprendido al verlas que las propias mujeres al reconocerse. Tras unos momentos de silencioso asombro, en el que el hombre de la pipa se acercó a ellos, todos estallaron en risas.

—Bueno, ¡que la criada sea la primera! —dijo la que había entrado antes—. Que la lavandera sea la segunda, y que el de la funeraria sea el tercero. ¡Ya ves, viejo Joe, qué oportuno: nos hemos encontrado aquí los tres sin haberlo pensado!

—¡No podríais haberos reunido en mejor lugar! —dijo el viejo Joe, sacándose la pipa de la boca—. Pasad al salón; tú lo conoces desde hace mucho, ya lo creo, y a los otros dos no les resulta desconocido. Esperad que cierre la puerta de la tienda. ¡Ah, cómo rechina! No hay un trozo de metal más herrumbroso en este lugar que esas bisagras, me parece a mí; y estoy seguro de que no hay unos huesos más viejos que los míos. ¡Ja, ja! Aunque nos las arreglamos para cumplir con nuestras obligaciones, nos llevamos bien. Pasad al salón. Pasad al salón.

El salón era lo que había detrás de la cortina de harapos. El viejo atizó el fuego con una de esas varillas que se utilizan para sujetar las alfombras en las escaleras, y habiendo despabilado su humeante lámpara (porque era de noche) con la cazoleta de la pipa, volvió a metérsela en la boca.

Mientras, la mujer con la que había hablado dejó caer su fardo en el suelo y se sentó de un modo descarado en un taburete; se cruzó de brazos apoyándose en las rodillas y miró con gesto desafiante a los otros dos.

—Bueno, ¿y qué pasa? ¿Qué pasa, señora Dilber? —dijo la mujer—. Todo el mundo tiene derecho a buscarse la vida. ¡Él siempre lo hizo!

—¡Eso sí es verdad! —dijo la lavandera—. Nadie lo hizo más que él.

—Vaya, entonces no se quede ahí mirándome como si fuera usted una timorata, como si no supiera nada. No vamos a sacar aquí los trapos sucios, ¿no?

—No, por supuesto... —dijeron la señora Dilber y el hombre al mismo tiempo—. No deberíamos...

—Muy bien entonces —exclamó la mujer—. Eso es suficiente. ¿A quién perjudica la pérdida de unas cosillas como estas? A un muerto no, me parece a mí.

—No, desde luego —dijo la señora Dilber, riéndose.

—Si quería conservarlas después de muerto, condenado y viejo tacaño —prosiguió la mujer—, ¿por qué no se comportó como debía en vida? Si lo hubiera hecho, habría tenido a alguien que se habría ocupado de él cuando la muerte llamó a su puerta, en vez de estar allí tirado, agonizando hasta su último aliento, y completamente solo.

—Eso es lo más certero que he oído jamás —dijo la señora Dilber—. Es una sentencia ajustada.

—Ojalá fuera un poco más dura —contestó la mujer—, y lo habría sido, puede estar usted segura, si pudiera haberle puesto la mano encima a alguna cosa más. Abre ese fardo, viejo Joe, y dime cuánto vale lo que tienes ahí. Dilo sinceramente. No me importa ser la primera ni que lo vean los demás. Sabemos muy bien que estábamos buscándonos la vida antes de encontrarnos aquí, me parece. No es ningún pecado. Abre el fardo, Joe.

Pero la educación de sus amigos no permitió tal cosa, y el hombre ataviado de negro descolorido, acercando su hatillo en primer lugar, mostró su botín. No era demasiado. Dos anillos, un plumier, un par de gemelos y un broche de escaso valor, eso era todo. Todo fue minuciosamente examinado y valorado por el viejo Joe, que iba apuntando con una tiza, en la pared, las cantidades que estaba dispuesto a dar por cada objeto, e hizo la suma total cuando entendió que ya no iba a ofrecerse nada más.

—Esto es lo que te doy —dijo Joe—, y no te daría ni seis peniques más aunque me metieran en un caldero de agua hirviendo. A ver, el siguiente.

La señora Dilber era la siguiente. Sábanas y toallas, una ropa poco usada, dos cucharillas de plata pasadas de moda, unas pinzas para el azúcar y unos cuantos zapatos. Su cuenta quedó reflejada en la pared del mismo modo que la anterior.

—Siempre les doy demasiado a las damas. Es mi punto débil, y por eso me estoy arruinando —dijo el viejo Joe—. Esta es tu cuenta. Si me pides otro penique, y me lo discutes, me arrepentiré de ser tan liberal y te descontaré media corona.

—Y ahora abre mi fardo, Joe —dijo la primera mujer.

Joe se puso de rodillas para abrirlo con más comodidad y, tras desatar unos grandes nudos, sacó un enorme y pesado rollo de tela oscura.

—¿Qué demonios es esto? —dijo Joe—. ¡Cortinas de cama!

—¡Ah! —exclamó la mujer, riéndose y doblándose hacia delante con los brazos cruzados—. ¡Cortinas de cama!

—¡No me estarás diciendo que se las has quitado, con argollas y todo, con él allí tumbado...! —dijo Joe.

—Pues claro que sí —contestó la mujer—. ¿Por qué no?

—Has nacido para hacerte rica —dijo Joe—, y seguro que lo serás.

—Desde luego no me temblará la mano cuando pueda coger algo que tenga a mano, sobre todo si se trata de un hombre como él, te lo aseguro, Joe —contestó tranquilamente la mujer—. No manches de grasa las mantas...

—¿Las mantas? ¿Son de ese hombre?

—¿Y de quién iban a ser? —contestó la mujer—. Me atrevería a decir que probablemente no pasará frío aunque no las tenga.

—Supongo que no moriría de nada que pueda cogerse..., ¿eh? —dijo el viejo Joe, interrumpiéndose en su labor y mirando a la mujer.

—No temas por eso —replicó la mujer—. No me gustaba tanto su compañía como para quedarme con todas esas cosas si hubiera sido así. ¡Ah!, y puedes mirar esa camisa hasta que te duelan los ojos, no encontrarás ni un solo agujero, ni un sitio donde esté raída. Es la mejor que tenía, y es bien buena. Se habría echado a perder si no hubiera sido por mí.

—¿A qué llamas tú «echar a perder»? —preguntó el viejo Joe.

—A ponérsela para enterrarlo, por supuesto —replicó la mujer con una carcajada—. Alguien sería lo suficientemente idiota como para hacerlo, pero yo se la habría quitado otra vez. Una tela barata de algodón basta para enterrar a un muerto, ya lo creo. Es perfectamente adecuada para cubrir un cadáver. Y aunque se la pusieran no podía resultar más desagradable de lo que ya era.

Scrooge escuchaba aquella conversación horrorizado. Mientras aquellos individuos se sentaban alrededor de su botín a la tenue luz de la lámpara del viejo, los observó con un disgusto y un asco que difícilmente podrían ser mayores aunque hubieran sido demonios obscenos repartiéndose el mismísimo cadáver del que hablaban.

—¡Ja, ja...! —Se reía aquella mujer, cuando el viejo Joe, sacando una bolsa de franela con dinero, fue contando sus respectivas ganancias y las puso en el suelo—. ¡Se acabó la historia, ya veis! ¡Aterrorizó a todo el mundo cuando estaba vivo y nos da beneficios muerto! ¡Ja, ja, ja...!

—¡Espíritu! —exclamó Scrooge, temblando de pies a cabeza—. Ya lo entiendo, ya lo entiendo... El caso de ese hombre infeliz podría ser el mío. Mi vida va por ese camino, ya lo veo. ¡Dios Misericordioso!, ¿qué es todo esto...?

Retrocedió, aterrorizado, porque la escena había cambiado y en ese momento casi se encontraba al lado de su cama..., una cama desnuda y sin cortinas en el dosel, en la que, bajo una sábana harapienta, yacía algo cubierto, y aunque mudo, se anunciaba con espantosos gritos.

La alcoba estaba muy oscura, demasiado oscura para que pudiera observarse con nitidez la escena, aunque Scrooge miró a su alrededor obedeciendo a un secreto impulso, ansioso por saber qué tipo de habitación era. Una luz pálida, procedente del mundo exterior, se derramó sobre la cama; y en ella, expoliado y saqueado, abandonado, sin que nadie lo velara, sin que nadie se ocupase de él, estaba el cadáver de aquel hombre.

Scrooge buscó al fantasma con la mirada. Su mano impasible señalaba la cabeza del muerto. La mortaja estaba tan descuidadamente anudada que el más leve contacto —por ejemplo, si Scrooge la hubiera tocado con un dedo— podría haber revelado su rostro. Pensó hacerlo, pensó que sería muy fácil hacerlo, y deseó hacerlo. Pero no tenía más fuerza para apartar la tela que para apartar al espectro de su lado.

Oh, fría, fría, gélida, espantosa Muerte, alza aquí tu altar y vístelo con todos los terrores que desees, pues este es tu reino.[40] Pero de la cabeza amada, venerada y honrada no podrás tocar ni un solo cabello para tus espantosos propósitos, ni conseguir que uno de sus rasgos resulte odioso. No importa que la mano esté inerte y

---

[40] *«For this is thy dominion»*. Cfr. Rom 6, 9: «...sabiendo que Cristo, una vez resucitado de entre los muertos ya no muere más: la muerte ya no tiene dominio sobre Él».

caiga cuando nadie la sujete; no importa que el corazón y el pulso se hayan detenido; porque aún vemos la mano abierta, generosa y fiel; el corazón valiente, cálido y tierno; y el pulso de un hombre. ¡Golpea, negra sombra, golpea! ¡Y mira cómo sus buenos actos se revelan en tus heridas, para sembrar el mundo de vida inmortal!

Ninguna voz pronunció aquellas palabras en los oídos de Scrooge, y sin embargo él las pudo oír cuando miró hacia la cama. Pensó: si aquel hombre se levantara en ese momento, ¿cuáles serían sus primeros pensamientos? ¿Avaricia? ¿Actividades empresariales? ¿Preocupaciones bancarias? ¡Todo eso era lo que le había llevado a tan opulento final, mira tú!

Aquel ser yacía en su cama, en una casa oscura y vacía, sin un hombre, mujer o niño que dijera que «fue amable conmigo» en esto o aquello, y que, en recuerdo de aquellas palabras cariñosas, «seré compasivo con él». Un gato estaba maullando en la puerta y se oían los chillidos de las ratas bajo los fogones. ¿Qué querían las ratas en la sala mortuoria y por qué estaban tan nerviosas e inquietas? Scrooge prefería no pensarlo.

—¡Espíritu! —exclamó—. Este es un lugar horrible. Cuando salga de aquí no olvidaré la lección, te lo aseguro. ¡Vayámonos!

Pero el fantasma siguió señalando, con dedo inmóvil, a la cabeza del muerto.

—Ya te entiendo —contestó Scrooge—, y lo haría... si pudiera. Pero no tengo fuerzas, espíritu. No tengo fuerzas.

Una vez más, el fantasma parecía estar mirándolo.

—Si hay alguna persona en la ciudad que sienta la muerte de este hombre —dijo Scrooge, completamente desesperado—, muéstramela, espíritu, ¡te lo ruego!

El fantasma extendió sus negros ropajes delante de él durante unos instantes, como si fueran alas, y, al retirarlos, revelaron una habitación a la luz del día, donde estaban una madre con sus niños.

Al parecer estaba esperando a alguien, y con ansiedad y nervios, porque iba de un lado a otro de la estancia y se sobresaltaba con cualquier ruido. Luego miraba por la ventana, observaba el reloj, intentaba —en vano— hacer punto y apenas podía soportar las voces de los niños mientras jugaban.

Al final, la llamada en la puerta, tan largamente esperada, se produjo. La mujer corrió hacia la puerta y recibió a su marido; era un hombre cuyo rostro parecía abatido y deprimido, aunque era joven. Había un gesto muy singular en su expresión, una especie de triste placer del que parecía avergonzarse, y que luchaba por reprimir.

Se sentó a comer los alimentos que habían reservado junto a la chimenea y cuando la mujer le preguntó tímidamente si había noticias (aunque eso no ocurrió hasta que hubo transcurrido un largo silencio), el hombre pareció incómodo y con dificultades para contestar.

—¿Son buenas noticias... —preguntó la mujer— o malas? —dijo con el fin de ayudarlo.

—Malas —contestó él.

—Estamos totalmente arruinados.

—No. Aún hay esperanza, Caroline.

—Si él tuviera compasión... —dijo pensativa—, ¡la habría! La esperanza es lo último que se pierde..., si es que ha ocurrido ese milagro.

—Ya no puede tener compasión —dijo su marido—. Ha muerto.

La mujer era una criatura amable y paciente, si su rostro no mentía; pero pareció sentirse verdaderamente feliz al oír aquello, y así lo dijo, con las manos entrelazadas. Pidió perdón de inmediato, y dijo que lo sentía, pero la alegría fue la primera emoción de su corazón.

—Lo que me contó aquella mujer medio borracha de la que te hablé anoche, cuando intenté verlo para conseguir una demora de una semana, y que yo creí que era solo una mera excusa para no recibirme, ha resultado ser cierto: no solamente estaba muy enfermo, sino que se estaba muriendo.

—¿Y a quién debemos pagar ahora nuestra deuda?

—No lo sé. Pero antes de que llegue ese momento ya habremos reunido el dinero. Y aunque no lo tengamos, ya sería mala suerte dar con un sucesor que fuera un acreedor tan cruel. ¡Al menos esta noche podemos dormir tranquilos, Caroline!

Sí. Al presentar la situación menos aterradora, sus corazones se tranquilizaban. Las caras de los niños, atentas y reunidas para escuchar lo que ni siquiera entendían, estaban más luminosas, ¡y era un hogar más feliz debido a la muerte de aquel hombre! En fin, por lo que se refería a aquel acontecimiento, la única emoción que el fantasma podía mostrarle a Scrooge era una emoción de alegría.

—Muéstrame a alguien que lamente esta muerte —dijo Scrooge—, o esa siniestra habitación, espíritu, que acabamos de abandonar no se me borrará jamás de la memoria.

El fantasma lo llevó por calles que sus pies conocían bien; y mientras avanzaban, Scrooge miraba aquí y allá con la idea de encontrarse a sí mismo, pero no se vio por ningún lado. Entraron en casa del pobre Bob Cratchit —el hogar que ya había visitado anteriormente— y se encontró a la madre y a los niños sentados en torno a la chimenea.

Callados. Muy callados. Los pequeños y alborotadores Cratchit estaban tan callados como estatuas, en un rincón, y quietos, mirando a Peter, que tenía un libro en las manos. La madre y sus hijas estaban ocupadas con la costura. ¡Pero qué calladas estaban también!

—«Luego tomó a un niño y lo puso delante de ellos...»[41]

¿Dónde había escuchado Scrooge aquellas palabras? No las había soñado. El muchacho debió de leerlas en voz alta cuando el espíritu y él cruzaron el umbral.

¿Por qué no continuaba?

La madre dejó la labor en la mesa y se llevó la mano al rostro.

—¡El color me hace daño en los ojos! —dijo.

¿El color? ¡Ah, pobre Tiny Tim!

—Ya se me pasa... —dijo la señora Cratchit—. El candil me daña la vista, y no querría que vuestro padre viera que me duelen los ojos cuando venga a casa, por nada del mundo. Debe de estar al llegar.

—Ya debería haber llegado, me parece —contestó Peter, cerrando el libro—. Pero creo que estas últimas noches camina más despacio que antes, madre.

---

[41] Mt 9, 36.

Se quedaron muy callados de nuevo. Al final, ella dijo, con una voz tranquila y cariñosa que solo se quebró una vez:

—Yo lo he visto caminar con..., yo lo he visto caminar con Tiny Tim sobre los hombros, y muy deprisa.

—Y yo también —exclamó Peter—, ¡muchas veces!

—¡Y yo también! —gritó otro. Y luego todos los demás dijeron lo mismo.

—Pero él pesaba muy poco y se le podía llevar bien —añadió la mujer, esforzándose en su labor—, y su padre lo quería tanto que eso no era ningún problema..., ningún problema. ¡Ah, ahí llega ya vuestro padre!

La mujer corrió a su encuentro. Y Bob, envuelto en su bufanda —la necesitaba, el pobre—, entró. Ya tenía el té preparado en el fogón y todos los demás hicieron todo lo posible por ayudarle a servírselo. Entonces, los dos Cratchit se subieron a sus rodillas y se abrazaron, cada uno por un lado, a su cara, apretándose contra sus mejillas, como si quisieran decirle: «No te preocupes, padre. ¡No te pongas triste!».

Bob fue muy cariñoso con ellos y habló alegremente con toda la familia. Observó la labor que había sobre la mesa y elogió la industriosa habilidad de la señora Cratchit y las niñas. Seguro que acababan antes del domingo, dijo.

—¡El domingo! Entonces, ¿has ido hoy, Robert? —dijo su esposa.

—Sí, querida —contestó Bob—. Ojalá hubieras ido tú también. Te habría encantado ver lo verde que es ese lugar... Pero ya lo verás, muchas veces. Le he prometido que volvería el domingo. Mi pequeño..., ¡mi pobre niño! —lloró Bob—. ¡Mi pobre niño!

Se hundió completamente. No podía evitarlo. Si hubiera podido evitarlo, tal vez habría podido apartarse de la tumba de su hijo un poco antes.

Salió de la estancia y subió las escaleras, a la habitación de arriba, que estaba iluminada alegremente y adornada con motivos navideños. Había una silla junto a la figura del Niño y había indicios de que alguien había estado allí últimamente. El pobre Bob se sentó en la silla y, después de pensarlo un poco y recobrar el ánimo, besó la carita del Niño. Procuró asumir lo que había ocurrido y volvió a bajar un poco más contento.

Se sentaron alrededor del fuego y conversaron. Las niñas y la madre seguían con su labor. Bob les habló de la extraordinaria amabilidad del sobrino del señor Scrooge, a quien apenas si había visto en una ocasión, y que, cuando se lo había encontrado aquel día en la calle, y viendo que parecía un poco... —«solo un poco, ya sabes», dijo Bob—, le preguntó qué era lo que le preocupaba.

—Así que... —dijo Bob—, como es el caballero más amable que hayáis visto jamás, se lo dije. «Lo siento muchísimo, señor Cratchit», me dijo, «y lo siento también muchísimo por su querida esposa». Por cierto, no sé cómo podía saber eso...

—¿Saber qué, querido?

—Bueno, que eres una buena esposa —contestó Bob.

—¡Todo el mundo lo sabe! —dijo Peter.

—¡Muy bien apuntado, hijo mío! —exclamó Bob—. Espero que así sea... «Lo siento de todo corazón», dijo, «por su querida esposa. Si puedo serle de alguna ayuda en lo que sea», dijo, dándome su tarjeta, «esta es mi dirección. Por favor, venga a verme». Ahora bien —exclamó Bob—, no fue el hecho de que pudiera hacer algo por nosotros lo que me pareció encantador, sino la manera de decírmelo. ¡Parecía que realmente hubiese conocido a nuestro Tiny Tim, y lo sintiera con nosotros!

—Estoy segura de que es un buen hombre —dijo la señora Cratchit.

—Y estarías aún más segura, querida —replicó Bob—, si lo vieras y hablases con él. No me sorprendería nada, fíjate lo que te digo, si le consiguiera una buena colocación a Peter.

—¡Anda, escucha eso, Peter! —dijo la señora Cratchit.

—Y luego —exclamó una de las niñas— Peter se asociará con otras personas y se establecerá por su cuenta.

—¡Anda y piérdete! —contestó Peter con una sonrisilla.

—Puede que sí o puede que no —dijo Bob—, tal vez un día de estos; aunque aún tenemos mucho tiempo para eso, querida. Pero, comoquiera que sea y dondequiera que estemos, estoy seguro de que ninguno de nosotros olvidará al pobre Tiny Tim, ¿verdad?, ni esta primera despedida que hemos tenido que vivir.

—¡Nunca, padre! —exclamaron todos.

—Y sé —añadió Bob—, sé, queridos míos, que cuando recordemos lo paciente y lo cariñoso que era, aunque era un niño muy pequeño, muy pequeño, nos resultará difícil pelearnos entre nosotros, porque olvidaríamos al pobre Tiny Tim si lo hiciéramos.

—¡No, padre, eso nunca! —gritaron todos de nuevo.

—Eso me hace muy feliz —dijo el pobre Bob—, me hace muy feliz.

La señora Cratchit le dio un beso, sus hijas lo besaron, los dos pequeños Cratchit lo besaron, y Peter y él se dieron un apretón de manos. ¡Espíritu de Tiny Tim, tu alma infantil era obra de Dios!

—¡Espectro! —dijo Scrooge—. Algo me dice que el momento de partir ha llegado. Lo sé, pero no sé cómo lo sé. Dime quién era el hombre al que vimos yacer muerto.

El fantasma de la Navidad aún por venir lo transportó, como en ocasiones anteriores (aunque a una época distinta, o eso pensó..., en realidad, no parecía que hubiera ningún orden en aquellas últimas visiones, salvo que todas acontecían en el futuro), a las dependencias de un grupo de hombres de negocios, pero él tampoco se encontraba allí. De hecho, el espíritu no se detuvo en absoluto, sino que continuó como si quisiera llegar al fin deseado, hasta que Scrooge le rogó que esperase un poco.

—En este patio por el que volamos ahora es donde está mi oficina, y así ha sido durante mucho tiempo. Ya veo la casa. Déjame ver lo que seré en el futuro.

El espíritu se detuvo. La mano señalaba a otro lugar.

—La casa está allí —exclamó Scrooge—. ¿Por qué señalas hacia el otro lado?

El dedo inexorable no hizo ningún movimiento.

Scrooge se acercó enseguida a la ventana de su despacho y miró en su interior. Era un despacho, efectivamente, pero no era el suyo. El mobiliario no era el mismo y el personaje que ocupaba su silla no era él. El fantasma seguía señalando a otra parte, como antes.

Se reunió con el espectro de nuevo y, preguntándose por qué y dónde querría ir, lo acompañó hasta que ambos llegaron a una verja de hierro. Scrooge se detuvo para mirar a su alrededor antes de entrar.

¡Un cementerio! Allí, entonces, yacía bajo tierra el pobre desgraciado cuyo nombre había querido saber. Era un lugar curioso. Aprisionado entre casas. Invadido por las hierbas y la maleza, el producto de la vegetación abandonada: sin vida. Un lugar atestado de tumbas y enterramientos. Abultado de su insaciable apetito. ¡Un lugar bien curioso, ya lo creo!

El espíritu permanecía inmóvil entre las tumbas y señalaba una. Scrooge avanzó hacia ella temblando. El fantasma estaba exactamente como antes, pero creyó ver nuevos significados en su terrible figura.

—Antes de acercarme a esa lápida que señalas... —dijo Scrooge—, contéstame una pregunta. ¿Todo esto son imágenes de cosas que van a suceder o son solo imágenes de cosas que pueden suceder?

Sin decir nada, el fantasma señalaba la tumba junto a la que se encontraba.

—Las vidas de los hombres auguran ciertos finales a los que necesariamente se ven abocados si perseveran en sus actos —dijo Scrooge—. Pero si sus vidas se apartan de dichos caminos, los finales cambian. ¡Di que es eso lo que me estás enseñando!

El espíritu estaba tan inmóvil como siempre.

Scrooge avanzó despacio hacia él, temblando mientras caminaba; y siguiendo las indicaciones del dedo, leyó en la lápida de una tumba abandonada su propio nombre: Ebenezer Scrooge.

—¡Era yo el hombre que estaba tendido en la cama! —exclamó, cayendo de rodillas.

El dedo del espíritu señaló la tumba y luego a él, y de nuevo volvió a la tumba.

—¡Oh, no, espíritu! ¡Oh, no, no!

El dedo seguía inmóvil.

—¡Espíritu! —gritó Scrooge, aferrándose a los ropajes del fantasma—. ¡Escúchame! No soy el hombre que era... No seré el hombre que podría haber sido, y todo gracias a lo que me has mostrado... ¿Por qué me ibas a enseñar esto si no tuviera ninguna esperanza?

Por vez primera, la mano del fantasma pareció dudar.

—¡Espíritu benéfico —prosiguió Scrooge, mientras permanecía tendido en el suelo, donde se había postrado—, intercede por mí, y ten piedad de mí! ¡Dime que aún puedo evitar las escenas que me has mostrado si cambio mi comportamiento en la vida!

La mano tembló compasiva.

—Honraré la Navidad de todo corazón, e intentaré conservar su espíritu durante todo el año. Viviré el pasado, el presente y el futuro de la Navidad. Los tres espíritus vivirán en mí. No olvidaré las lecciones que me han enseñado. ¡Oh, dime, dime que puedo borrar lo que está escrito en esta lápida!

En su angustia, se atrevió a coger la mano espectral. La mano quiso liberarse, pero Scrooge era implacable en su súplica, y la retuvo. El espíritu, más fuerte sin embargo, pudo desasirse de él.

Uniendo sus manos en una última oración para procurar que su destino fuera otro, Scrooge apreció una alteración en la capucha y en las túnicas del fantasma... Su figura se contrajo, se derrumbó y se solidificó hasta convertirse en un poste del dosel de su cama.

Estrofa V

El final

¡Sí! ¡El poste pertenecía al dosel de su propia cama! La cama era la suya, la alcoba era la suya. Y lo mejor y lo más afortunado de todo: ¡el tiempo que tenía por delante era también suyo, para poder cambiar!

—¡Viviré el pasado, el presente y el futuro de la Navidad! —repitió Scrooge mientras saltaba de la cama—. Los tres espíritus vivirán en mí. ¡Oh, Jacob Marley, el Cielo y la Navidad sean alabados por todo esto! Lo digo de rodillas, viejo Jacob..., ¡de rodillas!

Estaba tan agitado y tan entusiasmado con sus buenas intenciones que su voz quebrada apenas podía proferir lo que deseaba. Había estado sollozando amargamente en su conversación con el espíritu y tenía el rostro lleno de lágrimas.

—¡No las han arrancado...! —exclamó Scrooge, abrazando una de las cortinas del dosel—. No las han arrancado, están las argollas y todo. Ahí están... y aquí estoy yo... Todas esas imágenes de las cosas que podrían haber sido se disiparán. Claro que se disiparán. ¡Sé que se disiparán!

Tenía las manos ocupadas con su ropa todo ese tiempo: la volvía del revés, se ponía arriba lo de abajo, la rasgaba, la perdía, la lanzaba al aire como una pelota, hacía con la ropa todo tipo de extravagancias.

—¡No sé ni lo que hago...! —exclamó Scrooge, riendo y llorando al mismo tiempo—. Soy ligero como una pluma, y feliz como un ángel. Estoy tan contento como un niño. Y tan atolondrado como un borracho. ¡Aúpa! ¡Hola, hola! ¡Anda! ¡Jo, jo, jo!

Había ido corriendo y saltando hasta el salón y ahora se encontraba dando brincos a la pata coja, casi sin aliento.

—¡Aquí está la cazuela con las gachas! —exclamó Scrooge, poniéndose en marcha de nuevo y saltando alrededor de la chimenea—. ¡Ahí está la puerta por la que entró el fantasma de Jacob Marley! ¡Y en esa esquina es donde se puso el fantasma de las Navidades presentes! ¡Por esa ventana vi los espíritus errabundos! ¡Muy bien, todo está bien, todo ha ocurrido! ¡Ja, ja, ja!

En realidad, para un hombre que había estado durante tantos años sin practicar, tenía una risa espléndida, una risa de lo más luminosa. Y aquella fue la primera de una larga, larga, larguísima estirpe de espléndidas carcajadas.

—¡No sé ni a qué día de mes estamos! —dijo Scrooge—. No sé durante cuánto tiempo he estado entre espíritus. No sé nada. Soy como un niño. No importa. No tiene importancia. Prefiero ser como un niño. ¡Venga! ¡Aúpa! ¡Hola, hola!

Aquellos arrebatos se vieron interrumpidos por las iglesias que llamaban con los repiques de campanas más entusiastas que jamás había oído. ¡Clan, clin, tolón tolón, ding, dong, repique, repique, dong, ding, tolón tolón, clin, clan! ¡Ah, glorioso, glorioso!

Corriendo hacia la ventana, la abrió y asomó la cabeza. No había niebla ni bruma. Solo había una luz del sol dorada, clara, brillante, jovial, conmovedora, fría..., ¿fría? ¡Tan cálida que podría hacer bailar la sangre! Un cielo celestial, un aire fresco y dulce, unas campanas alegres... ¡Oh, glorioso, glorioso!

—¿Qué día es hoy? —exclamó Scrooge, llamando desde la ventana a un muchacho que iba vestido de domingo, y que tal vez se había entretenido en el camino.

—¿Eh? —dijo el chico, con una expresión de asombro en el rostro.

—¿Qué día es hoy, mi buen amigo? —preguntó Scrooge.

—¿Hoy? —replicó el chico—. ¡Bueno! ¡Es Navidad!

—¡Es Navidad...! —dijo Scrooge para sí—. ¡No me la he perdido! Los espíritus lo han hecho todo en una noche. Bueno, pueden hacer lo que les plazca. Por supuesto que sí. Por supuesto que sí. ¡Oye, mi buen amigo!

—¡Qué! —contestó el muchacho.

—¿Conoces la pollería de la calle de al lado, la de la esquina? —preguntó Scrooge.

—Diría que sí —contestó el joven.

—¡Un chico listo! —dijo Scrooge—. ¡Un chico sensacional! ¿Sabes si ya han vendido aquel pavo navideño que tenían allí colgado? No el pequeño, sino el grande.

—¡Ese pavo es tan grande como yo! —contestó el muchacho.

—¡Qué chico tan encantador! Es un placer hablar con él... —dijo Scrooge—. ¡Sí, joven!

—Está allí colgado todavía —contestó el chico.

—¿Ah, sí? —dijo Scrooge—. Ve y cómpralo.

—¡Venga ya![42] —exclamó el muchacho.

—No, no —dijo Scrooge—. Te lo digo en serio. Ve y cómpralo, y diles que lo traigan aquí, y que yo les diré la dirección a la que deben llevarlo. Vuelve con el carnicero y te daré un chelín. ¡Y si vuelves con él en menos de cinco minutos, te daré media corona!

El chico salió disparado. Una mano muy ágil debería tener el que quisiera disparar con tanta rapidez.

—Lo enviaré a casa de Bob Cratchit —murmuró Scrooge, frotándose las manos y ahogando una risilla—. No sabrá quién se lo

---

[42] «*Walk-er.*» Es una expresión de la jerga *cockney* típica del siglo XIX.

envía. Tiene dos veces el tamaño de Tiny Tim. ¡Joe Miller[43] jamás hizo una broma tan buena como esta de enviarle ese pavo a Bob!

La mano con la que escribió la dirección no era muy firme, pero pudo escribirla de todos modos, y luego bajó las escaleras para abrir la puerta de la calle, dispuesto a esperar al recadero del pollero. Mientras estaba allí, esperando a que llegara, la aldaba volvió a llamarle la atención.

—¡La apreciaré mientras viva! —exclamó Scrooge, dándole unos golpecitos con la mano—. Ni siquiera había reparado en esta aldaba antes. ¡Qué expresión tan sincera tiene su rostro! ¡Es una aldaba preciosa...! Ah, ya está aquí el pavo. ¡Hola! ¡Vaya! ¿Qué tal? ¡Feliz Navidad!

¡Aquello sí que era un pavo! Jamás podría haberse mantenido en pie sobre sus patas, menudo pavo. Se le habrían quebrado en un minuto, como barritas de lacre.

—Vaya... Es imposible llevar eso a Camden Town —dijo Scrooge—. Tendrá que coger un coche de punto.

La risilla con la que dijo aquello y la risilla con que acompañó el importe del pavo, y la risilla con la que pagó el coche de punto, y la risilla con la que recompensó al muchacho solo fueron superadas por las risillas con las que disfrutó cuando se sentó de nuevo en su sillón, casi sin aliento, y se rio hasta llorar.

Afeitarse no fue una tarea fácil, porque su mano seguía temblando mucho y el afeitado requiere atención, incluso aunque uno no baile cuando está haciéndolo. Pero si se hubiera cortado la punta de la nariz, se habría puesto un trozo de esparadrapo y se habría quedado tan contento.

Se vistió «de punta en blanco» y luego se echó a la calle. En aquella época había gente por todas partes, tal y como él mismo había comprobado con el fantasma de las Navidades actuales; y caminando con las manos a la espalda, Scrooge iba mirando a la gente con una gozosa sonrisa. Parecía tan irresistiblemente en-

---

[43] Joseph *Joe* Miller (1684-1738), actor y humorista inglés; aunque después de su muerte se publicó una colección de chistes titulada *Joe Miller's Jests, or the Wit's Vade-Mecum* (1739), la mayoría de las ocurrencias no eran suyas.

cantado, en una palabra, que tres o cuatro personas de humor festivo le dijeron «¡Buenos días, señor! ¡Y que tenga una muy feliz Navidad!». Y Scrooge, algún tiempo después, dijo que de todos los sonidos alegres que había escuchado en su vida, aquellos fueron los más encantadores para sus oídos.

No había avanzado mucho cuando vio que, caminando hacia él, venía el elegante caballero que había entrado en su contaduría el día anterior y había dicho «Scrooge & Marley, supongo». Sintió una punzada en el corazón al pensar qué pensaría aquel anciano caballero si se encontraran; pero Scrooge sabía qué camino tomar para toparse directamente con él y ese fue el que escogió.

—Mi querido señor —dijo Scrooge, apretando el paso y estrechando las manos del anciano caballero entre las suyas—. ¿Qué tal está? Espero que ayer tuviera éxito. Lo que hace es muy generoso por su parte. ¡Le deseo una muy feliz Navidad, señor!

—¡Señor Scrooge!

—Sí —asintió Scrooge—, ese es mi nombre, y me temo que no le resultará muy agradable. Permítame que le ruegue que me perdone. Y tenga usted la bondad de... —Y entonces le susurró algo al oído.

—¡Que Dios le bendiga! —exclamó el caballero, como si hubiera perdido el aliento—. Mi querido señor Scrooge, ¿me lo está diciendo en serio?

—Si le parece bien —dijo Scrooge—. Ni un cuarto de penique menos. En esa cifra van incluidos muchísimos pagos atrasados, se lo aseguro. ¿Me hará ese favor?

—¡Mi querido amigo! —exclamó el otro, estrechándole de nuevo la mano—. No sé qué decir ante tanta generos...

—No diga nada, por favor —replicó Scrooge—. Venga a verme. ¿Vendrá a verme un día?

—¡Por supuesto! —exclamó el viejo caballero. Y era evidente que pensaba hacerlo.

—Mil gracias —dijo Scrooge—. Le estoy enormemente agradecido. Le doy un millón de gracias. ¡Que Dios le bendiga!

Fue a la iglesia y luego caminó por las calles, y vio a la gente atareada yendo de un lado para otro, les revolvió el pelo a los críos y habló con los mendigos, olisqueó en las cocinas bajas de las casas y miró las ventanas de los pisos altos, y descubrió que todo aquello le producía un inmenso placer. Nunca había imaginado siquiera que un paseo —que nada, en realidad— pudiese proporcionarle tanta felicidad. Por la tarde dirigió sus pasos hacia la casa de su sobrino.

Pasó frente a la puerta una docena de veces antes de reunir el ánimo suficiente para subir y llamar. Al final se armó de valor y lo hizo.

—¿Está el señor en casa, querida? —le dijo Scrooge a la doncella. ¡Una chica muy agradable! Mucho.

—Sí, señor.

—¿Dónde está, cariño? —dijo Scrooge.

—Está en el salón, señor. Con la señora. Le acompañaré arriba, si me lo permite.

—Gracias. Él me conoce —dijo Scrooge, con la mano ya puesta en el picaporte del salón—. Ya entro yo solo, querida.

Giró el picaporte suavemente y asomó la cabeza al interior. Todos estaban mirando la mesa (que estaba repleta de todo tipo de comida y adornos). Los jóvenes siempre se ponen nerviosos en estas ocasiones especiales y les gusta comprobar que todo está correcto.

—¡Fred...! —dijo Scrooge.

¡Madre mía, qué susto se llevó su sobrina política! Scrooge no se había percatado de que ella estaba sentada en un rincón con el escabel, o de lo contrario no se hubiera presentado así, de ninguna manera.

—¡Que Dios me ampare! —gritó Fred—. Pero ¿esto qué es?

—Soy yo. Tu tío Scrooge. He venido a comer con vosotros. ¿Me dejas quedar, Fred?

¿Que si le dejaba quedarse? Fue una suerte que no le arrancara un brazo cuando le obligó a entrar en el salón. A los cinco minutos se sentía como en casa. Nada podía ser más amable y cálido. Su sobrina también se lo pareció. Y también Topper, cuando llegó. Y la hermana gordezuela, cuando llegó. Y todos los demás, cuando llegaron. ¡Una fiesta maravillosa, con maravillosos divertimentos, maravillosa cordialidad y ma-ra-vi-llo-sa felicidad!

De todos modos, a la mañana siguiente[44] acudió muy pronto a su oficina. Oh, ya lo creo, acudió muy pronto. ¡Solo si conseguía llegar el primero podría cazar a Bob Cratchit llegando tarde! Esa era la idea que tenía en mente.

Y lo consiguió. Sí, lo consiguió. El reloj dio las nueve. Pero Bob no aparecía. Las nueve y cuarto. Bob no aparecía. Tuvieron que transcurrir dieciocho minutos y medio antes de que llegara. Scrooge estaba en su sitio con la puerta completamente abierta, para poder ver cómo el empleado entraba en su covachuela.

Bob se quitó el sombrero antes de abrir la puerta, y también la bufanda. En un periquete estaba ya encaramado en su taburete, trabajando con la pluma, como si estuviera intentando recuperar el tiempo perdido.

—¡Hola! —gruñó Scrooge con su voz acostumbrada, o al menos lo más parecido que pudo fingirla—. ¿Qué se supone que pretendes llegando a estas horas?

—Lo siento muchísimo, señor —dijo Bob—. Me he retrasado.

—¿Ah, sí? —dijo Scrooge—. Sí. Creo que sí. Venga aquí, por favor.

—Ha sido una sola vez en un año, señor —suplicó Bob, asomando la cabeza en su cuartucho—. No se volverá a repetir. Tuvimos un poco de fiesta ayer, señor.

—Ya. Bueno, te diré algo, amigo mío —dijo Scrooge—. No voy a tolerar este tipo de cosas ni una vez más. Y por lo tanto —añadió, saltando de su taburete y sujetando a Bob de tal modo por las solapas que este volvió a trompicones a su covacha—, y por lo tanto... ¡te voy a subir el sueldo!

Bob estaba temblando y se acercó a la regla de madera. Durante un segundo se le pasó por la cabeza atizarle con ella a Scrooge, sujetarlo y llamar a la gente de la calle en busca de socorro y una camisa de fuerza.

—¡Feliz Navidad, Bob! —dijo Scrooge con un entusiasmo que

---

[44] Esa «mañana siguiente» se corresponde con el día de San Esteban (St Stephen), el 26 de diciembre en el cristianismo occidental. Se conoce como Boxing Day, porque era el día en el que los criados y trabajadores recibían un pequeño regalo o comida (la caja, o *box*) de manos de quienes les pagaban.

no dejaba lugar a dudas, mientras le daba golpecitos en la espalda—. ¡La Navidad más feliz, Bob,[45] de las que he podido desearte cualquier año! Te subiré el sueldo y procuraré ayudar a tu familia en las dificultades, ¡y discutiremos todo eso esta misma tarde, delante de la chimenea, con un buen tazón navideño de ponche humeante, Bob! ¡Atiza las estufas, y compra otro cubo de carbón antes de ponerle un punto a la i, Bob Cratchit!

Scrooge fue más allá incluso de lo que decían sus palabras. Hizo todo lo que prometió e infinitamente más.[46] Se convirtió en un buen amigo, un buen patrón, y en un hombre tan bueno como el mejor que se hubiera conocido en la vieja ciudad, o en cualquier otra vieja ciudad, pueblo o barrio del viejo mundo. Algunos se reían al ver semejante cambio en él, pero él dejaba que los demás se rieran a gusto, y le traía sin cuidado, porque era lo suficientemente inteligente como para saber que nada bueno ha ocurrido jamás en este mundo, desde siempre, de lo que la gente no se haya reído a carcajadas al principio. Y sabiendo que esa gente siempre iba a estar ciega de todos modos, pensó que bien estaba que se entretuviera haciendo guiños y tonterías; mejor eso que mostrar su nocivo carácter de formas menos atractivas. Su corazón también estaba alegre y se reía, y eso era más que suficiente para él.

No volvió a tener ninguna relación con los espíritus; al contrario, vivió bajo el principio de la Abstinencia Total, para siempre jamás.[47] Y siempre se dijo que, si había una persona que supiera celebrar bien la Navidad, sin duda esa era Ebenezer Scrooge. ¡Ojalá se pueda decir eso en verdad de nosotros, de todos nosotros! Y así, como dijo Tiny Tim, ¡que Dios nos bendiga a todos![48]

---

[45] En la edición impresa se insertó aquí la expresión «mi buen amigo» («my good fellow»).

[46] En la versión que se publicó finalmente se hizo aquí un añadido: «Y para Tiny Tim, que NO murió, fue su segundo padre».

[47] El Principio de la Abstinencia Total (Total Abstinence Principle) es una recomendación que se hace a los alcohólicos. Se trata de un jocoso juego de palabras: dado que spirit significa 'espíritu' y 'bebida alcohólica o espirituosa', la abstinencia total se refiere más al trato con espíritus que al trato con las bebidas.

[48] A Christmas Carol se publicó en 1843 en la editorial Chapman & Hall.

LA HISTORIA DE LOS DUENDES
QUE SE LLEVARON A UN SACRISTÁN

En una antigua ciudad abacial de esta parte del país, hace mucho, mucho tiempo —tanto que la historia debe de ser cierta, porque nuestros tatarabuelos la creyeron a pie juntillas— ejercía de sacristán y sepulturero en el cementerio de la iglesia un tal Gabriel Grub. De ningún modo se sigue que un hombre, por ser sepulturero y encontrarse siempre rodeado por los emblemas de la muerte, tenga que ser un hombre lúgubre y melancólico; los que se encargan de conducirte a la última morada son las gentes más alegres del mundo, y en cierta ocasión tuve el honor de trabar intimidad con un mudo que, en su vida privada, fuera de su profesión, era el tipo más festivo y divertido, y siempre andaba cantando canciones: chapurreaba una canción de taberna sin un desliz de su memoria y apuraba un buen vaso de ponche sin pararse para respirar. Mas, a pesar de estos precedentes en contrario, Gabriel Grub era un hombre perverso, adusto, quisquilloso —un hombre lúgubre y solitario que no se llevaba bien con nadie salvo consigo mismo y con una petaca que guardaba en el amplio bolsillo de su chaleco—, que miraba las caras alegres de los demás, cuando se cruzaban con él, con un gesto tan avieso de malicia y enojo que era difícil toparse con él sin presentir algún mal agüero.

Poco antes de anochecer, una víspera de Navidad, Gabriel se echó al hombro su pala, encendió su farol y se encaminó hacia el viejo cementerio, porque tenía que acabar de abrir una fosa para la mañana siguiente, y, sintiéndose muy abatido, pensó que tal vez se animaría si se ponía a trabajar cuanto antes. Mientras iba caminando, al pasar por una antigua calle, vio brillar las alegres candelas a través de las viejas contraventanas, y oyó las risas bulliciosas y el divertido griterío de los que estaban reunidos en sus casas; advirtió los atareados preparativos para la fiesta del siguiente día y husmeó los abundantes olores derivados de dichas circunstancias, que se escapaban en vaporosas nubes por las ventanas de las cocinas. Todo esto era hiel y acíbar para el corazón de Gabriel Grub, y cuando los grupos de niños salían de sus casas, correteaban por la calle y se encontraban, antes de llamar a otra puerta, con otra media docena de rapazuelos de rizadas cabelleras con los que se reunían, subiendo en tropel las escaleras para pasar la tarde en sus juegos de Nochebuena, Gabriel Grub sonreía lúgubremente y oprimía con firme crispación el mástil de su pala, al tiempo que pensaba en el sarampión, la escarlatina, la difteria y la tosferina, así como en muchas otras fuentes de placer.

En este feliz estado de ánimo Gabriel Grub siguió su camino, contestando con bruscos gruñidos a los risueños saludos de los vecinos con los que se cruzaba, hasta que se adentró en la oscura callejuela que conducía al cementerio. Gabriel había estado deseando llegar al oscuro callejón, porque era, en términos generales, un lugar agradable, sombrío y lóbrego por el que los vecinos no tenían mucho interés en pasar, como no fuera en pleno día y cuando brillaba el sol. En consecuencia, no le resultó poco desagradable oír a un pequeño golfillo cantar a voz en grito una alegre canción sobre la feliz Navidad en aquel santuario personal, conocido como Coffin Lane[1] desde los tiempos de la antigua abadía y de los monjes tonsurados. A medida que Gabriel avanzaba y la voz se distinguía mejor, advirtió que procedía de un chiquillo que se apresuraba a incorporarse a uno de los grupos que discurrían por la calle principal, y que, en parte para ahuyentar el miedo a la soledad y en parte para ir ensayando las canciones, había empezado a cantar con toda la energía de sus pulmones. Gabriel esperó a que se acercara el

---

[1] El callejón del ataúd.

muchacho y, apostándose en una rinconada, le golpeó la cabeza cinco o seis veces con el farol, solo para enseñarle a modular la voz. Cuando el muchacho escapaba con las manos en la cabeza, entonando otra canción muy diferente, Gabriel Grub se regodeó muy satisfecho y entró en el cementerio, cerrando la puerta tras de sí.

Se quitó el abrigo, dejó en el suelo el farol y, metiéndose en la inacabada fosa, trabajó en ella alrededor de una hora bien a gusto. Pero la tierra estaba endurecida por la helada y no resultaba fácil quebrarla y arrojarla con la pala; y, aunque había luna, como era muy nueva, derramaba poca luz sobre la fosa, que se perdía en la sombra proyectada por la iglesia. En cualquier otro momento estos obstáculos habrían conseguido poner a Gabriel Grub triste y de mal humor, pero estaba tan contento de haberle callado la boca al niño que iba cantando, que no le preocupó mucho si avanzaba o no en su trabajo, y cuando hubo concluido su tarea por aquella noche, miró desde arriba la fosa, con sombría satisfacción, murmurando mientras recogía sus cosas...

«Buena posada para uno, para uno buena posada,
unos pies de tierra helada, cuando la vida está acabada;
una losa en la cabeza y a los pies una losa,
para los gusanos una comida suculenta y jugosa;
húmedo barro en torno y de hierba encima un manto,
buena posada para uno, ahí, en el camposanto».

—¡Ja, ja, ja...! —exclamó Gabriel Grub entre carcajadas, sentándose sobre la losa de una tumba que era su lugar de descanso favorito, mientras sacaba su petaca—. Un ataúd para Navidad. ¡Una caja de Navidad! ¡Ja, ja, ja...!

«¡Ja, ja, ja...!», repitió una voz a sus espaldas.

Gabriel se quedó quieto, un tanto temeroso, en el mismo momento en que se llevaba la petaca a los labios, y miró a su alrededor. El interior de la tumba más vieja no estaba más quieta y callada que el cementerio bajo la pálida luz de la luna. La escarcha helada brillaba sobre las tumbas y chispeaba como sartas de diamantes entre las lápidas talladas de la vieja iglesia. La nieve, endurecida y crujiente, cubría el suelo y extendía sobre los montones de tierra tan pulido y blanco cendal, que parecía como si hubiera cadáveres yaciendo allí, cubiertos solamente por sus mortajas. Ni el más leve rumor rompía la calma profunda del tétrico escenario. Tan frío y callado estaba todo que hasta el sonido parecía haberse congelado.

—Ha sido el eco... —dijo Gabriel Grub, acercando de nuevo la petaca a sus labios.

«*No*», dijo una voz profunda.

Gabriel se sobresaltó, y se quedó clavado en su sitio por la sorpresa y el terror... pues sus ojos se posaron en una figura que consiguió que se le helara la sangre.

Sentada sobre una estela funeraria, a su lado, había una figura extraña y sobrenatural, y Gabriel inmediatamente se dio cuenta de que no era de este mundo. Sus largas y estrafalarias piernas, que podían llegar hasta el suelo, estaban encogidas y cruzadas en elegante y caprichosa postura; llevaba sus nervudos brazos desnudos y sus manos descansaban sobre las rodillas. Envolvía su cuerpo escaso y esférico un ceñido ropaje, adornado con un acuchillado ligero; una esclavina corta le caía por la espalda; el cuello de la indumentaria, recortado en curiosos picos, le servía al duende de bufanda o corbata, y las puntas de los zapatos se alargaban y se revolvían al final hacia arriba. Llevaba en la cabeza un enorme gorro de cucurucho, adornado con una sola pluma. El sombrero estaba cubierto de escarcha, y parecía como si el duende llevara doscientos o trescientos años cómodamente sentado en la misma tumba. Estaba sentado allí, completamente inmóvil; tenía la lengua fuera, como si se estuviera burlando, y contemplaba a Gabriel Grub con un gesto que solo puede adoptar un duende.

—*No* fue el eco —dijo el duende.

Gabriel Grub estaba paralizado y no pudo contestar.

—¿Qué haces aquí, en víspera de Navidad? —dijo el duende con severidad.

—Vine a abrir una fosa, señor —contestó Gabriel Grub entre balbuceos.

—¿Qué hombre puede vagar entre las tumbas de un cementerio en una noche como esta? —exclamó el duende.

—¡Gabriel Grub! ¡Gabriel Grub! —gritó furiosamente un coro de voces que parecía levantarse de todas las tumbas del cementerio.

Gabriel miró a su alrededor con espanto, pero no vio nada.

—¿Qué llevas en esa petaca? —preguntó el duende.

—Ginebra, señor —respondió el sepulturero, temblando más que nunca, porque la había comprado a unos contrabandistas y pensó que tal vez su interrogador perteneciera al departamento de aduanas de los duendes.

—¿Quién bebe ginebra a solas, y en un cementerio, en una noche como esta? —dijo el duende.

—¡Gabriel Grub! ¡Gabriel Grub! —contestaron de nuevo aquellas voces.

El duende sonrió maliciosamente al aterrado sepulturero y, levantando la voz, exclamó:

—¿Y quién será entonces nuestra hermosa y obligada presa?

A esta pregunta, el eco misterioso respondió en un tono que resonó como las voces de un enorme coro cantando junto al poderoso bufido del viejo órgano de la iglesia. Era un canto que pareció envolver los oídos del enterrador con un viento furioso y que al pasar se apagara. Pero el estribillo de la réplica era siempre el mismo: «¡Gabriel Grub! ¡Gabriel Grub!».

El duende hizo una mueca más pronunciada que las anteriores y dijo:

—Bueno, Gabriel, ¿qué dices a eso?

El enterrador abrió la boca para respirar.

—¿Qué piensas de esto, Gabriel? —dijo el duende, volteando sus pies en el aire a uno y otro lado de la tumba y contemplando las puntas curvas de sus zapatos con la misma complacencia de quien tuviera ante sus ojos las Wellingtons más elegantes de toda Bond Street.[2]

---

[2] Bond Street, en Mayfair, sigue siendo una de las calles de tiendas más caras de Londres, donde aún se pueden comprar las botas Wellington, que deben su nombre al famoso militar inglés.

—Que es... que es... muy curioso, señor —replicó el sepulturero, medio muerto de miedo—; muy curioso y muy bonito; pero creo que voy a terminar mi trabajo, si le parece, señor.

—¡Trabajo! —exclamó el duende—. ¿Qué trabajo?

—La fosa, señor; abrir la fosa —tartamudeó el sepulturero.

—Ah, ¿la fosa, eh? —dijo el duende—. ¿Quién se ocupa de abrir fosas, cuando todos los demás están alegres, y se complace en ello?

De nuevo respondieron las voces misteriosas:

—¡Gabriel Grub! ¡Gabriel Grub!

—Me temo que mis amigos te quieren, Gabriel —dijo el duende, hundiendo la lengua en el carrillo más que nunca, y era una lengua verdaderamente asombrosa—. Me temo que mis amigos te quieren, Gabriel —repitió el duende.

—¡Por favor, señor! —replicó aterrado el sepulturero—: no puede ser... no me conocen, señor; yo creo que esos señores no me han visto nunca, señor.

—¡Oh, sí, claro que sí...! —replicó el duende—. Conocemos al hombre del gesto torvo y ceño fruncido que bajaba esta noche por la calle, lanzando a los chiquillos miradas funestas, aferrado a su fúnebre pala. Conocemos al hombre que golpeó al niño, con toda la envidiosa malicia de su alma, porque el niño podía estar alegre y él no podía. Lo conocemos, claro que lo conocemos...

Entonces el duende lanzó una feroz y horrible carcajada que el eco devolvió mil veces redoblada. Levantando sus piernas en el aire, apoyó la cabeza, o mejor dicho, el vértice del cónico sombrero, sobre el estrecho borde de la lápida y dio un salto mortal con extraordinaria agilidad, cayendo a los pies del enterrador y plantándose ante él en la postura que los sastres generalmente adoptan tras los mostradores.

—Siento... siento tener que dejarle, señor —dijo el enterrador, haciendo un esfuerzo supremo para levantarse

—¡Dejarnos! —dijo el duende—. Gabriel Grub va a dejarnos. ¡Ja, ja, ja...!

Mientras el duende se reía, el enterrador vio que las ventanas de la iglesia se iluminaban durante un instante, como si todo el edificio estuviera resplandeciendo; enseguida se apagó, y el órgano comenzó a tocar una canción alegre y todo un grupo de duendes, de la misma calaña que el primero, irrumpió en el cementerio y empezaron a jugar a la pídola entre las tumbas, sin detenerse a tomar aliento, saltando muy alto unos por encima de otros con maravillosa destreza. El primer duende era un saltarín asombroso, y ninguno de los otros podía comparársele. Incluso con el terror que embargaba al sepulturero, no podía dejar de observar que, mientras los amigos del duende se contentaban con saltar sobre las tumbas de mediana altura, este elegía los panteones familiares, con verjas y todo, saltando sobre ellos con la agilidad de quien saltara guardacantones.

Al final, el juego llegó a su momento culminante: el órgano tocaba cada vez más deprisa y los duendes saltaban cada vez más deprisa, cada vez más deprisa; giraban sobre sí mismos, daban volteretas por el suelo y hacían piruetas sobre las tumbas, brincando como pelotas. La cabeza del enterrador giraba arrastrada por la vorágine que contemplaba, y sus piernas vacilaban, mientras que los fantasmas volaban ante sus ojos, cuando el jefe de los duendes se lanzó hacia él bruscamente, lo cogió por el cuello y se hundió con él en la tierra.

Cuando Gabriel Grub pudo recobrar el aliento que la rapidez del descenso le había arrebatado, se encontró en lo que parecía ser una gran caverna, rodeado por todas partes de duendes feos y mal encarados; en el centro del recinto, sobre un lugar elevado, estaba emplazado su amigo del cementerio, y junto a él, el propio Gabriel Grub, completamente inmóvil.

—¡Una noche fría! —dijo el rey de los duendes—. Muy fría. ¡Un vaso de algo caliente, enseguida!

Al oír esta orden, media docena de oficiosos duendes, con una perpetua sonrisa en sus rostros —Gabriel Gurb pensó que serían cortesanos—, desaparecieron apresuradamente, y al poco regresaron con una ponchera de fuego líquido que presentaron al rey.

—¡Ajá! —exclamó el duende, cuyos carrillos y garganta se transparentaron mientras se tragaba las llamas—. ¡Esto le calienta a uno el cuerpo, ya lo creo! ¡Traed una jarra de lo mismo para el señor Grub!

Fue inútil que el infortunado enterrador insistiese en que no tenía costumbre de tomar nada caliente por la noche: uno de los duendes lo sujetó mientras otro vertía en su boca el líquido candente; toda la asamblea estalló en risas mientras él tosía y se ahogaba, y se secaba las lágrimas que manaban de sus ojos en abundancia después de tragar la ardiente bebida.

—Y ahora —dijo el rey, introduciendo con fantástico ademán por los ojos del enterrador el pico de su abarquillado sombrero y produciendo, como es de suponer, el más vivo dolor—, enseñadle al hombre perverso y lúgubre unos cuantos cuadros de nuestro gran almacén.

En cuanto dijo esto el duende, se desvaneció poco a poco una espesa nube que oscurecía el extremo más alejado de la caverna, dejando ver a lo lejos lo que parecía un reducido aposento escasamente amueblado, pero limpio y cuidado. Un grupo de pequeñuelos se encontraba reunido alrededor de un animado fuego, colgándose del vestido de su madre y correteando alrededor de su silla. La madre de vez en cuando se levantaba y descorría la cortina de la ventana, como si estuviera esperando algo; en la mesa estaba preparada una frugal comida, y junto al fuego había un sillón. Se oyó un golpe en la puerta; abrió la madre y los niños se arremolinaron alrededor de ella y aplaudieron de alegría al entrar su padre. Este venía empapado y cansado, y se sacudió la nieve mientras los chicos lo rodeaban, y se apoderaban de su capa, del sombrero, del bastón y los guantes, con los cuales, diligentemente, salieron de la estancia. Cuando después se sentó el padre a cenar junto al fuego, los muchachos se subieron a sus rodillas, y la madre se sentó a su lado, y todo parecía rebosar de felicidad y alegría.

Pero un cambio se produjo en el cuadro, casi de un modo imperceptible. La escena se había transformado en una estrecha habitación, donde el más pequeño y hermoso de los niños yacía moribundo; las rosas habían huido de sus mejillas, y la luz de sus ojos; y aunque el enterrador lo miró con una preocupación que jamás había sentido, murió. Sus jóvenes hermanos y hermanas rodearon su camita y le cogían aquella mano diminuta, ya fría y exánime; se estremecían ante aquel contacto y miraban con temor su rostro infantil; pues aunque parecía que estaba sosegado y tranquilo, y que dormía descansando y en paz, comprendieron que estaba muerto y supieron que era un ángel que los miraba y los bendecía desde un Cielo luminoso y feliz.

De nuevo una nube luminosa cruzó el cuadro y de nuevo cambió el asunto. El padre y la madre aparecían ahora ancianos y desvalidos, y el número de los que antaño les rodeaban se había reducido a más de la mitad. Sin embargo, el contento y la alegría se dibujaban en todos los rostros y resplandecían en todas las miradas, mientras se congregaban alrededor del fuego y contaban y escuchaban viejas historias de los tiempos que pasaron y no volverán. Tranquila y sosegadamente, el padre descendió a la tumba y, poco después, aquella que compartió todas sus preocupaciones y amarguras lo siguió al lugar del eterno descanso. Los pocos que les habían sobrevivido se arrodillaban junto a la tumba y regaban con sus lágrimas la hierba que la cubría; luego se levantaron y se alejaron de aquel lugar, triste y dolorosamente, pero sin gritos de amargura ni desesperadas lamentaciones, porque sabían que habían de encontrarse en el futuro, y de nuevo se incorporaron al laborioso ajetreo del mundo, recobrando la alegría y el contento. La nube cubrió el cuadro y lo ocultó a la vista del sepulturero.

—¿Qué te parece *eso*? —dijo el duende, volviendo su alargado rostro hacia Gabriel Grub.

Gabriel murmuró algo así como que era muy hermoso y se dibujó en su cara algo parecido a la vergüenza cuando el duende clavó en él sus ojos llenos de ira.

—¡Tú, miserable! —dijo el duende en tono de profundo desprecio—. ¡Tú!

Pareció dispuesto a añadir algo más, pero la indignación ahogó su voz y, levantando una de sus piernas, que eran extraordinariamente flexibles, y volteándola un momento sobre su cabeza para asegurar la puntería, le administró a Gabriel Grub un buen puntapié. Inmediatamente después, todos los duendes se agruparon alrededor del mísero sepulturero y lo golpearon sin piedad, de acuerdo con la vieja e inmutable costumbre de los cortesanos de la tierra, que golpean a quien golpea la realeza y ensalzan a quien la realeza ensalza.

—¡Enseñadle algo más! —dijo el rey de los duendes.

Ante estas palabras, la nube se dispersó, descubriendo a la vista un rico y exuberante paisaje: parecido al que se puede ver en la actualidad aproximadamente a media milla de la vieja ciudad abacial. El sol brillaba en lo alto de un cielo azul y despejado, el agua centelleaba bajo sus rayos y los árboles parecían más verdes y las flores más alegres bajo su benéfica influencia. El agua corría rizándose con plácido murmullo, los árboles susurraban con la ligera brisa que rozaba sus hojas, los pájaros cantaban sobre los arbustos y la alondra trinaba en lo alto, saludando a la mañana. Sí, era la mañana, la espléndida y embalsamada mañana estival; las hojas más diminutas, la más tenue brizna de hierba, palpitaban con el instinto de la vida. La hormiga se arrastraba en su afanosa labor cotidiana; la mariposa revoloteaba y se desperezaba en los cálidos rayos del sol; miríadas de insectos extendían sus alas transparentes y festejaban su dichosa y fugaz existencia. Avanzaba el hombre en su camino, exaltado por el espectáculo, y todo era brillo y esplendor.

—¡Eres un miserable! —dijo el rey de los duendes con un tono más despectivo aún que anteriormente. Y de nuevo el rey de los duendes volteó su pierna, y nuevamente la dejó caer sobre los hombros del enterrador; y de nuevo los duendes pajes imitaron el ejemplo de su soberano.

Muchas otras veces vino y se fue la nube, enseñándole muchas lecciones a Gabriel Grub, quien, aunque se resentía de los hombros por las frecuentes *caricias* de los pies de los duendes, observaba todo con un interés que no podía evitar. Vio que los hombres que trabajaban mucho, y que se ganaban su escaso pan con unas vidas de duro trabajo, se sentían alegres y felices, y que incluso para los más ignorantes el dulce rostro de la Naturaleza era una fuente constante de alegría y contento. Vio que aquellos que habían sido alimentados y educados con cariño, y con resignación ante las privaciones, y superaban los sufrimientos, habían conseguido aplastar buena parte de su mala simiente, porque llevaban dentro de sí la semilla de la felicidad, la satisfacción y la paz. Vio que las mujeres, las más tiernas y frágiles de todas las criaturas de Dios, eran las que con más fuerza se sobreponían generalmente a la amargura, al dolor y a la adversidad; y vio que sucedía así porque abrigaban en sus corazones un manantial inagotable de afecto y ternura. Vio, sobre todo, que los hombres como él, que gruñían ante el optimismo y la alegría de los otros, eran como malas hierbas que crecían sobre la divina faz de la tierra, y, poniendo en la balanza todo lo bueno de este mundo frente al mal, llegó a la conclusión de que este mundo era, después de todo, un lugar bastante agradable y amable. Apenas había terminado de pensar aquello cuando la nube que había hecho desvanecerse el último cuadro pareció entorpecer sus sentidos y arrullarle hasta dejarlo dormido. Uno tras otro desaparecieron de su vista los duendes y, cuando desapareció el último, se sumió en un profundo sueño.

Ya había roto el día cuando despertó Gabriel Grub, y se encontró tendido todo lo largo que era sobre la tumba lisa del cementerio, con la petaca vacía al lado, y con el abrigo, la pala y el farol todos cubiertos de blanco por la escarcha nocturna, esparcidos por el suelo. La estela de piedra en la que había visto por primera vez al duende seguía allí clavada, frente a él, y la fosa en que había trabajado la noche anterior, allí estaba también. Al principio dudó de la realidad de sus aventuras, pero el dolor agudo que sintió en sus hombros cuando intentó levantarse le convenció de que los puntapiés de los duendes desde luego no habían sido cosa de la imaginación. Dudó otra vez al no percibir en la nieve las huellas de los duendes que jugaron a la pídola sobre las tumbas, pero comprendió inmediatamente la circunstancia cuando cayó en la cuenta de que, al tratarse de espíritus, naturalmente no dejarían huellas tras de sí. Así que Gabriel Grub se puso de pie como pudo, por el dolor de espalda, y sacudiendo la escarcha de su abrigo, se lo puso, y se giró para ver la ciudad.

Pero él era ya otro hombre y no podía hacerse a la idea de regresar a un lugar donde sospecharían de su arrepentimiento y desconfiarían de su enmienda. Vaciló un instante y se alejó con la intención de vagar sin rumbo y buscarse el pan en cualquier otra parte.

El farol, la pala y la petaca se encontraron aquel día en el cementerio. Muchas fueron las conjeturas que se hicieron acerca de la suerte del enterrador en un primer momento, pero enseguida se dio por seguro que había sido arrebatado por los duendes y no faltaron testigos fidedignos que asegurasen que se le había visto cruzando los aires a lomos de un alazán castaño, tuerto, con ancas de león y cola de oso. Acabó por aceptarse ciegamente esta versión, así que el nuevo enterrador solía mostrar a los curiosos, por una modesta propina, un buen trozo de la veleta de la iglesia que el mencionado caballo había desprendido accidentalmente en su fuga aérea, y que él mismo lo había recogido en el cementerio uno o dos años después.

Desgraciadamente, aquellas historias se vieron un tanto desautorizadas por la inesperada reaparición del propio Gabriel Grub, sobrevenida unos diez años después: anciano, reumático, andrajoso y alegre. Le contó su aventura al párroco y también al alcalde, y con el tiempo empezó a ser aceptada como una cuestión histórica, en cuya forma ha llegado hasta nuestros días. Los que habían creído el cuento de la veleta, una vez que hubieron depositado su fe en aquella historia, difícilmente quisieron apartarse de ella, así que ponían gesto de saber más que los demás, se encogían de hombros, y se llevaban el dedo a las sienes, y murmuraban algo así como que Gabriel Grub se había bebido toda la ginebra y se había caído en la tumba, vencido por el sueño. Y pretendían explicar lo que se suponía que había aprendido en la caverna de los duendes diciendo que el enterrador había visto un poco de mundo, y se había vuelto más discreto. Pero esta opinión, que nunca llegó a popularizarse, fue poco a poco perdiendo crédito y se olvidó. Y fuera comoquiera que fuese la cosa, como Gabriel Grub se vio aquejado de reuma hasta el fin de sus días, esta historia tiene, al menos, una moraleja, si es que no puede enseñar nada mejor... Y es esta, que si un hombre se vuelve huraño y le da por beber solo en Navidad, ya puede irse preparando para pasarlo mal: bien porque los espíritus de la ginebra no sean muy buenos, bien porque tengan incluso peor humor que aquellos que vio Gabriel Grub en la caverna de los duendes.[3]

---

[3]   «The story of the gobblins who stole a sexton» forma parte de *The Posthumous Papers of the Pickwick Club,* la primera novela de Charles Dickens publicada por entregas entre abril de 1836 y noviembre de 1837.

La historia del pariente pobre

Entre tantos miembros respetables de la familia, era muy reticente a ser el primero en comenzar la serie de historias que cada uno contaría por turno, tal y como estaban sentados alrededor del hogar de Navidad, y modestamente sugirió que sería más correcto si «John, nuestro estimado anfitrión» (por cuya salud hizo un brindis) tuviera la amabilidad de comenzar. Porque en lo que a él se refería, estaba tan poco acostumbrado a tomar la iniciativa que, realmente...

Pero, como todos exclamaron a un tiempo que él debía comenzar y estuvieron completamente de acuerdo, a una sola voz, en que él podía, debía y tenía que empezar, dejó de frotarse las manos, encogió las piernas, metiéndolas debajo de la butaca, y comenzó.

No tengo la menor duda —dijo el pariente pobre— de que sorprenderé a los miembros de nuestra familia aquí reunidos, y en particular a John, nuestro estimado anfitrión, con quien estamos en deuda por la gran hospitalidad que nos brinda en este día, con la confesión que voy a hacer. Pero si me hacéis el honor de escuchar atentamente los detalles que se refieren a una persona de tan poca importancia en la familia como soy yo, solo puedo aseguraros que seré escrupulosamente verídico en mi relato.

Yo no soy lo que se esperaba de mí. Soy una persona completamente distinta. Tal vez, antes de ir más lejos, debiera echar un vistazo a lo que se *supone* que debería ser.

Se supone, a menos que esté equivocado —y los miembros de nuestra familia aquí reunidos me corregirán si eso ocurre—, cosa muy probable... (En este punto, el pariente pobre miró con humildad a su alrededor). Decía que se supone que no soy enemigo de nadie, más que de mí mismo, que nunca tuve éxito en nada, que fracasé en los negocios porque era un inepto y un ingenuo, y no estuve atento contra los planes interesados de mi socio. Que fracasé en el amor porque era ridículamente confiado al considerar imposible que Christiana pudiera engañarme. Que fracasé en mis esperanzas con respecto a tío Chill, debido a que no era tan avispado como él en los asuntos mundanos. Que a lo largo de toda mi vida he sido, en términos generales, un fracasado. Que en la actualidad no soy más que un solterón entre los cincuenta y nueve y sesenta años de edad, viviendo de una renta limitada en forma de pensión trimestral, respecto a lo cual observo que John, nuestro estimado anfitrión, desearía que no hiciera ninguna otra alusión.

El relato de estas suposiciones acerca de mis presentes ocupaciones y costumbres tienen las siguientes consecuencias.

Vivo en unos apartamentos de Clapham Road (en una habitación interior muy sencilla, de una casa muy respetable), donde se supone que no voy a estar durante todo el día, a no ser que esté enfermo, y de la que habitualmente salgo a las nueve de la mañana, con el pretexto de acudir a mis asuntos. Desayuno en un antiguo establecimiento cerca del puente de Westminster —mi panecillo con mantequilla y mi media pinta de café— y luego voy a la City (no sé por qué), y me siento en el Garraway's Coffee House y luego en el Change, y doy una vuelta por allí, y entro en algunos despachos y oficinas de contabilidad, donde algunos de mis parientes y amigos son lo suficientemente amables como para tolerarme y donde permanezco, junto al fuego, si resulta que hace mal tiempo. Así transcurre el día, hasta las cinco de la tarde; entonces ceno por un desembolso que, por lo común, alcanza un chelín y tres peniques. Disponiendo de varias monedas aún para gastar en algún pasatiempo vespertino, me meto en un viejo café, de camino a casa, donde me tomo mi taza de té y a veces mi pequeña tostada. Luego, cuando la manecilla larga del reloj recorre su camino y señala una hora avanzada, emprendo el camino de regreso a Clapham Road de nuevo y me acuesto en cuanto llego a mi cuarto... porque la chimenea es muy cara y la familia no quiere fuego porque da mucho trabajo y se pone todo perdido.

A veces alguien entre mis parientes o amigos es tan amable como para invitarme a cenar. Esos son días de fiesta, y entonces suelo pasear por el parque. Soy un hombre solitario y raras veces paseo con alguien. No es que se me evite porque sea un andrajoso, pues siempre dispongo de un traje muy bueno negro (o más bien de tela de Oxford, que tiene apariencia de negro, pero viste mucho más), pero tengo la costumbre de hablar muy bajito y, como soy más bien callado y de humor melancólico, comprendo que no soy una compañía muy deseable.

La única excepción a esta regla es el hijo de mi prima, el pequeño Frank. Siento un afecto especial por ese niño y él es muy cariñoso conmigo. Es un niño tímido por naturaleza y en un grupo pasa enseguida inadvertido y, eso puedo decirlo, a nadie le importa. Él y yo, de todos modos, nos llevamos maravillosamente bien. Tengo la idea de que el pobre niño me sucederá en la peculiar situación que ocupo en la familia. Hablamos, pero muy poco; aun así, nos entendemos. Paseamos cogidos de la mano, y sin necesidad de hablar mucho, sabe lo que quiero decirle, y yo sé lo que él quiere decirme. Cuando era muy pequeño solía llevarle a ver los escaparates de las tiendas de juguetes; es sorprendente la rapidez con que comprendió que yo le habría hecho muchísimos regalos si estuviera en condiciones de hacerlo.

El pequeño Frank y yo solemos visitar el Monument (le encanta el Monument)[1] y los puentes, y todos los entretenimientos que son gratis. En dos ocasiones, con motivo de mi cumpleaños, hemos comido un bistec *à-la-mode*, y luego, con entradas a mitad de precio, hemos ido al teatro, que nos gustó muchísimo. En cierta ocasión, mientras paseaba con él por Lombard Street, lu-

---

[1]   Es el modo en que los ingleses llaman comúnmente a la columna que conmemora el gran incendio de Londres en 1666: The Monument to the Great Fire of London (1671-1677) se debe, naturalmente, al máximo exponente de la reconstrucción londinense: Christopher Wren.

gar que solemos visitar con frecuencia debido a que le he mencionado que hay grandes riquezas allí, un caballero me dijo al pasar:

—Señor, su pequeño ha perdido el guante.

Yo os aseguro, si tienen la bondad de excusar esta observación respecto a tan trivial circunstancia, que esta casual alusión al niño como hijo mío me tocó el corazón de tal modo que me puse a llorar como un tonto.

Cuando el pequeño Frank sea enviado a un colegio, me sentiré perdido, sin saber qué hacer de mí, pero tengo la intención de llegarme hasta allí una vez al mes y visitarle algún día de fiesta, por la tarde. Me han dicho que esos días estará jugando en el campo, y si se pusieran impedimentos a mis visitas porque pudieran perturbar al niño, puedo verlo desde lejos, sin que él me vea a mí. Su madre desciende de una familia muy noble y desaprueba absolutamente, de eso me doy cuenta, que pasemos tanto tiempo juntos. También sé que no estoy preparado para mejorar su personalidad retraída, pero creo que si nos separaran para siempre, el pequeño Frank me echaría de menos, más allá de la pena del momento.

Cuando yo muera en Clapham Road, no dejaré en el mundo mucho más que lo que saqué de él; pero el caso es que poseo la miniatura de un niño sonriente, con la cabellera rizada y chorrera de encaje ondeando sobre el pecho (mi madre ordenó que me la hicieran, pero yo no creo que fuera parecido a ese niño jamás), y que no valdrá la pena venderla en absoluto, y que pediré se le entregue a Frank. Le he escrito a mi querido niño una pequeña carta en la que le digo que me siento muy triste por separarme de él, aunque estoy moralmente obligado a confesar que ignoro el motivo por el cual debería permanecer en este mundo. Le doy también algunos consejos, los mejores que pude, para advertirle acerca de las consecuencias de no ser enemigo de nadie más que de uno mismo; y me esfuerzo en consolarle por lo que temo considere una pérdida terrible, señalándole que yo solo soy un ser superfluo para todos, menos para él, y que habiendo fracasado casi siempre a la hora de encontrar un lugar en esta gran asamblea, estaré mejor lejos de ella.

Tal es la impresión general que se tiene de mí —dijo el pariente pobre, aclarándose la garganta y comenzando a hablar un poco más alto—. Ahora bien, resulta una circunstancia notable, la cual constituye además el núcleo y el objeto de mi historia, que todo eso es completamente falso. Esa no es mi vida y esas no son mis costumbres. Jamás he vivido en Clapham Road. Comparativamente hablando, paso bastante poco por allí.

Resido la mayor parte del tiempo en un... (casi me avergüenza pronunciar la palabra, pues suena un tanto pretenciosa)... en un castillo. No estoy diciendo que sea la mansión de un noble, sino que es un edificio conocido por todos como «un castillo». En él guardo los detalles de mi historia, que es como sigue.

Fue cuando admití como socio a John Spatter (que había sido mi pasante) y cuando yo era todavía un joven de no más de veinticinco años que vivía en la casa de mi tío Chill, respecto al cual yo tenía grandes esperanzas, cuando me atreví a solicitar a Christiana en matrimonio. Había amado a Christiana durante mucho tiempo. Era muy hermosa y encantadora en todos los aspectos. Yo sentía cierta desconfianza respecto a su madre viuda, porque me temía que era una enredadora y una interesada; pero procuraba pensar bien de ella en cuanto me era posible, aunque solo fuera por Christiana. Nunca había amado a nadie más que a ella y ella había sido todo mi mundo, y... ¡Oh, muchísimo más que mi mundo, desde que ambos éramos niños!

Christiana me aceptó, con el consentimiento de su madre, y entonces fui verdaderamente feliz. Mi vida, en casa de tío Chill, era mezquina e insulsa, y mi buhardilla era tan oscura, vacía y fría como la celda del último piso en alguna siniestra fortaleza del Norte. Pero, contando con el amor de Christiana, no necesitaba nada más en este mundo. No habría cambiado mi suerte por la de ningún ser humano.

Desgraciadamente, la avaricia era el defecto principal de tío Chill. Aunque era rico, ahorraba, acumulaba, economizaba y vivía miserablemente. Como Christiana carecía de fortuna, tuve miedo de confesarle nuestro compromiso, pero, al final, le escribí una carta, contándole todo tal y como era en realidad. La puse en sus manos una noche, al irme a acostar.

Al bajar a la mañana siguiente (temblando a causa del frío de diciembre, que en la gélida casa de mi tío era mayor que en la calle, donde el sol de invierno brillaba a veces, y que al menos se animaba con los rostros alegres y voces que pasaban por allí), me sentí acongojado al cruzar el largo salón de desayunos de la planta baja, donde se encontraba mi tío. Era una habitación enorme, con un fuego escaso en la chimenea, y había una ventana en la que la lluvia había dejado por la noche marcas semejantes a lágrimas de los que no tienen techo. Daba a un patio desnudo, pavimentado con losas quebradas y con algunas rejas oxidadas casi desclavadas, por donde se iba hacia un espantoso edificio anejo, que antaño era un cuarto de operaciones (de la época en que un gran cirujano le cedió en hipoteca la casa a mi tío).

Nos levantábamos siempre tan temprano que, en esa época del año, tomábamos el desayuno iluminados por la luz de un quinqué. Cuando entré en la habitación mi tío estaba tan encogido por el frío y tan acurrucado en su silla, tras una vela turbia, que no lo vi hasta que no estuve muy cerca de la mesa.

En el momento en que le tendí la mano, cogió su bastón (siendo ya anciano, siempre iba por la casa con un bastón) y me amenazó con él, y luego me espetó:

—¡Eres un imbécil!

—¡Tío! —contesté—. No esperaba verte tan enojado.

Y era cierto que no lo esperaba, aunque era un viejo duro y cascarrabias.

—¡No lo esperabas! —dijo—. ¿Cuándo has esperado algo en tu vida? ¿Cuándo has sido previsor, o has pensado en el futuro, eh, perro asqueroso?

—¡Esas son palabras muy duras, tío!

—¿Palabras duras? ¡Plumas, para lo que se merece un idiota como tú! ¡Ven aquí, Betsy Snap! ¡Míralo!

Betsy Snap, nuestra única criada, era una anciana enjuta y amarilla y de rostro afilado, y siempre se ocupaba a esa hora del día de frotar las piernas de mi tío. Al ordenarle que me mirase, apoyó su mano nudosa sobre la cabeza de ella, que estaba arrodillada a su lado, y la volvió hacia mí. Un pensamiento involuntario, que relacionaba a ambos con el cuarto de disecciones, como debía haber ocurrido tantas veces en el pasado, cruzó mi mente en medio de mi ansiedad.

—¡Mira a ese marica llorón! —dijo mi tío—. ¡Mira al nene! ¡Este es el caballero de quien la gente comenta que no es enemigo más que de sí mismo! ¡Este es el caballero que no sabe decir no! ¡Este es el caballero que obtuvo tan inmensas ganancias en sus negocios que necesitó coger un socio para el futuro. Este es el caballero que tomará por esposa a una mujer sin un penique y que cae en manos de Jezabeles que especulan con mi muerte!

Entonces supe hasta qué punto estaba enfadado mi tío; porque nada menos que esa ira, estando casi fuera de sí mismo, le hubiera inducido a pronunciar esa palabra fatal, que tanto le repugnaba y que nunca se decía, ni se insinuaba delante de él, de ninguna manera.

—Mi muerte... —repitió como si me desafiara, al desafiar la aversión que él mismo sentía hacia esa palabra—. ¡Mi muerte, mi muerte, *mi muerte*! Pero yo arruinaré tus esperanzas. ¡Come por última vez bajo este techo, y ojalá te atragantes!

Ya pueden suponer que no tenía mucho apetito ni me apetecía un desayuno al que se me invitaba en tales términos; pero ocupé mi lugar habitual. Comprendí que iba a ser repudiado en adelante por mi tío, pero eso podría sobrellevarlo perfectamente, porque era dueño del corazón de Christiana.

Mi tío vació su tazón de pan y leche como de costumbre, con la diferencia de que lo colocó sobre sus rodillas, y giró la silla, alejándose de la mesa donde estaba sentado. Cuando concluyó, apagó con cuidado la vela, y la mañana fría, triste y gris cayó sobre nosotros.

—Ahora, señor Michael —dijo—, antes de separarnos desearía tener unas palabras con esas damas en su presencia.

—Como desees, tío —contesté—, pero te engañas y eres cruelmente injusto con nosotros si supones que existe algún sentimiento ruin en este matrimonio, distinto el amor más puro, fiel y desinteresado.

A estas palabras solo replicó:

—¡Mientes!

Y no añadió ni una sílaba más.

Nos dirigimos, en medio de la nieve a medio derretir y de la lluvia helada, a la casa donde vivían Christiana y su madre. Mi tío las conocía muy bien. Estaban sentadas a la mesa, dispuestas a desayunar, y se quedaron muy sorprendidas al vernos llegar a esa hora.

—A sus pies, señora —le dijo mi tío a la madre—. Me atrevo a suponer que adivinará el motivo de esta visita, señora. Entiendo que en esta casa hay un mundo de amor puro, fiel y desinteresado. Me hace muy feliz traer conmigo lo único que le falta, para completarlo del todo. Le traigo a su yerno, señora, y a usted, señorita, le traigo a su marido. Este caballero es para mí, desde ahora, un perfecto desconocido, pero le deseo toda la felicidad ante esta decisión tan sabia.

Me dirigió algunos gruñidos al salir y jamás volví a verle.

Es un completo error —continuó el pariente pobre—suponer que mi amada Christiana, persuadida e influida en exceso por su madre, se casó con un hombre rico, y que el barro que levantaron las ruedas de su carruaje de boda me salpicó al pasar. No, no. Ella se casó conmigo.

La causa por la cual llegamos a contraer matrimonio antes del plazo fijado fue la siguiente: alquilé unas estancias modestas, y estuve ahorrando y haciendo planes por ella, cuando, un día, se dirigió a mí con gran inquietud, y me dijo:

—Mi querido Michael, yo te he dado mi corazón. He dicho que te amo y me he comprometido a ser tu esposa. Me siento tan tuya en medio de nuestra buena o mala fortuna como si nos hubiéramos casado el día en que lo decidimos. Yo te conozco muy bien y sé que si nos separáramos y nuestra unión se rompiera, toda tu vida se hundiría, y todo lo que aún pudieras tener de fuerte en tu carácter, a la hora de enfrentarte con el mundo, se debilitaría hasta convertirse la sombra de lo que es.

—¡Que Dios me ayude, Christiana! —dije entonces—. Qué razón tienes...

—Michael —contestó ella colocando su mano sobre la mía con todo su virginal cariño—, no sigamos separados. He de decirte que puedo vivir feliz con los medios que posees, y seré feliz sabiendo que tú lo eres. Lo digo de todo corazón. No luches solo más tiempo; luchemos juntos. Mi querido Michael, no tengo derecho a ocultarte lo que tú no sospechas, pero que amarga mi existencia. Mi madre, sin considerar que lo que tú has perdido lo has perdido por mi causa y, por la confianza que tenías en mí, solo desea riquezas y me apremia para que contraiga matrimonio con otro hombre, para mi desgracia. Yo no puedo soportarlo más, porque no soporto ser desleal contigo. Prefiero compartir tus luchas antes que ceder. No deseo mejor hogar que el que tú puedas brindarme. Sé que trabajarás con renovados bríos si soy tuya por completo: que así sea, ¡cuando tú quieras!

Fui feliz ese día, ciertamente, y un mundo nuevo se abrió ante mí. Nos casamos al poco tiempo y llevé a mi esposa a nuestro feliz hogar, que fue el origen de la residencia, de la que ya os he hablado. El castillo que desde entonces y para siempre habitamos juntos arranca desde esa época. Todos nuestros hijos han nacido allí. Nuestra primera hija ya está casada. Se llama Christiana y su hijo se parece tanto al pequeño Frank que apenas si puedo distinguirlos.

La impresión corriente acerca de la conducta de mi socio para conmigo es también completamente falsa. No empezó a tratarme con frialdad, como a un pobre imbécil, cuando mi tío y yo discutimos tan funestamente, ni tampoco se fue apoderando después, poco a poco, de nuestro negocio, ni me dejó de lado. Por el contrario, se comportó conmigo con la mejor buena fe y honradamente.

Las cosas entre nosotros sucedieron así: el mismo día de la separación entre mi tío y yo, y aun antes de que mi equipaje llegara a la oficina (mi tío envió mis cosas en cuanto me fui, y *sin* pagar los portes), fui al local de nuestro negocio, en el pequeño muelle que mira al río, y allí le conté a John Spatter lo ocurrido. John no me contestó diciendo que los parientes ricos y ancianos eran asuntos reales y que el amor y los sentimientos eran disparates y fábulas. Se dirigió a mí en estos términos:

—Michael —dijo John—, fuimos juntos a la escuela, y generalmente conseguía mejores notas que tú, y me hice con una reputación mejor que la tuya.

—Es verdad, John —le contesté.

—Aunque... —continuó John— te pedí los libros prestados y te los perdí; te pedí dinero prestado y nunca te lo devolví; te vendí mis cortaplumas mellados a un precio superior al que pagué por ellos cuando los compré nuevos, y conseguí que te declararan culpable de las ventanas que yo rompí.

—No vale la pena recordar todo eso, John Spatter —dije—, pero es la pura verdad.

—Cuando iniciaste este pequeño negocio, que prometía prosperar tanto —prosiguió John—, acudí a ti en busca de un empleo cualquiera y me convertiste en tu oficinista.

—Pero eso también carece de importancia, querido John —le dije—; aun así, es igualmente cierto.

—Y al descubrir que tenía buena cabeza para los negocios y que era realmente útil en los negocios, no quisiste que continuara en esas condiciones, y pensaste que era un acto de justicia convertirme en tu socio.

—Tampoco vale la pena mencionar todos esos detalles que estás recordando, John —contesté—, porque siempre fui y soy consciente de tus méritos y de mis propios defectos.

—Entonces, mi querido amigo —dijo John cogiéndome del brazo como solía hacer en el colegio, mientras, a través de las ventanas de nuestro despacho, veíamos cómo dos embarcaciones bajaban por el río tan plácidamente como John y yo hubiéramos navegado juntos, en amistad y compañía—, dadas estas amistosas circunstancias, lleguemos a un acuerdo. Eres muy confiado, Michael. No eres enemigo de nadie más que de ti mismo. Si, en nuestra relación, yo recibiera esa triste fama con un encogimiento de hombros, negando con la cabeza y dejando escapar un suspiro, y si más adelante abusara de la confianza que depositaste en mí...

—Pero nunca abusarás de esa confianza en absoluto, John —apunté.

—¡Jamás! —dijo él—. Pero estoy haciendo una suposición: y si abusara de esa confianza, ocultándote parte de nuestros negocios y dejándote a medias en el resto, aumentaría mi poder y debilitaría aún más tu debilidad, día a día, hasta que, al fin, me encontraría en el bendito camino de la fortuna, y tú te quedarías atrás, en algún erial, a muchas millas de distancia y sin ninguna esperanza.

—Sí, así es —dije.

—Para prevenir eso, Michael —dijo John Spatter—, o la más remota posibilidad de que suceda, debe haber un perfecto entendimiento entre nosotros. No podemos ocultarnos nada y solo debemos tener intereses comunes.

—Mi querido John Spatter —le aseguré—, eso es precisamente lo que yo creo.

—Y cuando seas demasiado confiado —prosiguió John, con el rostro radiante de amistad— debes permitirme que impida que nadie se aproveche de ese defecto; no esperes que lo deje pasar.

—Querido John Spatter —interrumpí—, no *espero* que lo dejes pasar. Deseo corregirme.

—Yo también —dijo John.

—¡Muy bien! —exclamé—. Ambos tenemos los mismos objetivos y, si los perseguimos honradamente, confiando el uno en el otro, sin tener más que un solo interés común, nuestra sociedad será feliz y próspera.

—Estoy seguro de ello —contestó John Spatter. Y ambos nos estrechamos cordialmente las manos.

Invité a John a mi castillo y pasamos un día feliz. Nuestra sociedad prosperó. Mi socio y amigo me proporcionó todo lo que yo lo precisaba, tal y como yo había previsto, y mejorando el negocio y corrigiéndome a mí, justificó ampliamente cualquier beneficio que yo le pudiera aportar.

Yo no soy muy rico —añadió el pariente pobre, mirando al fuego mientras se frotaba lentamente las manos— porque nunca me importó demasiado llegar a serlo; pero tengo lo suficiente, y estoy muy por encima de cualquier necesidad y cuidado. Mi castillo no es un lugar espléndido, pero es muy cómodo, tiene una atmósfera cálida y alegre, y es la imagen exacta de lo que puede llamarse «un hogar».

Nuestra hija mayor, que es muy parecida a su madre, se casó con el hijo mayor de John Spatter. Ambas familias están estrechamente unidas por nuevos lazos de cariño. Por las tardes, cuando estamos todos reunidos, cosa que sucede con frecuencia, es muy agradable cuando John y yo hablamos de los viejos tiempos y de la amistad que nos unió.

Realmente no sé lo que significa soledad en mi castillo. Algunos de nuestros hijos o nietos siempre andan por allí, y me parece encantador —¡sí, encantador!— escuchar las jóvenes voces de mis descendientes. Mi querida y adorada esposa, siempre fiel, siempre amante, siempre servicial, mi apoyo y mi consuelo, es la bendición impagable de mi casa, y manantial de todas las demás bendiciones. Somos una familia a la que le gusta bastante la música, y cuando alguna vez Christiana me nota cansado o deprimido, se acerca hasta el piano y canta una de aquellas dulces tonadas que solía cantar en los primeros días de nuestro matrimonio. Soy un hombre tan tonto que no puedo soportar escuchar esas canciones en ninguna otra parte. Una vez las oí en el teatro, al que fui con el pequeño Frank, y el niño preguntó extrañado:

—Primo Michael, ¿de quién son estas lágrimas que acaban de caer sobre mi mano?

Así es mi castillo y así son los detalles reales de mi vida, allí preservados. A menudo llevo a mi pequeño Frank a casa. Es muy bien recibido por mis nietos y juegan todos juntos. En esta época del año, por Navidad y Año Nuevo, raras veces estoy fuera de mi casa. Porque los recuerdos de esta época parecen sujetarme allí, y las leyes de esta época concreta me aseguran que hago bien al no apartarme de mi hogar.

—¿Y el castillo está...? —observó una voz grave y afectuosa entre el grupo.

—Sí. Mi castillo... —contestó el pariente pobre, sacudiendo la cabeza y mirando siempre al fuego—, mi castillo está en el aire. John, nuestro estimado anfitrión, indica exactamente su situación. ¡Mi castillo está en el aire! He terminado. ¿Qué les ha parecido la historia?[2]

---

[2] «The Poor Relation's Story» se publicó en *Household Words* en 1852.

LA HISTORIA DEL ESTUDIANTE

Aunque soy bastante joven en este momento —cada vez tengo más años, pero soy todavía bastante joven—, no cuento con ninguna aventura particular de la que hablar. No interesaría mucho a ninguno de los presentes, supongo, saber lo tacaño que es el reverendo o lo arpía que es *ella*, o cómo engañan a nuestros padres, sobre todo en la peluquería y en la asistencia médica. Uno de los compañeros tuvo que añadir a su cuenta una factura de doce chelines y seis peniques por dos píldoras —que yo diría se pueden adquirir perfectamente a seis chelines y tres peniques—, y que ni siquiera se tomó, porque se las metió por la manga de su chaqueta.

En cuanto a la carne, es una vergüenza. Eso *no* es carne. La carne normal no tiene nervios. Uno puede masticar la carne normal. Además, hay salsa con la carne normal, y nadie verá jamás que hay salsa para nosotros. Otro de nuestros condiscípulos tuvo que volver a casa enfermo, y oyó al médico de la familia decirle a su padre que no podía explicarse la razón de su dolencia, salvo que fuera debido a la cerveza. ¡Por supuesto que era la cerveza, y menos mal que solo era eso!

De todos modos, la carne y el viejo Cheeseman son dos cosas distintas. Como la cerveza. Era del viejo Cheeseman de quien quería hablar, no de la forma en que los compañeros arruinaban su salud por culpa del afán de lucro del reverendo.

Vaya, mirad simplemente la costra de la empanada. No es crujiente; es dura como plomo fundido. Por eso los compañeros tienen pesadillas, y se les castiga si piden auxilio y despiertan a los demás.

Una vez el viejo Cheeseman se despertó sonámbulo, se puso el sombrero encima del gorro de dormir, cogió una caña de pescar, un bate de *cricket*, y bajó al salón, donde naturalmente todo el mundo creyó que era un fantasma. Vaya, nunca habría hecho eso si sus comidas hubieran sido saludables. Cuando todos empecemos a caminar sonámbulos en la noche, supongo que entonces se arrepentirán.

El viejo Cheeseman no era todavía ayudante del profesor de latín; era todavía alumno como nosotros. Lo llevaron por primera vez allí cuando era muy pequeño, en una silla de postas; lo llevó una mujer que siempre estaba tomando rapé y zarandeándolo... y eso era lo único que recordaba al respecto. Nunca volvía a su casa durante las vacaciones. Sus cuentas (jamás supo de extras) se enviaban a un banco y el banco las pagaba; gastaba un traje de color pardusco al año y consiguió unas botas a los doce. Siempre demasiado grandes.

Durante las vacaciones de verano algunos de nuestros compañeros que vivían en las inmediaciones del colegio solían acercarse y trepar a los árboles que estaban por fuera del muro del patio, con la idea de verlo leyendo allí solo. Era siempre tan agradable como el té (y *eso* es ser muy agradable, diría yo), tanto que cuando le silbaban desde los árboles levantaba la cabeza y saludaba, y cuando le decían: «Qué hay, viejo Cheeseman, ¿qué cenaste ayer?», él respondía: «Cordero hervido»; y cuando le decían: «¿No estás un poco solo, viejo Cheeseman?», él respondía: «Sí, es un poco aburrido algunas veces», y luego ellos se despedían con un «¡Que te vaya bien, viejo Cheeseman!», y bajaban del árbol. Por supuesto que era un abuso no darle otra cosa que cordero hervido durante todas las vacaciones, pero ese era el sistema; cuando no le daban cordero hervido, le daban pudin de arroz, y hacían como que era un regalo. Y así se ahorraban la carnicería.

Y así andaba el viejo Cheeseman. Las vacaciones le acarreaban otros problemas, aparte de la soledad; porque a medida que los otros alumnos volvían a la escuela, sin desearlo en absoluto, él estaba encantado de verlos, lo cual era bastante desagradable, pues ellos no estaban en absoluto encantados de volverlo a ver a él. Por eso le atizaban y le golpeaban la cabeza contra la pared, y por eso le sangraba la nariz. Pero en general se le apreciaba bastante.

En una oportunidad se organizó una suscripción en su beneficio y, para animarlo un poco, antes de las vacaciones se le regalaron dos ratoncillos blancos, un conejo, una paloma y un precioso cachorrito. El viejo Cheeseman lloró de emoción... sobre todo, al poco tiempo, cuando se devoraron los unos a los otros.

Desde luego, al viejo Cheeseman se le llamaba con el nombre de todo tipo de quesos —Double Glo'sterman, Family Cheshireman, Dutchman, North Wiltshireman, y así—. Pero a él nunca le importó. Y no será necesario decir que no era viejo por la edad, porque no lo era: solo que lo llamamos así desde el principio: viejo Cheeseman.

Al final, el viejo Cheeseman se hizo profesor ayudante de latín. Una mañana, al comenzar un nuevo semestre, lo trajeron y lo presentaron a la clase como «el señor Cheeseman». Entonces los compañeros acordaron por unanimidad que el viejo Cheeseman era un espía y un desertor que se había pasado al campo enemigo y que se había vendido por dinero. No era excusa que se hubiera vendido por muy poco dinero —dos libras, diez chelines y ropa lavada, según se supo—. Un tribunal reunido al efecto decidió que «los motivos mercenarios del viejo Cheeseman era lo único que contaba en el caso, y que «vendió nuestra sangre por unos dracmas». El tribunal tomó esa expresión de un debate entre Bruto y Casio.[1]

Cuando quedó establecido de forma tan concluyente que el viejo Cheeseman era un verdadero traidor, que arrancó con astucias nuestros secretos con el objeto de obtener favores al delatar todo lo que sabía, se invitó a los compañeros más valientes a dar un paso adelante y formar una sociedad y constituir un grupo contra él. El presidente de la sociedad era *First boy*, cuyo

---

[1] Se trata del acto IV, escena iii, de *Julio César*, de W. Shakespeare, donde Bruto discute con Casio y le dice: «Antes me acuñaría el corazón / y sacaría dracmas de mi sangre».

nombre verdadero era Bob Tarter. Su padre estaba en las Indias Occidentales, y aseguraba que su padre tenía millones. Tenía gran influencia entre todos nosotros y escribió una parodia que decía así:

> «¿Quién nos hizo creer que era un pazguato,
> que apenas si lo oíamos hablar un rato,
> y en un soplón se convirtió el chivato?
> ¡El viejo Cheeseman!».

Y así continuaba durante más de una docena de versos, que solía cantar todas las mañanas cerca del despacho del nuevo profesor. También adiestró a uno de los alumnos más pequeños, un niño descarado, de mejillas rosadas, para que, al adelantarse una mañana con su gramática, y dijera así: *Nominativus pronomium:* viejo Cheeseman; *raro exprimitur:* nunca hubiéramos sospechado; *nisi distinctionis:* que fuera un delator; *aut emphasis gratia:* hasta que demostró serlo; *ut:* por ejemplo; *vos damnastis:* cuando vendió a los compañeros; *quasi:* como si; *dicat:* debería decir; *pretarea nemo:* ¡soy un Judas!

Todo aquello produjo una gran conmoción en el viejo Cheeseman. Nunca había tenido mucho pelo, pero el que tenía comenzó a ralear más y más cada día. Estaba cada vez más pálido y hundido; y algunas veces, alguna noche, se le veía sentado en su escritorio, delante de una vela casi agotada, llorando y cubriéndose el rostro con las manos. Pero ningún miembro de la sociedad podía compadecerle, aun cuando se sintiera inclinado a hacerlo, porque el presidente decía que lloraba por su mala conciencia.

Y así andaba el viejo Cheeseman, arrastrando una vida no poco miserable. Por supuesto, el reverendo lo miraba con desprecio, y desde luego, *ella* también, pues ambos solían hacer lo mismo con todos los maestros; pero él sufría más por los compañeros, y los sufría constantemente. Nunca dijo nada al respecto, nada que la Sociedad hubiera descubierto, pero tampoco obtuvo ningún beneficio de ello, porque el presidente de nuestra Sociedad decía que el viejo Cheeseman actuaba así porque era un cobarde.

Solo tenía una amiga en el mundo, y era casi tan inofensiva como él, porque era Jane. Jane era una especie de mujer para todo entre nosotros, y se ocupaba de nuestros cubículos. Según tengo entendido, vino al principio como una especie de aprendiza —algunos de los compañeros aseguraban que venía de un orfanato, pero yo no lo sé—, y cuando se acabó el tiempo de prueba, se quedó por tanto al año. Por tan poco al año, debería decir, porque eso es lo más probable. En todo caso, tenía ahorradas algunas libras en el banco, y era una joven muy agradable. No era muy guapa, pero tenía un rostro muy franco y honesto y alegre, y todos nosotros la adorábamos. Era extraordinariamente sencilla y amable. Y si le ocurría algo a la madre de alguno de nosotros, íbamos y le enseñábamos la carta a Jane.

Jane era amiga del viejo Cheeseman. Y cuanto más lo acosaba la Sociedad, más estaba ella de su parte. Algunas veces solía dirigirle amistosas miradas a través de la ventana de su cuarto, que parecían animarlo para el resto del día. Jane solía salir por el huerto y el jardín de la cocina (siempre cerrados con llave, os lo aseguro) hasta el patio, cuando podría haber tomado otro camino, solo con el propósito de poder verlo, como queriéndole decir: «¡Anímate!».

La suposición de habitación que ocupaba el viejo Cheeseman siempre estaba muy limpia y ordenada, y todo el mundo sabía quién se ocupaba de ella mientras él estaba en su despacho; y cuando los compañeros divisaban un pastel humeante y tentador en su plato, durante la cena, todos sabían, indignados, quién lo había puesto allí.

Ante estas circunstancias, la Sociedad resolvió, tras muchas reuniones y debates, que debía exigírsele a Jane que cortara con el viejo Cheeseman para siempre; y si se negaba, tendría que ser enviada a Coventry.[2] Así pues, una representación encabezada por su presidente fue designada para esperar a Jane e informarle acerca de la resolución de la Sociedad, que se había tomado des-

---

[2] Enviar a alguien a Coventry es hacerle el vacío. La frase tiene su origen en la guerra civil de Inglaterra, en el siglo XVII, donde a los realistas se les enviaba a esa ciudad, condenándolos al ostracismo.

graciadamente porque no quedaba más remedio. Se apreciaba mucho a Jane por sus buenas cualidades, y se contaba una historia sobre cierta ocasión en que había entrado en el despacho del reverendo para evitar que un alumno recibiera un severo castigo, y solo porque era muy cariñosa y tenía muy buen corazón. Por este motivo, a la representación de la Sociedad no le agradaba mucho su cometido. En todo caso, subieron a su cuarto y el presidente informó a Jane. Jane se puso muy colorada, y estalló en sollozos, según informaron el presidente y los representantes, de un modo muy distinto a su habitual modo de ser, y fue la cosa de tal modo que todos se sintieron como una pandilla de malvados criminales, y el respetable cuerpo representativo abandonó la habitación. En consecuencia, quedó registrado en el libro de la Sociedad (las entradas se cifraban en términos astronómicos por temor a que fueran descubiertas) que toda comunicación con Jane quedaba prohibida; y el presidente arengó a los miembros acerca de este claro ejemplo de trabajo de zapa por parte del viejo Cheeseman.

Pero Jane seguía siendo tan fiel al viejo Cheeseman en la misma medida en que el viejo Cheseman era falso con nosotros —en opinión del presidente, obviamente— y continuó siendo, sin duda, su única amiga. Eso constituía un motivo de exasperación para la Sociedad, porque Jane era una pérdida tan grande para ellos como una enorme victoria para el viejo Cheeseman. Por eso siguieron siendo implacables con él, tratándole peor que nunca. Al final, una mañana, su escritorio estaba vacío, y al espiar en su habitación y encontrarla vacía también, un susurró comenzó a correr de boca en boca entre los pálidos rostros de los alumnos: que el viejo Cheeseman, incapaz de soportarlo más, se había levantado temprano y se había tirado al río.

Las miradas misteriosas de los demás profesores tras el desayuno, y el hecho evidente de que no se esperaba a Cheeseman, confirmó a la Sociedad en su opinión. Algunos comenzaron a discutir acerca de si el presidente debía ser ahorcado o solo desterrado de por vida, mientras el rostro del acusado mostraba una gran ansiedad por conocer el veredicto. De todos modos, dijo que un jurado de su país lo consideraría un valiente, y que en su patria les haría poner la mano sobre el corazón y declarar si ellos, como británicos, aprobaban a los soplones y cómo se sentirían. Algunos miembros de la Sociedad consideraban que lo mejor que podía hacer era huir hasta alcanzar un bosque donde pudiera intercambiar sus ropas con algún leñador; y también teñirse el rostro con grosellas; pero la mayoría creía que, si se mantenía firme, su padre —residente en las Indias Occidentales y dueño de una gran fortuna—, podría sobornar a los jueces y rescatarlo.

Los corazones de todos los compañeros latieron violentamente cuando el reverendo hizo su aparición, regla en mano, como una especie de romano o como un mariscal de campo. Siempre hacía una cosa así, antes de pronunciar una arenga. Pero el temor fue poca cosa ante el asombro general, cuando anunció que el viejo Cheeseman, «nuestro respetable amigo y compañero de peregrinaje en los sencillos placeres del conocimiento», así lo llamó —¡oh, sí!, ¡lo digo en serio!, ¡de verdad!—, era el hijo huérfano de una joven desheredada, que se había casado contra los deseos de su padre, y cuyo joven esposo había muerto, y que ella también se había muerto de pena. El desafortunado niño (nuestro viejo Cheeseman) había sido criado a expensas de su abuelo, que nunca quiso verlo, fuera bebé, niño u hombre: aquel anciano acababa de fallecer, muy merecidamente (aunque esto es cosa mía), y su gran fortuna, al no haber testamento consignado, correspondió, así, de golpe y porrazo, a nuestro compañero, ¡el viejo Cheeseman! Nuestro respetabilísimo amigo y compañero de peregrinaje en los sencillos placeres del conocimiento —el reverendo soltó aquí una andanada de citas aburridísimas—volvería a «reunirse de nuevo con nosotros» al cabo de dos semanas, después de dejarnos de aquel modo tan particular. Con aquellas palabras, miró fijamente a todos a su alrededor y se fue con paso solemne.

Hubo entonces gran consternación entre los miembros de la Sociedad. Muchos quisieron renunciar y otros intentaron probar que jamás habían pertenecido a ella. En todo caso, el presidente dio un paso al frente y dijo que debían mantenerse firmes o caer juntos, y que para cualquier renuncia habría que pasar antes por encima de su cadáver —lo cual se dijo con intención de animar a la Sociedad, pero no tuvo mucho éxito—. El presidente dijo después que consideraría la posición en que se encontraban y que les daría su opinión y consejo a los pocos días. Se aguardó ese momento con ansiedad, pues se le atribuía un gran conocimiento del mundo, dado que su padre vivía en las Indias Occidentales.

Después de días y días de intensas elucubraciones y tras atraer opiniones a su favor, el presidente reunió a los compañeros y puso en claro la situación. Dijo que era evidente que cuando llegara el viejo Cheeseman el día fijado, su primera venganza sería acusar a la Sociedad y conseguir que hubiera un castigo general. Después de presenciar con regocijo la tortura de sus enemigos y deleitarse con los gritos de su agonía, lo probable sería que invitase al reverendo a una reunión privada, con el pretexto de conversar con él a solas —digamos, por ejemplo, en la sala donde solía recibirse a los padres de los alumnos, donde estaban los dos globos terráqueos que jamás se usaban— y le reprocharía los muchos fraudes y opresiones que había sufrido por su culpa. Al finalizar estas observaciones, haría señas a un matón profesional, escondido en el pasillo, que aparecería entonces y golpearía al reverendo hasta dejarlo inconsciente. Luego le regalaría a Jane cinco o diez libras y abandonaría el establecimiento con un aire de diabólico triunfo.

El presidente expresó que no tenía nada que decir en lo referente a esa posible reunión en el salón de invitados o respecto Jane, pero en lo tocante a la Sociedad, aconsejaba una resistencia a muerte. De acuerdo con este propósito, recomendaba que se llenaran con piedras todos los pupitres posibles y que la primera palabra de queja fuera la señal para que todos los compañeros se las lanzaran al viejo Cheeseman. Este consejo tan temerario levantó el ánimo de la Sociedad y fue aprobado por unanimidad. En el patio se colocó un poste aproximadamente de la altura del viejo Cheeseman y todos los compañeros practicaron con él hasta dejarlo todo astillado.

Por fin, cuando llegó el día y se ordenó a cada uno ocupar su lugar, todos se sentaron temblorosos. Hubo una gran discusión y gran disputa acerca de cómo aparecería el viejo Cheeseman, pero la opinión general era que aparecería en un carruaje triunfal, tirado por cuatro caballos, con dos criados de librea al frente y, detrás, el matón disfrazado. Así que todos los compañeros estaban esperando oír el ruido de las ruedas. Pero no hubo ruido de ruedas, porque al final el viejo Cheeseman llegó al colegio andando, y entró en el colegio sin ninguna pompa. Exactamente igual que siempre, solo que ahora iba vestido de negro.

—Caballeros —dijo el reverendo al presentarle—: nuestro muy respetable amigo y compañero de peregrinaje en los sencillos placeres del conocimiento, desea decirles algo. ¡Atención, caballeros, todos!

Todos los compañeros metieron la mano en sus pupitres y miraron al presidente. Este, ya preparado, medía la distancia a la que estaba el viejo Cheeseman.

Qué diréis que hizo el viejo Cheeseman entonces, sino avanzar hacia el que había sido su sitio, miró a su alrededor con una extraña sonrisa, como si tuviera los ojos llenos de lágrimas, y comenzó a hablar con una voz dulce y temblorosa.

—Mis queridos compañeros y viejos amigos...

Todas las manos volvieron a salir de los pupitres y el presidente comenzó a llorar de repente.

—Mis queridos compañeros y viejos amigos... —dijo el viejo Cheeseman—. Ya habréis sabido de mi buena suerte. He pasado tantos años bajo este techo (casi toda mi vida, podría decir) que espero os habréis alegrado por mí. Nunca podría disfrutarla del todo sin alegrarme con vosotros. Si hemos tenido algún desencuentro en alguna ocasión, os ruego, mis queridos amigos, que nos perdonemos y olvidemos. Siento gran cariño por vosotros y estoy seguro de que a vosotros os ocurre lo mismo. Deseo, con todo mi corazón agradecido, estrechar la mano de cada uno de vosotros. Solo he regresado para hacer esto, si no os importa, mis queridos amigos.

Como el presidente se echó a llorar, algunos otros compañeros prorrumpieron en sollozos aquí y allá, pero cuando el viejo Cheeseman se acercó al primero, apoyando afectuosamente su mano izquierda en el hombro y extendiéndole la derecha, y cuando el presidente dijo «Verdaderamente, señor, yo no me merezco esto, por mi honor, que no me lo merezco», entonces los sollozos y los llantos recorrieron todo el colegio. Todos los compañeros también dijeron que no lo merecían, igual que el presidente, pero el viejo Cheeseman, sin darle ninguna importancia, fue saludando a toda la clase con mucho cariño, y estrechó la mano, uno por uno, a todos sus maestros... terminando con el reverendo, al final.

Entonces, un chiquillo lloroso, en un rincón, que siempre estaba castigado por una cosa u otra, se levantó y exclamó:

—¡Viva el viejo Cheeseman! ¡Hurra!

El reverendo lo miró con severidad y le corrigió:

—*Señor* Cheeseman, muchacho.

Pero como el viejo Cheeseman protestó y dijo que le gustaba mucho más su anterior apodo, todos los compañeros lo repitieron al unísono, y durante no sé cuánto rato se oyeron estruendosos aplausos y pateos, y unos hurras por *el viejo* Cheeseman como jamás se habían escuchado.

Después hubo un magnífico banquete en el comedor. Aves, lengua, dulces, frutas, confituras, jaleas, limonadas, gelatinas, sesos, golosinas, galletas... —come lo que puedas y al bolsillo lo que te guste—, todo a expensas del viejo Cheeseman. Después hubo discursos, hubo vacaciones, conjuntos de dos y de tres juegos de toda clase de entretenimientos, carritos con burros y ponis para guiarlos uno mismo, cena para todos los maestros en The Seven Bells (de a veinte libras por cabeza, estimaron los compañeros), día libre y fiesta anual todos los años en la misma fecha, y otra fiesta por el cumpleaños del viejo Cheeseman —el reverendo asintió a todas estas decisiones delante de los alumnos, así que ya no pudo echarse ya atrás—, y todo a cargo del viejo Cheeseman.

¿Y acaso no bajaron los compañeros, como un solo hombre, a gritar vítores en la puerta de The Seven Bells? ¡Pues claro! Pero hay algo más todavía. No miréis todavía al que va a contar la próxima historia, porque todavía hay más. Al día siguiente, la Sociedad resolvió hacer las paces con Jane y disolverse acto seguido. ¿Qué creeréis, sino que Jane se había ido?

—¿Qué? ¿Para siempre? —preguntaron los compañeros, con caras largas.

—Sí, es seguro —fue la única respuesta que pudieron obtener.

Ninguno de los moradores de la casa quiso añadir una sola palabra más. Al final, el presidente se atrevió a preguntar al reverendo si nuestra vieja amiga Jane se había ido de verdad. El reverendo (la había tratado como a una hija... dijo con desprecio y congestionado) replicó con severidad:

—¡Sí, señor! ¡La señorita Pitt se ha marchado!

¡Qué ocurrencia, llamar señorita Pitt a Jane!

Algunos opinaban que había sido despedida en castigo por cogerle dinero al viejo Cheeseman; otros decían que había entrado al servicio de Cheeseman, con un salario de diez libras anuales. Pero lo único que se sabía a ciencia cierta era que se había marchado para siempre.

Sucedió que dos o tres meses después, un carruaje abierto se detuvo frente al campo de *cricket*, con una dama y un caballero en su interior, y estuvieron presenciando la partida durante un buen rato y se asomaban para ver cómo jugaban. Nadie reparó en ellos hasta que aquel muchacho llorón del que hablamos se metió en el campo, violando todas las reglas, pues estaba de mirón, y exclamó:

—¡Es Jane!

Los dos equipos se olvidaron del juego de inmediato y corrieron en tropel a rodear el carruaje. ¡Era Jane, efectivamente! ¡Y vaya sombrero que llevaba! Y, ¿lo creeréis? ¡Se había casado con el viejo Cheeseman!

Pronto se convirtió en un hecho habitual que cuando los muchachos estaban entretenidos en el patio, se viera llegar un carruaje que paraba en un extremo más bajo del muro, y un caballero y una dama se pusieran de pie para mirar hacia el interior. El caballero era siempre el viejo Cheeseman, y la dama era siempre Jane.

La primera vez que los vi yo, los vi así. Ha habido muchos cambios desde entonces entre los compañeros; ¡incluso se llegó a descubrir que el padre de Bob Tarter no tenía tantos millones! Aún más, no tenía nada. Bob tuvo que incorporarse como soldado, y el viejo Cheeseman consiguió que lo licenciaran.

Pero ¿no es ese el carruaje?

El coche se detenía y los compañeros, al verlo, suspendían el juego inmediatamente.

—Al final no me enviasteis a Coventry —les decía la dama riendo, cuando ellos escalaban el muro para estrecharle la mano—. ¿No vais a hacerlo nunca?

—¡Nunca! ¡Nunca! ¡Nunca! —se oía por todas partes.

En aquella ocasión no pude entender lo que quería decir, pero, claro, ahora lo comprendo. ¡Cómo me agradan su rostro y su forma de ser! No puedo dejar de mirarla —y a él tampoco—, con todos los compañeros apiñados y tan alegres a su alrededor.

Enseguida se dieron cuenta de que yo era un alumno nuevo, así que pensé que también podía subir al muro y darles la mano, como los demás. Me alegré mucho de verlos, como el resto, y me hice amigo suyo al instante.

—Faltan solo quince días para las vacaciones —dijo el viejo Cheeseman—. ¿Queda alguien en el colegio? ¿Nadie?

Muchos dedos me señalaron, y muchas voces exclamaron a un tiempo:

—¡Él se queda aquí!

(Fue el año en que todos vosotros os fuisteis; y me sentí muy desanimado y triste, os lo puedo asegurar.)

—¡Oh! —dijo el viejo Cheeseman—. Este lugar es muy solitario en época de vacaciones.

De modo que pasé el verano en su casa y fui muy feliz allí. Ellos sabían muy bien cómo debían comportarse con los niños. ¡Oh, sí, *lo sabían*! Cuando me llevaban al teatro, por ejemplo, eran *ellos* los que me llevaban. No llegaban cuando ya había comenzado la función, ni salían antes de finalizado el espectáculo. También sabían cómo educar a un niño. Fijaos en sus propios hijos. Aunque el benjamín es muy pequeño todavía, es un muchacho estupendo. ¡Vaya, es mi favorito!

Bueno, pues ya os he contado todo lo que sé acerca del viejo Cheeseman. Y no es mucho, después de todo, me temo. ¿No?[3]

---

[3] «The Schoolboy's Story» se publicó en *Household Words* en 1853.

LOS SIETE VAGABUNDOS

CAPÍTULO I

En la antigua ciudad de Rochester

Estrictamente hablando, había solo seis vagabundos, pero siendo viajero yo también, aunque muy holgazán, y siendo además tan pobre como ellos, aumenté el número hasta siete en total.

Esta explicación es imprescindible, para aclarar la inscripción que se lee sobre la antigua y curiosa puerta:

> RICHARD WATTS, ESQ.
> cumpliendo su testamento, fechado el 22 de agosto de 1579, se fundó este asilo, para dar albergue a seis vagabundos, siempre que no sean ni PÍCAROS ni GUARDIAS. Recibirán gratis, por una noche, albergue, manutención y cuatro peniques cada uno.

Fue en la antigua ciudad de Rochester, en Kent, en vísperas de Navidad, cuando leí este epígrafe sobre la curiosa y vieja puerta en cuestión. Había estado vagando por los alrededores de la catedral y había visto la tumba de Richard Watts, con la efigie de maese Richard sobresaliendo como el mascarón de proa de un barco; y me pareció entonces que no podría hacer menos que preguntar por el camino que conducía al albergue de Watts, al tiempo que le entregaba la propina al sacristán. Como el camino era muy corto y muy llano, no tardé en llegar a la inscripción, y a la puerta vieja y curiosa.

—Vaya —me dije, mientras observaba la aldaba—, sé que no soy un guardia; me pregunto si seré un pícaro.

En términos generales, aun cuando mi conciencia reprodujo dos o tres bonitas caras, que solo podrían haber tenido poco atractivo para un Goliat en lo moral, llegué a la conclusión de que no era un pícaro. Por consiguiente, comencé por observar el establecimiento como si, en cierto modo, fuera de mi propiedad, pues el venerable maese Richard Watts me lo había legado a mí y a otros colegatarios a partes iguales. Di algunos pasos atrás, hacia la calle, para contemplar mi herencia.

Era una casa blanca, de aspecto aseado, con un aire serio y respetable, con la puerta vieja y curiosa, ya mencionada tres veces (una puerta con arco), ventanas bajas y enrejadas y un tejado a tres aguas. La silenciosa calle principal de Rochester está llena de tejados semejantes, con vigas y maderas talladas que forman extrañas figuras. Está adornada por un antiguo y extraño reloj, que sobresale hacia la calle, amenazando un severo edificio de ladrillos rojos, como si el Tiempo tuviera allí su negocio y hubiera colgado fuera su cartel. En realidad, tuvo alguna importancia en los viejos tiempos de los romanos, los sajones y los normandos, y más tarde, en la época del rey Juan, cuando el derruido castillo —no me atrevo a decir cuántos años han pasado desde entonces— fue abandonado a siglos de inclemencias que han abierto tantas hendiduras en los muros que la ruina parece como si los grajos y los cuervos le hubiesen arrancado la piel a picotazos.

Estaba muy satisfecho, tanto con mi propiedad como con su situación. Mientras seguía inspeccionándola con creciente regocijo, descubrí, en una de las ventanas superiores que estaba abierta, la oronda figura de una matrona que clavaba en mí sus ojos interrogantes. Me estaban preguntando tan a las claras «¿Desea usted visitar la casa?», que respondí en voz alta:

—Sí... si no tiene usted inconveniente.

Al minuto se abrió la vieja puerta, y yo, con la cabeza baja, avancé algunos pasos en el vestíbulo.

—Aquí —dijo la corpulenta mujer, conduciéndome a una habitación de la derecha— es donde los vagabundos, sentados ante el fuego, cocinan lo poco que pueden comprar con sus cuatro peniques.

—¡Ah! ¿Entonces no se les proporciona manutención? —pregunté, pues la inscripción sobre la puerta exterior aún bullía en mi cabeza, y me la estaba repitiendo mentalmente, como una especie de estribillo: «Albergue, manutención y cuatro peniques a cada uno».

—Pueden disponer de lumbre —contestó la matrona, un mujer muy gentil, aunque, como puede sospecharse, no demasiado bien retribuida— y estos cacharros de cocina. Y eso que está escrito en el armario son las reglas de conducta. Se les entregan los cuatro peniques cuando el administrador les da el vale, en la puerta de enfrente, porque yo no los admito por mi cuenta: tienen que tener sus vales. A veces un muchacho compra una loncha de tocino, y otro un arenque, y otro una libra de patatas o lo que sea. Algunas veces, dos o tres juntan su dinero y se así se hacen la comida. Pero en esta época no se puede conseguir mucho con cuatro peniques, cuando la comida cuesta tanto.

—Tiene mucha razón, cierto —repliqué.

Había estado observando la habitación, admirando la abrigada chimenea en un extremo y la débil luz que entraba desde la calle a través de las ventanas con parteluz, y las vigas del techo.

—Es muy confortable —dije.

—Poco cómodo —respondió la matriarcal figura.

Me satisfizo oírla hablar en esa forma, pues demostraba un loable deseo de poner en práctica, sin espíritu avaricioso, los deseos de Richard Watts. Pero la estancia se adaptaba tan bien a su objetivo, que yo protesté con entusiasmo frente a su queja.

—No, señora —dije—; estoy seguro de que es cálida en invierno y fresca en verano. Tiene un aire hogareño y propicio al descanso. La chimenea parece muy acogedora, y su fulgor, cuando se vea desde la calle en la noche invernal, será suficiente para templar el corazón de todo Rochester. Y en cuanto a la comodidad de los seis vagabundos...

—No es a ellos a quienes me refiero, sino a la incomodidad para mí y para mi hija, que no tenemos otro sitio donde estar durante la noche.

Eso era verdad, ciertamente, pero había otro cuarto pulcramente dispuesto, de similares dimensiones, al otro lado del vestíbulo: así que me acerqué para verlo, cruzando la puerta que los separaba y pregunté para qué era esa estancia.

—Esta es la sala de reuniones —respondió la señora—. Es donde se reúnen los caballeros cuando vienen.

Veamos. Desde la calle había contado seis ventanas superiores, además de las situadas en la planta baja. Así pues, calculando mentalmente, pregunté:

—¿Los seis vagabundos duermen arriba?

Mi nueva amiga negó con la cabeza.

—Duermen en dos pequeñas galerías exteriores en la parte de atrás —contestó—, donde han estado siempre las camas, desde que se fundó este albergue. Siendo las circunstancias tan incómodas como lo son para mí en estos momentos, vamos a trasladar a los caballeros al patio trasero y va a hacerse una especie de estancia allí, donde puedan estar un rato antes de irse a dormir.

—Y entonces los seis vagabundos —dije—, ¿estarán fuera de la casa?

—Completamente fuera —asintió ella, frotándose alegremente las manos—. Eso es mucho mejor para todos y mucho más cómodo.

En la catedral me había sorprendido la violencia con la que la efigie de Richard Watts parecía salir de su tumba, pero ahora comenzaba a pensar que no sería extraño que saliera del todo y se acercara a la calle principal de Rochester en una noche tormentosa, y provocara un escándalo.

Sea como fuere, me guardé mis opiniones y acompañé a la matrona hasta las pequeñas habitaciones de la parte trasera. Me parecieron diminutas, como las habitaciones de las viejas posadas de antaño; y estaban muy limpias.

Mientras las observaba, la mujer me dio a entender que el número prescrito de vagabundos se cumplía todas las noches, durante todo el año, y que las camas siempre estaban ocupadas. Mis preguntas y sus respuestas nos trajeron de vuelta a la sala de reuniones, tan indispensable para la dignidad de «los caballeros», donde me mostró los documentos fundacionales de la sociedad, que colgaban junto a la ventana. Por ellos deduje que la mayor parte de la propiedad legada por el venerable maese Richard Watts para el sostén de esta fundación, en la época en que falleció, eran solamente unos fangales, pero que con el transcurso del tiempo fueron convirtiéndose en terreno aprovechable, y sobre él se levantaron muchas construcciones que acrecentaron su valor. Descubrí también que cerca de la trigésima parte de los ingresos anuales se gastaban en los propósitos enumerados en la inscripción que figuraba sobre la puerta, y el resto se invertía generosamente en administración, impuestos, registros, auditorías, tasas y otras obligaciones administrativas, imprescindibles para el acogimiento de los seis vagabundos.

En resumen: hice un descubrimiento, no del todo nuevo y también atribuible a más de un establecimiento como este en nuestra querida y vieja Inglaterra, y era este: que el caso del albergue era como el de la ostra gorda del chiste que se cuenta en América, que fueron precisos muchos hombres para poderla comer entera.

—Y decidme, señora —pregunté, sintiendo que la palidez de mi rostro recuperaba su color cuando se me ocurrió esta idea—, ¿podría ver a los viajeros?

—¡Pues no! —contestó con desconfianza.

—¿Ni esta noche, tal vez? —insinué.

—¿Qué? —dijo con toda firmeza—. Ni hablar. Nadie jamás preguntó por ellos y tampoco nadie los ha visto nunca.

Como no pertenezco a los que se rinden ante el primer obstáculo cuando adoptan una resolución, insistí ante la buena señora arguyendo que estábamos en vísperas de Navidad, que solo es Navidad una vez al año, lo cual, por desgracia, es cierto, pues si todo el año fuera Navidad, nuestro mundo sería un lugar mucho mejor. Le dije que deseaba invitar a cenar a los vagabundos y convidarlos a un vaso de ponche caliente, y que la fama me precedía, declarando mi pericia a la hora de preparar ponche caliente; y que si se me permitía pagar la fiesta, lo haría todo razonablemente y me comprometía a la moderación y la sobriedad; en una palabra, que estaba capacitado para ser alegre y prudente a un tiempo, y que en caso necesario, sabría mantener a los demás en iguales condiciones, a pesar de no estar condecorado con ninguna insignia ni medalla ni ser fraile, orador, apóstol, santo o profeta de ninguna congregación. Triunfé al fin, para mi alegría. Quedó decidido que esa misma noche, a las nueve, un pavo y un trozo de carne humearían en la parrilla y que yo, tímido e indigno ministro de maese Richard Watts, presidiría la cena de Navidad como anfitrión de los seis vagabundos.

Volví a mi posada para dar las instrucciones necesarias acerca del pavo y la carne asada, y durante el resto del día no pude hacer otra cosa que pensar en los seis vagabundos. Cuando el viento golpeaba con fuerza las ventanas —pues el día era muy frío y las intensas ráfagas de agua y nieve se alternaban con períodos de violentos resplandores como si el año estuviera agonizando—, me los imaginaba acercándose a su lugar de descanso por los desamparados caminos, y me alegré al pensar cuán lejos estaban de sospechar la buena cena que les aguardaba. Imaginaba sus retratos en mi mente, a grandes trazos exagerados. Los veía con los pies lastimados, muy cansados, y los pintaba llevando bultos y fardos; también hacía que se detuvieran ante postes indicadores del camino y miliarios, inclinados sobre sus bastones nudosos, observando atentamente las señales escritas; en mi mente hacía que se perdieran por los caminos, y que se aterrorizaran con la aprensión de que se les echara la noche encima, y pudieran morir de frío. Cogí el sombrero y salí; trepé hasta la cima del viejo castillo y examiné las colinas expuestas al viento, cuyas lomas descendían hasta el río Medway, creyendo que desde allí tal vez podría divisar a alguno de mis vagabundos en la distancia. Cuando cayó la noche y sonó la campana de la catedral en la invisible aguja —era un bordado de escarcha helada la última vez que la vi—, dando las cinco, las seis, las siete, llegué a sentirme tan identificado con ellos que no pude cenar, y me obligué a verlos una vez más ante la leña ardiente de mi chimenea. Pensé que ya habrían llegado todos a esta hora, y que ya habrían cogido sus vales, y habrían entrado en la casa. En este punto, mi alegría se oscureció un poco ante la idea de que probablemente algunos vagabundos hubieran llegado demasiado tarde y se hubieran quedado afuera.

Después de que las campanas de la catedral dieran las ocho, pude percibir el delicioso olor del pavo y de la carne asada ascendiendo hasta la ventana de mi dormitorio, que daba al patio de la posada, precisamente donde las luces de la cocina enrojecían una buena parte de las murallas del castillo. Era ya hora de preparar el ponche; de modo que cogí los ingredientes (los cuales, junto con sus proporciones y combinación no tengo intención de compartir, pues se trata del único secreto que se sabe que soy capaz de guardar) y preparé una magnífica cantidad de ponche. No en una ponchera, porque una ponchera, en cualquier lugar que no sea un anaquel no es más que una vulgar falsificación, fría y asquerosa, sino en un cántaro de barro marrón, cuidadosamente tapado, cuando está lleno, con un trozo de gruesa tela. Siendo ya cerca de las nueve, me dirigí al albergue de Watt, llevando a mi «morena beldad» en brazos. Habría confiado a Ben, el camarero de la posada, una incontable cantidad de dinero, pero existen cuerdas en el corazón humano que nunca pueden ser pulsadas por otro, y los licores que yo mismo fabrico son esas cuerdas en el mío.

Los vagabundos estaban reunidos, el mantel puesto, y Ben había llevado ya una buena carga de leña, y la había colocado con mucho talento en la parte de arriba de la chimenea, de modo que un toque o dos con el atizador, después la cena, conseguirían que volviera a reavivarse el fuego. Tras colocar a mi beldad morena en un rincón incandescente del hogar, en un guardafuego, donde pronto comenzó a cantar como un grillo invisible, difundiendo al mismo tiempo aromas de maduros viñedos, bosques de especias y naranjales... En fin, después de haber apostado a mi bella en lugar seguro y propicio, me presenté a mis invitados y estreché las manos de todos ellos brindándoles una cordial bienvenida.

Encontré la reunión compuesta del siguiente modo: yo, en primer término. En segundo lugar, un hombre muy amable, con el brazo derecho en cabestrillo, que emanaba a su alrededor un cierto olor a bosque muy limpio y muy agradable, por lo que supuse que tendría alguna relación con la construcción de buques. En tercer lugar, un joven grumete, casi un niño, con abundante cabello castaño y una profunda mirada femenina. En cuarto término, un personaje desaliñadamente refinado, vestido con traje negro raído, y aparentemente en muy mala situación, con la mirada fría y desconfiada; los botones ausentes de su levita, reemplazados por una cinta roja, y un montón de papeles increíblemente ajados emergiendo de un bolsillo interior del chaleco. En quinto lugar, un extranjero de nacimiento, pero que hablaba nuestra lengua, que llevaba la pipa en la banda del sombrero y que no perdió tiempo en contarme, del modo más sencillo, espontáneo y obsequioso, que era fabricante de relojes en Ginebra y que viajaba por todo el continente, a pie la mayor parte del tiempo, trabajando como jornalero, y viendo países nuevos —y posiblemente (así lo pensé yo) también introduciendo de contrabando uno o dos relojes de vez en cuando—. En sexto lugar, una viudita, que había sido muy guapa y que todavía era muy joven, pero cuya belleza había naufragado en algún gran infortunio y cuyos gestos era notablemente tímidos, asustadizos y solitarios. En séptimo lugar y último, un vagabundo que era muy típico cuando yo era niño, pero que ahora es casi una antigualla: un vendedor ambulante de libros, que traía innumerables folletos y periódicos consigo y que no tardó en alardear de que podía repetir más versos en una noche de los que podría vender durante todo un año.

He mencionado a todos ellos en el orden en que se encontraban sentados a la mesa. Yo presidía, y la matrona de la casa ocupaba la otra cabecera. No tardamos mucho en colocarnos, pues la cena había llegado conmigo, formando la siguiente comitiva:

Yo, con el cántaro.
Ben, con la cerveza.
El muchacho holgazán de la posada, con los platos calientes.
El pavo.

Una criada, trayendo salsas que se calentaban en el momento.
La carne.
Un hombre con la bandeja en la cabeza, con verduras y guarniciones.
Un criado voluntario de la posada, sonriendo sarcásticamente, y sin prestar ninguna ayuda.

Mientras atravesábamos la calle principal, a semejanza de un cometa, íbamos dejando tras nosotros una cola de aromas, haciendo que la gente se detuviera, olfateando maravillada. Previamente, en una esquina del patio de la posada, habíamos apostado a un vigilante joven, bien relacionado con el ministerio de los pícaros, y muy acostumbrado a escuchar el silbato del tren que Ben siempre llevaba en el bolsillo, cuyas instrucciones eran que, en cuanto oyera el toque del silbato, corriera a toda velocidad a la cocina, cogiera el pudin de pasas caliente y los pasteles y saliera zumbando con ellos hacia el albergue de Watt, donde serían recibidos (y así fue instruido) por la mujer de las salsas, que le proporcionaría el brandy en un azulado estado de combustión...

Todas estas disposiciones se ejecutaron del modo más exacto y puntual. Nunca vi un pavo más delicado, mejor carne ni mayor prodigalidad de salsas y jugo... y mis vagabundos rindieron admirable justicia a todo lo que se les puso delante. Mi corazón se regocijaba observando cómo sus rostros endurecidos por el viento y el frío se suavizaban entre el ruido de platos y cuchillos y tenedores, y se ablandaban al calor del hogar y de la cena. Mientras sus sombreros, gorros y abrigos colgaban de las perchas, unos pequeños hatillos en un rincón, sobre el suelo, y en otro rincón tres o cuatro viejos bastones, gastados en sus extremos, enlazaban con una guirnalda de brezo aquel cálido interior con el desolador exterior.

Cuando la cena concluyó y mi «morena beldad» se colocó sobre la mesa, hubo una solicitud general para que yo «cogiera la esquina». Lo cual me sugirió del modo más amable hasta qué punto hacen bien el fuego mis amigos de este sitio... Porque... ¿cuándo había pensado yo tan elogiosamente de una esquina, desde los tiempos en que tenía alguna relación con Jack

Horner?[1] En todo caso, como decliné el honor, Ben, cuya mano es perfecta para todo lo relacionado con la fiesta, arrimó la mesa a un rincón, y dio consignas a mis vagabundos para que se abrieran a derecha e izquierda en torno a mí, y formó un círculo alrededor de la chimenea, conservando el orden que teníamos en la mesa. También, muy tranquilamente, le habló al oído a los mozos de la posada hasta que poco a poco comprendieron que tenían que salir de la estancia; y luego sacó a empujones a la mujer de las salsas a la calle principal, y desapareció cerrando la puerta suavemente.

Era ya tiempo de atizar el fuego para que se quemara la carga de madera. Lo toqué tres veces, como si el atizador fuera un talismán encantado, y de él brotó una brillante multitud de chispas que se precipitaron hacia arriba por la chimenea, elevándose en una ardiente contradanza, y nunca volvieron a descender. Mientras tanto, ante esa luz resplandeciente, que dejó a nuestro quinqué en la sombra, llené los vasos y les dije a mis vagabundos:

—¡Navidad! ¡Nochebuena!, amigos míos; cuando los pastores, que eran también pobres vagabundos, a su manera, oyeron cantar a los ángeles: «Paz en la tierra a los hombres de buena voluntad».

No sé quién fue el primero de todos que pensó que debíamos cogernos de la mano mientras nos sentábamos, como deferencia al brindis que había hecho, o si algunos de nosotros incitó a los otros; en cualquier caso, lo hicimos. Bebimos a la memoria del buen maese Richard Watts. Y ojalá que su fantasma no tenga jamás bajo aquel techo peor trato que el que nosotros le dispensamos.

Llegó el momento encantador de las historias.

—Toda nuestra vida, peregrinos —dije—, es una historia más o menos comprensible... por lo general, menos que más; pero podemos descifrarla a una luz más clara cuando ya ha con-

---

[1] Jack Horner es un personaje de una canción infantil. Aunque hay versiones más antiguas, esta es la fórmula común: «*Little Jack Horner,/ sat in the corner,/ eating a Xmas-pie,/ and pulled out a plum,/ and say: /"What a good boy am I!"*». (El pequeño Jack Horner, sentado en una esquina, comiendo un pastel de Navidad, metió el dedo y sacó una pasa, y dijo: "¡Qué buen chico soy!").

cluido. Yo, por mí, esta noche me encuentro dividido de tal modo entre la realidad y la ficción que apenas sé cuál es cuál. ¿Desean que intente entretener tiempo contándoles una historia mientras estamos sentados aquí?

Todos contestaron afirmativamente. Tenía yo muy poco que contarles, pero me había comprometido con mis propias palabras. Así pues, después de mirar un rato la espiral de humo que emergía de mi beldad morena, en el cual podría casi jurar que vi la efigie de Richard Watts —menos alarmada que de costumbre—, abrí el fuego.

Capítulo II

La historia de Richard Doubledick

En el año 1799 un pariente mío llegó a pie y cojeando a esta ciudad de Chatham. Digo «esta ciudad» porque si alguno de los presentes sabe con exacta precisión dónde termina Rochester y comienza Chatham, sabe más que yo. Era un pobre vagabundo, sin medio penique en los bolsillos. Se sentó cerca del fuego en esta misma habitación y durmió sobre una cama que esta noche estará ocupada por alguno de los que están aquí ahora.

Este pariente mío bajó a Chatham para ingresar en un regimiento de caballería, si es que alguno quería admitirle; de lo contrario, para alistarse como soldado del rey Jorge mediante algún cabo o sargento que pusiera un montón de cintas en su sombrero. Deseaba morir a balazos, pero pensaba que sería más cómodo cabalgar hacia la muerte que tomarse la molestia de ir andando.

Su nombre era Richard, pero todo el mundo lo conocía como Dick. Arrojó a las cunetas del camino su propio apellido y adoptó el de Doubledick. Así pues, se hizo llamar Richard Doubledick. Edad, veintidós años; altura, cinco pies y diez pulgadas; lugar de nacimiento, Exmouth, donde no había estado en toda su vida ni de cerca. En Chatham no había caballería cuando cruzó el puente de este lugar, cojeando, con los pies polvorientos embutidos en medias botas, así que se alistó en un regimiento regular, y se alegró de poderse emborrachar y olvidarse de todo.

Debéis saber que este pariente mío actuó mal y como un estúpido. Tenía buen corazón, pero cerrado con llave. Había estado comprometido con una joven bella y buena, a quien él amaba más de lo que ella pensaba —e incluso más de lo que él creía—; pero en mala hora él le dio motivo para que ella le dijera solemnemente:

—Richard, jamás me casaré con otro hombre. Me quedaré soltera, por ti, pero los labios de Mary Marshall (se llamaba Mary Marshall) jamás volverán a dirigirte la palabra en este mundo. Vete, Richard. ¡Que el cielo te perdone!

Eso acabó con él. Y ese fue el motivo de que bajara a Chatham. Por eso se convirtió en el soldado raso Richard Doubledick, con la firme determinación de que le pegaran un tiro y lo mataran.

En aquella época, en el año 1799, no hubo militar más libertino y temerario en los cuarteles de Chatham que el soldado raso Richard Doubledick. Andaba siempre con lo peor del regimiento; estaba borracho todo el tiempo que podía, y siempre lo tenían bajo arresto. Pronto se hizo evidente en todo el cuartel que el soldado Doubledick sería dado de baja sin tardanza.

Pero el capitán de la compañía era un caballero joven, apenas cinco años mayor que él, cuyos ojos tenían tal expresión que afectaban al soldado Doubledick de un modo notable. Eran unos ojos oscuros, radiantes y hermosos... lo que se suele llamar ojos risueños habitualmente, y, cuando serios, más firmes que severos, pero eran los únicos ojos en este triste mundo cuya mirada Richard Doubledick era incapaz de resistir. Sin importarle castigos ni malos informes, desafiando a todo y a todos, no podía dejar de reconocer que se sentía avergonzado cuando esos ojos se fijaban un instante en él. No saludaba al capitán Taunton en la calle como a cualquier otro oficial. Se sentía intimidado y confuso... turbado ante la mera posibilidad de que el capitán fijase en él su mirada. En sus peores momentos prefería volverse y apartarse algunos metros del camino antes que tropezar con aquellos ojos oscuros, hermosos y brillantes.

Un día, cuando el soldado Richard Doubledick salió del oscuro calabozo donde había pasado las últimas cuarenta y ocho horas, y donde también solía pasar la mayor parte de su tiempo, recibió orden de presentarse de inmediato en el despacho del capitán Taunton.

En el estado maloliente y deplorable en que se encontraba, después de salir del calabozo, deseaba menos que nunca que lo viera así; pero no era tan insensato como para desobedecer órdenes y, en consecuencia, se dirigió a la terraza que dominaba la plaza de armas, donde se encontraban los cuarteles de los oficiales, retorciendo entre sus manos una brizna de la paja que formaba el mobiliario decorativo del calabozo.

—¡Adelante! —gritó el capitán cuando oyó que llamaban a su puerta.

El soldado Richard Doubledick se quitó el gorro, se adelantó unos pasos e inmediatamente fue consciente de estar a merced de aquellos ojos brillantes y oscuros.

Hubo un silencio prolongado. El soldado Richard Doubledick se había metido la brizna de paja en la boca, y estaba doblándola poco a poco y comiéndosela, y casi estaba a punto de ahogarse.

—Doubledick —dijo el capitán—, ¿sabes dónde vas a acabar?

—¿En el infierno, señor? —dijo con voz entrecortada Doubledick.

—Sí —contestó el capitán—. Y muy pronto.

El soldado raso Richard Doubledick volvió a sacar la paja de la boca, e hizo una breve señal de asentimiento.

—Doubledick —añadió el capitán—, desde que entré al servicio de Su Majestad, siendo un niño de diecisiete años, he sufrido observando a muchos hombres que prometían ir por ese mismo camino; pero jamás me ha apenado tanto ver a un hombre decidido a hacer ese vergonzoso viaje como cuando te vi a ti, en el momento mismo en que te uniste a este regimiento.

El soldado Richard Doubledick comenzó a ver una nube que se difuminaba sobre el suelo, al que estaba mirando; también descubrió que las patas de la mesa del desayuno del capitán se retorcían, como si las viera a través del agua.

—Solo soy un soldado raso, señor —dijo—. No tiene ninguna importancia dónde va a acabar un animal como yo.

—Eres un hombre con educación y otros méritos notables —replicó el capitán, con severa indignación—, y si dices eso a sabiendas es que has caído más bajo de lo que yo hubiera creído. Dejo a tu consideración hasta dónde puedes haberte hundido, sabiendo lo que sé sobre tu desgracia y viendo lo que veo.

—Espero morir pronto, señor —dijo el soldado Richard Doubledick—, y entonces el regimiento y el mundo se habrán librado de mí.

Las patas de la mesa se retorcieron aún más.

Doubledick, alzando la vista para afirmar su visión, encontró los ojos que tanta influencia ejercían sobre él. Se cubrió el rostro con las manos y el peto de su casaca de castigo se hinchó, como si fuera a saltar en pedazos.

—Desearía ver eso tanto como deseo ver cinco mil guineas sobre esta mesa para recompensar a mi madre por mis buenos servicios —añadió el joven capitán—. ¿Vive tu madre aún?

—Doy gracias a Dios por poder decir que está muerta, señor.

—Si los elogios hacia tu persona corrieran de boca en boca por todo el regimiento, por todo el ejército, por todo el país, desearíais que viviera para oírle decir con orgullo y alegría: «¡Ese es mi hijo!».

—Discúlpeme, señor —contestó Doubledick—. Jamás habría escuchado nada bueno de mí. No tendría el más mínimo orgullo ni sentiría la más mínima alegría por ser mi madre. Puede que me quisiera y se compadeciera de mí, y siempre lo hiciera, lo sé, pero no... Perdóneme, señor, ¡soy un pobre desgraciado! ¡Tenga compasión de mí!

Y se volvió hacia la pared y le tendió su mano implorante.

—Amigo mío —comenzó el capitán.

—Que Dios le bendiga, señor.

—Estás en el momento crítico de tu destino. Continúa así algún tiempo más, y ya sabes lo que te va a ocurrir. Yo sé mejor de lo que te puedes imaginar que, después de pasarte lo que te ha pasado, estás perdido. Ningún hombre capaz de derramar esas lágrimas podría soportar esas heridas.

—Lo creo, señor —dijo el soldado Richard Doubledick en voz baja y temblorosa.

—Pero un hombre en cualquier época puede cumplir con su deber —añadió el joven capitán—, y, al hacerlo, ganarse el respeto por sí mismo, aun cuando su caso sea tan infortunado y tan desgraciado que no pueda ganarse el de ningún otro hombre. Un soldado raso, a pesar de que lo has llamado «pobre animal» hace unos instantes, tiene sus ventajas en los tiempos tormentosos que vivimos, pues siempre cumple su deber ante una multitud de testigos partidarios. ¿Dudas que pueda hacerlo de tal modo como para ser alabado por un regimiento entero, por todo el ejército o todo el país incluso? Cambia mientras te sea posible reparar el pasado, e inténtalo.

—¡Lo haré! Solo pido un único testigo, señor —exclamó Richard con el corazón inflamado.

—Comprendo. Yo seré un testigo fiel y vigilante.

Y yo he escuchado de los propios labios de Richard Doubledick que se arrodilló, besó la mano del oficial, y se apartó de la luz que despedían aquellos ojos oscuros y radiantes, convertido en un hombre nuevo.

En aquel año de 1799, los franceses estaban en Egipto. Italia, Alemania... ¿dónde no? Napoleón Bonaparte había comenzado también a moverse contra nosotros en la India, y muchas gentes podían atisbar los augurios de las grandes penalidades que sobrevendrían. Al año siguiente, cuando nos aliamos con Austria contra él, el regimiento del capitán Taunton prestaba servicio en la India. Y no existía mejor suboficial en dicho regimiento —no, ni en todo el ejército regular— que el cabo Doubledick.

En 1801 el ejército británico de la India se encontraba en la costa de Egipto. Al año siguiente se proclamó una tregua entre franceses e ingleses y todos los soldados fueron licenciados. Por aquel tiempo todo el mundo sabía que dondequiera que se encontrase el capitán Taunton, con sus radiantes ojos oscuros, allí, a su lado, muy cerca de él, firme como una roca, fiel como el sol y bravo como Marte, cualquiera podría encontrar con seguridad, mientras la sangre corriera por sus venas, a aquel famoso soldado Doubledick.

El año 1805, a pesar de ser el gran año de Trafalgar, fue un año de duros combates en la India. Ese año registró tantas proezas del sargento mayor, el cual hubo de atravesar solo una compacta masa de enemigos y recobrar la bandera de su regimiento, arrancada de manos de un pobre muchacho, muerto de un tiro que le atravesó el corazón, y rescató a su capitán herido, que yacía entre una verdadera maraña de sables y cascos de caballos... en fin, digo que ese año registró tantas proezas maravillosas del valiente sargento mayor, que fue designado portador de las insignias que había recobrado, y la insignia de Richard Doubledick se consideró principal entre los soldados.

Penosamente quebrado en cada batalla, pero constantemente reforzado por los hombres más valientes —pues la fama de seguir la vieja bandera, atravesada de parte a parte, que el portaestandarte Richard Doubledick había reconquistado, inflamaba todos los corazones—, este regimiento combatió con valor en la Península ibérica hasta el sitio de Badajoz, en 1812. Una y otra vez fue aclamado por las tropas británicas hasta hacer brotar lágrimas en los ojos de los soldados, y ni un solo muchacho ignoraba la leyenda: que allí donde se vieran avanzar a ambos amigos, el capitán Taunton, con sus ojos oscuros, y el abanderado Doubledick, allí los espíritus más valientes del ejército inglés los seguirían con fogoso ímpetu.

Un día, en Badajoz —no en lo más violento de la batalla, sino al repeler un violento ataque de los sitiados contra nuestros hombres atrincherados, que se retiraban ya—, ambos oficiales se encontraron de pronto cara a cara con un grupo de infantería francesa que hacía un alto en el camino. Llevaban a un oficial a la cabeza que animaba a sus hombres: un oficial valiente, bien parecido y gallardo de unos treinta y cinco años, a quien Doubledick vio casi de pasada, apenas durante un instante, pero cuyo rostro quedó grabado en su memoria. Se dio cuenta sobre todo de que aquel soldado agitaba su sable y animaba a sus hombres con un grito violento y furioso; entonces, los soldados obedecieron la orden de su ademán, dispararon y derribaron al capitán Taunton.

Diez minutos más tarde todo había concluido, y Doubledick volvió al lugar donde había dejado recostado al mejor amigo que hombre alguno tuviera jamás, sobre un abrigo, tendido en el barro empapado. El mayor Taunton tenía el uniforme abierto sobre el pecho, y en su camisa había tres manchas de sangre.

—Querido Doubledick —dijo—, me estoy muriendo.

—¡No, por Dios, no...! —exclamó Richard, arrodillándose a su lado, y pasándole el brazo por debajo del cuello para levantarle la cabeza—. ¡Taunton! ¡Mi protector, mi ángel guardián, mi testigo...! ¡El mejor, el más fiel, el más bueno de todos los hombres! ¡Taunton, por el amor de Dios!

Aquellos ojos brillantes y oscuros —tan y tan oscuros ahora, en su pálido rostro, le sonrieron; y la mano que había besado tres años atrás se apoyó cariñosamente sobre su pecho.

—Escribe a mi madre. Vuelve a mi casa y cuéntale cuán amigos fuimos. Eso la consolará, como me consuela a mí...

No habló más, pero débilmente se señaló su pelo, que el viento agitaba. El abanderado comprendió. Entonces el mayor Taunton volvió a sonreír y, recostándose sobre el brazo amigo para descansar mejor, murió, con la mano apoyada en el pecho en el que hizo renacer un nuevo espíritu.

No hubo en todo el regimiento unos ojos que no lloraran al ver al abanderado Doubledick aquel triste día. Enterró a su amigo en el campo y convirtióse en un hombre triste y taciturno. Aparte de su deber, solo tenía dos obligaciones en la vida: una, conservar el mechón de cabello que debía entregar a la madre de Taunton; la otra, encontrar al oficial francés que ordenó disparar a sus soldados, matando al capitán en la descarga. Una nueva leyenda comenzó a circular entre las tropas: se aseguraba que cuando él y el oficial se enfrentaran de nuevo... Francia derramaría lágrimas.

La guerra continuó —y con ella, por un lado, y la pura realidad por otro, se fue forjando el retrato exacto del oficial francés— hasta que se libró la batalla de Tolosa. En el parte oficial que se envió a Inglaterra decía: «Teniente Richard Doubledick: seriamente herido, pero fuera de peligro».

Un día, a mediados del verano de 1814, el teniente Richard Doubledick, ahora un soldado curtido de treinta y siete años de edad, regresó inválido a Inglaterra. Traía el mechón de pelo del capitán Taunton consigo, cerca de su corazón. Había visto a muchos oficiales franceses desde aquel día aciago, muchas noches terribles pasó buscando con hombres y faroles en el lugar donde los oficiales franceses yacían muertos, pero la imagen de su cabeza jamás coincidía con la realidad.

A pesar de la debilidad y el intenso dolor, no perdió ni un minuto en bajar a Frome, en Somersetshire, donde vivía la madre de Taunton. Naturalmente, aquella noche acudieron a su mente ciertas palabras dulces y piadosas: «Yo soy el único hijo de mi madre y ella es viuda».

Era una tarde de domingo y la dama leía la Biblia sentada frente a la ventana de su jardín silencioso; leía para sí, con voz temblorosa, aquel mismo pasaje que le oí narrar más tarde a él. Escuchó entonces las palabras «Joven, me dirijo a ti, levántate».[2]

Tenía que pasar bajo aquella ventana, y los ojos oscuros y brillantes que tanto influyeron en su vida parecían mirarlo de nuevo.

El corazón de la mujer le dijo inmediatamente quién era aquel joven; corrió rápidamente a la puerta y cayó en sus brazos.

—¡Me salvó de la miseria! Hizo de mí un ser humano, librándome de la vergüenza y la infamia. ¡Oh Dios, bendícele para siempre! ¡Protégelo, protégelo!

—Lo hará —respondió la dama—. Sé que está en el cielo. —Luego exclamó con tristeza—: ¡Oh, mi querido niño! ¡Mi querido niño!

Nunca, desde el momento en que el soldado Richard Doubledick se enroló en Chatham, ni como soldado, cabo, sargento, sargento mayor, abanderado o lugarteniente, jamás había pronunciado su nombre verdadero, ni el de Mary Marshall, ni había dicho palabra alguna acerca de su vida, salvo a aquel que fuera su único amigo. Ese pasaje anterior de su existencia estaba cerrado para siempre. Había decidido firmemente que su expiación sería vivir ignorado, sin perturbar de nuevo la paz que había florecido

---

[2] En Mc 5, 41 y ss., y en otros lugares. Es el episodio de la resurrección de la hija de Jairo. «Y tomando la mano de la niña, le dice: *Talithá qum!*", que significaba: "Niña, yo te lo mando, levántate"».

sobre sus antiguos pecados; si podían perdonarlo y confiar en él... bueno, habría mucho tiempo por delante, ¡mucho!

Pero aquella noche, recordando las palabras que había acariciado durante dos años («Cuéntale cómo llegamos a ser amigos. Eso la consolará, como me consuela a mí»), fue encajándolo todo. Le pareció que, poco a poco, en su madurez, había recobrado a su madre; y a la madre de Taunton le pareció que, poco a poco, en su desgracia, había encontrado a un hijo. Durante su estancia en Inglaterra, el silencioso jardín en el que había entrado como un desconocido se convirtió en el jardín de su hogar. Cuando pudo reincorporarse a su regimiento, en primavera, abandonó el jardín pensando que, ciertamente, aquella era la primera vez que regresaba a la batalla con la bendición de una mujer.

Dirigió su estandarte —acribillado y destrozado ya, hecho jirones— hasta Quatre Bras y Ligny.[3] Lo mantuvo firme, en medio del espantoso silencio de muchos hombres, en una tarde sombría de junio, en medio de la niebla y la llovizna, en los campos de Waterloo. Y, hasta ese momento, conservó en su mente la imagen del oficial francés que nunca había vuelto a encontrar en la realidad.

El famoso regimiento entró en acción muy pronto, y resultó repelido por primera vez en muchos años de combates, y allí se le vio caer. El regimiento se lanzó ferozmente a la venganza, y nadie vivo se quedó atrás, salvo el lugarteniente Richard Doubledick.

A través de lodazales y charcos formados por la lluvia, a lo largo de profundas zanjas, que fueron antaño caminos, destrozados por la artillería, se veían pesados vagones, patrullas de hombres, caballos y toda clase de vehículos capaces de transportar heridos. Sacudido entre los vivos y los muertos, desfigurado por la sangre y el lodo, hasta perder toda apariencia humana, indiferente a los gemidos de los soldados y al relinchar de los caballos, él, que fuera nuevamente arrancado a su destino, no podía soportar la vi-

---

[3] La batalla de Quatre Bras y Ligny tuvo lugar el 16 de junio de 1815, cerca de Charleroi, hoy en territorio belga.

sión de los que quedaban atrás tendidos, tirados a los lados del camino, los que nunca volverían a reanudar su penosa andadura. Muerto para todas las emociones, y sin embargo vivo todavía... la sombra del que fuera el lugarteniente Richard Doubledick, cuyas alabanzas ensalzaba Inglaterra, fue conducido a Bruselas. Allí quedó internado en un hospital, donde permaneció semana tras semana, viendo pasar los radiantes días estivales, hasta que la cosecha, retrasada por la guerra, maduró y fue recogida.

Una y otra vez volvió el sol a asomar y a ponerse sobre la poblada ciudad; una y otra vez la luna alumbró las calladas planicies de Waterloo. Y durante todo ese tiempo hubo un vacío en el lugar donde había estado el lugarteniente Doubledick. Tropas jubilosas entraron y salieron de Bruselas; padres y hermanos, madres, esposas y hermanas acudieron allí en tropel, participaron en su alegría, en su angustia, y partían; las campanas sonaron muchas veces al día, una y otra vez cambió la sombra de los grandes edificios, muchas veces la luz rompió la oscuridad; muchos pies caminaron sobre el pavimento, de un lado a otro; muchas horas de sueño y de fríos nocturnos se sucedieron... Indiferente a todo, un rostro de mármol yacía sobre la cama, como el rostro de una estatua reclinada sobre la tumba del lugarteniente Richard Doubledick.

Lenta y fatigosamente, al fin, a través de un tumulto de pesadillas de lugares y fechas confusas, de rostros fugaces de cirujanos del ejército a quienes conocía, y de rostros familiares de su juventud, entre ellos el de Mary Marshall —el más querido de todos, con una vivencia más real que cualquier otra cosa que pudiera distinguir—, el lugarteniente Richard Doubledick volvió a la vida. A la hermosa vida de un plácido crepúsculo otoñal, a la vida tranquila en una habitación silenciosa, con un enorme ventanal abierto; más allá, una terraza donde se movían las hojas y las flores perfumaban el aire; y aún más allá, el cielo limpio, con el sol radiante, arrojando rayos dorados sobre su cama.

Todo era tan tranquilo y tan hermoso que creyó que había pasado al otro mundo. Y dijo con voz débil:

—Taunton, ¿estás aquí...?

Un rostro se inclinó sobre él. No era Taunton, sino su madre.

—He venido a cuidarte. Hemos estado cuidando de ti desde hace ya muchas semanas. Te trasladamos aquí hace ya mucho tiempo. ¿No te acuerdas?

—No.

La dama lo besó en la mejilla y le cogió la mano, intentando calmarlo.

—¿Dónde está el regimiento? ¿Qué ha pasado? Permítame que la llame madre... ¿Qué ha sucedido, madre?

—Una gran victoria, querido. La guerra ha concluido, y vuestro regimiento fue el más valiente en el campo de batalla.

Sus ojos brillaron, sus labios temblaron; sollozó y las lágrimas se deslizaron por sus mejillas. Estaba muy débil, demasiado débil aún para poder mover la mano.

—¿Ha oscurecido ya? —preguntó luego.

—No.

—¿Solo veo yo esa oscuridad? Algo pasó junto a mí, como una sombra. Pero cuando se fue, y el sol... oh, ese bendito sol, qué hermoso es... y el sol rozó mi cara, pensé que había visto una nube de luz blanca en la puerta. ¿Es que salió alguien de aquí?

Ella negó con la cabeza, y poco después él se quedó dormido, con su mano entre las de la mujer.

A partir de ese instante comenzó a recobrar la salud. Muy lentamente, pues había recibido graves heridas en la cabeza y le habían disparado en el cuerpo, pero se fueron constatando nuevos avances cada día. Cuando tuvo fuerza suficiente para hablar, pronto notó que la señora Taunton siempre quería llevar la conversación hacia su historia. Recordó entonces las últimas palabras de su protector, y pensó: «Eso la consuela».

Un día se despertó de su sueño, se desveló, y le pidió a la señora Taunton que le leyera algo. Las cortinas del lecho, que se utilizaban para tamizar la luz y que ella solía levantar siempre para poder observarlo desde la mesa donde estaba con su labor, permanecían ahora extendidas. Entonces oyó una voz de mujer, pero no era la de la señora Taunton.

—¿Podrías soportar la vista de una extraña? —oyó decir dulcemente—. ¿Te gustaría ver a una desconocida?

—¿Desconocida? —replicó él.

La voz despertó viejos recuerdos, anteriores a los días del soldado Richard Doubledick.

—Una desconocida ahora, pero no en otros tiempos —continuó, en un tono que hizo estremecer—. Richard, querido Richard, perdido durante tantos años, me llamo...

El teniente gritó entonces un nombre:

—¡Mary!

Ella lo estrechó entre sus brazos y él hundió su cabeza en su pecho.

—No estoy rompiendo una promesa, Richard. No son los labios de Mary Marshall los que hablan. Tengo otro nombre ahora.

Se había casado.

—Tengo otro nombre, Richard. ¿No te has enterado?

—¡No...!

Miró entonces su rostro, tan hermoso y reflexivo, y se preguntó el significado de la sonrisa que lo iluminaba a través de las lágrimas.

—Piensa otra vez, Richard. ¿Estás seguro de que nunca has oído mi nuevo nombre?

—¡Nunca!

—No muevas la cabeza para mirarme, querido Richard. Descansa aquí, mientras te cuento mi historia. Amé a un hombre noble y generoso; lo amé con todo mi corazón; lo amé durante años y años; lo amé fiel y devotamente; lo amé sin esperanzas de ser correspondida; lo amé desconociendo sus virtudes... sin saber siquiera si estaba vivo. Él era un soldado valiente. Era querido y honrado por miles de hombres, cuando me encontró la madre de su mejor amigo y me demostró que, a pesar de todos sus triunfos, no me había olvidado. Resultó herido en una gran batalla y lo trajeron moribundo a Bruselas. Llegué entonces hasta aquí para cuidarlo, como hubiera ido dichosa, con ese propósito, hasta el fin del mundo. Cuando no conocía a nadie, me reconoció. Cuando sufría mucho, soportaba sus dolores sin un murmullo siquiera, contento con reposar su cabeza donde tú la tienes ahora. Cuando estuvo muy cerca de la muerte, se casó conmigo, para poder llamarme «esposa» antes de morir... El nombre, mi amor, que adopté en esa noche olvidada...

—¡Ahora lo recuerdo! —sollozó—. Los recuerdos difusos cobran forma. Ya recuerdo... Agradezco al cielo que mi mente se haya restablecido. Mary, bésame; adormece esta cabeza cansada o me moriré de agradecimiento. Se cumplieron sus últimas palabras: y vuelvo de nuevo a mi hogar.

En fin, fueron felices. Fue una larga convalecencia, pero fueron felices a lo largo de todo ese tiempo. La nieve se fundió en la tierra y los pájaros cantaron después sobre los árboles, sin hojas aún, en la naciente primavera, cuando los tres pudieron salir juntos y la gente se arremolinaba en torno al carruaje abierto para saludar y felicitar al capitán Richard Doubledick.

Pero aun así, en vez de volver a Inglaterra, fue necesario que el capitán completara su restablecimiento con el buen clima del sur de Francia. Encontraron un lugar cerca del Ródano, a poca distancia de la antiquísima ciudad de Aviñón, con vistas al viejo puente, que era todo lo que los tres podían desear. Allí vivieron durante seis meses y luego volvieron a Inglaterra. La señora Taunton había envejecido en esos tres años —aunque no tanto como para que se apagara la intensa luz de sus ojos oscuros—, y recordando que su salud mejoraba notablemente con el cambio, decidió regresar a Aviñón durante un año. Así pues, se despidió acompañada por la misma sirvienta fiel que antaño llevó a su propio hijo en brazos. A finales de año el capitán Doubledick se reuniría con ella y ambos volverían juntos a casa.

La señora Taunton solía escribir con regularidad a sus hijos (así los llamaba ahora) y ellos le correspondían de la misma forma. Se trasladó luego a los alrededores de Aix, y allí conoció a los propietarios de un *chateau* próximo a la granja que ella había alquilado: una familia originaria de esa parte de Francia. Aquella amistad comenzó cuando la señora empezó a encontrarse en los viñedos con una hermosa niña de gran corazón que nunca se cansaba de escuchar las historias que le contaba aquella solitaria dama inglesa acerca de su pobre hijo y de las crueles batallas en las que había intervenido. La familia era tan gentil como la niña, y al final llegó a conocerlos tan bien que aceptó pasar en su casa el último mes de su estancia en el continente. Escribía a sus hijos contándoles la situación, dándoles cuenta de todo lo que iba sucediendo, poco a poco, hasta que al final incluyó en una de sus cartas una nota muy amable de los dueños de casa, solicitando que, con motivo de la llegada de «*cet homme si justement célèbre, monsieur le capitaine Richard Doubledick*», para buscar a la señora, les hiciera el honor de hospedarse en su casa.

El capitán Doubledick, ahora un hombre fuerte y bien parecido, en la plenitud de la vida, ancho de hombros y espaldas, despachó una respuesta cortés, y después se puso en camino. Viajando por ese enorme país, después de tres años de paz, bendecía los días en que afortunadamente ahora vivía el mundo. Los cereales ya estaban dorados, no salpicados de un rojo sangriento; estaba atado en gavillas para servir como alimento, no pisoteado por hombres en combates mortales. El humo se elevaba desde pacíficas chimeneas, no desde ruinas en llamas. Los carros iban cargados con los hermosos frutos de la tierra, no con soldados heridos y muertos. Para él, que tan a menudo había visto ese terrible reverso, aquello le parecía hermoso de verdad, y consiguieron que estuviera emocionado cuando llegó al viejo *chateau*, cerca de Aix, aquella noche azul oscura.

Era un enorme castillo, exactamente como los castillos poblados por fantasmas, con torres redondeadas, apagavelas, un techo muy alto de plomo, y más ventanas que el palacio de Aladino. Las celosías estaban todas abiertas por completo, debido al calor que había hecho ese día, y por ellas se vislumbraban en su interior grandes muros y galerías. Luego había otras grandes construcciones anejas, parcialmente derruidas, grupos de árboles oscuros, terrazas con jardines, balaustradas, estanques de agua, demasiado escasas para nadar y demasiado fangosas para poder beber; estatuas, hierbas y rejas que parecían haber crecido al mismo tiempo que los arbustos y haberse extendido adoptando variadas formas enloquecidas. Las puertas principales estaban abiertas, como suelen estar en esta región, cuando la tarde empieza a refrescar. El capitán no vio campana ni aldaba alguna, así que entró.

Se adentró en un vestíbulo de piedra, con el techo muy alto, y le pareció agradablemente fresco y umbrío tras un día resplandeciente viajando por Francia. A lo largo de las cuatro paredes se abrían galerías que conducían a distintas habitaciones; las luces pendían del techo. Todavía no había visto ninguna campana para avisar.

—A fe mía... —se dijo el capitán deteniéndose avergonzado por el crujir de sus botas— ¡esto sí que es un principio misterioso...!

Se volvió sobresaltado, y sintió que su cara palidecía sin remedio. En la galería superior, observándolo desde arriba, estaba el oficial francés... el mismo oficial cuya imagen llevara en su mente durante tanto tiempo. Comparado con el original, al fin... ¡cómo se parecía en todos sus detalles!

Se apartó y desapareció, y el capitán Richard Doubledick oyó sus pasos bajando rápidamente hacia el vestíbulo. Llegó después de cruzar un arco. Su rostro mostraba una mirada brillante y despierta, igual que la que había tenido en aquel momento fatal.

—¿*Monsieur le capitaine* Richard Doubledick? ¡Encantado de recibirlo! ¡Oh, mil disculpas! Los sirvientes estaban todos fuera... Había una pequeña *fête* en el jardín. En realidad, era la *fête* de cumpleaños de mi hijita, la pequeña amiga y protegida de la señora Taunton.

Fue tan franco y tan amable que *monsieur le capitaine* Richard Doubledick no pudo negarle la mano.

—Es la mano de un inglés valiente —dijo el oficial francés, reteniéndola mientras hablaba—. ¡Sé respetar a un intrépido soldado inglés cuando es mi enemigo, así que aún lo respeto más cuando es amigo! Soy soldado también.

«No me recuerda... como yo lo recuerdo a él. No se fijó en mi rostro, aquel día, como yo me fijé en el suyo», pensó el capitán. «¿Cómo se lo diré...?».

El oficial francés condujo a su huésped hasta el jardín y le presentó a su esposa, una mujer encantadora y preciosa que estaba sentada junto a la señora Taunton en un fantástico cenador antiguo. Su hija, con el rostro radiante de alegría, fue corriendo a abrazarlo; y había otro niño muy pequeño que, tropezando también por entre los naranjales, se acercó buscando las piernas de su padre. Una multitud de niños invitados estaban bailando al compás de una música alegre, y todos los sirvientes y campesinos de los alrededores danzaban también. Era una escena de inocente felicidad que podría haberse imaginado como el clímax de las escenas de paz que habían emocionado al capitán.

Permaneció allí, conmocionado, hasta que se oyó el tañido de una campana, y el oficial francés de casa le rogó que lo acompañase para mostrarle sus habitaciones. Subieron a la galería desde donde el oficial había observado al recién llegado, y luego un cuarto enorme y exterior le dio la cordial bienvenida a *monsieur le capitaine* Richard Doubledick; había otra estancia más pequeña al lado, con relojes y tapices, lamparillas y figuras extrañas; cerámicas, instrumentos curiosos, y elegancia, amplitud...

—¿Estuvo usted en Waterloo? —dijo el oficial francés.

—Sí —contestó el capitán Richard Doubledick—. Y en Badajoz.

Cuando se quedó solo, con el sonido de su propia voz resonando aún en los oídos, se sentó a pensar qué podría hacer, y cómo se lo podría decir. En aquel tiempo, desafortunadamente, tenían lugar muchos y lamentables duelos entre oficiales ingleses y franceses, como consecuencia de la última guerra; y a esos duelos y en cómo evitar la hospitalidad del oficial se reducía todo lo que podía pensar el capitán.

Seguía reflexionando, y dejando que el tiempo transcurriera hasta la hora de vestirse para la cena, cuando oyó la voz de la señora Taunton al otro lado de la puerta, preguntándole si le podía entregar la carta que le había traído de Mary.

«Y sobre todo, a su madre», pensó el capitán. «¿Cómo voy a decírselo a ella?».

—Creo que te convertirás en un buen amigo de nuestro anfitrión, eso espero —dijo la señora Taunton, después de que el capitán le abriera inmediatamente la puerta—, y esa amistad durará toda la vida. Es tan leal y generoso, Richard, que es imposible que no os apreciéis mutuamente. Si *él* no hubiera muerto —y besó, no sin lágrimas, el camafeo donde guardaba sus cabellos—, lo habría apreciado con su natural nobleza, y hubiera sido verdaderamente feliz sabiendo que ya pasaron los odiosos días que hicieron de este hombre su enemigo.

La señora abandonó la habitación, y el capitán se encaminó, primero, hacia una ventana desde donde podía ver las danzas en el jardín, y luego a otra desde donde pudo ver los risueños paisajes y los apacibles viñedos.

—Espíritu de mi difunto amigo —dijo—, ¿es por ti por quien estos nobles pensamientos acuden a mi mente? ¿Eres tú quien me ha mostrado, guiándome durante todo el camino recorrido hasta encontrarme con este hombre, todas las bendiciones de esta nueva vida? ¿Eres tú quien ha enviado hacia mí a tu madre anciana, para detener mi brazo airado? ¿Es tuyo ese susurro que murmura: «Ese hombre no hizo más que cumplir con su deber, como tú»... y como lo hice yo también, bajo tu guía, que me ha salvado para este mundo?

Se sentó con la cabeza entre las manos, y, cuando se puso en pie, adoptó la segunda resolución firme de su vida: jamás le contaría lo que sabía ni al oficial francés, ni a la madre de su difunto amigo, ni a ningún ser vivo mientras ambos estuvieran con vida. Y cuando esa noche, en la mesa, su vaso tintineó con el de su antiguo enemigo, lo perdonó en secreto, en nombre del Divino Redentor de todas las ofensas.

Aquí terminó mi historia en calidad de primer vagabundo.

Si tuviera que contarla ahora podría añadir que llegó un tiempo en que el hijo del mayor Richard Doubledick y el hijo de aquel oficial francés, amigos como sus padres lo fueron, pelearon codo con codo por una causa común, con sus respectivas naciones, como hermanos separados durante mucho tiempo a quienes tiempos mejores reúnen finalmente, y unen con lazos más fuertes que nunca.

Capítulo III

El camino

Habiendo concluido mi historia y el ponche también, nos separamos cuando el reloj de la catedral dio las doce. No me despedí de mis viajeros esa noche, porque se me ocurrió reaparecer, trayendo café caliente, a las siete de la mañana del día siguiente.

Mientras avanzaba por la calle principal, oí a lo lejos los Waits de Navidad[4] y apresuré el paso para acercarme a ellos. Estaban tocando frente a una de las antiguas puertas de la ciudad, en la esquina de una fila de casas maravillosamente antiguas, de ladrillos rojos, donde, según me informó amablemente el clarinetista, habitaban los canónigos menores. Tenían pequeños y extraños portales, semejantes a órganos minúsculos sobre viejos púlpitos; y pensé que me agradaría ver a algún canónigo salir a brindarnos un discurso acerca de los estudiantes pobres de Rochester, escogiendo como homilía las palabras de su Maestro relativas a los que «devoran las casas de las viudas».[5]

El clarinetista era muy comunicativo y mis inclinaciones estaban —como suelen estar, en términos generales— muy propensas al ánimo del vagabundeo, así que acompañé a los músicos por un prado abierto, llamado The Vines, y «asistimos», en el sentido francés de la palabra, a la ejecución de dos valses, dos polcas y tres melodías irlandesas, antes de que volviera a pensar en regresar a mi posada. De todas formas volví a ella luego y encontré a un violinista en la cocina, y a Ben, el joven vigilante, y dos sirvientas rodeando una gran mesa y muy animados.

Había pasado muy mala noche. Tal vez no fuera debido al pavo o la carne asada —el ponche está fuera de cuestión—, pero cada vez que intentaba quedarme dormido fracasaba lamentablemente. No dormí nada en absoluto, y cualquiera que fuera el rumbo absurdo que tomara mi pensamiento, siempre aparecía la efigie de Richard Watts para estropearlo todo.

En una palabra, solo pude librarme de él saltando de la cama en la oscuridad, a las seis en punto, y volcando sobre mí, como

---

[4]   Los Waits son una de las instituciones más curiosas de Gran Bretaña. Desde la Edad Media, todas las ciudades y pueblos de Inglaterra tenían una banda de gaiteros y músicos llamados Waits, que intervenían en las grandes celebraciones locales y sus salarios corrían a cargo del municipio. Una ley de 1835 disolvió los Waits, pero estas bandas locales siguieron actuando como Christmas Waits, cantando y tocando villancicos en Navidad.

[5]   En Lc 20, 45 y ss.: «Tened cuidado con los escribas, que se complacen en pasearse con amplias vestiduras, y les gusta acaparar los saludos en las plazas y ocupar los primeros asientos en las sinagogas y los primeros puestos en los banquetes; que *devoran las casas de las viudas* mientras fingen entregarse a largos rezos».

es mi costumbre, toda el agua fría que pude reunir con ese propósito. En la calle había humedad y hacía frío. La única vela que alumbraba el comedor del albergue de Watts parecía tan pálida en su resplandor como si ella también hubiera pasado una mala noche. Pero todos mis vagabundos habían dormido profundamente y se entregaron al café caliente y a los montones de pan con mantequilla que Ben había dispuesto como maderos en una serrería, tan bien como yo hubiera podido desear.

No había apenas despuntado el día cuando salimos todos juntos a la calle, y allí nos estrechamos las manos. La viuda acompañaría al pequeño marinero hasta Chatham, donde debía embarcarse en un vapor rumbo a Sheerness; el abogado, con una mirada en extremo inteligente, continuó su viaje sin traicionarse anunciando sus intenciones; otros dos atajaron camino por la catedral y el antiguo castillo con dirección a Maidstone; y el vendedor ambulante de libros me acompañó a cruzar el puente. En cuanto a mí, me dirigí a Cobham Woods, tan lejos de mi camino a Londres como hubiera podido desear.

Cuando llegué a los escalones de piedra y al sendero por el cual debía alejarme del camino principal, me despedí del último de mis vagabundos, y proseguí mi viaje solo. Las nieblas comenzaban a levantar maravillosamente, y el sol empezaba a brillar; y avanzaba respirando el aire fresco, viendo centellear la blanca escarcha por doquier, y tuve la impresión de que toda la Naturaleza compartía la alegría de la gran Natividad.

Cruzando bosques, la suavidad de mis pisadas en el suelo cubierto de musgo y entre la alfombra de hojas secas, aumentaba la santidad de la Navidad que me rodeaba. Mientras me envolvían los vapores blanquecinos, pensé que el Creador del tiempo nunca alzaba su mano bienhechora más que para bendecir y curar, exceptuando el caso de algún árbol insensible. Cerca de Cobham Hall me acerqué al pueblo y al cementerio, donde los muertos habían sido enterrados pacíficamente, «con la esperanza cierta y segura» que inspira la Navidad.[6] ¿A qué chiquillos

---

[6]   La frase se puede suponer en distintos pasajes bíblicos, pero aparece así exactamente en el famoso *English Book of Common Prayer*, una especie de misal anglicano característico de la época victoriana.

puede uno ver jugar sin cogerles cariño, recordando a quien los amó? Ni un jardín estaba en disonancia con el día, pues yo recordaba que su tumba estaba en el campo y «ella, imaginando que él era un hortelano», había dicho: «Señor, si os lo habéis llevado de aquí, decidme dónde lo habéis enterrado, y yo me ocuparé de él».[7] Poco después, el río distante y los barcos, se hicieron visibles, y con ellos, las figuras de los pobres pescadores remendando sus redes, que se levantaron y lo siguieron... de sus enseñanzas a la gente, desde un barco un poco adentrado en el agua, por culpa de la multitud... de una figura majestuosa caminando sobre el agua, en la soledad de la noche.[8] Mi misma sombra en la tierra hablaba de la Navidad; pues ¿no coloca la gente a sus muertos allí donde yacieron, al morir, la mayoría de los hombres que conocieron?

Así me rodeaba la Navidad, de cerca y de lejos, hasta que llegué a Blackneath. Bajé por la larga avenida de árboles retorcidos del parque de Greenwich y me vi de pronto envuelto en las neblinas que se cerraban otra vez sobre las luces de Londres. Brillaban estas radiantes, pero no tanto como el fuego de mi hogar y los rostros de los que lo rodeaban cuando nos reunimos para celebrar la Navidad. Y allí conté todo lo que sabía acerca del buen maese Richard Watts, y lo de mi cena con los seis vagabundos, que no eran ni pícaros ni guardias, y a quienes no volví a ver jamás.[9]

---

[7] En Jn 20, 15 Jesús resucitado se encuentra con María Magdalena, pero esta no lo reconoce y lo confunde con un campesino. «Ella, creyendo que era un hortelano, le dice: "Señor, si tú te lo llevaste, dime dónde lo pusiste, y yo lo recogeré"»..

[8] Todos son episodios de la predicación de Jesús antes de su entrada en Jerusalén. Pueden encontrarse estos pasajes fácilmente en Mt 14 y en el resto de los evangelios.

[9] La historia de «The Seven Poor Travellers» se publicó en *Household Words* en un número especial para la Navidad de 1854, y contó con la colaboración de Wilkie Collins. Mientras que el primer y el último capítulos son claramente dickensianos, el cuerpo central del relato tiene todos los ingredientes de las obras de Wilkie Collins.

EL NAUFRAGIO DE LA «GOLDEN MARY»

EL NAUFRAGIO

Fui grumete desde que tenía doce años de edad, y he luchado contra multitud de violentas tormentas, en el sentido real y metafórico de la palabra. Siempre he tenido la opinión, desde que tuve edad para tener opinión, de que el hombre que solo sabe de una cosa es casi tan aburrido como el que no sabe nada. Por eso, en el transcurso de mi vida, he aprendido todo lo que he podido, y aunque no soy un hombre cultivado, soy capaz de interesarme con inteligencia por la mayoría de las cosas, y puedo dar gracias a Dios de poder decirlo así de claro.

Alguien puede suponer, después de leer lo anterior, que tengo la costumbre de hablar sin parar en primera persona. No es ese el caso. Como si entrara en una estancia donde solo hay desconocidos, y tuviera que ser presentado o presentarme a mí mismo, así me he tomado la libertad de dirigirles estas observaciones, simple y llanamente, para que se tenga una idea clara acerca de quién y cómo soy. No añadiré nada más de tipo personal, exceptuando que mi nombre es William George Ravender, y que nací en Penrith medio año después del naufragio en que se ahogó mi padre; y que el segundo día de esta bendita semana de Navidad del año 1856 cumplo cincuenta y seis años de edad.

Cuando se extendió por primera vez el rumor de que existía oro en California —lo cual, como mucha gente sabe, fue antes de que se descubriera en la colonia británica de Australia—, me encontraba en las Indias Occidentales, comerciando entre las distintas islas. Comandante y, al mismo tiempo, socio de una elegante goleta, sentía que este trabajo estaba hecho a mi medida. En consecuencia, el oro de California no me interesaba.

Pero en la época en la que regresé a Inglaterra, la cosa estaba tan clara como la mano que uno tiene delante a mediodía. Había oro de California en los museos y en los despachos de los joyeros, y la primera vez que fui a la Bolsa me encontré a un amigo mío (navegante como yo) con una pepita californiana colgando de la cadena del reloj. La cogí. Tenía la forma de una nuez pelada, con pequeñas muescas desiguales aquí y allá, y cubierta de tantos grabados como jamás había visto en mi vida.

Soy un hombre soltero (ella era demasiado buena para este mundo y para mí, y murió seis semanas antes del día de nuestra boda), de modo que cuando estoy en tierra resido en mi casa de Poplar.[1] De mi casa de Poplar se ocupa, y la mantiene a flote, una anciana que fue doncella de mi madre antes de venir yo al mundo. Es la anciana más amable y más honrada que pueda encontrarse en este mundo. Está tan pendiente de mí como si en su vida hubiera tenido solo un hijo, y fuera yo. Sé muy bien que, desde el momento en que zarpo, nunca se acuesta sin haber musitado antes: «Dios misericordioso, bendice y protege a William George Ravender, y devuélvelo a casa sano y salvo, por Cristo, nuestro Salvador». He pensado en ello en muchos momentos de peligro, en el que esa oración no me ha hecho daño alguno, estoy seguro.

En mi casa de Poplar, con esta anciana, vivía tranquilamente la mayor parte del año, tras pasar largas temporadas por las islas y después de haber contraído unas fiebres bastante malas (cosa rara en mí). Al final, de nuevo sano y fuerte, y tras haber leído todos los libros que tuve a mano, paseaba una tarde por Leadenhall Street, en Londres, pensando en volverme ya, cuando me encontré a quien yo llamo Smithick & Watersby, de Liverpool. Sucedió que había estado yo mirando una brújula en el escaparate de un comercio y, al apartar la vista, lo vi venir hacia mí, de frente.

---

[1]   Se trata de un barrio situado al este de Londres, junto al Támesis y los muelles de las Indias Occidentales.

En realidad no hablo personalmente ni de Smithick ni de Watersby, ni conozco a nadie que tenga esos apellidos, como tampoco creo que haya existido nadie con ese nombre en Liverpool House desde hace muchos atrás. Pero es, en realidad, a la casa misma a lo que me refiero y a uno de los comerciantes más inteligentes y a uno de los caballeros más serios que jamás he conocido.

—¡Mi querido capitán Ravender! —dijo—. De todos los hombres de este mundo, es usted al que más deseaba ver. Me disponía a ir a visitarle en este mismo instante.

—¡Vaya! —contesté—. Eso quiere decir que quería usted verme de veras.

Apoyé mi brazo en el suyo y nos encaminamos hacia el edificio de la Cámara de Comercio, y cuando llegamos allí, estuvimos paseando arriba y abajo por la parte posterior, donde está la torre del reloj.[2] Paseamos durante más de una hora, pues tenía mucho que contarme. Planeaba fletar un barco nuevo, de propiedad de la compañía, para transportar a California mineros e emigrantes, y comprar y traer oro al regreso. No entraré en los detalles de aquel plan. No tengo derecho a hacerlo. Todo lo que puedo decir es que era un plan muy ingenioso, muy interesante y muy lucrativo, sin duda alguna.

Me lo confió tan ampliamente como si yo fuera una a formar parte de él. Después, me hizo la mejor propuesta que jamás se ha hecho a ningún hombre de este mundo y, según creo, a ningún otro capitán de la marina mercante, para terminar diciéndome:

—Ravender, es usted consciente del caos que reina en aquel país en este momento y que se está dando allí una situación muy especial. Multitud de navíos que se dirigen allí desertan tan pronto como tocan las costas; otros, de vuelta a casa, cargados con enormes riquezas, zarpan con la expresa intención de asesinar al capitán y apoderarse del oro que llevan en las bodegas;

---

[2]   El Royal Exchange de Londres se encuentra junto al Banco de Inglaterra, en plena City londinense. La fachada principal es un frontispicio clásico, mientras que la parte posterior ostenta una gran torre con un reloj.

ningún hombre puede confiar en otro, y el diablo parece andar suelto. Ahora bien —dijo—, sabe la opinión que tengo de usted, y sabe que solo la estoy expresando, y sin ninguna adulación, cuando le digo que usted es casi el único hombre en cuya integridad, discreción y energía..., etc., etc.

No quiero repetir lo que dijo, aun cuando se lo agradecí y se lo agradezco.

A pesar de encontrarme, como dije, absolutamente dispuesto a hacerme a la mar, tenía mis dudas acerca de este viaje. Desde luego, sabía, sin necesidad de que me lo dijeran, que presentaba extraordinarias dificultades y peligros, pues era una larguísima travesía, mayor que la de los viajes habituales. No debe suponerse que yo temía afrontarlos, pero, en mi opinión, un hombre no tendrá razones ni valor en su pecho para afrontarlos a no ser que se lo haya pensado muy bien y pueda decirse a sí mismo: «Ninguno de estos peligros puede cogerme ahora por sorpresa; sabré cómo encararlos y salir con bien de ellos; el resto está en manos de Aquel a cuya grandeza y omnipotencia me confío humildemente...». A la luz de este pensamiento he considerado siempre (observándolo como mi deber) todos los riesgos en los que he sido capaz de pensar, en el curso de las tempestades, en los naufragios, en los incendios a bordo, de modo que me encontraba preparado para hacer, en cualquiera de esos casos, todo lo que estuviera en mi mano para salvar las vidas que se me habían confiado.

Mientras yo reflexionaba, mi buen amigo propuso que debía dejarme meditar y pasear cuanto quisiera, y que luego debía acompañarle a cenar en su club, en el Pall Mall. Acepté la invitación y me quedé paseando por allí cerca de dos horas, como si fuera un soldado de guardia en un cuartel, mirando de tanto en tanto la veleta cuando alzaba la vista y otras veces echándole un vistazo a la ajetreada calle de Cornhill.

Durante toda la cena y en la sobremesa, volvimos a hablar de ello. Le expliqué mis puntos de vista sobre el plan, y la mayoría fueron aprobados por completo. Le dije que estaba casi decidido, pero no del todo...

—Bien, bien —me dijo—; venga mañana conmigo a Liverpool y vea la *Golden Mary*.

Me gustaba el nombre (también *ella* se llamaba Mary y tenía el cabello dorado), de modo que comencé a sentir que estaba ya decidido cuando dije que bajaría a Liverpool House. A la mañana siguiente estábamos a bordo de la *Golden Mary*. Debiera haber imaginado, ante su insistencia para que bajara a verla, cómo sería. Juro que es la cosa más bonita y más delicada que he tenido delante de mis ojos.

Habíamos inspeccionado todo el maderamen y las cuadernas, y habíamos vuelto a la pasarela del astillero, antes de regresar al muelle, cuando puse mi mano sobre la suya:

—¡Estoy emocionado! —dije—. ¡Emocionado de todo corazón! Acepto la capitanía de este barco, y estoy a su servicio desde este momento si puedo conseguir a John Steadiman como mi primer piloto.

John Steadiman había navegado conmigo en cuatro ocasiones. En el primer viaje, rumbo a China, se embarcó como tercer piloto y volvió como segundo. En los restantes fue mi primer oficial. En el momento de fletar la *Golden Mary* contaba treinta y dos años de edad. Un hombre vivo, brillante, de ojos azules, bien proporcionado, de estatura más bien mediana, con una figura ni extraña ni vulgar, un rostro que agradaba a todo el mundo y al que todos los muchachos considerarían, gracias a su costumbre de ir siempre cantando tan contento como un mirlo, como el perfecto marinero.

Subimos a un coche de alquiler en menos de un minuto y estuvimos encaramados a él, buscando a John, durante tres horas. John había llegado de Van Diemen's Land[3] apenas un mes antes y yo sabía que lo habían visto tomando un trago por la calle Liverpool. Preguntamos por él, entre otros lugares, en las dos casas de pensión que solía preferir, y descubrimos que había pasado una semana en cada una de ellas, pero que había continuado yendo de un lado para otro y que luego se había ido «a pasar un tiempo en el mástil de la montaña más alta de Gales» (eso había dejado dicho, al menos, a los dueños de la pensión), y nadie pudo asegurarnos dónde podía estar, o cuándo podría volver.

---

[3] Hoy Tasmania, en Australia.

Pero, a decir verdad, resultaba sorprendente observar cómo todos los rostros se iluminaban a la sola mención del nombre del señor Steadiman.

Regresábamos sin haber tenido suerte, y habíamos plegado velas con la intención de volver a nuestros cuarteles cuando, mientras íbamos recorriendo las calles, ¡mis ojos se toparon con el mismísimo John, que salía de una juguetería! Llevaba en sus brazos a un niño de corta edad, y acompañaba hasta su carruaje a dos damas de singular belleza. Luego me dijo que no había visto en su vida a ninguna de esas tres personas, pero que le habían llamado la atención mientras miraba el interior de la juguetería, donde las damas estaban comprándole al niño una desastrosa arca de Noé, tremendamente hundida de popa. Entonces había entrado y les había pedido a las damas permiso para regalarle al niño un velero más o menos aceptable que había en el escaparate, con la idea de que un niño tan formal no creciera con una idea tan equivocada respecto de la arquitectura naval.

Permanecimos a distancia hasta que el carruaje de las damas se alejó, y entonces saludamos a John. Mientras se subía en el carruaje con nosotros, le repetí muy seriamente lo que le había dicho a mi amigo. Sintió el golpe, eso dijo, «en la línea de flotación». Estaba bastante conmocionado por aquello.

—Capitán Ravender —fueron las palabras de John Steadiman—, una opinión semejante de su parte es una verdadera alabanza, y pienso navegar alrededor del mundo con usted durante veinte años en cuanto me lo pida, y me quedaré a su lado para siempre.

Sentí entonces que, en verdad, todo estaba hecho, y la *Golden Mary* podría zarpar.

Nunca crece la hierba bajo los pies de Smithick & Watersby. En quince días se equipó el barco con su correspondiente velamen, y comenzamos a cargar la bodega. John estaba constantemente a bordo, vigilando la estiba con sus propios ojos; y siempre que yo subía a bordo, tarde o temprano, lo encontraba, ya sobre la cubierta, en el puente, ya abajo en la bodega, o bien arreglando su camarote, colgando en las paredes cuadros de las Rosas

Rojas de Inglaterra, las Bellas Azules de Escocia o un Trébol de Irlanda muy femenino y cantando como un mirlo.

Teníamos sitio para veinte pasajeros. Apenas se publicó el anuncio de nuestra partida, podríamos haber acogido esa cantidad multiplicada por veinte. Contratamos a nuestros hombres, John y yo, juntos, y los escogimos eligiendo a los mejores que pudieron encontrarse en el puerto. Y así, en un barco magníficamente construido, bien patroneado, bien equipado, bien dirigido, con buena tripulación, bien provisto en todos los sentidos, nos hicimos a la mar, con viento favorable, a las cuatro y cuarto de la tarde del 7 de marzo de 1851.

Se me creerá sin duda si digo que hasta este momento no tuve oportunidad de conocer a mis pasajeros. La mayor parte de ellos permanecían mareados en sus camarotes; de todos modos, fui a visitarlos y les dije lo que podían hacer para sentirse mejor, convenciéndolos de que no se quedaran allí abajo, sino que subieran a cubierta para respirar aire puro; y animándolos con alguna broma, o con una palabra de consuelo, fui empezando a conocerlos, quizá de un modo más amistoso y confidencial desde el principio de lo que me hubiera sido posible recibiéndolos solo en el comedor.

De mis pasajeros solo necesito destacar, de momento, a una joven señora de ojos expresivos y mejillas sonrosadas, que iba a reunirse con su esposo en California, y llevaba consigo su única hija, una niña pequeña de tres años, a quien su padre aún no había visto; otra dama de aspecto muy formal, vestida de negro, unos cinco años mayor que la anterior (alrededor de los treinta, diría yo), que iba a reunirse con su hermano; y un anciano caballero, muy parecido a un halcón si no tuviese ojos tan enrojecidos, que hablaba siempre, mañana, tarde y noche, de los yacimientos de oro. Pero si viajaba pensando que sus viejos brazos podían extraer oro, o si tenía pensado comprarlo, o traficar con él, o estafar a alguien, o robarlo a otra gente, eso era algo que solo él sabía. Guardaba su secreto.

Estos tres personajes y la niña se pusieron bien bastante pronto. La niña era una criatura encantadora, desde luego, y me adoraba: aunque debo admitir que John Steadiman y yo ocupábamos en su pequeño diario de a bordo lugares cambiados: él era el capitán, y yo el piloto. Era delicioso observar a John y a la niña, y a la niña con John. Pocos creerían, al ver a John jugando al escondite alrededor del mástil con aquella niña, que fuera ese mismo hombre el que había cogido una barra de hierro y había matado a un malayo y a un maltés que lo amenazaron con sendos cuchillos en la escalera del *Old England*, saliendo de Sugar Point, mientras el capitán yacía enfermo en su camarote. Pero sí, era el mismo; y, con la espalda protegida en la amurada, hubiera hecho lo mismo con seis al mismo tiempo. El nombre de la joven madre era señora Atherfield; la señora vestida de negro era la señorita Coleshaw; y el anciano caballero era el señor Rarx.

Como la niña tenía el pelo largo, de un rubio resplandeciente, que caía en rizos por sus mejillas, y se llamaba Lucy, Steadiman le dio el nombre de Golden Lucy. Así que teníamos una Golden Lucy y una *Golden Mary*. Y John llevó esa idea a tal extremo, mientras jugaba con la niña en cubierta, que yo creo que ella llegó a pensar que el barco era en cierto modo un ser vivo... como una hermana, o una amiga que iba al mismo destino que ella. Le gustaba permanecer cerca del timón y, cuando hacía buen tiempo, yo solía sentarme muchas veces al lado del timonel, por el solo hecho de verla allí, a mis pies, y oírla hablar con el barco. Supongo que jamás niña alguna tuvo semejante *muñeca*; pero lo cierto es que hizo de la *Golden Mary* una muñeca, y solía vestirla atando trozos de cintas y pequeños abalorios en las jarcias de hierro, y nadie las tocó jamás ni las movió, salvo para evitar que se fueran volando.

Naturalmente me ocupé principalmente de las dos mujeres jóvenes, y las llamaba «queridas», y a ellas no les importaba, pues sabían que solo me guiaba un espíritu paternal y deseo de protegerlas. Las coloqué a mi lado en la mesa: la señora Atherfield a mi derecha y la señorita Coleshaw a mi izquierda; e invité a la dama soltera a organizar el desayuno y a la señora casada a servir el té. Y así se lo dije a mi criado negro delante de ellas:

—Tom Snow, estas dos damas son también dueñas de esta casa igual, y debes obedecer sus órdenes como corresponde.

Entonces Tom empezaba a reírse y todos estallábamos en carcajadas.

El viejo señor Rarx no era un caballero agradable, ni para verlo, ni para hablar, ni para estar con él, pues nadie dejó de notar que era un personaje sórdido y egoísta, y que se había pervertido cada vez más, alejándose del camino recto con el paso del tiempo. Sin embargo, en su comportamiento con nosotros, fue como todo el mundo; pues no hubo disputas entre nosotros, ni en proa ni en popa. Solo quiero decir que no era un hombre a quien se elegiría naturalmente como amigo. Si se hubiera consultado alguna opinión, todos habrían objetado en contra diciendo: «¡No, él no!». Sin embargo, había en el señor Rarx una curiosa contradicción: el interés asombroso que la niña le inspiraba. Parecía —y puedo añadir que lo era en efecto— el último hombre que uno pensaría capaz de interesarse por un niño o por cualquier otra criatura humana. Sin embargo, llegaba hasta el extremo de sentirse preocupado si la niña permanecía largo tiempo en la cubierta, fuera de su vista. Siempre temía que se cayera al mar por la borda, o por alguna escotilla, o que algún fardo o cualquier otra cosa cayera desde los aparejos por culpa del movimiento del barco, o que sufriera cualquier daño. Solía mirarla y acariciarla, como si fuera algo precioso para él. Siempre estaba preocupado de que no se hiciera daño, y constantemente apremiaba a su madre para que estuviera vigilante. Pero lo curioso del caso era que la chiquilla no le correspondía, huía de su presencia y ni siquiera lo saludaba, a no ser que los demás la obligaran a hacerlo. Yo creo que todo el mundo en el barco se daba cuenta de esto, y ninguno de nosotros lo entendíamos. En todo caso, era muy evidente aquello que John Steadiman dijo más de una vez, cuando el viejo señor Rarx no estaba presente: que si la *Golden Mary* le tuviera algún aprecio al viejo caballero que llevaba en su seno, con seguridad debería de sentir celos de la *Rubia Lucy*.

Antes de continuar con mi narración debo advertir que nuestro barco era un navío de trescientas toneladas, con una tripulación de dieciocho hombres, un segundo piloto (aparte de Steadiman), un carpintero, un armador o herrero y dos grumetes (uno era escocés, el pobre). Contábamos con tres botes: el mayor, con capacidad para veinticinco tripulantes; el batel, con capacidad para quince, y el de rompiente, donde cabían diez. Apunto la capacidad de estos de acuerdo con el número de personas que realmente eran capaces de soportar.

Tuvimos rachas de mal tiempo y vientos a proa, claro; pero en general tuvimos una travesía tan buena como cualquier hombre razonable podía esperar en una navegación de sesenta días. Entonces comencé a anotar dos observaciones en el cuaderno de bitácora y en mi diario: primera, que había una cantidad de hielo extraordinaria y asombrosa; segunda, que las noches, a pesar del hielo, eran extraordinariamente oscuras.

Durante cinco días y medio pareció inútil y una pérdida de tiempo alterar el curso del buque para alejarnos de los témpanos. Viramos al sur cuanto nos fue posible, pero, aun así, estuvimos rodeados de hielo. En cierta ocasión, la señora Atherfield, después de permanecer a mi lado, en la cubierta, contemplando los enormes témpanos que nos rodeaban, murmuró:

—¡Oh, capitán Revender! Parece como si toda la tierra se hubiera convertido en hielo y se estuviera rompiendo en pedazos.

—No me extraña que, dada su inexperiencia, le parezca que es así, querida —le contesté riendo.

Pero lo cierto es que yo apenas si había visto alguna vez la vigésima parte del hielo que teníamos delante y, en realidad, compartía su opinión.

De cualquier forma, a las dos de la tarde del sexto día entre hielos, es decir, cuando llevábamos sesenta y seis días en el mar, John Steadiman, que había subido a la arboladura, gritó desde su atalaya que el mar estaba limpio a proa. Antes de las cuatro del mismo día, una fuerte brisa sopló por la popa, y al atardecer ya estábamos otra vez en mar abierto. La brisa se convirtió casi en galerna, y como la *Golden Mary* era un velero rápido, volamos con el viento toda la noche sin ninguna dificultad.

Pensé que era imposible que pudiera oscurecer más de lo que había oscurecido hasta entonces, a no ser que el sol, la luna y las estrellas se precipitasen desde el cielo y el tiempo quedara aniquilado, pero aun así, antes había claridad, si se comparaba con las tinieblas que sufríamos ahora. La oscuridad era tan profunda que mirar a través de ella resultaba doloroso y opresivo, como si se mirara, sin un rayo de luz, a través de un vendaje negro puesto tan cerca de los ojos como fuera posible, pero sin tocarlos.

Doblé la guardia mientras John y yo permanecíamos en la proa uno al lado del otro sin abandonar el puesto durante toda la noche. Aun así, cuando él no hablaba, debía cerciorarme de que estaba a mi lado estirando mi brazo hasta tocarle, pues veía tanto como si mi piloto hubiera bajado a su camarote y se hubiera puesto a dormir. No vigilábamos tanto como escuchábamos cuanto nos era posible, todos nosotros, hasta donde llegaban nuestros ojos y nuestros oídos.

Al día siguiente descubrí que el mercurio del barómetro, que se había elevado desde que dejamos atrás el hielo, permanecía inmóvil. Yo había hecho observaciones muy precisas, con pocas interrupciones, de un día o dos de vez en cuando, desde nuestra partida. Observé el sol a mediodía y descubrí que estábamos a 58° latitud Sur y a 60° longitud Oeste, dejando atrás New South Shetland, y muy cerca del Cabo de Hornos. Llevábamos sesenta y siete días de viaje. El rumbo del barco estaba correctamente trazado y realizado. El buque se comportaba admirablemente, todos se encontraban bien a bordo, y todos los hombres eran eficientes, dispuestos y estaban contentos, en la medida de lo posible.

La noche volvió a ser tan oscura como las anteriores: era la octava noche que pasaba despierto en el puente. Apenas si había dormido un rato durante el día, apostado siempre cerca del timón y a menudo manejándolo mientras estuvimos entre el hielo. Solo aquellos que lo han experimentado pueden imaginar la dificultad y el dolor que se siente intentando mantener los ojos abiertos, físicamente abiertos, en esas circunstancias y en semejante oscuridad. La oscuridad hace daño en los ojos y los ciega. Se forman dibujos y relampaguean como si se salieran fuera de la cabeza para mirarte.

Al empezar el turno de la media noche, John Steadiman, que estaba despierto y descansado (porque yo siempre hacía el turno de día), me dijo:

—Capitán Ravender, le pido que baje a descansar. Estoy seguro de que apenas puede mantenerse en pie, y su voz está empezando a debilitarse. Vaya abajo y descanse un rato. Le avisaré si rozamos con algún témpano.

—¡Bien, bien, John! —le contesté—. Esperaremos hasta el turno de la una en punto, antes de hablar del asunto. Tenía en ese instante uno de los faroles encendidos, de modo que pude observar la hora de mi reloj: pasaban veinte minutos de las doce de la noche.

Cinco minutos antes de la una John ordenó al muchacho traer el farol, y cuando le dije la hora una vez más, me rogó y suplicó que descendiera a mi camarote.

—Capitán Ravender —dijo—, todo va bien. No podemos permitirnos que esté despierto una hora más, por eso le pido respetuosa y encarecidamente que baje.

Al final me avine a hacerlo, dejando bien sentado que si no me despertaba por mis propios medios antes de tres horas, se me llamara sin falta. Habiendo llegado a ese acuerdo, dejé a John al mando. Pero me dirigí a él de nuevo para hacerle una pregunta. Acababa de observar el barómetro y había notado que el mercurio seguía completamente inmóvil: levanté el farol para echar un vistazo a mi alrededor —si es que puedo utilizar semejante expresión en medio de una oscuridad como aquella— cuando pensé que las olas, mientras la *Golden Mary* las partía y pasaba sobre ellas, producían un ruido hueco... algo que imaginé como una reverberación completamente anormal. Me encontraba de pie en el puente, en el lado de estribor, cuando le dije a John que se acercara y le pedí que escuchara también. Lo hizo con la mayor atención. Volviéndose a mí, dijo:

—Tiene que confiar en mí, capitán Ravender; lleva sin descansar demasiado tiempo, y ese sonido tan raro se debe exclusivamente al cansancio de sus sentidos.

En ese momento yo también lo creí, y lo creo ahora, aun cuando nunca llegaré a saber en este mundo si era cierto o no.

Cuando dejé a John Steadiman en el puesto de mando la nave se deslizaba a muy buena velocidad sobre el agua. El viento soplaba aún directamente en popa. A pesar de que la nave adelantaba aprisa, no llevábamos todo el velamen desplegado y no llevaba más cargamento que el que podía transportar con perfecta comodidad. Todo era apacible y no había queja ninguna. Había fuertes corrientes, pero no había mar gruesa ni el viento rolaba desordenadamente.

Me acosté de pie, como decimos los marinos. Esto significa que no me quité la ropa, ni siquiera el abrigo, aunque sí los zapatos, pues tenía los pies terriblemente hinchados de estar en el puente. Había un pequeño quinqué encendido colgando del techo de mi camarote. Pensé, mientras lo miraba antes de cerrar los ojos, que estaba tan harto y tan cansado de la oscuridad, que hubiera podido dormirme en medio de un millón de farolas de gas. Ese fue el último pensamiento antes de caer rendido, exceptuando la idea pertinaz de que me sería imposible conciliar el sueño.

Soñé que estaba de nuevo en Penrith y que intentaba apartarme de la iglesia, la cual había cambiado mucho desde la última vez que la vi: estaba partida de un modo muy raro por el centro de la cúpula. No sé por qué intentaba evitar la iglesia, pero estaba tan deseoso de hacerlo como si mi vida dependiera de ello. Y en realidad, creo que dependía de ello. A pesar de todo, no podía apartarme de la iglesia. Lo estaba intentando cuando me precipité sobre ella con un violento golpe, y me caí de la litera y fui a caer contra un costado del barco. Los gritos y un tremendo alboroto me hicieron mucho más daño que los duros maderos, y en medio de ruidos de fracturas, y golpes, y vías de agua que se precipitaban en el interior —ruidos que yo conocía muy bien—, me abrí paso hasta el puente. No fue fácil llegar hasta allí, pues el barco se escoraba de un modo espantoso y las olas batían furiosamente.

No pude ver a la tripulación cuando subí, pero oí que estaban arriando velas, en medio del caos. Tenía la bocina en mis manos, y después de darles órdenes y animarlos hasta que se hizo el trabajo, llamé primero a John Steadiman y luego a William Rames, mi segundo piloto. Ambos respondieron con voz clara y firme. Ahora bien, había establecido previamente con la tripulación —práctica que seguía con todos los que se hacían conmigo a la mar— que, en caso de cualquier crisis imprevista, debían quedarse quietos y esperar mis órdenes. Cuando se oyó el sonido de mi voz dando órdenes y la de los demás contestando, me di cuenta, en medio de los estrépitos del barco y el mar, y los gritos de los pasajeros abajo, que se cumplirían mis órdenes.

—¿Estás preparado, Rames?

—Sí, sí, señor.

—Entonces, ¡encended las luces, por amor de Dios!

Al instante él y otros encendían las luces azules, y el barco y todo lo que se hallaba a bordo parecía estar encerrado en una niebla de luz bajo una enorme cúpula negra.

La luz brillaba de tal forma que podía distinguir el inmenso iceberg contra el cual habíamos chocado, hendido de arriba abajo, exactamente igual a la iglesia de Penrith en mis sueños. En aquel preciso instante pude ver a los marinos de la última guardia relevada yendo de acá para allá por cubierta; y a la señora Atherfield y a la señorita Coleshaw intentando abrirse camino entre los demás para recoger a la niña, que se había quedado abajo. Pude ver que los mástiles se quebraban con los choques y las sacudidas del barco; pude ver el enorme boquete abierto a estribor, que abarcaba medio barco, mientras el maderamen y el revestimiento comenzaba a desprenderse; vi uno de los botes salvavidas destrozado por completo, en un amasijo de pedazos rotos; y pude ver que todos los ojos se volvían hacia mí. Creo que si hubieran sido diez mil pares de ojos, en ese instante los habría distinguido a todos, con sus diferentes miradas. Y todo eso en un solo momento... Pero debéis considerar qué momento.

Vi a los hombres, que, mientras me miraban, se dirigían a sus puestos, como buenos y fieles marinos. Si la nave no se enderezaba, no podrían hacer mucho más, dondequiera que estuvieran, sino morir... no es que no tenga importancia que un hombre muera en su puesto: solo quiero dar a entender que no podrían salvarse ni salvar a los pasajeros.

Afortunadamente, sin embargo, la violencia del choque contra el iceberg fatal destrozó el buque, pero como si hubiera sido nuestro destino en vez de nuestra destrucción, había golpeado y batido el barco de tal modo que se desprendió de él y en ese mismo instante la nave se enderezó. No quise que el carpintero me viniera a contar que el barco se estaba llenando de agua y hundiéndose; ya podía verlo y oírlo yo mismo. Di a Rames la orden de bajar los dos botes salvavidas restantes e indiqué a cada uno su obligación. Nadie titubeó ni se quedó atrás. Entonces le dije a John Steadiman en voz baja:

—John, permaneceré aquí, en el puente, hasta que todos estén a salvo fuera del buque. Te pondrás al frente de la expedición y serás el último en abandonar la nave. Reúne a los pasajeros y tráelos a mi presencia, y mete en los botes todas las provisiones y el agua que puedas encontrar. Observa lo que tienes delante, John, y comprobarás que no hay ni un minuto que perder.

Mis fieles marinos arrojaron los botes por la borda de un modo tan ordenado como jamás había visto en ninguna otra situación amenazante, y cuando los botes se lanzaron al agua, dos o tres de los hombres más próximos a ellos, cayendo y levantándose a causa del oleaje, me miraron y exclamaron:

—¡Capitán Ravender, si algo nos sucede y usted puede salvarse, acuérdese de que siempre estuvimos a su lado!

—¡Todos llegaremos juntos a tierra, con la ayuda de Dios, amigos míos! ¡Sed valientes y cuidad de las mujeres!

Ellas fueron un ejemplo para nosotros. Temblaban de miedo, pero permanecían en silencio, dueñas de sí mismas.

—Deme un beso, capitán Ravender —dijo la señora Atherfield—, y que Dios le bendiga a usted desde el cielo, buen amigo.

—Querida —le dije yo—, esas palabras son más eficaces para mí que un bote salvavidas.

Sostuve a su hija en los brazos hasta que ella estuvo en el bote, y luego se la entregué con cuidado. Entonces dije a los tripulantes:

—¡Ya están todos, muchachos! ¡Todos menos yo...! ¡No voy a abandonar el barco de momento! ¡Apartaos del buque! ¡Fuera!

Ese era el bote grande. El anciano Rarx era uno de sus integrantes, y fue el pasajero que peor se comportó desde el instante en que el barco chocó. Otros se habían mostrado un poco nerviosos, lo cual no es extraño y no se les debe culpar por ello, pero él se quejó y protestó de tal modo que resultaba peligroso que la gente lo oyera, pues siempre existe el riesgo de que la debilidad y el egoísmo se contagien a todo el pasaje. Su grito incesante había sido que no debía separarse de la niña, que no podía ver dónde estaba la niña y que él y la niña debían ir juntos. Había intentado incluso de arrancarla de mis brazos para poder tenerla junto a él.

—Señor Rarx —le dije cuando llegó a ese extremo— tengo una pistola cargada en el bolsillo; si no sale inmediatamente del puente y permanece en silencio absoluto, le pegaré un tiro en el corazón, si es que tiene.

—¡No cometerá un asesinato, capitán Ravender!

—No, señor —dije—; no mataré a cuarenta y cuatro personas para darle satisfacción, pero le mataré a usted para salvarlos a ellos.

Aquello lo tranquilizó y permaneció temblando un poco alejado, hasta que le ordené embarcarse.

Después de hacerse a la mar el primer bote, el segundo batel se llenó con rapidez. Solo quedamos a bordo de la *Golden Mary* John Mullion (el hombre que había mantenido las linternas azules encendidas y que encendía una nueva antes de que se apagara la anterior), John Steadiman y yo. Los apremié para que ambos saltasen aprisa a la lancha, les ordené alejarse y esperé con el corazón aliviado y agradecido a que se aproximara el primer bote, si es que era posible, para poder subirme en él. Miré el reloj a la luz del farol y supe que pasaban diez minutos de las dos. No perdieron tiempo. Tan pronto como pudieron acercarse, salté al interior del bote y grité a la tripulación:

—¡Ánimo, compañeros! ¡Vámonos! ¡La nave se está escorando!

Apenas nos habíamos alejado algunas pulgadas del remolino que su hundimiento producía, cuando a la luz de la linterna que John Mullion seguía sosteniendo en la proa del bote salvavidas, pudimos ver cómo se tambaleaba la nave y se sumergía lentamente hasta el extremo del palo mayor. La niña gritó, llorando desesperada:

—¡Oh, mi querida *Golden Mary*! ¡Miradla! ¡Salvadla...! ¡Salvad a la pobre *Golden Mary*!

ciones del mismo tipo, y mucho mejor de lo que yo podría hacerlo. Solo anotaré, casi de pasada, que día tras día y noche tras noche deteníamos el mar con nuestras espaldas para impedir que hiciera zozobrar el bote; que una parte de nosotros estaba siempre ocupada en achicar agua, y que todos nuestros gorros y sombreros se desgastaron rápidamente, aunque los remendamos cincuenta veces, pues eran los únicos baldes de que podíamos disponer para ese fin; que otro grupo se acostaba sobre el casco mientras una tercera remaba; y que muy pronto quedamos cubiertos de costras, ampollas y harapos.

El otro bote era siempre una fuente de preocupaciones para nosotros, tanto que yo solía preguntarme si llegaría un tiempo en que los supervivientes de mi bote podrían llegar a despreocuparse de lo que le hubiera podido pasar en la vida a los supervivientes del otro bote... si es que finalmente nos salvábamos. Íbamos a remolque uno del otro siempre que el tiempo lo permitía, pero eso no sucedía con frecuencia... ¿Cómo conseguimos que ambos botes se mantuvieran a la vista, pues eso fue lo que hicimos? Solo Él lo sabe, que piadosamente permitió que fuera así, para nuestro consuelo. Nunca olvidaré las miradas que dirigíamos al otro barco, cuando amanecía, por encima del violento oleaje. Una vez nos separamos por espacio de setenta y dos horas y creímos que se habían hundido, lo mismo que creyeron ellos respecto a nosotros. La alegría por ambas partes cuando volvimos a vernos tuvo algo de divino; todos habían olvidado sus sufrimientos individuales, y asomaban lágrimas de afecto y alegría hacia los pasajeros del otro bote.

Deseaba evitar la parte personal en mi relato, como dije, y el anterior incidente me da pie a hablar de otros asuntos. La paciencia y la buena disposición a bordo de nuestro barco eran sorprendentes. No me llamaba la atención en las damas, pues todos los hombres nacidos de mujer saben las grandes cualidades que suelen mostrar cuando los hombres fracasan; pero me sorprendía encontrar en algunos hombres esas mismas cualidades. En el mejor de los casos, si uno reúne a treinta personas, habrá, generalmente y por así decirlo, dos o tres temperamentos dudosos. Yo no ignoraba que existía más de un carácter vio-

En ese momento la luz se apagó y un manto negro pareció caer sobre nosotros.

Supongo que si todos hubiéramos estado en la cima de una montaña viendo cómo el resto del mundo se hundía a nuestros pies, difícilmente nos habríamos sentido más conmovidos y solos que cuando supimos que estábamos solos en el inmenso océano, y que el hermoso barco en que la mayor parte de nosotros había estado durmiendo tranquilamente, en menos de una media hora había desaparecido para siempre. Un silencio espantoso reinaba en nuestra lancha, y había una especie de resignación tal entre los remeros y el timonel que pensé que difícilmente podríamos siquiera mantenerla a flote. Hablé entonces y dije:

—¡Demos gracias al Señor por nuestra salvación!

Todas las voces respondieron (incluso la de la niña):

—¡Demos gracias al Señor!

Recé luego un padrenuestro, y todos lo repitieron conmigo en un murmullo solemne. Luego exclamé:

—¡Ánimo, hombres, ánimo!

Y entonces noté que se estaban haciendo con el bote tal y como un bote debe manejarse.

El otro batel había encendido una luz azul para mostrarnos dónde se encontraba, y nosotros intentamos dirigirnos hacia él, y colocarnos a su lado todo lo que pudimos. Siempre había intentado que mis botes salvavidas tuvieran un rollo o dos de buena cuerda, de modo que pudieran tener un cabo a mano.

Viramos un poco, con gran trabajo y dificultad, para mantenernos uno cerca del otro y poder compartir la luz (no pudo usarse más después de esa noche, pues el agua del mar no tardó en inutilizarlas) y también tendimos un cabo entre ambas barcazas. Durante el transcurso de la noche nos mantuvimos juntos, algunas veces obligados a soltar los cabos, que volvíamos a tender cuando nos era posible, y todos esperábamos con ansiedad el amanecer, que parecía que tardaba tanto en llegar que hasta el señor Rarx comenzó a gritar, a pesar del temor que yo le inspiraba:

—¡Esto es el fin del mundo! ¡El sol jamás volverá a salir!

Cuando rompió el día, comprobé que estábamos amontonados de un modo horrible. Estábamos encharcados; después de pasar lista, descubrí que éramos treinta y uno, es decir, seis más de lo aconsejable. En el otro bote eran catorce hombres, al menos cuatro más del máximo. Lo primero que hice fue pasar al timón, del que me ocupé desde ese instante, y coger a la señora Atherfield, a su hija y a la señorita Coleshaw para que se sentaran a mi lado. Respecto al viejo señor Rarx, lo puse en la proa, lo más lejos que pude de nosotros. Me rodeé de mis mejores hombres con la idea de que, si me caía, siempre habría una mano hábil para empuñar el timón.

El mar se fue calmando a medida que avanzaba el día, aunque el cielo estaba nublado y tormentoso; preguntamos al otro barco para saber cuántas provisiones tenían, y revisamos las nuestras. Yo llevaba en el bolsillo una brújula, un catalejo pequeño, una pistola de doble cañón, un cuchillo y cerillas. La mayoría de mis hombres tenían cuchillos también y algunos un poco de tabaco; algunos, también pipas. También teníamos un pocillo y una cuchara de latón. En lo referente a las provisiones, en mi bote había dos bolsas de galletas, un trozo de carne cruda, otro de carne de cerdo, un saquillo de café tostado no molido (cargado por error, supongo, en vez de alguna otra cosa), dos pequeños barriles con agua y cerca de medio galón de ron en un barril pequeño. El otro batel llevaba más ron y menos gente para beber, así que nos entregó lo que me pareció otro cuartillo. Les pagamos con tres buenos puñados de café atados en un trozo de pañuelo; nos comunicaron que contaban además con un saquillo de galletas, un trozo de carne de vaca, un barril pequeño de agua, una caja pequeña de limones y un queso holandés. Llevó mucho tiempo hacer estos intercambios, y no se hicieron sin que unos y otros corriéramos grandes riesgos: la mar estaba demasiado alta y resultaba muy peligroso acercar las barcazas. Dentro del hatillo con el café, le envié a John Steadiman (que también llevaba una brújula) un mensaje, escrito a lápiz en una hoja de papel arrancada de mi libreta, en el que le comunicaba el rumbo que tenía la intención de seguir, con la esperanza de tocar tierra o que algún navío nos recogiera. Digo «con la esperanza» aunque tenía pocas esperanzas en ninguna de las dos posibilidades. Luego le dije, a voces, de modo que todos pudieran oírme, que

ambos botes debían permanecer juntos, para salvarse o perecer; pero si nos veíamos obligados a separarnos por culpa del temporal, y no volvernos a ver, rogaríamos por ellos, y también implorábamos que rogasen por nosotros. Lanzamos entonces tres hurras, que los otros devolvieron, y volví a ver las cabezas de los hombres hundirse en los botes para buscar otra vez los remos.

Aquellos planes, por fortuna, habían llamado la atención de todos, aunque (como lamenté en mi última exclamación) concluyeron con una sensación de tristeza. Luego les dije algunas palabras a mis compañeros del bote sobre el asunto de los escasos víveres que teníamos y de los que dependían nuestras vidas si conseguían seguir a flote, y sobre la imperiosa necesidad de irlos consumiendo de la manera más frugal. Todos a una contestaron que cualquier disposición que yo tomara se acataría, y que se reservaría lo que yo dijera. Confeccionamos un par de balanzas con una delgada plancha de hierro y algunos hilos, y reunimos los botones más pesados a modo de pesas para calcular la cantidad de de comida de unas dos onzas. Esa era la cantidad de comida sólida que le correspondía a cada uno por día, desde ese momento hasta el final; además de un café negro, y a veces medio, cuando el tiempo fuera muy bueno, como desayuno. No disponíamos de nada más, salvo media pinta de agua por día para cada uno y, a veces, una cucharada de ron, cuando tuviéramos mucho frío o comenzáramos a sentir debilidad. Sabía por experiencia que el ron es un veneno, pero también sabía que en este y en todos los casos similares de los que he sabido —y son muchos— no hay palabras para expresar el placer y el bienestar que proporciona. Tampoco tengo la menor duda de que salvó la vida a más de la mitad de los nuestros. Aunque he dicho que disponíamos de media pinta de agua diaria, debería precisar que a veces teníamos menos y a veces teníamos más, pues llovía mucho, y recogíamos el agua en una loneta preparada al efecto.

Así pues, en aquella tempestuosa época del año y en aquella tempestuosa parte del mundo en que naufragamos, nuestros botes se elevaban y descendían con las olas. No es mi intención relatar (si puedo evitarlo) las circunstancias relativas a nuestra triste condición, pues han sido descritas en otras muchas narra-

lento entre mi propia gente, y había decidido que subieran a mi bote precisamente para poderles echar un ojo. Pero se tranquilizaron ante su propia desgracia y eran tan considerados con las damas y tan compasivos con la niña como lo hubiera sido el mejor de nosotros, o el mejor de los hombres. No escuché ni una queja. El grupo que yacía en el fondo del bote gemía en sueños, y más de una vez vi llorar a un hombre mientras estaba al remo, o en su sitio, mientras observaba el mar con la mirada perdida. —Entiéndase, no era siempre el mismo hombre, pero vi a casi todos, en un momento u otro—. Cuando creían que no los veía, sollozaban durante mucho rato, pero apenas se cruzaban nuestras miradas cesaba el llanto y se recobraban. Casi siempre tuve la impresión de que ellos no sabían el ruido que estaban haciendo, y que pensaban que habían estado susurrando una canción.

Nuestros sufrimientos por culpa del frío y la humedad eran mucho mayores que los sufrimientos por el hambre. Intentábamos mantener seca y abrigada a la niña, pero dudo que ninguno de nosotros estuviera abrigado durante cinco minutos seguidos; era muy triste observar los temblores y escuchar el castañetear de dientes. La niña lloró al principio por la pérdida de su juguete perdido, la *Golden Mary*, pero apenas si sollozó luego; y cuando el estado del tiempo lo permitía, solía encaramarse a los brazos de alguno de nosotros para divisar el bote de John Steadiman. Veo sus cabellos dorados y su rostro inocente, ahora, entre las nubes que se alejan y yo, como un ángel volando hacia el cielo.

Ocurrió al anochecer del segundo día: la señora Atherfield entonó una canción, intentando dormir a la pequeña Lucy. La señora tenía una voz suave y armoniosa, y cuando terminó, nuestra gente le rogó que cantara otra. Ella les cantó otra, y antes de que la noche se cerrara por completo, terminó con un himno vespertino. Desde ese día, siempre que pudiera escucharse su voz por encima del viento y el oleaje, y, mientras conservó un hilo de voz, nada estimulaba más a nuestros hombres que sus canciones al atardecer. Siempre concluía con un himno vespertino. La mayoría de nosotros repetíamos el último verso, y se nos saltaban las lágrimas, pero no por sentirnos desgraciados. Rezábamos por la noche, y también por la mañana, cuando le tiempo nos lo permitía.

Doce noches y once días llevábamos en el bote salvavidas, cuando el viejo señor Rarx comenzó a delirar y ordenarme a gritos que arrojara el oro por la borda, o de lo contrario nos hundiríamos y todos moriríamos. Hacía ya varios días que la niña se hallaba muy desmejorada, y ese era el motivo principal de su locura. Había estado chillándome una y otra vez que le diera a la niña toda la carne, que le diera el ron que quedaba, para salvarla a toda costa, o de lo contrario, su pérdida sería nuestro fin. En esa ocasión la pobrecilla yacía en brazos de su madre, a mis pies. Con uno de sus bracitos intentaba aferrarse al cuello de su madre, o acariciaba su barbilla. Yo observé su manita consumida y supe que todo había terminado.

Los gritos del anciano fueron tan distintos al amor de su madre y su resignación, que me dirigí a él con suma violencia, y le dije que si no se tranquilizaba inmediatamente, ordenaría que le golpearan en la cabeza y lo arrojaran por la borda. Se calló entonces, hasta que la niña murió, en paz, una hora después; todos en el barco lo supieron, porque la madre comenzó a llorar desesperadamente, por primera vez desde el naufragio, pues siempre demostró gran fortaleza y serenidad a pesar de ser una mujercita delicada y frágil. El anciano señor Rarx enloqueció completamente, y mientras se arrancaba los andrajos que cubrían su cuerpo, se deshacía en imprecaciones y me gritaba que si hubiera arrojado el oro al agua (¡siempre con el oro a cuestas!), tal vez habría podido salvar a la niña.

—¡Ahora zozobraremos! —añadía, con voz terrible—. ¡Nos hundiremos y nos iremos al infierno, pues nos ahogarán nuestros pecados cuando no tengamos a una criatura inocente en la cual ampararnos!

Descubrimos asombrados, entonces, que aquel viejo desgraciado... ¡solo se preocupaba por la vida de la pobre criatura, tan querida para nosotros, por una idea supersticiosa, según la cual creía que la niña podía preservar su propia vida! Aquello fue demasiado para el armador o herrero, que estaba sentado al lado del viejo, y no pudo contenerse... Lo cogió por el cuello y lo empujó hasta tirarlo bajo el banco de los remeros, donde permaneció callado durante las horas siguientes.

Toda aquella decimotercera noche, junto a mis rodillas, la señorita Coleshaw intentó consolar a la madre infortunada. La niña yacía en su regazo, cubierta por mi casaca. Estuve preocupado toda la noche pensando que carecíamos de un devocionario, y apenas si recordaba con exactitud las escasas palabras del oficio de difuntos. Cuando me puse de pie, entrado ya el día siguiente, todos supieron lo que iba a hacer y vi que mis pobres compañeros hicieron ademán de descubrirse, a pesar de que sus cabezas estaban a merced del sol y del mar desde hacía ya mucho tiempo. Había alta marejada, pero de todos modos la mañana era agradable y se veían grandes claros de sol en las olas por el Este. Solo dije estas palabras:

—«Soy la Resurrección y la Vida», dijo el Señor. Él resucitó a la hija de Jairo, el gobernante, y dijo que no estaba muerta sino dormida. Él resucitó al hijo de la viuda. Y Él mismo resucitó, y muchos lo vieron. Amó a los niños diciendo: «Dejad que se acerquen a mí, y no los apartéis, pues de ellos el Reino de los Cielos». ¡En su nombre, amigos míos, y confiando en su gracia misericordiosa...! —Con estas palabras acerqué mi rostro curtido a aquella frente plácida y pequeña, y di sepultura a nuestra Golden Lucy en la tumba de la *Golden Mary*.

Deseoso de relatar el fin de la querida niña, omití algunos detalles que intentaré recuperar ahora. Lo mismo pueden ir aquí que en cualquier otra parte.

Previendo que, si el bote continuaba mucho tiempo a merced de la tormenta, no tardaría en llegar el momento, y sería pronto, en que no tuviéramos nada para comer, no tenía otra preocupación mayor en mi mente. Aunque años atrás estaba completamente seguro de que los casos en los que los seres humanos, en circunstancias extremas, se habían comido los unos a los otros eran sumamente escasos y que apenas habrían ocurrido verdaderamente (si es que habían ocurrido) cuando las personas sometidas a semejante situación estuvieran acostumbradas a la moderación y al dominio propio, por difíciles que fueran las circunstancias... digo que, a pesar de estar seguro de todo esto, tuve mis dudas respecto a si no correríamos el peligro al apartar del pensamiento semejantes ideas y fingir que no lo pensábamos. Dudé si tal vez algunas mentes, ante la debilidad creciente y el hambre y la intemperie, y acariciando una y otra vez esa idea en secreto, no pudieran magnificarla hasta sentir una espantosa atracción por ella. Ese no era un pensamiento nuevo en mí, pues había surgido a menudo en mis lecturas. En todo caso, esa idea me sobrevino con más fuerza que nunca en el bote —y con razón—, y el cuarto día de permanencia en el batel decidí sacar a la luz ese temor en embrión que debía de estar más o menos presente en todos los pensamientos. Por eso, con intenciones de proporcionarles entretenimiento y brindarles esperanzas, les conté lo mejor que supe la historia del viaje de Bligh a través de más de tres mil millas en un bote abierto, después del motín de la *Bounty* y de la maravillosa salvación de la tripulación de aquel bote.[4] Ellos escucharon en silencio y con gran interés, y yo terminé diciendo que, en mi opinión, el detalle más interesante de la historia era que Bligh, que no era precisamente un hombre delicado, había escrito en su cuaderno de viaje que estaba absolutamente seguro y cierto de que, bajo ninguna circunstancia concebible por las que pasara aquel grupo exhausto, y a pesar de todos los rigores del hambre, no se devorarían los unos a los otros. No puedo describir el alivio visible que recorrió el bote salvavidas, y cómo las lágrimas empaparon los ojos de todos. Desde ese momento quedé tan convencido como el propio Bligh de que el peligro había desaparecido y de que ese fantasma, en ningun caso, ya no nos amenazaría.

Ahora bien, una parte del aprendizaje de Bligh fue comprender que cuando la tripulación de su barco estaba muy descorazonada, nada le hacía tanto bien como escuchar una historia narrada por uno de ellos. Cuando yo lo mencioné, observé que mi propia historia había atraído la atención de todos, pues no había pensado en ello hasta que no acabé mi relato. Eso sucedió al día

---

[4]   Es una historia bien conocida: William Bligh, capitán de la *Bounty,* sufrió un motín en los mares del Pacífico sur durante una expedición de 1789.

siguiente en que la señora Atherfield cantara para nosotros por primera vez. Propuse entonces que siempre que el tiempo lo permitiera, oiríamos una historia dos horas después del almuerzo (la ración se repartía a la una en punto) y una canción al anochecer. La proposición fue recibida con tanta alegría y satisfacción, que me proporcionó gran consuelo. No exagero cuando digo que esos dos momentos se esperaban con verdadero placer cada veinticuatro horas, y que todos disfrutaban con ello. Muy pronto nuestros cuerpos consumidos parecieron espectros, pero la imaginación no se consume como la carne sobre los huesos. La música y las historias, dos de los grandes dones que la Providencia entregó a la Humanidad, podrían entusiasmarnos incluso cuando todo estuviera perdido.

Tuvimos casi siempre el viento en contra, desde el segundo día; y durante muchos días apenas si pudimos mantenernos a flote. Soportamos toda clase de temporales: lluvias, granizo, nieve, viento, nieblas, truenos y relámpagos. Así, los botes navegaban sobre una mar gruesa, y su tripulación, extenuada, se levantaba y volvía a caer con aquellas enormes olas.

Dieciséis noches y quince días, veinte noches y diecinueve días, veinticuatro noches y veintitrés días. El tiempo seguía transcurriendo. Desanimado como estaba acerca de nuestro avance, o mejor dicho, de nuestra falta de avance, nunca les engañé respecto a mis cálculos. En primer lugar, sentía que todos estábamos demasiado cerca de la eternidad como para engañar a nadie; en segundo lugar, sabía que si yo fracasaba o moría, el hombre que me sucediera debía tener una cabal noción del estado de cosas para poder continuar. Cuando al mediodía comentaba mis cálculos acerca de lo que habíamos ganado o perdido, generalmente se recibían con tranquilidad y resignación, y siempre con mucha gratitud hacia mí. No era raro que en cualquier momento del día alguien rompiera a llorar sin ninguna razón aparente, y cuando el llanto concluía, volviera a la calma, un poco mejor que antes. He visto exactamente lo mismo en casas donde ha muerto alguien.

Durante todo el tiempo, el señor Rarx había persistido en sus arranques ordenándome que arrojara por la borda el oro (¡siempre el oro!), y haciéndome violentos reproches por no haber salvado a la niña, pero ahora que ya no quedaba comida y no podíamos tomar más que un poco de café negro de tanto en tanto, comenzó a sentirse muy débil como para seguir con aquello, y, en consecuencia, se quedó callado. La señora Atherfield y la señorita Coleshaw yacían, por lo general, cada una con un brazo sobre mis rodillas y la cabeza recostada sobre él. Jamás se quejaron de nada. Hasta el momento de la muerte de su hijita, la señora Atherfield se deshacía diariamente su hermosa melena y me di cuenta de que que eso sucedía siempre por la noche antes de cantar, cuando todos la miraban. Pero no volvió a hacerlo después de perder a la pequeña. Y su pelo se hubiera echado a perder, sucio y enredado, si la señorita Coleshaw no se hubiera ocupado de él y no lo hubiera peinado con sus débiles y delgadas manos.

Habíamos dejado ya de contar historias, pero un día, por aquel entonces, volví a pensar en la superstición del viejo señor Rarx relacionada con la *Golden Mary*, y les dije que nada escapaba a los ojos de Dios, aunque hubiera cosas que pasaran inadvertidas ante los ojos de los hombres.

—Todos fuimos niños una vez —dije—, y nuestros pequeños pies de niños cruzaron las verdes praderas de los bosques; y nuestras manos infantiles cogieron flores en los jardines donde los pájaros cantaban. Los niños que fuimos no pasaron inadvertidos ante los ojos del Creador. Aquellas criaturas inocentes aparecerán a nuestro lado ante Él, y rogarán por nosotros. Lo que fuimos en la mejor época de nuestra generosa juventud se levantará y nos acompañará también. La parte más pura de nuestra vida no nos abandonará en el paso que todos los aquí presentes estamos a punto de dar. Lo que entonces fuimos estará tan vivo ante Él como nosotros lo estamos ahora.

Todos se consolaron ante esta idea, al igual que yo, y la señorita Coleshaw, acercando sus labios a mi oído, dijo:

—Capitán Ravender, yo me dirigía a contraer matrimonio con un hombre desgraciado y arruinado, a quien amé intensamente cuando era bueno y honrado. Sus palabras parecen haber surgido de mi pobre corazón dolorido.

Apretó entonces mi mano contra su corazón, sonriendo.

Veintisiete noches y veintiséis días. No nos faltaba agua de lluvia, pero no teníamos nada más. Y sin embargo, incluso entonces, jamás dirigí mi vista hacia un rostro despierto sin que este procurara sonreírme. ¡Oh! ¡En tiempos de peligro y en presencia de la muerte, qué gran cosa es la sonrisa entre dos rostros que se contemplan! He oído comentar que los grandes barcos modernos recibirían órdenes por medio del telégrafo. Admiro la mecánica tanto como cualquier hombre, y le estoy tan agradecido como cualquier hombre por todo lo que hace por nosotros. Pero nunca habrá un sustituto para un rostro humano, con un alma en su interior, animando a otro a ser valiente y leal. Nunca intentéis fabricar un rostro humano. Se os caerá de las manos como el agua.

Entonces empecé a notar ciertos cambios en mí que no me agradaban. Me causaban gran inquietud. Veía con frecuencia a la pequeña Golden Lucy en el aire, sobre el bote. A menudo la veía hablando, sentada a mi lado. Veía hundirse a la *Golden Mary* tal como realmente sucedió, veinte veces al día. Y aun el mar aparecía en mi pensamiento, no como un mar verdadero, sino como un campo que se moviera, con regiones extraordinariamente montañosas, como jamás había contemplado antes. Tuve tiempo suficiente para dirigir mis últimas palabras a John Steadiman, en caso de que alguien sobreviviera para poder repetirlas a un ser viviente. Revelé lo que John me había dicho (cuando estuvo en el puente), que había gritado «¡Témpanos a proa!», y que los hombres pudieron oírlo con claridad; y que intentó virar la nave, pero chocó antes de que pudiera realizar la maniobra. (Su grito, me atrevo a decir, dio origen a mi sueño). Dije que las circunstancias fueron del todo imprevistas y que no pudo evitarse; que igual pérdida se hubiera sufrido estando yo al mando, y que no debía culparse a John, pues desde el principio hasta el fin cumplió su deber con nobleza, como el hombre que era. Intenté anotar todo esto en mi diario, pero no pude escribir nada, aun cuando sabía bien lo que quería escribir. Llegado a este punto, las manos de la niña —aunque había muerto hace mucho— me recostaron cariñosamente

en el fondo del bote, y el batel y la pequeña Golden Lucy me-
cieron mi sueño.

Al vigésimo sexto día después del hundimiento de la *Golden
Mary* en el océano, yo, John Steadiman, ocupaba mi lugar en la
popa del batel, con juicio suficiente como para timonear —es decir, con los ojos haciendo el esfuerzo de permanecer bien abiertos y atentos a los remos, y con el cerebro profundamente dormido y soñando—, cuando me despertó de golpe nuestro
segundo piloto, el señor William Rames.

—Déjame que te sustituya —dijo—, y échale un vistazo a la
chalupa del capitán. La última vez que se elevó sobre la cresta
de una ola, me pareció que nos hacían una señal.

Intercambiamos nuestros lugares, incómoda y lentamente.
pues ambos estábamos débiles y aturdidos por la humedad, el
frío y el hambre. Esperé algún tiempo observando las olas rizadas a lo lejos, hasta que el otro bote se elevó sobre la cresta de
una de ellas al mismo tiempo que el nuestro. Al final permaneció en lo alto durante el tiempo suficiente como para poder estar
a la vista, y allí, sin duda alguna, estaba la señal: un trozo de tela
o algo así, atado a un remo e izado sobre la proa.

—¿Qué significa eso? —me dijo Rames con un estremecimiento y con voz temblorosa—. ¿Significa que hay un barco a la
vista?

—¡Silencio, por amor de Dios! —le ordené, tapándole la boca
con la mano—. La tripulación no debe oírte. Se volverán locos si
les hacemos tener esperanzas por esa señal. Espera un poco,
hasta que volvamos a verla.

Me apoyé en él, pues me había comunicado sus temblores
ante la idea de que hubiera un barco a la vista; y volvía a mirar
hacia el otro bote. Volvió a levantarse sobre la cresta de otra ola.
Volví a ver la señal claramente por segunda vez y vi que estaba
colocada hacia la mitad del mástil.

—Rames —dije entonces—, es una señal de socorro. Dile a los hombres que vamos a colocarnos para tenerlos delante. Debemos situarnos a una distancia suficiente para podernos comunicar a gritos, tan pronto como sea posible.

Volví a dejarme caer en mi puesto, junto al timón, sin decir palabra... pues se me pasó por la cabeza de repente, como un cuchillo, la idea de que algo le hubiera podido suceder al capitán Ravender. Me consideraría indigno de escribir otro renglón de esta declaración si no estuviera decidido a decir la verdad, toda la verdad y nada más que la verdad, y por eso debo confesar llanamente que en esos momentos, por primera vez, mi corazón se sumió en el desánimo. Mi debilidad se debía, en alguna medida, según creo, a las agotadoras consecuencias de la ansiedad y el miedo.

Nuestras provisiones —si puede llamarse así lo que nos quedaba— se reducían a la corteza de un limón y dos puñados de café. Aparte de la angustia que me causaban la muerte, el peligro y el sufrimiento de mi tripulación y mis pasajeros, sufría otra pequeña angustia que me conmovía aún más: la muerte de la niña a la que tanto había querido desde que partimos... tanto que llegué a sentirme íntimamente celoso de que se la hubieran llevado al otro bote y no se hubiera quedado en el mío cuando el barco se hundió. Después de perder de vista a la *Golden Mary*, para mí, como para todos los que estaban conmigo, creo, era un gran consuelo contemplar a la Golden Lucy sostenida en alto por los hombres del bote grande cuando el tiempo lo permitía: y nos la mostraban como lo mejor y más brillante que podían ofrecernos. A la distancia a la que nosotros la veíamos, casi parecía como un pajarillo blanco en el aire. Separarme de ella por primera vez fue una dolorosa desilusión. Ver las cabezas abatidas de los hombres del otro bote y la mano del capitán señalando el mar, cuando nos acercamos, unos días más tarde, me produjo una conmoción tan violenta y un dolor tan agudo en el corazón como no recuerdo haber sufrido otro en toda mi vida. Solo menciono estos hechos para demostrar que si flaqueé algo al principio, ante el temor de haber perdido para siempre a nuestro capitán, no fue sin haber sufrido antes las muchas pruebas de toda clase que a menudo suelen abatirse sobre un hombre.

Tuve que reprimir el sollozo que me ahogaba con ayuda de un trago de agua y me recobré mientras intentaba prepararme para lo peor, cuando oí el grito... (¡Dios les ayude, pero cuán débil me pareció...!).

—¡Eh, batel...!

Levanté la mirada y allí estaban los compañeros de infortunio, moviéndose frente a nosotros, no tan cerca como para poder distinguir los rasgos de cada uno, pero sí lo suficiente para oírlos cuando el viento se apaciguaba, aunque con algún esfuerzo debido a las condiciones en que nos encontrábamos.

Contesté a la llamada y aguardé un instante, sin oír nada; luego grité el nombre del capitán. La voz que contestó no era como la suya; alcanzamos a distinguir estas palabras:

—¡Necesitamos un timonel!

Todos los hombres de mi tripulación sabían tan bien como yo lo que aquello significaba. Siendo yo segundo oficial, solo podía existir una razón para que me reclamaran en la chalupa grande. Un gemido de desesperación recorrió el batel, y todos nos miramos unos a otros con aire sombrío, murmurando casi sin aliento:

—¡El capitán ha muerto!

Ante el cariz que tomaban las cosas, les ordené permanecer en silencio y advertí que no podíamos estar seguros de esa mala noticia. Luego, gritando a los del bote grande, les dije que estaba preparado para subir a bordo en cuanto el tiempo lo permitiera... Me detuve un instante para recobrar aliento, y luego grité tan alto como me fue posible la terrible pregunta:

—¿Ha muerto el capitán?

Al oír mi voz, las negras figuras de tres o cuatro hombres se inclinaron al unísono en la parte de popa. Se perdieron de vista durante cerca de un minuto; luego volvieron a aparecer y uno de ellos, levantado entre el resto, me gritó aquellas palabras benditas, una leve esperanza para la gente en nuestra situación desesperada:

—¡Todavía no!

El alivio que sentí, y que todos sintieron conmigo, al saber que nuestro capitán no estaba muerto, aunque sí imposibilitado para el cumplimiento de su deber, no se puede expresar con palabras...

al menos, no con palabras que pueda utilizar un hombre como yo. Hice todo lo posible por levantar el ánimo de los hombres, diciéndoles que era una buena señal el hecho de no estar en tan mala situación como temíamos; luego le comuniqué las instrucciones precisas a William Rames, que debía ocupar mi puesto cuando yo me hiciera cargo del mando del bote grande. Después de eso, ya no quedó nada por hacer, sino esperar el instante en que el viento amainara, al ponerse el sol, y se calmara la mar, de modo que nuestras debilitadas tripulaciones pudieran colocar los dos botes uno al lado del otro, sin correr riesgos, o, para decirlo con más claridad, sin necesidad de agotarnos con la necesidad de hacer un esfuerzo extraordinario. Las tripulaciones de ambas chalupas, la una y la otra, estaban completamente agotadas por el hambre que habían sufrido durante tantos días seguidos.

Al atardecer, el viento se calmó de repente, pero aún pasarían horas antes de que la mar, que había estado muy alta durante mucho tiempo, diera señales de calmarse.

La luna brillaba, el cielo estaba maravillosamente despejado, y, según mis cálculos, debía de ser cerca de medianoche, cuando la mar se fue calmando poco a poco y tomé la decisión de acercarnos a la chalupa grande.

Me atrevo a decir que fue una ilusión mía, pero pensé que nunca con anterioridad había visto brillar una luna tan pálida y fantasmal, ni en tierra ni en mar, como la que brillaba aquella noche mientras nos aproximábamos a nuestros compañeros de infortunio. Cuando estábamos a solo un barco de distancia y aquella luz blanca se derramaba, gélida y limpia, sobre nuestros rostros, ambas tripulaciones abandonaron los remos con gran estremecimiento y miraron fijamente por encima de la borda de la otra chalupa, aterrorizados al contemplarse ahora de cerca por primera vez.

—¿Ha fallecido alguien entre vosotros? —pregunté en medio de aquel silencio horroroso.

Los hombres de la chalupa grande se agruparon como ovejas al oír mi voz.

—Nadie... salvo la niña, gracias a Dios—respondió alguien entre el grupo.

Al escuchar la respuesta, todos mis hombres se encogieron, como los hombres en el bote grande. Yo temía que el horror de vernos mutuamente, después de los terribles estragos que habían producido en nuestros rostros y nuestros cuerpos la humedad, el frío y el hambre, durara más de lo que pudiéramos tolerar; así que, sin dar tiempo a más preguntas y respuestas, ordené a mis hombres juntar los botes. Cuando me levanté y dejé el timón en manos de Rames, todos mis pobres compañeros alzaron sus rostros pálidos para suplicarme:

—¡No nos abandone, señor, no nos abandone!

—Os dejo bajo el mando y guía del señor William Rames, tan buen marino como yo, y tan íntegro y amable como pocos —les dije—. Cumplid vuestro deber como lo habéis hecho conmigo y recordad hasta el fin, que mientras hay vida, hay esperanza. ¡Que Dios os bendiga y os proteja!

Con estas palabras, reuní todas las fuerzas que me quedaban, y cogido por dos brazos que se extendieron hacia mí, pasé de un bote a otro.

—¡Mire dónde pone el pie, señor! —murmuró uno de los hombres que me había ayudado a pasar al bote grande.

Bajé la vista al oír sus palabras. Tres figuras estaban acurrucadas a mis pies, iluminadas a intervalos por la luna que pasaba a través de los huecos entre los hombres que se habían levantado y se encontraban sentados por encima. El primer rostro que distinguí fue el de la señorita Coleshaw; tenía los ojos muy abiertos y clavados en mí. Parecía que aún estaba consciente, y por cómo abría y cerraba los labios comprendí que intentaba hablar, aun cuando no pude entender nada de lo que musitó. Sobre su hombro descansaba la cabeza de la señora Atherfield. La madre de nuestra pobrecita Golden Lucy debía de estar soñando, según creo, con la niña que había perdido, pues había una sonrisa desmayada en la blanca rigidez de su rostro; cuando la miré, se giró y elevó los ojos cerrados hacia el cielo. Miré un poco más abajo y allí, a su lado, con la cabeza en el regazo de la señora Atherfield y una de sus manos tiernamente posada sobre su mejilla, yacía el capitán, cuya ayuda y guía nunca habíamos reclamado en vano, hasta aquel momento terrible. Allí, consumido hasta el último suspiro, sirviéndonos, y procurando nuestra salvación, yacía el mejor y el más valiente de la tripulación.

Deslicé suavemente la mano entre sus ropas y la puse sobre su corazón, y sentí un calor débil, aunque mi mano fría no percibió ni el latido más débil. Los dos hombres, a mi lado, en la popa, observando lo que yo hacía, sabiendo que lo quería como a un hermano y notando más tristeza en mi rostro de lo que yo deseaba demostrar, perdieron el dominio de sí mismos y estallaron en tristes lamentaciones y sollozos lastimeros. Uno de ellos apartó una casaca que cubría los pies del capitán, mostrándome que estaban desnudos, a excepción de un trozo de calcetín húmedo que aún colgaba de uno de ellos. Cuando el barco chocó contra el témpano, había subido corriendo a la cubierta, olvidando los zapatos en el camarote. Durante toda la travesía en el bote, siempre estuvo descalzo, ¡y nadie lo había descubierto hasta que se derrumbó! Mientras pudo mantener sus ojos abiertos, su sola presencia animó a los hombres y sostuvo a las mujeres. Nadie en el bote dejó de sentir siempre la benéfica influencia de aquel valiente, de un modo u otro. Ni uno solo dejó de oírle una y otra vez reconocer en otros el mérito que solo a él le correspondía, alabando a uno por su paciencia, o agradeciendo la ayuda de otro, cuando la paciencia y la ayuda, real y verdaderamente, provenían sobre todo de él. Todo eso y mucho más oí de labios de todos los hombres, en gran desorden, mientras se inclinaban sobre su comandante, sollozando y gimiendo y envolviendo sus pies fríos en la casaca, con tanta ternura como les era posible. Recurrí a todo el calor de mi corazón para animarlos, pero sabía que si ese lamentable estado se prolongaba un poco más, cualquier posibilidad de conservar vivos los últimos destellos de esperanza y valor entre los tripulantes del bote se perdería para siempre. Así pues, ordené que cada uno ocupara su lugar, dirigí algunas palabras de aliento a los hombres de proa, prometiendo darles, cuando llegara la mañana y si podía, algún comestible que hubiera quedado en los cajones: grité a Rames, que estaba en el otro batel, que se mantuviera lo más cerca posible de nosotros siempre que fuera seguro; intenté arreglar un poco los harapos y los vestidos de las dos pobres mujeres, con ánimo de cubrirlas mejor, y con una secreta plegaria, para no equivocarme ante la gran responsabilidad que ahora recaía sobre mis hombros, ocupé el puesto vacante del capitán al timón de la chalupa grande.

Este es el relato completo y verdadero, contado lo mejor que he podido, de cómo llegué a hacerme cargo de la tripulación y los pasajeros náufragos de la *Golden Mary*, en la mañana del vigésimo séptimo día, después de que el barco se estrellara con un iceberg y se hundiera en el mar.[5]

---

[5]   «The Wreck of the *Golden Mary*» se publicó en un número especial navideño de la revista *Household Words* en 1856, con la colaboración de Wilkie Collins.

LAS DESVENTURAS DE CIERTOS
PRISIONEROS INGLESES

CAPÍTULO I

La isla del tesoro de plata

Sucedió en el año del Señor de 1744, cuando yo, Gill Davis, vuestro servidor, [aquí, su firma], habiendo tenido por entonces el honor de ser soldado en la Marina Real, me encontraba apoyado en la barandilla de la corbeta militar *Christopher Columbus*, en las aguas sudamericanas de la playa Mosquito, contemplando el paisaje.

Antes de ir más lejos, mi señora me comenta que Gill no es ningún nombre cristiano, y, en su opinión personal, el nombre de pila que debieron de ponerme... etcétera, etcétera... tuvo que haber sido Gilbert. Seguro que mi señora está en lo cierto, pero yo nunca supe nada de eso. Fui un niño abandonado, recogido en un sitio cualquiera y siempre consideré que Gill era mi nombre verdadero. Es verdad que me llamaban Gills cuando me dedicaba a espantar pájaros en Snorridge Bottom, entre Chatham y Maidstone; pero eso no tiene nada que ver con el nombre de pila ni con mi bautismo... etcétera, etcétera, donde alguien hizo promesas en mi nombre y me abandonó antes de cumplir ninguna. Yo creo que ese alguien debió de ser el alguacil. El nombre tan raro, Gills, se debe a mis mejillas, o mofletillos,[1] que en aquella época de mi vida tenían aspecto de fresones.

---

[1] *Gills* ('agallas', 'cara') tiene una acepción familiar como 'mejillas' o 'mofletes'.

Mi señora me interrumpe de nuevo, antes de que siga adelante, y se ríe exactamente como antaño, y se burla agitando la pluma delante de mi cara. Ese gesto suyo despierta mis recuerdos mientras contemplo su mano y sus anillos... ¡Qué...! ¡Todavía no! Ya llegará, a su debido tiempo. Pero siempre me resulta raro, al observar esa mano suave y al verla acariciar a los hijos y a los nietos mientras duermen (y lo he visto muchas veces, desde luego), considerar que cuando se interponen la sangre y el honor... ¡Eh! ¡No...! No lo diré, ¡de momento! Lo voy a tachar...

Pero ella no lo tachará, y obrará muy noblemente, pues hemos acordado previamente que vamos a contarlo todo y que nada ha de eliminarse una vez que se haya anotado. Desgraciadamente, no sé leer ni escribir, de modo que haré un relato fiel y verídico de estas aventuras, y mi dueña las transcribirá palabra por palabra.

Lo que decía era que estaba apoyado sobre la amurada de la corbeta *Christopher Columbus* en las aguas sudamericanas que rodean a las playas de Mosquito: era súbdito de Su Graciosa Majestad el rey Jorge de Inglaterra y servía en la Marina Real.

En aquellos climas no hay mucho que hacer. Yo no hacía nada. Pensaba en el pastor (¿mi padre, tal vez?) de las laderas de Snorridge Bottom, con su gran cayado y su rústico abrigo blanco, en cualquier época del año, que solía dejarme pasar la noche en un rincón de su choza y que solía dejarme ir con él y sus ovejas durante el día, y guiar el rebaño cuando no podía hacer otra cosa, y que acostumbraba a darme muy poco de sus vituallas y muy mucho de su cayado, hasta que lo dejé y me fui... —que era lo que él deseaba desde mucho tiempo atrás, me da la impresión— para ir a ver mundo, Snorridge Bottom, sobre todo. Había estado viendo mundo durante veintinueve años cuando me apoyé en la barandilla de aquel barco y me puse a ver las aguas de Sudamérica, tan azules y brillantes. Como si estuviera buscando al pastor, se podría decir. Lo veía medio en sueños, con los ojos a medio cerrar, mientras él, con su rebaño de ovejas y sus dos perros parecían alejarse del costado del barco, surcar las aguas azules y ascender al cielo.

—Ya se divisa con claridad —dijo una voz muy cerca de mí.

Estaba tan sumido en mis pensamientos que casi me desperté con un sobresalto, aunque la voz no era la de un desconocido, pues pertenecía a Harry Charker, mi amigo.

—¿Qué es aquello que sobresale en el agua, allí? —le pregunté.

—¿Qué? —dijo él—. Pues la isla.

—¡Ah, la isla...! —contesté, volviendo a mirarla en la lejanía—. Cierto. Se me había olvidado la isla.

—¿Has olvidado el puerto hacia el que nos dirigimos? Un poco raro, ¿no?

—Sí, es raro —dije.

—Y raro —dijo, meditándolo lentamente para sí— no es lo mismo que normal, ¿no, Gill?

Mi amigo siempre tenía una observación como aquella a mano, y en muy raras ocasiones se expresaba de un modo diferente. Quedaba satisfecho tan pronto como quedaba claro que una cosa era distinta a otra. Era un hombre excelente, y en cierto aspecto, alguien sobre el que no podía hacerse el menor reproche. Lo califico así porque, además de ser capaz de leer y escribir como un oficial, siempre se le ocurrían las mejores ideas. Esto es, cumplir con su Deber. Por mi vida, no creo, aunque admiro la educación más que nada, que fuera capaz de extraer una idea mejor de todos los libros del mundo, aun cuando los hubiera podido leer todos y fuera el más sabio de los eruditos.

Mi compañero y yo estábamos acuartelados en Jamaica, y de allí fuimos reclamados para colaborar en la defensa de la colonia británica de Belice, al noroeste de la costa de Mosquito. En Belice había una gran alarma, debido a una cruel banda de piratas (había más piratas que nunca por aquel entonces en los mares del Caribe), porque saqueaban los mejores navíos ingleses, ocultándose en las calas y bajíos apartados, y pasando a tierra cuando se les acosaba mucho. El gobernador de Belice había recibido órdenes del Gobierno en el sentido de vigilarlos de cerca a lo largo de la costa. En esa época, una corbeta armada, procedente de Port Royal, en Jamaica, llegaba una vez al año cargada con todo el material necesario, para comer, beber, y vestirse, y para otros usos diversos.[2] Y era a bordo de esa corbeta que había tocado Belice en la que yo estaba holgazaneando, apoyado en la barandilla.

La isla estaba habitada por una reducida colonia inglesa. Se le había dado el nombre de Isla del Depósito de la Plata, debido a que los colonos poseían y explotaban una mina de plata en tierra firme, en Honduras, y utilizaban la isla como lugar seguro y apropiado para almacenar el metal hasta que, anualmente, se embarcaba en la corbeta. Se traía desde la mina hasta la costa a lomo de mulas, guiadas por indios amigos y custodiadas por hombres blancos; desde allí se transportaba hasta el depósito de la plata en canoas indígenas, cuando hacia buen tiempo. Desde el depósito de la plata se llevaba después a Jamaica, una vez al año, en la corbeta, como ya mencioné; y desde Jamaica, obviamente, se distribuía a todas partes del mundo.

¿Cómo llegué a formar parte de la tripulación de la corbeta armada? Es sencillo. Veinticuatro marinos a las órdenes de un teniente —aquel oficial se llamaba Linderwood— fueron llamados a Belice para vigilar el depósito de plata, y ayudar a los botes y los marinos estacionados allí por culpa del acoso de los piratas. La isla se consideraba un buen puesto de observación frente a los piratas, tanto por tierra como por mar; ningún barco pirata ni sus barcos se habían dejado ver, pero se hablaba tanto de ellos que se envió un refuerzo. Yo formaba parte de ese grupo. También llevábamos a un cabo y un sargento. El cabo se llamaba Charker, y el sargento se llamaba Drooce. Este era el suboficial más tiránico que pudiera encontrarse al servicio de Su Majestad.

La noche llegó muy pronto, poco después de que yo hubiera tenido la conversación arriba transcrita con Charker. En pocos minutos desaparecieron los colores maravillosos del cielo y el

---

[2]   Desde 1713 (Tratado de Utrecht) España había cedido a Gran Bretaña el control de ese territorio, hoy Belice, administrado por el gobernador de Jamaica. Tradicionalmente, esas costas y esas islas fueron refugio habitual de piratas y filibusteros.

mar, y todas las estrellas del firmamento parecieron brillar al unísono y asomarse para ver su reflejo en el agua, unas sobre otras, a millones de millas más abajo. A la mañana siguiente anclamos a alguna distancia de la isla. Había un puerto cómodo y abrigado dentro de un pequeño arrecife; y una playa arenosa, cocoteros con troncos altísimos y desnudos, con su follaje en la cúspide, como enormes y magníficas plumas verdes. En una palabra: todo lo que suele encontrarse comúnmente en esas latitudes, y que no tengo intención de describir, pues tengo otros asuntos que contar.

Nuestra llegada produjo una gran alegría, naturalmente. Se izaron todas las banderas del lugar, se dispararon todos los cañones de la plaza en nuestro honor, y todos sus habitantes bajaron a vernos. Uno de esos súbditos zambos (así llamaban a los nativos que eran mitad negros mitad indios) había salido mar adentro con la intención de guiarnos a puerto, y permaneció a bordo hasta que largamos ancla. Se llamaba Cristiano Rey Jorge, y nos abrumaba con sus muestras de afecto. Debo confesar, ahora, que si hubiera sido en ese momento el capitán de la *Christopher Columbus* en lugar de marinero, habría ordenado darle una patada a Cristiano Rey Jorge —que no era ni cristiano ni rey ni Jorge— y tirarlo por la borda, sin saber la razón exacta, pero completamente seguro de que eso era lo que había que hacer.

Pero debo asimismo confesar que no estaba precisamente de buen humor aquella mañana, mientras cumplía mi guardia a bordo de la *Christopher Columbus* en el puerto de la Isla del Depósito de Plata. Mi vida había sido dura y difícil, y la de los ingleses habitantes de la isla era demasiado fácil y alegre para que me gustara. «¡Ahí están!», pensaba para mis adentros. «¡Valientes listillos, valientes vividores: dispuestos a leer lo que les guste, a escribir lo que les apetezca, dispuestos a comer y beber lo que se les antoja y a gastar lo que quieran, y a hacer lo que se les ocurra! Claro, ¿qué os importa a vosotros un marinero pobre e ignorante de la Marina Real? Es duro, ya lo creo, que vosotros recibáis todo el dinero y yo todas las patadas; para vosotros las caricias y para mí las bofetadas; ¡todo el aceite para vosotros y todo el vinagre para mí!». Tal vez pueda pensarse que estas ideas eran fruto un poco de la envidia, o que carecían de sentido; pero era lo que yo pensaba. Llegué a tal extremo de inquina que, cuando una joven inglesa subió a bordo, gruñí para mis adentros: «¡Ah, tienes un amante! ¡Y yo nada!», como si eso fuera una nueva ofensa para mí, en caso de que lo tuviera.

Ella era hermana del capitán de nuestra corbeta, que había estado enfermo desde hacía tiempo, hasta el extremo que tuvo que ser conducido a tierra firme. Era hija de un oficial del ejército y había llegado a la región con su hermana, casada con uno de los dueños de la mina de plata y que tenía tres hijos. Era fácil darse cuenta de que ella era el espíritu y la luz de la isla. Después de observarla atentamente gruñí otra vez para mis adentros, con más cólera que antes: «¡Maldita sea mi estampa! ¡Lo odio con todas mis fuerzas, sea quien sea!».

Mi oficial, el teniente Linderwood, estaba tan enfermo como el capitán de la corbeta, y fue conducido a tierra también. Ambos eran jóvenes, de mi edad aproximadamente, a quienes no sentaba bien el clima de las Indias Occidentales. Tampoco eso me hizo mucha gracia. Yo pensaba que era mucho más apto que ellos para el trabajo, y que si nos quedábamos sin mando, yo podría con toda facilidad reemplazar a ambos. (Puede imaginarse qué clase de oficial de Marina sería yo, sin capacidad para leer ninguna orden que me llegara por escrito. Y en cuanto a mis conocimientos para dirigir la corbeta... ¡Señor...! ¡Habría naufragado en un cuarto de hora!).

En todo caso, eso era lo que pensaba entonces. Y cuando todos los hombres bajamos a tierra con permiso, recorrí la región en compañía de Charker, continuando con mis observaciones en un estado de ánimo muy parecido.

Era un lugar hermoso: y en toda su disposición se notaba la influencia en parte inglesa y en parte sudamericana, y el conjunto resultaba agradable y semejante a un trozo de Inglaterra que se hubiera desprendido y hubiera ido flotando hasta ese lugar, acomodándose a las circunstancias a medida que se asentaba. Las chozas de los zambos, hasta veinticinco, llegaban hasta la playa, hacia la izquierda del fondeadero. A la derecha había una especie de cuartel con una bandera sudamericana y la Unión Jack enarboladas en el mismo mástil, donde podría refugiarse toda la colonia inglesa si las circunstancias lo exigieran. Era una construcción que constaba de un muro cuadrado, con una especie de parque en su interior, y dentro del jardín, un edificio hundido en tierra, semejante a un polvorín, con una trinchera cuadrada a su alrededor y escalones que bajaban hasta la puerta.

Charker y yo miramos por la puerta, que no estaba vigilada; y le dije a Charker, en referencia a aquello que se parecía un poco a un polvorín:

—Ahí es donde guardan la plata, ¿ves?

Y Charker me contestó, después de pensárselo un rato:

—La plata no es oro, ¿no, Gill?

En ese instante la joven inglesa contra la que me había mostrado tan ácido se asomó por la puerta, o por una ventana —se asomó, que es lo que importa—, ataviada con una brillante pamela. Tan pronto como nos vio, con nuestros uniformes, se acercó corriendo, mientras continuaba ajustándose aún el ancho sombrero mexicano de paja trenzada, al tiempo que nos saludaba.

—¿Les gustaría entrar y ver el lugar? —dijo—. Es un sitio muy curioso.

Le agradecimos el gesto a la joven, y dijimos que no deseábamos causar ninguna molestia; pero ella respondió que a la hija de un soldado inglés no le causaba ninguna molestia enseñarles cómo vivían sus compatriotas tan lejos de Inglaterra; en consecuencia, volvimos a hacer el saludo, y entramos. Luego, y mientras permanecimos a la sombra, ella (tan amable como hermosa) nos mostró cómo vivían las distintas familias, en casas independientes, y cómo había una despensa común, una sala de lectura también común, un salón destinado a la música y el baile, y una sala como iglesia. También nos enseñó que en un terreno más elevado, en un lugar denominado Signal Hill, había también otro grupo de casas que solían estar habitadas durante la estación cálida.

—Vuestro oficial ha sido conducido allí —dijo—, y mi hermano también, porque allí el aire es más saludable. En esta época los escasos habitantes están repartidos entre ambos sitios, descontando, quiero decir, aquellos que siempre están yendo y viniendo de las minas.

(«Seguro que su amante está en uno de los dos sitios», pensé. «Ojalá que alguien le parta la cabeza»).

—Algunas de nuestras mujeres casadas viven aquí al menos durante medio año, tan solas como si fuesen viudas con sus hijos.

—¿Hay muchos niños aquí, señorita?

—Diecisiete. Hay trece mujeres casadas; y hay ocho como yo. No había ocho como ella —ni una sola siquiera— en todo el mundo. Quería decir que había ocho solteras.

—Todas, junto con unos treinta hombres ingleses, componen la colonia que tenemos en la isla —dijo la joven señorita—. No incluyo a los marinos, pues no residen aquí, ni a los soldados tampoco —nos sonrió al nombrar a los soldados—, por la misma razón.

—¿Tampoco a los zambos, señorita? —pregunté.

—No.

—Discúlpeme, se lo ruego, y con la venia, señorita —pregunté— pero... ¿son dignos de confianza?

—¡Por supuesto! Somos muy buenos con ellos, y ellos lo agradecen.

—¿Ah, sí, señora? ¿Y ese... Cristiano Rey Jorge?

—Nos quiere mucho. Daría su vida por nosotros.

Como he señalado a mi manera, tan torpe, ella era una mujer tan preciosa y siempre tan elegante que su compostura acentuaba lo que estaba diciendo, y yo la creí.

Luego, señalando la construcción que era como un polvorín, nos explicó cómo se traía el metal de la mina y cómo se transportaba desde tierra firme, y se almacenaba allí. La corbeta *Christopher Columbus* llevaría esta vez un gran cargamento, pues ese año había sido muy productivo, mucho más productivo de lo habitual, y había además un cajón de joyas, aparte de la plata.

Aún nos acobardamos más, ante el temor de causar molestias, cuando ella se dirigió a una mujer joven, inglesa de nacimiento, pero criada en las Indias Occidentales, que ejercía como dama de compañía. Esta joven era la viuda de un suboficial incorporado a un regimiento regular. Se había casado y enviudado en Saint-Vincent, con pocos meses de diferencia entre un acontecimiento y otro. Era una mujercita viva, con un par de ojos brillantes, una figura pulcra y más bien diminuta, de pies pequeños y con una naricita respingona. La clase de mujer joven, pensé yo en aquella ocasión, que parece invitarte a que le des un beso y que te abofetearía si aceptaras la invitación.

No pude averiguar su verdadero nombre al principio, pues, cuando respondió a mi pregunta, el nombre sonó como Beltot o algo parecido, lo cual no parecía exacto. Pero cuando nos conocimos mejor —cosa que ocurrió mientras Charker y yo bebíamos sangría de caña de azúcar, que ella misma preparó del modo más exquisito— descubrí que su verdadero nombre era Isabella, que se acortaba en Bell, y el apellido del suboficial fallecido era Tott. Perteneciendo a esa clase de mujercitas, era natural considerarla una muñeca... —nunca vi a una mujer tan parecida a una muñeca en toda mi vida— y el juguetón nombre de Belltott le sentaba perfectamente. En definitiva, ese era su nombre en la isla. Incluso el comisionado, el señor Pordage (¡y ese sí que era un hombre serio!), solía dirigirse a ella formalmente llamándola señora Belltott; pero ya hablaré del señor comisionado Pordage en su momento.

El capitán de la corbeta se llamaba Maryon, y por eso no nos resultó extraño escuchar de labios de la señora Belltott que la hermosa joven inglesa, su hermana, se llamaba señorita Maryon. La novedad fue que su nombre de pila fuera también Marion, Marion Maryon. Muchas veces he repetido ese nombre en mi mente, como si fuera un verso. ¡Oh, cuántas, cuántas, cuántas veces!

Bebimos todo lo que se nos ofreció, como caballeros educados, y luego nos despedimos y bajamos a la playa. La temperatura era deliciosa; la brisa, poca, suave y cálida; la isla, un cuadro; el mar, un cuadro; el cielo, un cuadro. En esas regiones solo hay dos estaciones lluviosas. Una comienza a mitad del verano de nuestra Inglaterra; la otra, unos quince días después de San Miguel.[3] En aquel momento estaba empezando agosto; la primera de las temporadas de lluvia había concluido ya, y todas las plantas estaban en su máximo esplendor y producían un efecto maravilloso.

—Lo pasan bien aquí —le dije a Charker, volviendo a mi tono amargo—. Esto es mejor que ser soldado.

Habíamos bajado a la playa para trabar amistad con las gentes del bote, que habían acampado allí y habían construido una choza, y nos aproximábamos ya a su campamento sobre la arena cuando Cristiano Rey Jorge se acercó a nosotros corriendo, gritando: «¡*Yup, so-jeer*!» —que en el bárbaro lenguaje de aquel zambo significaba: «¡Eh, soldado»—.[4] Ya dije antes que soy un hombre ignorante y espero me perdonéis si me expreso con muchos prejuicios. Quiero hacer una confesión pública. Puedo equivocarme o estar en lo cierto, pero jamás me gustaron los nativos, salvo cuando me ofrecían ostras.

De modo que cuando Cristiano Rey Jorge, que además me resultaba desagradable como individuo, vino corriendo y farfullando al mismo tiempo su «¡*Yup, so-jeer*!», sentí deseos de pegarle una bofetada. Lo hubiera hecho, ciertamente, pero me contuve por temor a una severa reprimenda.

—¡*Yup, so-jeer*! —dijo—, mal asunto.

—¿Qué quieres decir? —pregunté.

— *Yup, so-jeer* —dijo—, barco agua.

—¿Nuestro barco se hunde?

—*Is, is, is* —contestó, sacudiendo la cabeza, con un sonido que parecía haberle sido arrancado por un hipo violento, cosa muy común entre los aborígenes.

---

[3] La fiesta de Michaelmas (San Miguel) se celebra en Inglaterra el 29 de septiembre.

[4] Se trata de una broma intraducible: el zambo dice «*yup, so-jeer*» porque quiere decir «*Ye soldier*», que puede sonar de un modo parecido. Lo curioso es que *so jeer* puede significar también 'mucha ofensa' o 'mucho insulto', lo cual explica en parte el comportamiento posterior del zambo con los colonizadores. La calidad de zambo, en este caso, nada tiene que ver con la configuración de las piernas, sino con las relaciones humanas: se llamaban zambos a los hijos de negro e india, o negra e indio.

Miré a Charker, mientras oíamos el ruido producido por las bombas que habían subido a bordo, y vimos la señal que indicaba: «Todos a bordo; se necesita toda la ayuda posible de los que estén en tierra». Inmediatamente acudieron presurosos algunos de los tripulantes de la corbeta hasta el borde del agua, y el grupo de los marinos, con orden de estar prevenidos contra los piratas, se lanzó al mar en dos botes para aproximarse a la corbeta.

—¡Oh! ¡Cristiano Rey Jorge estar mucho triste! —dijo entonces el zambo pordiosero—. Cristiano Rey Jorge llorar, igual que inglés.

Su modo de llorar «igual que inglés» era metiéndose los negros nudillos en los ojos, aullando como un perro y tirándose de espaldas por la arena. Me contuve para no atizarle, y le dije a Charker:

—¡Zumbando, Harry! —al mismo tiempo que nos acercábamos a la orilla y nos dirigimos a la corbeta.

Comoquiera que fuese, en el barco se había abierto tal vía de agua, que no había bombas que pudieran achicar el agua; y entre el temor del naufragio en el puerto y la pérdida de las provisiones (por el agua de mar) que debían surtir durante un año a la colonia —incluso aunque no se hundiera—, el caso es que reinaba la confusión. En medio de la algarabía, se oía al capitán Maryon dar órdenes desde la playa. Lo habían llevado hasta allí en una hamaca, y tenía muy mala cara; pero insistía en permanecer de pie, y yo lo vi, con mis propios ojos, subir al bote y sentarse derecho en la popa como si no estuviera malo.

Después de una especie de breve reunión, el capitán resolvió que todos debíamos trabajar de firme para sacar primero el cargamento; y cuando se hubiera hecho eso, luego debíamos desembarcar los cañones y los materiales pesados. Luego arrastrarían la corbeta hasta la playa para reparar el carenado y cortar la vía de agua. Recibimos todas las órdenes (el grupo de vigilancia de piratas era voluntario), y fuimos divididos en grupos, con tantas horas de trabajo y tantas de descanso, y nos dispusimos a la tarea con toda el alma. Cristiano Rey Jorge formaba parte de mi grupo, a petición suya, y trabajaba con tan buena voluntad como cualquiera de los demás. Se dedicó a la tarea con tanto ardor que, a decir verdad, mejoró la opinión que tenía de él con la misma fuerza que entraba el agua dentro del barco.

El comisionado, el señor Pordage, conservaba dentro de una caja lacada, roja y negra, como una caja de terrones de azúcar, un documento o algo parecido que algún rey zambo borracho había emborronado con tinta (así al menos lo creía yo), y ese documento certificaba que el reyezuelo había renunciado al dominio legal de la isla. Precisamente por ese documento, el señor Pordage había adquirido su título de comisionado. También desempeñaba la tarea de cónsul y hablaba de sí mismo como el «gobernador» de la isla.

Era un caballero anciano, tieso y orgulloso, sin una sola onza de grasa sobre el cuerpo, de temperamento irritable y de cutis amarillento. La señora comisionada Pordage era muy parecida a su esposo, prácticamente igual, salvo por el sexo. El señor Kitten, un caballero pequeño, calvo, aniñado, botánico y mineralogista, también relacionado con la mina —aunque todo el mundo lo estaba, más o menos—, ocupaba el cargo de vicecomisionado, por deseo del comisionado Pordage, y algunas veces, el de cónsul delegado. El señor Pordage hablaba del señor Kitten como el empleado «al servicio de la Gobernación».

La playa estaba empezando a convertirse en un animado escenario ante los preparativos para la reparación de la corbeta; y con el cargamento, los mástiles, los cabos, los bidones llenos de agua desparramados aquí y allá, se veía el acuartelamiento temporal elevándose con las velas y piezas y cabos, del mejor modo posible. En ese momento bajó el comisionado, señor Pordage, muy sofocado, y preguntó por el capitán Maryon. Este, enfermo como estaba, yacía sobre una hamaca sostenida entre dos árboles, desde donde podía dirigir todas las operaciones, pero levantó la cabeza y respondió.

—Capitán Maryon —gritó el comisionado señor Pordage—, esto no es oficial. No es regular.

—Señor —respondió el capitán—, llegué a un acuerdo con el notario y el encargado que sería usted informado y que se le solicitaría toda la ayuda que nos pudiera prestar. Estoy seguro de haber cumplido todos los requisitos.

—Capitán Maryon —replicó el comisionado señor Pordage—, no ha existido el menor intercambio de correspondencia. No se ha presentado ningún documento, no se ha redactado ningún memorándum, no se han establecido minutas, ni se han anotado entradas y contraentradas en el registro oficial. Esto es intolerable. Os conmino a que desistáis hasta que todo se regularice, o el Gobierno adoptará medidas.

—Señor —dijo el capitán, ya algo irritado, mientras se incorporaba en su hamaca—, entre el riesgo de que el Gobierno adopte medidas o que mi buque se hunda, prefiero enfrentarme a lo primero.

—¿Ah, sí, señor? —exclamó el comisionado señor Pordage.

—Sí, señor —contestó el capitán, volviendo a recostarse.

—Entonces, señor Kitten —dijo el comisionado—, enviad a buscar inmediatamente mi casaca diplomática.

En ese momento llevaba su habitual traje de lino; pero el señor Kitten partió en el acto en busca de la famosa casaca diplomática, que era una chaqueta azul, con galones dorados y una corona grabada en los botones.

—Ahora, señor Kitten —continuó el señor Pordage—, le ordeno, en su calidad de vicecomisionado y cónsul delegado de esta plaza, que pregunte al capitán Maryon, de la corbeta *Christopher Columbus,* si me va a obligar a ponérmela.

—Señor Pordage —dijo el capitán Maryon, incorporándose otra vez en la hamaca—, como he oído lo que decía, puedo contestarle sin necesidad de molestar a este caballero. Lamentaré mucho que se vea usted obligado a ponerse una casaca tan gruesa por mi culpa, pero también se la puede poner con lo de adelante atrás, o con el revés por fuera o con las piernas dentro de las mangas y con la cabeza en el faldón, pues no tengo ninguna objeción que hacerle a la forma en que más le guste ponérsela.

—Muy bien, capitán Maryon —respondió Pordage, con una furia incontrolable—, muy bien, señor. ¡Que las consecuencias recaigan sobre usted! Señor Kitten, ya que las cosas llegaron a este extremo, venga conmigo.

Cuando terminó de dar aquella orden, se alejó con su casaca puesta, y más adelante me dijeron que el señor Kitten escribió al dictado de su amo más de una resma de folios grandes sobre aquel asunto, lo cual llevó más tiempo de lo que se había calculado en principio, y que, después de todo, solo se terminó para acabarse perdiendo.

A pesar de todo, continuamos realizando nuestro trabajo con buen ánimo, y la *Christopher Columbus*, arrastrada hacia la playa, yacía impotente sobre un costado, como un pez enorme fuera del agua. Mientras se encontraba en aquel estado, se organizó una fiesta, o un baile, o una merienda, o, más propiamente, las tres cosas a la vez, ofrecida en honor del barco, de la tripulación del barco y otros visitantes. En esa reunión, creo, pude ver a todos los habitantes que había por entonces en la isla, sin ninguna excepción. No me fijé más que en unos pocos, pero me resultó muy agradable comprobar que en aquel rincón alejado del mundo había niños, de todas las edades y generalmente muy guapos... como lo son habitualmente. Había una dama elegante, de cierta edad, con ojos muy oscuros y cabellos grises, por la que pregunté. Me dijeron que se trataba de la señora Venning; y su hija casada, una mujercita rubia y delicada, se me presentó como Fanny Fischer. Parecía absolutamente una niña, con una pequeña copia exacta de sí misma pegada a sus faldas; y su esposo, que acababa de regresar de la mina, se mostraba absolutamente orgulloso de ella. En general, era una reunión de personas muy agradables, pero a mí no me gustaban. Yo estaba de mal humor; hablando con Charker, le encontré defectos a todo el mundo. Dije que la señora Venning era una orgullosa; que la señora Fisher era una niñita delicada y tonta. ¿Qué pensaba Charker de aquel hombre? Bueno, era un caballero agradable. ¿Qué le parecía aquella otra? Bueno, era una señora agradable. ¿Qué se podría esperar de ellos (le pregunté a Charker) habiéndose criado en aquel clima, con las noches tropicales resplandeciendo para ellos, con instrumentos de música tocando para ellos, con grandes árboles inclinados sobre ellos, con suaves luces iluminándolos, con luciérnagas centelleando entre ellos, con pájaros y flores luminosas nacidos para complacer sus ojos, con deliciosas bebidas a su alcance, con deliciosas frutas que tendrían solo alargando la mano, y todo danzando y murmurando plácidamente en aquella atmósfera perfumada, con el mar rompiendo abajo, en los acantilados, a modo de agradable coro?

—Así que caballeros y señoras agradables, ¿eh, Harry? —le dije a Charker—. ¡Sí, ya creo! ¡Muñecos! ¡Muñecos! ¡Desde luego no es la clase de ropa que se le entrega a los soldados en la Marina Real!

Sin embargo, no podía negar que fueron muy hospitalarios y que nos trataron con desacostumbrada amabilidad. Todos los hombres de la corbeta estuvimos en el convite, y la señora Belltott tuvo más caballeros apuntados en su cuaderno de baile de los que podría complacer. Aunque bailó toda la noche. En cuanto a los tipos (no importaba si eran de la tripulación de la *Christopher Columbus* o de las tropas de vigilancia contra los piratas), bailaron con sus hermanos, consigo mismos, con la luna, las estrellas, los árboles, el paisaje, con todo. No me hacía ninguna gracia el oficial principal de aquella fiesta, con sus ojos brillantes, la cara morena, y aquella figura tan natural. No me gustó la pinta que tenía cuando se dirigió hacia nosotros por vez primera, con la señorita Maryon del brazo.

—Ah, capitán Carton —dijo ella—, estos son dos amigos míos.

—¿Ah, sí? —contestó—. ¿Estos dos marineros? —refiriéndose a Charker y a mí.

—Sí —replicó ella—. Les enseñé a estos amigos míos todas las maravillas del depósito de plata.

Él nos miró entonces con ojos risueños y respondió:

—Tienen suerte, caballeros. Con gusto me dejaría degradar y que me ataran al mástil mañana mismo con tal de que una guía semejante me lo enseñara todo a mí. Tienen ustedes suerte.

Después de saludarnos, ambos se alejaron al compás de un vals, y yo dije:

—Tú si que puedes hablar de suerte. ¡Por mí puedes irte al infierno!

El comisionado señor Pordage y la señora comisionada se exhibían en aquella ocasión ante los invitados como si fuesen el rey y la reina de una Grandísima Bretaña, mayor que Gran Bretaña.

Solo dos circunstancias en aquella agradable noche me produjeron impresiones muy distintas. La primera fue esta: un marinero de nuestra tripulación, llamado Tom Packer, joven veleidoso y fanfarrón, a pesar de ser hijo de un respetable constructor de buques de Portsmouth Yard, y muy buen estudiante con una buena educación, se acercó a mí en un descanso entre dos bailes, me condujo aparte agarrándome por el codo y me dijo, jurando encolerizado:

—Gill Davis, ¡mira no tenga que matar al sargento Drooce un día de estos!

Yo sabía que Drooce sentía particular antipatía hacia este hombre, y también sabía que este hombre tenía un genio violento. Así que le dije:

—¡Bah! ¡Tonterías! ¡No digas eso! ¡Si hay un hombre entre nosotros que desprecie a los asesinos, ese hombre es Tom Packer!

La frente de Tom sudaba copiosamente mientras decía:

—Yo también lo sé, pero no respondo de mí cuando me desprecia delante de una dama, y me lo acaba de hacer ahora mismo. Una cosa te digo, Gill, y recuerda mis palabras: que le irán mal las cosas al sargento Drooce si alguna vez estamos en un asunto juntos y tiene que esperar que yo le salve la vida. Le dejaré que rece una oración, si es que sabe alguna, porque no moveré un pelo por él, y se irá a dormir el sueño de los justos. ¡Recuerda bien mis palabras!

Yo procuré recordar sus palabras, y las recordé muy poco después, como podrá verse casi de inmediato.

El otro detalle que observé en el baile fue la alegría y el afecto de Cristiano Rey Jorge. El espíritu inocente del zambo y la imposibilidad de demostrarle a la pequeña colonia, y especialmente a las damas y niños, el inmenso cariño que sentía por ellos, y cuánto los quería, y cuán entregado estaba a ellos, en la vida o en la muerte, en el presente, en el futuro y en el infinito, me causó una gran impresión. Si algún hombre, zambo o no, fue confiado y digno de confianza hasta un límite que podía calificarse de inocentemente infantil, ese era sin duda Cristiano Rey

Jorge, o, al menos, eso fue lo que pensé esa noche cuando por fin me fui a dormir.

Eso puede explicar que aquella noche soñara con él. Se coló en mi mente, de parte a parte, y no pude quitármelo de encima. Siempre andaba revoloteando mi alrededor, bailando a mi alrededor, y curioseando en mi hamaca, aunque me despertara y volviera a dormirme cincuenta veces. Al final, cuando abrí los ojos, allí estaba de verdad, mirando por la parte abierta de la pequeña choza a oscuras, que estaba hecha de hojas y en la que también colgaba la hamaca de Charker, además de la mía.

—¡*So-jeer!* —dijo con una especie de susurro como de rana—. ¡Eh!

—¡Qué! —grité, sobresaltado—. ¿Qué...? ¿Qué haces aquí, eh?

—*Is* —contestó—. Cristiano Rey Jorge saber cosas.

—¿Qué cosas?

—¡Piratas!

Me puse en pie en un segundo. Y Charker también. Ambos sabíamos que el capitán Carton, al mando de los botes, constantemente vigilaba la fortaleza y estaba atento por si se daba una señal, aunque, naturalmente, nosotros no sabíamos qué señal era.

Cristiano Rey Jorge desapareció antes de que tocáramos el suelo. Pero la noticia ya circulaba calladamente de choza en choza, e inmediatamente supusimos que el astuto nativo nos decía la verdad o no andaba muy lejos de ella.

En un lugar situado en medio de los árboles, detrás de nuestro campamento naval y militar, había un espacio pequeño y cubierto, donde guardábamos las provisiones en uso y preparábamos nuestras comidas. Se hizo circular la orden de que debíamos reunirnos allí. Fue una orden terminante y partía —o así lo creíamos nosotros— del sargento Drooce, que era tan eficiente desde el punto de vista militar como malvado desde el punto de vista tiránico. Se nos ordenó también acudir por detrás de los árboles, en silencio, y dispersos, de uno en uno. Cuando nos reunimos allí, los marineros se nos unieron también. En el espacio de diez minutos, diría yo, todos estuvimos agrupados, a excepción de la guardia encargada de vigilar la playa. La playa (por lo que pudimos ver a través de los árboles) parecía estar como siempre a pleno día. Los centinelas se encontraban ocultos en la sombra del casco de la nave y nada se movía, salvo el mar... y solo se movía muy suavemente. El trabajo siempre se detenía a esa hora, cuando hacía mucho calor, hasta que el sol declinaba un poco y se levantaba un poco de brisa del mar. Así que estando de permiso nosotros, no había ninguna diferencia en el aspecto de la playa. Pero debo insistir en que estábamos de permiso, y era el primero que habíamos tenido desde que había empezado nuestro duro trabajo. El baile de la víspera había concluido, el casco estaba ya reparado y la vía de agua cerrada. Lo peor del trabajo ya se había hecho y al día siguiente empezaríamos a trabajar para volver a poner la corbeta a flote.

Ahora los marinos debíamos empuñar las armas. El grupo de perseguidores se separó de los demás. Los oficiales avanzaron por entre ambos grupos, entre los árboles, y hablaron de modo que todos pudieran escucharlos. El capitán Carton era el oficial al mando, y tenía un catalejo en la mano. Un ayudante permanecía a su lado mientras anotaba señales en su pizarra.

—¡Bien, soldados! —dijo el capitán Carton—. Debo decirles, para su satisfacción, en primer lugar, que hay diez barcos piratas, bien tripulados y fuertemente armados, escondidos en una ensenada de la costa, bajo las abundantes ramas colgantes de los árboles. En segundo lugar puedo decirles que vendrán, seguramente, esta noche, cuando salga la luna, en una expedición de pillaje, asesinando y saqueando. Y tercero, ¡no gritéis ahora, soldados!, ¡les daremos caza, y si podemos, libraremos de ellos al mundo con la ayuda de Dios!

Nadie dijo nada, que yo oyera, y nadie se movió, que yo viera. Pero, a pesar de ello, se oyó una especie de rumor, como si cada uno contestara y aprobara lo dicho con toda su alma.

—Señor —dijo el capitán Maryon—, me ofrezco como voluntario en este servicio, con todos los botes a mis órdenes. ¡Avisad a los grumetes para que lo dispongan todo!

—En nombre de Su Majestad y por su honor, acepto complacido vuestra ayuda —respondió el otro tocando su sombrero—. Teniente Linderwood, ¿cómo dividirá a sus hombres?

Estaba avergonzado —y tengo que dejarlo por escrito tan grande y tan claro como sea posible—; estaba profunda y sinceramente avergonzado de la opinión que esos dos oficiales enfermos, el capitán Maryon y el teniente Linderwood, me habían merecido anteriormente. El valor de aquellos dos caballeros vencía a su enfermedad (y yo sabía que estaban muy enfermos) como San Jorge venció al dragón. La debilidad y el dolor, la necesidad de reposo y de descanso no ocupaban en su mente ningún lugar, como el miedo. Deseando ahora expresar lo que sentí exactamente allí y en aquel momento, para que mi señora lo ponga por escrito, sentí esto: que eran dos valientes oficiales con los que había sido profundamente ingrato; y que sé que aunque se estuvieran muriendo, se desembarazarían de la enfermedad dispuestos a hacer todo lo que pudieran, e incluso entonces serían tan modestos, al caer de nuevo rendidos para morir, que apenas dirían: «Solo cumplí con mi deber».

Decir esto me ha hecho bien. Estoy seguro de que me ha hecho bien.

Pero volvamos adonde estábamos. Le decía el capitán Carton al teniente Linderwood:

—Señor, ¿cómo dividiréis a vuestros hombres? No hay espacio para todos y, en cualquier caso, algunos deberían permanecer aquí.

Hubo una breve discusión al respecto. Al final se decidió que ocho soldados y cuatro marineros se quedarían en la isla, aparte de los dos mozos de la corbeta. Y como se pensó que los amistosos zambos solo querían recibir órdenes en caso de peligro (aunque ninguno en absoluto estaba allí contra su voluntad), ambos jefes decidieron que los dos suboficiales, Drooce y Charker, permanecieran en tierra. Eso les causó un gran disgusto a ambos, igual que también para mí fue un gran disgusto ser de los que se quedaban... entonces, pero no poco después. Los hombres sorteamos nuestro destino y yo saqué «Isla». Lo mismo le pasó a Tom Packer. Y también, a otros cuatro más de nuestro rango.

Cuando todo quedó resuelto, se impartieron instrucciones verbales a cada uno para que la expedición se mantuviera en secreto, para que las mujeres y los niños no se asustaran o la expedición se complicara ante el ofrecimiento de nuevos voluntarios. Los hombres volverían a reunirse al anochecer en ese mismo lugar. Cada uno, mientras tanto, debería simular que se ocupaba en sus tareas habituales. Es decir, todos, a excepción de cuatro marineros dignos de confianza, los cuales, junto con un oficial, fueron designados para revisar las armas y municiones y acomodar las abrazaderas de remos en los barcos, y hacerlo todo del modo más discreto más rápido y silencioso que se pudiera.

El zambo Cristiano había estado presente todo el tiempo, por si era necesario, e había insistido por lo menos cien veces ante el oficial al mando que Cristiano Rey Jorge estaría siempre con los *so-jeers* y cuidaría de las herbosas damas y los herbosos niños... ('herboso' era su modo de decir 'hermoso'). Se le hicieron algunas preguntas concernientes a la partida de los barcos, y especialmente si existía la posibilidad de desembarcar en la parte posterior de la isla, cosa que al capitán Carton en parte le hubiera gustado, pues así habría podido ocultarse y cortar el paso de los piratas hasta el puerto principal.

—¡No! —dijo Cristiano Rey Jorge — ¡No, no, no! ¡Diez veces lo digo así! ¡No, no, no! ¡Todo roca, todo arrecife, todo nadar, todo ahogar!

Se tiraba al suelo, al decir eso, como un nadador enloquecido, rodando por el suelo, y luego quedando tumbado sobre su espalda, como si hubiera llegado a tierra, y luego escupiendo y haciendo como si se ahogara, de un modo que todo él era un espectáculo.

El sol se ocultó, después de lo que nos parecieron unas horas muy largas, y se citó a las tropas. Todos respondieron al pasar lista, desde luego, y cada uno ocupó su puesto. No había oscurecido del todo y la marea comenzaba a descender cuando apareció el comisionado Pordage, vestido con su casaca diplomática.

—Capitán Carton —preguntó—, ¿qué sucede aquí, señor?

—Esto, señor comisionado —era muy escueto con él—es una expedición contra los piratas. Es una expedición secreta, así que, por favor, guarde el secreto.

—Señor —dijo el comisionado Pordage—, confío en que no se cometerá ninguna crueldad innecesaria.

—Confío en que no, señor —contestó el oficial.

—Eso no es suficiente, señor —exclamó el señor Pordage, irritándose cada vez más—. Capitán Carton, dese por advertido. El Gobierno os exige tratar al enemigo con gran delicadeza, consideración, piedad e indulgencia.

—Señor —replicó el capitán Carton—, soy un oficial inglés, al frente de soldados ingleses, y espero no frustrar las justas esperanzas del Gobierno. Pero supongo que usted sabe que esos villanos, al amparo de su bandera negra, han despojado a nuestros compatriotas de sus bienes, incendiando sus casas, asesinándolos a ellos y a sus hijos pequeños, y haciendo algo peor que asesinar a sus hijas y esposas.

—Tal vez lo sepa, capitán Carton, y tal vez no —contestó el comisionado, agitando su mano, con aire digno—. No es costumbre del Gobierno comprometerse, señor.

—Si lo sabe o no, importa muy poco ahora, señor Pordage. En la creencia de que abrazo mi causa con el beneplácito de Dios y no con el del diablo, dé por seguro que intentaré exterminar a esa gente de la faz de la tierra, evitando todo sufrimiento innecesario y con toda la piadosa rapidez en su ejecución, naturalmente. Permítame aconsejarle que se vaya a casa, señor, y que se proteja del fresco nocturno.

El oficial no le dijo ni una palabra más al comisionado y se volvió hacia sus hombres. El comisionado, después de abotonarse la casaca diplomática hasta la barbilla, dijo:

—Señor Kitten, ¡sígame! —dio una boqueada, medio se ahogó, y luego se fue.

Ya había oscurecido por completo. Pocas veces he visto oscurecer tanto ni estar tan oscuro. No se esperaba a la luna hasta la una de la madrugada, y nuestros hombres ocuparon el lugar asignado pocos minutos después de las nueve. Simularon que estaban durmiendo, pero todos sabían muy bien que no era el sueño lo que sobrevendría de pronto en tales circunstancias. A pesar de que todo estaba muy silencioso, la intranquilidad aumentaba; aquello se parecía mucho a lo que yo he visto entre el público de un hipódromo cuando suena la campana que lanza una gran carrera y hay muchas apuestas en juego.

A las diez comenzaron a salir; un solo bote de cada vez. Salió luego otro bote, cinco minutos después. Ambos dejaron caer los remos hasta que llegó el tercero. A la cabeza, y remando en su propia canoa, pequeña y de singular aspecto, sin hacer ningún ruido, navegaba el zambo, quien debía ayudarles a esquivar el arrecife. No se vio ninguna luz, salvo en una ocasión, y era la que el oficial al mando llevaba en sus manos. Yo había encendido aquel farol para él, y me lo cogió cuando se subió al bote. Disponían, además, de faroles azules y luces semejantes, pero se mantuvieron tan ocultas como un asesinato.

La expedición partió en medio de un silencio absoluto, y Cristiano Rey Jorge no tardó en regresar, bailando alegremente.

—¡Eh, *so-jeer*! —me dijo, como asaltado por una especie de convulsiones muy reprochables—. Cristiano Rey Jorge estar muy contento. ¡Piratas todos volar en pedazos! ¡Yup! ¡Yup!

Le repliqué entonces al caníbal:

—No me importa lo contento que estés: deja de hacer ruido, y deja de bailar y darte palmadas en las rodillas, porque me pongo enfermo cuando te veo hacer eso.

Estaba de guardia en ese instante; los doce que nos quedamos estábamos divididos en cuatro guardias de tres horas cada uno. Fui relevado a las doce. Un poco antes de esa hora, había dado el alto a la señorita Maryon y a la señora Belltott, que acababan de acercarse.

—¡Soldado Gill Davis! —exclamó la señorita Maryon—. ¿Qué sucede? ¿Dónde está mi hermano?

Le conté lo que ocurría, y dónde estaba su hermano.

—¡Oh, que el cielo lo proteja! —exclamó, juntando las manos mientras elevaba la mirada. Estaba delante de mí, y puedo decir que estaba más hermosa que nunca—. ¡Aún no se ha recobrado del todo, y no está lo suficientemente fuerte como para afrontar una lucha semejante!

—Si lo hubiera visto como yo lo vi, señorita, cuando se presentó voluntario —le dije—, sabría que su espíritu es capaz de afrontar cualquier lucha. Su valor sostendrá su cuerpo, señorita, dondequiera que el deber lo llame. Siempre lo llevará hacia una vida honorable, o hacia una muerte intrépida.

—¡Que Dios te bendiga, soldado! —contestó ella, tocándome el brazo.

Me sorprendió ver a la señora Belltott temblar y no decir nada. Ambas continuaban mirando al mar y escuchando cuando vinieron los compañeros a relevarme. La noche continuaba siendo muy oscura, y solicité permiso para acompañarlas de regreso a sus casas. La señorita Maryon, muy agradecida, apoyó su brazo en el mío, y las llevé a casa.

Ahora debo hacer una confesión que parecerá muy singular. Después de haberlas dejado, me tumbé boca abajo en la playa y lloré por primera vez desde que era niño, cuando asustaba a los pájaros en Snorridge Bottom, pensando en lo que era: un soldado raso, pobre, ignorante y despreciable. Eso fue solo durante medio minuto o así. Un hombre no puede ser dueño de sí mismo en todo momento. Luego me levanté, me fui hacia la choza y me acosté sobre la hamaca: terminé por dormirme con los párpados húmedos y el corazón triste, muy triste. Igual que me había pasado tantas veces cuando era un niño y me habían tratado peor que de costumbre.

Dormí (como un niño en semejantes circunstancias) profundamente, y sin embargo con el corazón entristecido durante todo el sueño. Me desperté con estas palabras: «Es un hombre valiente». Había saltado de la hamaca y había cogido mi trabuco, y me encontraba de pie, en el suelo, repitiéndome aquellas palabras. «Es un hombre valiente». Pero lo curioso de mi estado era que parecía repetir esas palabras después de habérselas oído a alguien y después de haberme sobresaltado muchísimo al oírlas.

En cuanto me recobré, salí de la choza y me dirigí al lugar donde estaba el centinela. Charker preguntó:

—¿Quién va?

—Un amigo.

—¿No eres Gill? —me dijo, volviendo a colocarse el arma sobre el hombro.

—Sí, soy Gill —asentí.

—Pero ¿qué demonios haces aquí, fuera de tu hamaca?

—Demasiado calor para dormir —repliqué—. ¿Todo va bien?

—¿Bien? —preguntó Charker—. Sí, sí... Todo va bastante bien aquí; ¿por qué iba a ir mal? Es de los botes de los que deberíamos saber algo. Excepto por las luciérnagas que andan chisporroteando por aquí y por allá y de vez en cuando el chapotear de los animales al meterse en el agua, aquí no pasa nada que le impida a uno pensar en los botes.

La luna estaba sobre el mar, y había salido, diría yo, como hacía media hora más o menos. Mientras Charker hablaba, con el rostro vuelto hacia el mar, yo, mirando hacia tierra, le puse mi mano derecha sobre el pecho, y le dije de pronto:

—No te muevas. No te des la vuelta. No levantes la voz. ¿Has visto a algún maltés por aquí estos días?

—No, ¿qué quieres decir? —preguntó mirándome fijamente.

—¿Y has visto a un inglés tuerto con un parche en el ojo?

—No. ¿Por qué lo preguntas? ¿Qué me quieres decir?

Yo había visto a los dos, espiándonos desde su escondite, detrás del tronco de un cocotero, cuando la luna iluminó sus figuras. También descubrí al zambo, con una mano apoyada en el troco del árbol, llevándoselos hacia la oscuridad más profunda. Había visto sus alfanjes brillar y parpadear, como chispas de luz de luna en el agua que hubieran saltado desde la playa hacia los árboles con la brisa ligera. Yo lo vi todo, y fue un instante; comprendí en seguida (como cualquier hombre en mi lugar lo hubiera hecho) que los piratas nos habían tendido una trampa; que la vía de agua en corbeta se había abierto adrede, con el propósito de inutilizar la nave; que se había provocado la salida de los botes con el objeto de dejar sin protección a la isla; que los piratas habían desembarcado en el otro extremo, en un lugar secreto, y que Cristiano Rey Jorge era un traidor y el villano más diabólico que pudiéramos imaginar.

También pensé, en aquel mismo instante, que Charker era un hombre valiente, pero no hábil con la cabeza, y que el sargento Drooce, con mucha mejor cabeza, estaba cerca. Todo lo que le dije a Charker fue:

—Me temo que nos han traicionado. Vuélvete de espaldas al mar y vigila el tronco del cocotero que está a la derecha, a la altura del corazón de un hombre. ¿Has entendido?

—Entendido —respondió Charker, volviéndose al instante y ocupando el lugar con nervios de acero—. La derecha no es la izquierda, ¿verdad, Gill?

Pocos segundos más tarde estaba yo en la choza del sargento Drooce. Dormía profundamente, y siendo hombre de sueño pesado, tuve que moverlo para que se despertase. En cuanto lo toqué, se volvió en la hamaca y se lanzó hacia mí como un tigre. Y fue un tigre, desde luego, salvo por el hecho de que, en el momento de furia absoluta, supo lo que estaba haciendo, como cualquier hombre.

Tuve que esforzarme para hacerle entrar en razón, diciéndoselo todo a la vez (cuando me dio un respiro):

—¡Sargento, soy Gill Davis! ¡Traición! ¡Piratas en la isla!

Las últimas palabras lo devolvieron a la realidad.

—He visto a dos de ellos hace un minuto —añadí.

Luego le repetí lo que ya había dicho a Harry Charker.

Su cabeza de soldado, aunque tiránica, se aclaró al instante. No malgastó palabras, ni siquiera de sorpresa.

—Ordenad a la guardia que se retire despacio hacia el Fuerte (así llamaban a la construcción de la que hablé antes, el Fuerte, aunque no parecía excesivamente fuerte). Luego tú mismo ve al Fuerte tan pronto como puedas, despierta a todo el mundo y cierra la puerta. Yo llevaré hasta allí a todos los habitantes de Signal Hill. Si quedamos rodeados antes de poder unirnos a vosotros, debéis hacer una incursión y abrir una vía, si podéis, para que podamos llegar al Fuerte. Nuestra consigna será: ¡mujeres y niños!

Y salió corriendo en seguida, como fuego que el viento hiciera volar sobre el pasto seco. Despertó a los siete hombres que dormían en ese instante, y se los llevó con él antes de que supieran que estaban despiertos. Yo transmití las órdenes a Charker y corrí hacia el Fuerte como nunca en mi vida, ni siquiera en sueños.

La puerta estaba medio abierta, y no tenía un buen tranco: solo un doble pestillo de madera, una cadena pequeña y un mal candado. Lo aseguré lo mejor que pude, en escasos segundos y con solo dos manos, y salí corriendo hacia el edificio donde vivía la señorita Maryon. La llamé por su nombre y en voz alta hasta que respondió; luego grité los nombres que conocía: los de la señora Macey (la hermana casada de la señorita Maryon), el señor Macey, la señora Venning, el señor y la señora Fisher, hasta el del señor y señora Pordage. Luego grité:

—¡Todos los hombres aquí, levántense y acudan a defender el lugar! Nos han tendido una trampa. Los piratas ya están en tierra. ¡Nos atacan!

Al oír la palabra terrible, «¡Piratas!», hubo gritos y gemidos por todo el lugar, pues aquellos villanos habían cometido tantas fechorías por aquellos mares que jamás podrían ponerse por escrito, y apenas podían imaginarse siquiera. Rápidamente comenzaron a aparecer las luces en todas las ventanas, al tiempo que volvían a oírse, y hombres, mujeres y niños bajaron volando a la plazoleta. Incluso en aquel momento, pensé en la cantidad de cosas que estaba viendo al mismo tiempo. Vi a la señora Macey viniendo hacia mí, con sus tres hijos. Vi al señor Pordage, dominado por el terror, tratando en vano de ponerse la casaca diplomática; y al señor Kitten, empeñado en atar respetuosamente un pañuelo sobre el gorro de dormir de la señora Pordage. Vi a la señora Belltott que salía gritando, y cruzó todo el patio hasta donde yo estaba, y se cubrió el rostro con las manos, y se acurrucó luego a mi lado, temblando. Pero lo que vi con mayor placer fueron las miradas decididas de los hombres de la mina, a quienes suponía caballeros elegantes, que vinieron hacia mí con las armas de que disponían, y además, ¡tan absolutamente tranquilos y decididos como yo, por mi vida y por mi alma!

Le expliqué al señor Macey, la persona más importante en el lugar, que tres centinelas estarían en la puerta, si es que no estaban ya, y que el sargento Drooce y otros siete soldados habían salido a recoger a los restantes pobladores dispersos de la isla. Luego le dije que, por la vida de todos aquellos a quienes quería, no confiara en ningún zambo, y, sobre todo, que si tenía la posibilidad de cazar a Cristiano Rey Jorge, que no lo dejara escapar y lo mandara al otro mundo.

—Seguiré su consejo al pie de la letra, Davis —respondió—. ¿Hay algo más?

—Pienso, señor —fue mi respuesta—, que podría aconsejar bajar a la plaza los muebles más pesados y trastos viejos que puedan moverse, y construir una barricada tras la puerta.

—Muy bien —dijo—. ¿Vendrá a hacerla usted?

—Con gusto le ayudaré a levantarla —dije—, a menos que mi superior, el sargento Drooce, me ordene otra cosa.

Me estrechó la mano, y, después de haber dispuesto que varios de sus compañeros me ayudaran, se alejó con el fin de inspeccionar las armas y municiones. ¡Un hombre decidido, valiente, firme y dispuesto!

Uno de sus tres hijos pequeños era sordomudo. La señorita Maryon se había hecho cargo de todos los niños desde el principio, tranquilizándolos, y vistiéndolos (a los pobrecitos los habían sacado de la cama mientras dormían) y haciéndoles creer que todo era una especie de juego, de modo que algunos de ellos se estaban incluso riendo. Había estado trabajando duro con otros en la barricada y habíamos levantado un buen parapeto en la puerta. Drooce y los siete restantes volvieron acompañados por los habitantes del cerro Signal Hill, y habían trabajado a nuestro lado. Pero yo no había intercambiado ni una palabra con Drooce, pues ambos estábamos muy ocupados. El parapeto estaba ya concluido cuando me encontré con la señorita Maryon a mi lado, con un niño en brazos. Tenía su pelo moreno sujeto con una cinta. Tenía un cabello abundante, y parecía incluso más brillante y precioso, dispuesto de aquel modo apresurado, que cuando se lo había visto arreglado con más esmero. Estaba muy pálida, pero extraordinariamente tranquila y callada.

—Mi buen y querido Davis —dijo—, he estado esperando para poder decirle una cosa.

Me volví hacia ella rápidamente. Si hubiera recibido una bala de mosquetón en el corazón y ella hubiese estado allí, creo que también me hubiera vuelto hacia ella antes de morir.

—Esta hermosa criatura —dijo besando al niño que tenía en sus brazos, y que estaba jugando con su pelo e intentando peinarlo— no puede oír lo que decimos... no oye nada. Confío tanto en usted, y tengo depositada tanta fe en usted, que quiero que me haga una promesa.

—¿De qué se trata, señorita?

—Si nos vencen, y está usted absolutamente seguro de que me van a llevar por la fuerza, máteme.

—No estaré vivo para poder hacerlo, señorita. Moriré defendiéndola a usted antes de llegar a ese extremo. Tendrán que pasar antes sobre mi cadáver si quieren ponerle la mano encima.

—Pero si usted está vivo, valiente soldado —¡cómo me miraba!—, si no puede salvarme viva de los piratas, sálveme muerta. ¡Dígame que lo hará!

¡En fin! Le prometí que haría eso como último recurso, si todo lo demás fallaba. Ella cogió mi mano... mi mano áspera y ruda, y se la acercó a los labios. Luego se la acercó a los labios del niño, y él también la besó. Creo que, desde ese momento, y hasta que concluyó la lucha, me sentí tan valiente como si tuviera la fuerza de media docena de hombres juntos.

Durante todo el tiempo, el señor Pordage había estado queriendo dirigir una «Proclamación a los piratas» para que abandonaran las armas y se fueran; todo el mundo había estado empujándolo y zarandeándolo de un lado a otro, mientras él exigía tinta y plumas para escribir su declaración. La señora Pordage, por su parte, tenía algunas ideas curiosas acerca de la respetabilidad británica del gorro de dormir (con muchas bandas cruzadas dispuestas en capas escalonadas, como si fuera un vegetal de la clase de las alcachofas), y no se la hubiera quitado por nada del mundo, y protestaba cuando recibía empellones de las demás mujeres que ayudaban a transportar cosas y... En breve, daba tantos problemas como su esposo. Pero como en ese momento nos disponíamos a ocupar nuestros sitios para la defensa de la plaza, ambos fueron apartados del lugar sin ceremonia alguna. Las mujeres y los niños ocuparon la pequeña trinchera que rodeaba la cámara del tesoro (temíamos dejarlos en alguno de los edificios menos sólidos, por miedo a que fueran incendiados) y nos dispusimos lo mejor que pudimos. Contábamos con buena cantidad de sables y machetes. Los repartimos. Había también alrededor de una veintena de mosquetones. Se sacaron. Para mi asombro, la señora Fisher, a quien yo había considerado una muñeca y una niña malcriada, no solo se mostró muy activa en ese servicio, sino que se ofreció voluntaria para cargarlos.

—Porque lo sé hacer bien —dijo alegremente, sin que le temblara la voz.

—Yo soy hija de un soldado y hermana de un marino, y también entiendo de eso —dijo la señorita Maryon, con la misma resolución.

Firmes y activas, emplazadas detrás de donde me encontraba yo, aquellas dos jóvenes, delicadas y hermosas, se esforzaban entregando las armas, amartillando las espoletas, vigilando los seguros y murmurando órdenes para que otros pasaran la pólvora de mano en mano; eran tan audaces como el mejor de los soldados.

El sargento Drooce había informado que el número de piratas era elevado —más de un centenar, según creía—, y que, aun así, no habían desembarcado todos; porque los había visto situados en una posición muy buena al otro lado de Signal Hill, evidentemente esperando al resto para lanzar el ataque. En aquel impás, la primera pausa que teníamos desde que se diera la alarma, le comentaba aquello una y otra vez al señor Macey, cuando este exclamó de repente:

—¡La señal! ¡Nadie ha pensado en la señal!

Nosotros no sabíamos que existiera alguna, de modo que no habíamos podido pensar en ella.

—¿A qué señal se refiere, señor? —preguntó el sargento Drooce, mirándolo con el ceño fruncido.

—Hay una pila de leña sobre el cerro Signal Hill. Si pudiera encenderse, lo cual nunca se ha hecho hasta este momento, sería una señal de aviso para los de tierra firme.

Charker exclamó al instante:

—Sargento Drooce, permítame que cumpla yo esa misión. Deme a los dos hombres que estaban conmigo de guardia esta noche y, si hay la más mínima posibilidad, yo encenderé el fuego.

—¿Y si no fuera posible, cabo...? —terció el señor Macey.

—¡Mire a esas mujeres y a los niños, señor! —replicó Charker—. Me prendería fuego a mí mismo, antes que no intentar cualquier posibilidad de salvarlos.

Lanzamos un «¡hurra!» en su honor... brotó espontáneamente de nuestras gargantas. Luego, el cabo y los dos hombres salieron por la puerta y desaparecieron en el exterior. En cuanto volví a ocupar mi sitio, después de cerrar la puerta, la señorita Maryon dijo en voz baja a mis espaldas:

—Davis, ¿ha visto esta pólvora? Creo que no está en buenas condiciones.

Volví la cabeza. ¡Cristiano Rey Jorge otra vez! ¡Una nueva traición! Habían metido agua de mar en el polvorín y cada grano de pólvora se había echado a perder.

—¡Un momento! —exclamó el sargento Drooce cuando se lo dije, sin que se alterase un solo músculo de su rostro—. Mirad en vuestras cartucheras, muchachos. Tú, Tom Packer, mira en tu cartuchera, ¡maldito seas! Todos, mirad en vuestras cartucheras, marinos.

Habíamos vuelto a ser víctimas de otra añagaza del salvaje, que de un modo u otro, se había apoderado de nuestras cartucheras y todos los cartuchos estaban inservibles.

—¡Hum! —farfulló el sargento—. Echad un vistazo a vuestras cargas, soldados. ¿Al menos esas están bien?

Sí, al menos eso estaba bien.

—Bien, compañeros y caballeros —dijo el sargento—, este será un encuentro cara a cara: mucho mejor.

Se propinó un pellizco de rapé, se levantó, recortando sus hombros cuadrados y su amplio pecho frente a la luz de la luna, que se mostraba en todo su esplendor, con tanta serenidad como si esperase el comienzo de un juego. Permaneció silencioso y todos permanecimos callados por espacio de una media hora, más o menos. Me di cuenta, por las conversaciones que alcancé a escuchar, de lo poco que nos preocupaba a nosotros el metal que no nos pertenecía, y cuánto preocupaba a sus dueños. Transcurrida esa media hora, nos informaron desde la puerta que Charker y sus acompañantes se replegaban hacia el fuerte perseguidos por una docena de piratas.

—¡Salid fuera! ¡La gente de la puerta, salid bajo las órdenes de Gill Davis —dijo el sargento—, y meted a esos dentro! ¡Como hombres, andando!

No tardamos mucho en cumplir la misión y logramos ponerlos a salvo.

—No me lleves... —exclamó Charker, abrazándose a mi cuello y cayendo a mis pies, cuando se cerró la puerta—. No me lleves ante las mujeres y los niños, Gill. Es mejor que no vean la muerte, si puede evitarse. La verán muy pronto.

—¡Harry! ¡Compañero! —contesté, sujetándole la cabeza.

Estaba destrozado. La señal había sido tomada por el primer grupo de piratas que había desembarcado. Mi amigo tenía el cabello chamuscado, y el rostro ennegrecido por el alquitrán desprendido de una antorcha.

No hizo el menor gesto de lamentación ni queja.

—¡Adiós, viejo compañero! —fue todo lo que dijo, con una sonrisa—. Me voy a morir. Y estar muerto no es lo mismo que estar vivo, ¿verdad, Gill?

Después de ayudarle a recostarse, volví a mi puesto. El sargento Drooce me interrogó, enarcando levemente las cejas. Contesté inclinando la cabeza:

—Apretad filas, soldados y caballeros. Todos a una en la línea.

Los piratas estaban ya muy cerca de nosotros en ese momento, y los más adelantados ya estaban ante la puerta. Acudían cada vez en mayor número produciendo gran estruendo y gritando a pleno pulmón. Cuando creímos, por el ruido, que ya estaban todos allí, lanzamos tres hurras. Los pobres niños pequeños se unieron al grito, firmemente convencidos de que todo era un juego: les divertía el alboroto, y se escuchó el aplauso de sus manitas en el silencio que se hizo a continuación.

Estábamos distribuidos así, comenzando desde la retaguardia: la señora Venning, con la niña de su hija en brazos, sentada sobre los escalones de la pequeña zanja que rodeaba la cámara del tesoro, dirigiendo y animando a las mujeres y niños con tanta calma como podría haberlo hecho en uno de los momentos más felices y apacibles de su existencia. Luego seguía una línea de hombres armados, bajo las órdenes del señor Macey, que cruzaba todo el ancho del recinto de frente a él y de espaldas a la puerta, para poder vigilar así los muros y evitar que los tomaran por sorpresa. Había luego un espacio de ocho o diez pies donde estaban las armas disponibles y donde la señorita Maryon y la señora Fisher, con las manos y las ropas estropeadas por la pólvora, trabajaban de rodillas atando cuchillos, viejas bayonetas y puntas de lanza a las bocas de los mosquetones inutilizados. Luego seguía una segunda línea armada, a las órdenes del sargento Drooce, también cruzando el ancho del recinto, pero frente a la puerta. Más adelante se levantaba la barricada que habíamos construido, con un sendero en zigzag a través de ella para que mi grupo y yo pudiéramos replegarnos en caso de que nos acosaran en la puerta. Todos sabíamos que era imposible mantener la posición durante mucho tiempo, y nuestra única esperanza consistía en que los botes descubrieran a tiempo el engaño y retrocedieran para acudir en nuestra ayuda.

Mis hombres y yo nos situamos frente a la puerta. Pude observar por un agujero a la banda de piratas. Había malayos entre ellos, y holandeses, malteses, griegos, zambos, negros e ingleses convictos de las islas de las Indias Occidentales. Y, entre estos últimos, aquel tuerto con el parche en el ojo. Había portugueses también y algunos españoles. El capitán era un portugués, un enano con enormes pendientes de aro, un sombrero de ala ancha y una gran capa brillante sobre los hombros. Todos estaban fuertemente armados, como si se tratara de un abordaje, con picas, sables, machetes y hachas. También vi gran cantidad de pistolas, pero no mosquetones. Eso me hizo comprender que ellos habían pensado que una carga continuada de mosquetones se escucharía desde tierra firme; además, como el fuego también podría ser avistado desde tierra firme, no intentarían incendiar el fuerte y quemarnos vivos, procedimiento que era su costumbre habitual. Busqué a Cristiano Rey Jorge entre ellos, y de haberlo visto dudo que una de mis balas no hubiera ido a alojarse en su cabeza. Pero no andaba por allí.

Una suerte de demonio portugués, a medio camino entre un loco furioso y un borracho peligroso —aunque todos tenían ese aspecto más o menos—, avanzó enarbolando una bandera negra, que sacudió varias veces. Después, el capitán portugués exclamó en un inglés chillón:

—¡Os hablo a vosotros! ¡Idiotas ingleses! ¡Abrid la puerta! ¡Rendíos!

Como nos mantuvimos quietos y sin responder, se dirigió a sus hombres para decirles algo que no pude entender, y cuando terminó de decírselo, el inglés con el parche, después de avanzar algunos pasos, volvió a hablarles. Solo dijo esto:

—¡Muchachos de la bandera negra! Vamos a hacer esto rápidamente. Tomad todos los prisioneros que podáis. Si no se rinden, matad a los niños para obligarles. ¡En marcha!

Todos se acercaron a la puerta, y a los pocos segundos estaban golpeándola y destrozándola.

Los atacamos a través de las brechas y astillas de la puerta, y abatimos a muchos; pero su simple empuje hubiera podido derribar la puerta, aunque hubieran estado desarmados. Pronto me encontré con el sargento Drooce a mi lado, agrupando a los seis marineros regulares —a Tom Packer, muy cerca de mí—, ordenándonos retroceder tres pasos y, cuando irrumpieran en el recinto, descargar a bocajarro nuestras armas sobre ellos.

—Luego esperad detrás de la barricada con las bayonetas —dijo—; por lo menos, cada uno de vosotros debe ensartar el cuerpo de una de esas malditas cucarachas.

Les repelimos con una descarga, aunque no fue muy cerrada, y aguantamos también en las trincheras. Pero aun así, irrumpieron como un enjambre de demonios... —verdadera y realmente eran más diablos que hombres—, y en seguida nos los encontramos frente a frente.

Empezamos a dar golpes con los mosquetones a diestro y siniestro. Incluso entonces, las dos mujeres —siempre detrás de mí—, permanecían firmes y dispuestas con las armas. Un grupo de malayos y malteses se abalanzó sobre mí, y si no hubiera sido por un espadón que la mismísima señorita Maryon me puso en las manos, habría sido mi final. Pero ¿era eso todo? ¡No! Divisé un montón de cabellos oscuros y un vestido blanco avanzar interponiéndose entre ellos y yo, con el riesgo de que mi propia arma en alto hubiera podido ocasionarle una muerte instantánea.

Drooce iba armado también con una espada, y hacía tal carnicería con ella que se levantó un grito unánime en distintas lenguas:

—¡Matad a ese sargento!

Lo supe porque se dijo en mi idioma, y luego se repitió en otros.

Yo había recibido un corte profundo en el brazo izquierdo unos instantes antes, y no me hubiera percatado de ello —solo supuse que alguien me había dado un golpe fuerte ahí—, porque empecé a sentirme muy débil. Me vi todo cubierto y salpicado de sangre, y en ese mismo instante, vi a la señorita Maryon, quien, ayudada por la señorita Fisher, se desgarraba tiras de su vestido para intentar vendarme la herida. Llamaron a Tom Packer, que estaba en plena refriega, para que viniera a cubrirme mientras me vendaban, pues de lo contrario hubiera muerto desangrado intentando defender mi vida. Tom acudió en el acto con un buen sable en la mano.

En ese mismo instante —todo parecía ocurrir en un mismo instante, todo a la vez— media docena de hombres se precipitaron aullando sobre el sargento Drooce. El sargento, retrocediento contra el muro, silenció para siempre uno de los aullidos con un terrible golpe, y esperó a los restantes con el rostro tan increíblemente impasible que todos se detuvieron asombrados.

—Míralo ahora —gritó Tom Packer—. ¡Ahora es cuando podría acabar con él! ¡Gill! ¿Te acuerdas de lo que te dije?

Imploré a Tom Packer en nombre de Dios, y lo mejor que pude, dada mi debilidad, que acudiera en ayuda del sargento.

—¡Lo odio y lo detesto! —replicó Tom, sacudiendo la cabeza con aire resuelto—. Pero, bueno, es un hombre valiente. —Luego gritó—: ¡Sargento Drooce! ¡Sargento Drooce! ¡Dígame que ha sido injusto conmigo y que lo siente!

El sargento, sin apartar la vista de sus asaltantes, pues eso le hubiera acarreado una muerte inmediata, respondió con firmeza:

—¡Ni hablar!

—¡Sargento Drooce! —gritó Tom como en una especie de agonía—. ¡He empeñado mi palabra de que nunca le salvaría de la muerte, aunque pudiera hacerlo, y que le dejaría morir. Dígame que se ha portado mal conmigo, y que lo siente, y acudiré al instaste en su ayuda!

Uno de los piratas le ofreció al sargento su cabeza calva. El sargento lo mató al instante.

—Te digo que no —dijo el sargento, recobrando el aliento y esperando el siguiente ataque—. No. Ni hablar. Si no eres lo suficiente hombre como para luchar por un compañero cuando necesita ayuda y sin ninguna razón, me iré al otro mundo, donde encontraré hombres mejores.

Tom saltó en medio de los atacantes y le proporcionó una salida. Ambos trataron de abrirse camino a través de otro grupo enemigo, poniéndolos en fuga. Luego se acercaron hasta el sitio donde yo, con gran regocijo, comenzaba a tener otra vez conciencia de que había un sable en mi mano.

Apenas habían llegado a nosotros cuando oí, por encima de todo el estrépito, un coro de terribles lamentos procedentes del lugar donde se encontraban las mujeres. Vi también a la señorita Maryon, con el rostro alterado, cubriendo con sus manos el rostro de la señora Fisher. Me volví hacia el edificio del tesoro y descubrí a la señora Venning, erguida sobre los escalones del foso, con sus cabellos grises y sueltos y los ojos llameantes. Mientras escondía a su nieta tras ella, entre los pliegues de su falda, luchaba contra un pirata con la otra mano y caía, alcanzada por un tiro.

Se volvieron a oír los gritos y hubo un movimiento confuso y terrible de mujeres, que se precipitaron en medio de la batalla. Inmediatamente después, algo se derrumbó a mi lado, y pensé que era el muro. Era un grupo de zambos que había saltado el muro; y cuatro hombres se aferraron como serpientes a mis rodillas. Uno de ellos era Cristiano Rey Jorge.

—*Yup, so-jeer* —dijo—. Cristiano Rey Jorge estar muy contento de coger *so-jeer* prisionero. Cristiano Rey Jorge esperar coger *so-jeer* mucho tiempo. *¡Yup, Yup!*

¿Qué podía hacer yo, con veinticinco hombres encima, sino dejarme atar de pies y manos? Todo estaba concluido ya... los botes no habían regresado, ¡y todo se había perdido! Cuando me ataron y me colocaron junto al muro, el tuerto convicto inglés y el capitán portugués vinieron a verme.

—¡Mira! —dijo el inglés—. ¡Aquí tienes a un hombre valiente! ¡Si la noche pasada dormiste profundamente, la próxima noche tendrás el sueño más profundo de tu vida, soldadito valiente!

El capitán portugués sonrió con frialdad y me golpeó con la hoja de su machete, como si yo fuera la rama de un árbol que le sirviera de pasatiempo; primero en la cara, luego en el pecho, y luego en el brazo herido. Lo miré fijamente a los ojos, sin apartar su mirada de la mía, me siento orgulloso de decirlo. Pero cuando se fueron, me derrumbé y caí al suelo.

El sol había salido ya cuando me levantaron y se me ordenó bajar a la playa para embarcar. Estaba tan dolorido y magullado que al principio era incapaz de recordar nada, pero no tardé mucho en recobrar la memoria. Había cadáveres por todas partes, y los piratas estaban enterrando a sus muertos y trasladaban a sus heridos en improvisadas angarillas hacia la parte posterior de la isla. Respecto a nosotros, sus prisioneros, habían traído algunos de sus botes al muelle principal con la idea de sacarnos de allí. Parecía que solo éramos unos pocos desgraciados, pensé en aquel momento, cuando me bajaron al puerto; en efecto, era otro indicio de que habíamos luchado bien, y que el enemigo lo había pasado mal.

El capitán portugués había conseguido embarcar ya a todas las mujeres en el bote que él mismo comandaba, y acababa de zarpar cuando yo bajé. La señorita Maryon, sentada a su lado, me lanzó una mirada, en un instante, tan plena de tranquilo valor, de piedad y confianza, que duró muchas horas en mi mente. La señora Fisher, colocada al otro lado del pirata, lloraba por su madre y su hija. Me empujaron al mismo bote que Drooce y Packer, y lo que quedaba de nuestro grupo de marinos, de los cuales habíamos perdido dos soldados, además de Charker, mi pobre y valiente compañero. Fue un viaje muy triste, bajo el sol ardiente, en dirección a tierra firme. Allí desembarcamos en un lugar solitario y volvieron a inspeccionarnos sobre la arena. El señor Macey, su esposa e hijos estaban con nosotros, al igual que el señor Pordage y su esposa, el señor Kitten, el señor Fisher y señora Belltott. Éramos solo catorce hombres, quince mujeres y siete niños. Esos eran los únicos supervivientes ingleses de todos cuantos se habían retirado a descansar la noche anterior, felices y confiados, en la Isla del Tesoro de Plata.[5]

Capítulo II

Las balsas en el río

Nos las arreglamos para mantenernos a flote durante toda aquella noche y, como la corriente empujaba con fuerza, nos arrastró un largo trecho de río abajo. Pero nos pareció que la noche era peligrosa para una navegación semejante, debido a los remolinos del agua y los rápidos, y por esa razón al siguiente día se decidió que en lo sucesivo nos detendríamos todos los días a la puesta del sol y acamparíamos en la orilla. Como ignorábamos si los piratas disponían de botes en la prisión de la selva, acordamos acampar siempre al lado contrario de la corriente, para interponer lo ancho del río entre ellos y nosotros. Suponíamos que si conocían algún sendero distinto que condujera por tierra hasta la boca del río, aparecerían forzosamente, volviendo a capturarnos o matándonos, lo que mejor les pareciera. Pero si ese no era el caso y el río no discurría cerca de sus guaridas secretas, tal vez podríamos escapar.

Cuando digo que se decidió esto o aquello, no quiero decir que planeáramos nada confiando en lo que sucedería una hora

---

[5] En este punto concluye el primer capítulo de «Las desventuras de ciertos prisioneros ingleses». En *Household Words* eran muy habituales las colaboraciones de distintos escritores y Charles Dickens, tras diseñar el relato, encomendó a su protegido Wilkie Collins la redacción del segundo capítulo. En ese segundo capítulo, titulado «Prisión en la selva» («The Prison in the Woods»), se narran las aventuras de los cautivos, que servirán como garantía de que los piratas podrán partir con el tesoro sin que nadie entorpezca su huida.

más tarde. Habían sucedido tantas cosas en una sola noche, y la fortuna de muchos de nosotros había experimentado cambios tan repentinos y violentos, que tuvimos que acostumbrarnos a la incertidumbre en menos tiempo que la mayoría de la gente a lo largo de toda su vida.

Las dificultades en las que nos vimos envueltos, en medio de las revueltas y los rápidos de la corriente, hizo de la probabilidad de resultar ahogados —por no hablar de la de volver a ser capturados— algo tan evidente y tan claro como el sol a mediodía. Aun así, todos nos esforzamos por mantener las balsas a flote, bajo la dirección de los marineros (pues creo que nosotros no habríamos impedido que volcara), y también trabajamos duro intentando corregir los defectos de su apresurada construcción, defectos que el agua no tardó en poner de relieve. Y aunque nos resignábamos humildemente a perecer, si esa era la voluntad de Nuestro Padre que está en el Cielo, también estábamos humildemente decididos a realizar el mayor esfuerzo posible que estuviera en nuestras manos para que eso no ocurriera.

Y así avanzamos, navegando a favor de la corriente. El río nos llevaba a una orilla, luego a la otra, nos hacía virar, nos obligaba a girar... pero nos impulsaba y nos arrastraba. Algunas veces con demasiada lentitud, otras con demasiada velocidad, pero nos arrastraba.

Mi pequeño sordomudo dormitaba la mayor parte del tiempo, y otro tanto hacía el resto de los niños. Causaban muy pocos problemas. A mí me parecían todos iguales, y no solo porque siempre estuvieran callados, sino por sus rostros también. El movimiento de las balsas solía ser casi siempre el mismo; el paisaje era casi siempre el mismo; el dulce rumor y el murmullo de las aguas era casi siempre el mismo, y conseguía adormilarnos, como si fuera un estribillo que se repitiera constantemente. Incluso en los adultos, que trabajaban con tesón y sentían la ansiedad, la visión constante de las mismas cosas producían el mismo efecto. Cada nuevo día era tan parecido al anterior que pronto perdí la cuenta de los días, y hablo por mí, y tenía que preguntarle a la señorita Maryon para saber, por ejemplo, si ya habían transcurrido tres o cuatro días. La señorita Maryon llevaba una pequeña libreta y un lápiz, y escribía el diario; es decir, anotaba brevemente los acontecimientos del día y las distancias que nuestros marinos creían que habíamos adelantado noche a noche.

Así, como digo, nos manteníamos a flote y avanzábamos sobre el agua. Durante todo el día y todos los días, el agua, los bosques, el cielo; todo el día y todos los días, la constante vigilancia de ambas márgenes del río, y al frente, a cada recodo inesperado y a cada remanso, buscando cualquier rastro de botes de piratas o de sus guaridas. Así, como digo, nos manteníamos a flote y avanzábamos. Los días se mezclaban hasta tal punto que apenas pude creer lo que oía cuando pregunté:

—¿Cuántos días llevamos ya, señorita?

Y me contestó:

—Siete.

A decir verdad, el pobre señor Pordage, para entonces, ya tenía la chaqueta diplomática en un estado deplorable, como nunca la hubiera imaginado. Con el barro del río, con el agua, el sol, el rocío, las ramas que la rasgaban y los matorrales, se había convertido en un amasijo de jirones descoloridos colgando a lo largo de su cuerpo, como un trapo de fregar. El sol lo había trastornado un poco. Le había dado por abrillantar siempre el mismo botón, que colgaba del puño izquierdo, y por reclamar continuamente «material de constatación». Yo supongo que ese hombre solicitaba plumas, tinta, papel, secante y lacre, y lo pedía unas mil veces al día. Tenía la idea de que jamás saldríamos del río a menos que lo solicitáramos redactando un memorándum; y cuanto más nos esforzábamos por mantener las balsas a flote, más insistía en que debíamos abandonarlas y más protestaba exigiendo «material de constatación».

La señora Pordage, del mismo modo, persistía en el uso de su gorrito de dormir. Dudo que nadie —aparte de nosotros— que hubiera comprobado la transformación de esa prenda de vestir pudiera explicar en qué se había convertido ya. Había adquirido un aspecto mustio y los jirones le tapaban la vista a la señora. Estaba tan sucio que no creo que nadie pudiera decir si era una planta arrancada de un pantano, o unos hierbajos del río, o uno de esos trapos que se ponen en la cabeza los trabajadores del mercado en Londres para transportar cargas. Aun así, la infortunada mujer tenía la idea de que no solamente era muy elegante, sino lo más decente y lo más propio para la situación. Adoptaba un aire de superioridad realmente asombroso respecto a las otras damas, que no tenían gorrito de dormir, y que se veían obligadas a sujetarse el pelo como podían.

Yo no sé a qué se parecía cuando, sentada sobre un tronco de árbol en el exterior de la choza o bien a bordo de la balsa, lucía su bendita cofia. Tenía un cierto parecido con una de esas adivinas que salían en los libros ilustrados que yo veía en los escaparates cuando era niño, salvo por el carácter imponente. Pero Dios me perdone, ¡la dignidad con la que se ponía a dormitar, con la cabeza envuelta en aquel manojo de andrajos, era única en el mundo! No mantenía relaciones más que con tres de las damas del grupo. Algunas de ellas tenían lo que ella llamaba «precedencia» —¡al entrar o salir del miserable y pequeño refugio!—, mientras que a otras no se dignaba ni a presentarles sus respetos o algo así. De modo que allí estaba, con su propia pompa y circunstancia, mientras su esposo, sentado sobre el mismo tronco, nos instaba a todos, sin excepción, a dejar que las balsas se hundieran y nos ordenaba que le lleváramos útiles para escribir.

El caso es que con el alboroto del señor comisionado Pordage, y los gritos del sargento Drooce en la popa de la balsa (que eran más de los que Tom Packer podía tolerar), nuestro silencioso viaje río abajo era con frecuencia cualquier cosa menos silencioso. Sin embargo, indudablemente, era muy importante para nosotros que nadie pudiera oírnos desde las selvas de la orilla. Nos estaban buscando, con toda seguridad, y podían volver a capturarnos en cualquier momento. Fueron momentos de ansiedad; desde luego, ya lo creo: fueron momentos de ansiedad.

La séptima noche de nuestro viaje en las balsas nos apresuramos, como siempre, a buscar un lugar oscuro donde desembarcar, al lado contrario en el que habíamos estado del día anterior. Nuestro pequeño campamento no tardó en levantarse; cenamos y los niños se durmieron enseguida. Se designó la guardia y todo quedó en orden para la noche. Era una noche estrellada, con el cielo muy azul y había una gran oscuridad en los lugares umbríos, en las márgenes del río.

Aquellas dos damas, la señorita Maryon y la señora Fisher, siempre habían permanecido a mi lado desde la noche del ataque. El señor Fisher, que trabajaba incansablemente sobre la barca, me había dicho en una ocasión:

—Mi querida esposa, despojada de su hija, le tiene tal aprecio, Davis, y es usted un caballero tan amable y tan *valiente* —nuestro grupo había adoptado esa palabra al escucharla en boca del pirata tuerto, y solo repito lo que dijo el señor Fisher porque lo dijo—, que me quito un gran peso de encima al saber que está bajo su cuidado.

Le contesté:

—Su esposa está en mejores manos que las mías, señor, estando al cuidado de la señorita Maryon, pero podéis confiar en que sabré custodiar a ambas: fiel y honradamente.

Él replicó:

—Confío en ello, Davis, y desearía de todo corazón que toda la plata de nuestra vieja isla fuera vuestra.

Aquella noche estrellada, la séptima, como he dicho, acampamos, cenamos, dispusimos la guardia y los niños se durmieron. Era hermoso y resultaba solemne verlos todas las noches, en esas regiones solitarias y salvajes, arrodillándose bajo el cielo estrellado y repitiendo antes de dormirse las oraciones en el regazo de las mujeres. En esos momentos todos los hombres nos descubríamos, y la mayoría nos manteníamos a cierta distancia. Cuando las inocentes criaturas se levantaban, todos murmurábamos: «¡Amén!». Pues aunque no habíamos escuchado lo que decían, sabíamos que debía de ser por nuestro bien.

En esos momentos, como era natural, las pobres madres que estaban con nosotros, y cuyos hijos habían sido asesinados, derramaban abundantes lágrimas. Yo pensaba que la escena debería consolarlas, al mismo tiempo que sollozaban, pero estando en lo cierto o estando equivocado, lo cierto es que lloraban mucho. Aquella séptima noche, la señora Fisher lloró por su hijita perdida hasta que se quedó dormida. Estaba tumbada sobre un pequeño lecho de hojas (yo intentaba arreglar cada noche el mejor lecho que podía para ellas) y la señorita Maryon la había tapado, y se había sentado junto a ella, cogiéndole la mano. Las estrellas las contemplaban desde el cielo. En lo que a mí respecta, solo las vigilaba.

—Davis —dijo la señorita Maryon. (No voy a intentar describir cómo era su voz; no podría aunque quisiera).

—Aquí estoy, señorita.

—El río suena como si estuviera crecido esta noche.

—Todos pensamos, señorita, que nos estamos acercando al mar.

—¿Cree entonces que podremos escapar?

—Ahora sí, señorita, ahora lo creo de verdad. —Siempre dije que escaparíamos; pero en mi interior lo dudaba.

—¡Qué contento estará, mi buen Davis, de volver de nuevo a Inglaterra!

Tengo que hacer otra confesión, que parecerá un poco rara. Cuando pronunció estas palabras, sentí que un nudo me apretaba la garganta, y me pareció que las estrellas que yo miraba desde lejos reventaban en destellos que caían sobre mi rostro y lo quemaban.

—Inglaterra no significa mucho para mí, señorita. Solo es un nombre.

—¡Oh, un inglés tan leal no debería decir eso! ¿Se siente mal esta noche, Davis? —preguntó cariñosamente, cambiando rápidamente su tono su voz.

—Bastante bien, señorita.

—¿Está usted seguro? Me parece como si tuviera otra voz.

—No, señorita; me encuentro más fuerte que nunca. Pero Inglaterra no significa nada para mí.

La señorita Maryon permaneció silenciosa, durante un rato tan largo que creí que había puesto punto final a la conversación. Pero no fue así; pues volvió a insistir y me dijo en un tono claro y severo:

—No, amigo mío; no debe decir que Inglaterra no significa nada para usted. Tiene que ser mucho para usted... incluso todo. Tiene usted que volver a Inglaterra con la fama que se ha merecido aquí, y con la gratitud, el cariño y el respeto que se ha ganado aquí: y tiene usted que hacer que una joven y buena inglesa sea muy feliz y esté orgullosa, casándose con ella; y yo la conoceré un día, espero, y la haré más feliz aún y más orgullosa todavía cuando le cuente los nobles servicios que prestó su marido en Sudamérica, y el noble amigo que fue para mí.

Aunque pronunció esas palabras cariñosas con un tono divertido y alegre, las pronució con un aire de compasión. Yo no dije nada. Parecerá otra extraña confesión, pero anduve caminando de un lado a otro, sin hablar, durante toda la noche, como un desgraciado, haciéndome reproches continuamente: «Eres más ignorante que nadie en este mundo; no eres nadie, menos que nadie en este mundo; eres más pobre que cualquiera en este mundo; no vales más que el barro que tienes bajo los pies». Y así me estuve zahiriendo a mí mismo hasta el amanecer.

Con el día llegó el trabajo diario. No sé qué hubiera hecho si no hubiera tenido nada que hacer. Volvimos a poner las balsas a flote a la hora habitual, y continuamos navegando río abajo. Estaba más ancho, y más libre de obstáculos que hasta entonces y parecía fluir con mayor rapidez. Aquel fue uno de los días tranquilos de Drooce; además, el señor Pordage, aparte de sentirse malhumorado, casi había perdido la voz; de modo que tuvimos un viaje fácil y tranquilo.

Siempre había un marinero en la proa de la balsa, observando atentamente a su alrededor. De pronto, en un momento en que el calor apretaba, cuando los niños dormitaban y los árboles y los juncos de la orilla parecían dormitar, el marinero vigía —que se llamaba Short—, levantó los brazos y gritó con mucha cautela:

—¡Quietos! Oigo voces ahí delante...

Nos detuvimos contra corriente en cuanto pudimos, y la segunda balsa nos siguió. Al principio el señor Macey, el señor Fisher y yo no pudimos oír nada, aun cuando los marineros que llevábamos en nuestra balsa afirmaban que oían ruido de voces y remos. En cualquier caso, después de una pequeña pausa todos coincidimos en afirmar lo mismo: voces y chapoteo de remos. Pero en esas regiones los ruidos pueden oírse a largas distancias, y como el río hacía un recodo delante de nosotros, no podíamos ver nada, salvo el agua y las orillas del río. Después de estar vigilando constantemente las orillas aquel octavo día (que para el caso, y por nuestro estado de ánimo podía haber sido el octogésimo) no podíamos ver nada más que agua y selva.

De inmediato decidimos que un hombre debía desembarcar y avanzar por la selva, ver qué estaba pasando, y avisar a los que se quedaban en las balsas. Las balsas, entretanto, se quedarían ancladas en mitad de la corriente. El hombre elegido tendría que desembarcar en la orilla, y no nadando hasta la orilla, pues se entendió que lo primero sería más rápido que lo segundo. La balsa que lo llevara, regresaría luego al centro de la corriente, y se colocaría junto a la otra, lo mejor que pudiera, hasta que el hombre volviera a informar. En caso de peligro, el hombre debería cuidarse de sí mismo y esconderse, hasta que resultara seguro volverlo a embarcar. Yo me ofrecí a ser ese hombre.

Sabíamos que las voces y los remos se aproximarían con lentitud, pues venían contra corriente; y nuestros marineros sabían, por el caudal de la corriente, la orilla por la que subirían. Me dejaron en la orilla; la balsa regresó al río y yo me adentré en la selva.

Era un lugar caluroso y húmedo, poblado de zarzales, difícil de atravesar. Mejor para mí, porque así tenía algo contra lo que luchar y algo que hacer. Atravesé el recodo en diagonal, salvando así una gran distancia, y llegué a la orilla otra vez, me escondí y esperé. Ya podía distinguir claramente el ruido de los remos; las voces habían cesado.

El sonido que me llegó luego era repetitivo, y como yo estaba escondido, imaginé que el ritmo estaba diciendo... «Cris-tián'-Rey-Jorg', Cris-tián'-Rey-Jorg...», una y otra vez, siempre lo mismo, con las pausas siempre en los mismos lugares. Tuve tiempo también para decidir que, si se trataba de piratas, podría (y así lo haría, excepto si me pegaban un tiro) nadar hasta la balsa, a pesar de mi herida, dar la señal de alarma, y ocupar mi puesto de siempre al lado de la señorita Maryon.

«Cris-tián'-Rey-Jorg', Cris-tián'-Rey-Jorg...», el rumor se acercaba cada vez más.

Miré a las ramas que tenía a mi alrededor, para ver dónde podría cubrirme mejor ante una descarga de balas; y miré también a mi espalda, para buscar el camino que había abierto. En ese momento ya estaba completamente preparado para lo que pudiera pasar.

«¡Cris-tián'-Rey-Jorg', Cris-tián'-Rey-Jorg...!», ya estaban allí.

¿Quiénes eran? ¿Los bárbaros piratas, escoria de todas las naciones, dirigidos por hombres como aquel pequeño mono portugués y aquel inglés presidiario y tuerto, con aquella cicatriz que le cruzaba la cara y que debería haberle separado su maldita cabeza del cuerpo? ¿Los peores hombres del mundo, escogidos entre los peores para realizar las hazañas más crueles y atroces que jamás asquearon al mundo? ¿La banda asesina de demonios, que aullando y ondeando su bandera negra, enloquecidos y borrachos, solo nos venció a traición y porque eran más?

No. Eran hombres ingleses en barcos ingleses —buenas casacas azules y chaquetas rojas—. Bravos marinos y soldados, soldados que yo conocía y marineros que conocían a mis compañeros. En el timón del primer bote, el capitán Carton, preocupado y alerta; en el timón del segundo, el capitán Maryon, valiente y temerario; en el timón del tercero, un viejo marino con la decisión grabada en su rostro vigilante, como el mascarón de proa de un barco. Todos armados de pies a cabeza, con dos y tres armas. Cada hombre se entregaba a su trabajo, en cuerpo y alma. Todos buscaban el rastro de algún amigo o enemigo, y ardían en deseos de ser los primeros en acudir en auxilio nuestro o en vengar el mal. A todos se le iluminó el rostro cuando me vieron, su compatriota, al que habían hecho prisionero, y me saludaron con alegría, mientras el capitán Carton voló hacia mí y me subió a bordo.

—¡Escapamos todos, señor! —informé entonces—. ¡Todos bien, a salvo y muy cerca de aquí!

¡Dios me bendiga y... y a todos ellos también! ¡Qué alegría! Sentí entonces la debilidad, al pasar de mano en mano desde la proa a la popa; todos dándome golpecitos en la espalda o abrazándome de un modo u otro al pasar.

—¡Ánimo, valiente compañero! —exclamó el capitán Carton, dándome palmadas en el hombro como a un amigo y alcanzándome una botella—. Echa un trago y te volverá el color a la cara. ¡Y ahora, muchachos, adelante!

Las orillas volaban a nuestro paso como si la corriente más poderosa que jamás se hubiera conocido fluyera a nuestro favor; y así era, estoy seguro, si por corriente me refiero al ardor y al espíritu que animaba a aquellos hombres. Las orillas parecían volar a nuestro paso, hasta que divisamos las balsas... y continuaron volando hasta que pudimos colocarnos a su lado; entonces se detuvieron; allí hubo tumulto de risas, gritos, besos y apretones de manos, y niños que pasaban de unos brazos a otros, y un enorme torrente de gratitud y alegría nos envolvió a todos y tranquilizó nuestros corazones.

Me había dado cuenta de que en el bote del capitán Carton se habían realizado algunos curiosos y nuevos arreglos. Llevaba allí como una especie de arco hecho con flores que iba colocado detrás del capitán, y entre él y el timón. Y no solo era llamativa aquella guirnalda, por llamarla así, pulcramente hecha con flores, sino que estaba adornada también en forma muy singular. Algunos hombres se habían quitado las cintas y hebillas de sus sombreros, y las habían colgado entre las flores; otros habían formado festones y serpentinas con sus pañuelos; otros entremezclaron toda clase de baratijas, como trozos de cristal, brillantes fragmentos de relicarios y tabaqueras entre las flores; de modo que aquello resultaba muy brillante y divertido cuando le daba el sol. Pero por qué lo habían hecho, y por qué habían hecho precisamente aquello... eso no lo entendí.

En seguida, en cuanto se calmó el primer alborozo, el capitán Carton ordenó desembarcar. Pero su propio bote, con dos remeros en él, se alejó de nuevo algunas yardas de la playa cuando todos sus hombres desembarcaron. Mientras se mantenía allí, con los dos remeros bogando despacio para que la corriente no los arrastrase, aquella bonita guirnalda fue el centro de atracción de todas las miradas. De todos modos, ninguno de los hombres de la tripulación parecía saber nada de aquello, salvo que era una fantasía del capitán.

El capitán, con las mujeres y los niños apiñados a su alrededor, y hombres de todas categorías agrupados por detrás, todos escuchando, empezó a contar cómo la expedición, engañada por una mala información, había perseguido a unos pequeños botes piratas la noche fatal y habían persistido en la persecución al día siguiente sin sospechar, hasta muchas horas más tarde, que el grueso de los piratas se había escondido y que había desembarcado en la isla. Continuó relatando cómo la expedición, suponiendo que iban a enfrentarse con toda una flota de botes armados, fue arrastrada a los bajíos, y allí quedó encallada; pero no sin obtener venganza sobre los dos botes que sirvieron de señuelo, que fueron alcanzados, volteados y hundidos con toda su tripulación. Luego siguió contando cómo la expedición, temiéndose que la cosa fuera como finalmente fue, salió con gran esfuerzo de la varadura, después de perder casi cuatro mareas, y regresó a la isla, y donde encontró la corbeta barrenada y el tesoro... desaparecido. Siguió contando cómo a mi oficial, el teniente Linderwood, se le dejó en la isla al frente de una compañía de soldados, tan reforzada desde el continente como se pudo conseguir; y cómo los tres botes que teníamos delante se habían pertrechado con armas y tripulación, y habían salido a batir las costas y las rías en busca de cualquier rastro nuestro. Estuvo contando aquello de frente al río, y mientras, la guirnalda de flores parecía flotar en los rayos de sol delante de todos.

Inclinada sobre el hombro del capitán Carton, entre él y la señorita Maryon, estaba la señora Fisher, con la cabeza inclinada sobre su brazo. Sin levantar la cabeza, le preguntó si habían encontrado a su madre.

—¡Consuélese! ¡Descansa en paz! —respondió el capitán amablemente—. Descansa bajo los cocoteros de la playa.

—Y mi niña, capitán Carton, ¿encontró usted a mi niña también? ¿Descansa junto a mi madre?

—No. Su preciosa niña duerme bajo una sombra de flores.

Su voz se estremeció, pero había algo en ella que llamó la atención de todos los oyentes. En ese momento, desde detrás de la guirnalda, en el bote, una niña pequeña saltó, aplaudiendo y estirando los brazos al tiempo que exclamaba:

—¡Papá querido! ¡Querida mamá! No me mataron. Estoy a salvo. He venido a daros un beso. Llevadme hasta ellos, llevadme hasta allí, buenos marineros.

Ninguno de los que presenciaron la escena la ha olvidado nunca, estoy seguro, ni la olvidará jamás. La niña se había quedado absolutamente quieta en el lugar donde su valiente abuela la había dejado, diciéndole antes al oído: «¡No importa lo que me pase a mí: tú no te muevas, mi vida!», y allí se había quedado, quietecita, hasta que el fuerte quedó desierto; entonces subió por la trinchera y se fue a casa de su madre; y allí, sola en la isla vacía, en la habitación de su madre, y dormida en la cama de su madre, la había encontrado el capitán. De ningún modo pudieron convencerla de que se separara de él, una vez que la cogió en brazos, y el capitán había decidido llevarla con él, y los hombres le habían hecho a la niña aquella guirnalda. Era un espectáculo ver el rostro de aquellos hombres. La alegría de las mujeres era maravillosa, el regocijo de aquellas que habían perdido a sus hijitos era prácticamente sagrado y casi divino. Pero el éxtasis de la tripulación del capitán Carton cuando su «mascota» fue devuelta a sus padres... fue maravillosa por la ternura que mostraban en medio de su rudeza.

Cuando el capitán permanecía con la niña en brazos, y los bracitos de la niña le rodeaban el cuello, y cuando se lo entregó a su padre, y luego a su madre, y luego a alguien que quería besarla, la tripulación, regocijada, arrojaba sus gorras al aire, reía, cantaba, gritaba, y bailaba... y todo entre ellos, sin necesidad de que nadie se lo dijera, de un modo que no se ha visto jamás. Al final vi por allí al timonel y a otro tripulante, ambos de rostro severo y cabellos grises, que habían sido los más contentos de todos, acercarse el uno al otro, cogerse los dos la cabeza por debajo del brazo, y aporrearse tan fuerte como podían, y todo por exceso de alegría.

Tras descansar y recuperarnos lo suficiente —nos alegró disponer de alimentos saludables para comer y beber que habían venido en los botes—, reanudamos nuestro viaje río abajo: las balsas, los botes y todos nosotros. Me dije a mí mismo que este era ahora un viaje muy distinto, y volví a ocupar mi lugar y mi puesto entre mis compañeros.

Pero cuando nos detuvimos para pernoctar descubrí que la señorita Maryon había comentado con el capitán Carton algo que directamente me concernía, pues el capitán se acercó diciéndome:

—Mi valiente compañero, has sido el guardaespaldas de la señorita Maryon durante todo este tiempo y seguirás siéndolo. Nadie mejor que tú para que asumas la distinción y el honor de proteger a esa joven dama.

Agradecí el honor con las palabras más adecuadas que pude encontrar, y esa noche fui destinado a mi antiguo puesto, vigilando el lugar donde ella dormía. Más de una vez en la noche observé asomarse al capitán y recorrer el lugar para comprobar que todo estaba en orden. Debo haceros ahora otra singular confesión: yo lo observaba con el corazón acongojado. Sí. Yo lo veía con el corazón acongojado, acongojado de verdad.

Durante el día desempeñaba la misma labor en el bote del capitán. Yo tenía un privilegio especial, junto a la señorita Maryon, y ninguna mano sino la suya tocó mis heridas jamás. (Hace ya años que están curadas, pero nadie las ha vuelto a tocar jamás).

El señor Pordage se mantenía tolerablemente tranquilo, ahora que ya disponía de papel y tinta, y comenzaba a recuperar paulatinamente el juicio. Sentado en el segundo bote, con el señor Kitten a su lado, redactaba documentos durante todo el día, e, invariablemente, nos hacía llegar su protesta por cualquier motivo en cuanto nos deteníamos. El capitán, desde luego, concedía poca importancia a aquellos papeles, hasta el punto de que llegó a circular un dicho entre la tripulación: siempre que alguien necesitaba una cerilla para encender su pipa, se decía:

—¡Jack, pásame una protesta!

En cuanto a la señora Pordage, continuaba usando su cofia y había cortado sus relaciones con el resto de las damas, porque no había sido rescatada solemnemente y por separado por el capitán Carton, delante de todo el mundo. El fin del señor Pordage, para concluir con todo lo que supe de él, fue que obtuvo numerosas felicitaciones en Inglaterra por su conducta en estas circunstancias excepcionales, y que murió de ictericia, siendo gobernador y caballero comendador de la Orden de Bath.

El sargento Drooce se había recuperado de su fiebre alta, y ahora solo tenía una fiebre moderada. Tom Packer —el único hombre que podía hacerle salir de ese trance—, cuidaba de él a bordo de la vieja balsa, y la señora Belltott, tan animada como siempre (aunque el espíritu de aquella pequeña mujer, cuando las cosas se ponían mal, nunca coincidió con su apariencia), era la enfermera que obedecía sus instrucciones. Antes de bajar por las costas de Mosquito, uno de nuestros hombres hizo circular la broma de que pronto veríamos en los papeles el nombre de la señora de Tom Packer en lugar del de la señora Belltott.

Cuando alcanzamos la costa, conseguimos botes de los nativos, y así pudimos desprendernos de las balsas, y remamos paralelos a tierra; y con ese clima maravilloso y con el agua tan limpia, se pasaban los días como por encantamiento. ¡Ah! ¡Los días! Corrían más que cualquier río o corriente marina, y no había marea que los trajera de vuelta. Nos íbamos acercando al lugar donde desembarcarían los habitantes de la Isla del Tesoro de Plata y desde donde nosotros recibiríamos orden de volver a Belice.

El capitán Carton tenía a su lado, en el bote, un curioso mosquetón español de cañón largo, y en cierta ocasión, refiriéndose a él, le dijo a la señorita Maryon que era el mejor de cuantos conocía; luego, volviéndose hacia mí, dijo:

—Gill Davis, cárgalo de nuevo con un par de postas, así tendremos oportunidad de probar lo bueno que es.

De modo que descargué el mosquetón sobre el mar y volví a cargarlo obedeciendo sus órdenes; luego lo coloqué a los pies del capitán, para que lo tuviera a mano.

El penúltimo día de nuestro viaje fue extraordinariamente caluroso. Partimos muy temprano; pero no se levantó ni la menor brisa de aire fresco durante todo el trayecto, y, al mediodía, el calor era difícil de soportar, sobre todo considerando que llevábamos mujeres y niños. Pero acertamos a descubrir en ese preciso momento una pequeña cala o bahía protegida por la sombra de grandes árboles. Entonces el capitán dio orden de que todos los botes lo siguieran, y nos detuvimos allí un rato.

La tripulación que estaba fuera de servicio bajó a tierra, pero recibieron órdenes de no alejarse y mantenerse a la vista, como medida de precaución. El resto permaneció en su puesto, a los remos, dormitando. Se tendieron toldos al efecto en todos los botes, de distintas formas y materiales, de modo que los pasajeros permanecieron a bordo y les pareció que estaban más frescos bajo esos toldos, a la sombra, si había sitio, que en tierra bajo la espesura. Yo conservaba mi puesto detrás de la señorita Maryon, y ella estaba situada a la derecha del capitán, mientras la señora Fisher estaba también a su derecha. El capitán tenía a la niña de la señora Fisher sobre sus rodillas. Conversaba en voz baja con ambas damas sobre los piratas, en parte porque la gente suele adoptar este tono tranquilo en unas circunstancias de semejante sosiego, y en parte por no despertar a la niña, que se había quedado dormida.

Creo que ya le dije a mi señora, para que ella lo transcribiera, que el capitán Carton tenía una vista muy aguda. De repente, me dirigió una mirada de soslayo, como queriendo decirme: «¡Ni te muevas! ¡Quieto! ¡He visto algo...!», y dejó a la criatura en brazos de su madre. Su mirada fue tan expresiva que obedecí mirando hacia ambos lados de reojo, o moviendo la cabeza solo una pizca. El capitán continuó conversando en el mismo tono suave y amable, pero comenzó a jugar con el mosquetón español, con las manos sobre las rodillas, y la cabeza inclinada hacia adelante, como si el calor le resultara pesado en extremo.

—Ellos nos tendieron una trampa, ¿comprende? —prosiguió el capitán, cogiendo el mosquetón sobre sus rodillas y mirando descuidadamente la taracea del arma—, con gran habilidad, y las torpes e insensatas autoridades locales fueron muy fáciles de engañar —deslizó perezosamente su mano izquierda a lo largo del cañón, pero pude observar sin aliento que cubría la acción de amartillar el arma con la mano derecha—; las engañaron tan fácilmente que nos incitaron a caer en la trampa. Pero mi intención respecto a operaciones futuras...

Como un relámpago, colocó el mosquetón español en el hombro, apuntó y disparó.

Todos se sobresaltaron; innumerables ecos repitieron el ruido de la descarga; una nube de pájaros de brillantes colores salió volando de la selva; un puñado de hojas quedó desparramado en el lugar donde golpeó el disparo; se oyó un crujir de ramas y un ser blando y pesado voló por el aire y cayó de cabeza sobre la orilla fangosa.

—¿Qué ha sido eso? —gritó el capitán Maryon desde su bote. Todo quedó silencioso entonces, a excepción del eco que continuaba vibrando.

—Es un traidor y un espía —replicó el capitán Carton, alcanzándome el rifle para que volviera a cargarlo de nuevo—. ¡Y creo también que el nombre de ese animal es Cristiano Rey Jorge!

El tiro le había atravesado el corazón. Algunos hombres corrieron hacia el lugar y le quitaron el barro del rostro, pero ese rostro ya no volvería a animarse de nuevo hasta el fin de los tiempos.

—Colgadlo en ese árbol —exclamó el capitán Carton; la tripulación obedeció y saltó a bordo—. Pero antes vamos a ver qué hay en esta selva, todo el mundo a sus puestos. ¡Y los botes, fuera del alcance de cualquier arma!

Fue una acción rápida, bien planificada y ejecutada, aunque terminó en decepción. No había piratas; no había nadie más que el espía. Se dio por supuesto que los piratas, incapaces de recuperarnos, y esperando un gran ataque como consecuencia de nuestra escapatoria, habían huido de las ruinas de la selva, habían cogido su navío, con el tesoro, y habían dejado allí al espía para que averiguara cuanto pudiera. Al atardecer nos marchamos, dejándolo colgado del árbol, muy solo, con el sol rojizo como una especie de atardecer mortal sobre su rostro moreno.

Al día siguiente llegamos a la colonia, en la costa de Mosquito, adonde habíamos sido destinados. Después de descansar allí durante siete días, y habiendo recibido muchos elogios y obsequios, y abundantes agasajos, los marinos recibimos órdenes de iniciar la marcha desde Town Gate (aunque no había un gran pueblo ni una puerta demasiado imponente) a las cinco de la mañana del día siguiente.

Mi oficial se había reunido con nosotros antes. Cuando salimos por la puerta, ya estaban todos allí; al frente de ellos, todos los que habían sido compañeros de prisión y, además, todos los marineros.

—Davis —dijo el teniente Linderwood—. ¡Un paso al frente, amigo!

Salí de la fila, y la señorita Maryon y el capitán Carton se acercaron a mí.

—Querido Davis —dijo la señorita Maryon, mientras las lágrimas caían por sus mejillas—, tus amigos, agradecidos, no deseando alejarse de ti, te piden, por favor, ahora que te vas llevándote nuestro afectuoso recuerdo que nada podrá empañar, que aceptes esta suma de dinero... que será más valiosa para ti, todos lo sabemos, por el profundo afecto y la gratitud con que te lo entregamos, que por su propio contenido, aunque tenemos la esperanza de que también te pueda ser útil en el futuro.

Apenas si pude responder que aceptaba agradecido la muestra de cariño y el afecto, pero no el dinero. El capitán Carton me miró atentamente, retrocedió y se alejó. Le saludé con una leve reverencia para agradecerle su delicado gesto.

—No, señorita —dije—, pienso que me rompería el corazón aceptar ese dinero. Pero si accediese usted a darle a un hombre tan ignorante y vulgar como yo alguna cosa pequeña que haya llevado... como un trozo de cinta o algo...

Ella se quitó un anillo y lo depositó en mi mano. Y continuó con su mano en la mía mientras decía:

—Los valientes de antaño, sin ser más valientes o tener una naturaleza más noble que la tuya, recibían regalos como este de sus damas y por ellas realizaban sus proezas. Si las tuyas son por mí, pensaré con orgullo que continúo formando parte de la vida de un hombre generoso y valiente.

Me besó la mano por segunda vez en mi vida.

Yo me atreví a besar la suya, guardé el anillo junto a mi pecho y volví a mi sitio.

Luego la litera de caballos salió por la puerta con el sargento Drooce y la señora Belltott en ella; el teniente Linderwood dio la orden de partir, «¡En marcha!», y en medio de vivas y aplausos salimos por la puerta también, marchando a través de la llanura, hacia el cielo azul, tal como si marcháramos directamente al Cielo.

El plan de los piratas quedó destrozado en añicos, pues el buque que llevaba el tesoro a bordo fue tan violentamente atacado por uno de los cruceros de Su Majestad, en las Antillas, y tan rápidamente abordado y conquistado, que las tres cuartas partes de los piratas resultaron muertos sin que sus tripulantes llegaran a darse cuenta de que estaban siendo atacados; la otra cuarta parte fue apresada y se recuperó todo el tesoro; y con esto llego a la última y singular confesión que tenía que hacer.

Es esta. Yo sabía muy bien qué distancia inmensa e insalvable existía entre la señorita Maryon y yo; sabía bien que era un compañero tan apropiado para ella como lo hubiera sido para los ángeles; sabía bien que ella estaba tan lejos de mi alcance como el cielo de mi cabeza; y, sin embargo, la amaba. Yo no soy capaz de decir cómo mi pobre corazón pudo enamorarse así, o si una cosa semejante ha ocurrido alguna vez, como para que un hombre tan ignorante y tan pobre como yo se haya atrevido a tener tan elevados pensamientos, sabiendo como sabía cuán presuntuosos, imposibles e irrealizables eran. No lo sé, y sin embargo, mi sufrimiento era tan grande como si hubiera sido un caballero. Sufrí una agonía... una verdadera agonía. Sufrí mucho, y durante mucho tiempo. Pensaba en las últimas palabras que me dirigió y nunca las traicioné. Si no hubiera sido por aquellas palabras, creo que me hubiese abandonado a la desesperación y a la indiferencia.

El anillo estará siempre junto a mi corazón, por supuesto, y ahí estará cuando me muera. Estoy envejeciendo ya, pero todavía me siento fuerte y capaz. Fui ascendido y recompensado, y todo lo que se pudo hacer para favorecerme, se hizo. Pero mi ignorancia se interpuso en el camino y me encontré tan apartado y marginado que no pude adquirir la más mínima instrucción, aunque lo intenté. Estuve muchos años prestando servicio, y respeté la milicia, y fui respetado, y ahora sí que aprecio la carrera militar.

En este momento, cuando le dicto a mi señora este relato para que lo ponga por escrito, todos mis antiguos pesares se han olvidado, y soy tan feliz como puede serlo un hombre en esta hermosa residencia de campo del almirante sir George Carton, baronet. Fue mi lady Carton quien me buscó, por todos los mares del mundo, y me encontró en un hospital, herido, y me trajo aquí. Es mi señora, lady Carton, quien está escribiendo mis palabras. Mi señora, a la que llamaba señorita Maryon. Y ahora, cuando pongo fin a todo lo que tenía que decir, contemplo su cabello gris caer sobre su rostro, mientras se inclina un poco sobre el escritorio; y le agradezco fervorosamente haber sido tan cariñosa, como yo creo que es, con el dolor antiguo y las penas de su pobre viejo, leal y humilde soldado.[6]

---

[6] «The Perils of Certain English Prisoners» se publicó en *Household Words* en 1857, con la colaboración del escritor Wilkie Collins.

SEGUNDA PARTE

Un árbol de Navidad

Esta tarde he estado observando a un alegre grupo de muchachos apiñados alrededor de ese curioso juguete alemán: el árbol de Navidad. El árbol estaba plantado en el centro de una gran mesa redonda y descollaba por encima de sus cabezas. Estaba profusamente iluminado con multitud de pequeñas velitas, y por todas partes tenía objetos brillantes que centelleaban y refulgían. Había muñecas de rosadas mejillas, semiocultas detrás de las hojas verdes, relojes de verdad (con agujas que se movían, al menos, y con una capacidad ilimitada para soportar toda clase de golpes) que pendían de las innumerables ramas; había mesitas francesas, sillas, camas, roperos, carillones y otros muchos objetos del mobiliario doméstico (maravillosamente trabajados en hojalata, procedentes de Wolverhampton), colgando entre las ramas, como si estuvieran dispuestos para amueblar la casa de algún hada; había también alegres hombrecillos de caras redondas, y de aspecto mucho más agradable que muchos hombres de verdad... y no es de extrañar, pues se les arrancaba la cabeza y resultaba que estaban rellenos de chucherías; también había violines y tambores; y panderetas, libros, cajas de costura y cajas de pinturas, cajas de bombones, cajas de sorpresas y cajas de todo tipo; había bisutería para las niñas mayores que brillaba más que el oro y las joyas verdaderas; canastillas y acericos de mil formas; había pistolas, espadas y estandartes; brujas en anillos de cartón que decían la buenaventura; había peonzas, trompos, limpiaplumas, perfumeros, tarjetas postales, jarroncitos de flores; frutas de verdad, brillando ingeniosamente gracias al papel dorado que las cubría; manzanas, peras y nueces falsas, rellenas con sorpresas; en resumen, tal y como una preciosa chiquilla susurró al oído de otra cerca de mí, «había de todo y mucho más».

Esa variopinta colección de extraños objetos, apiñados en el árbol como frutos mágicos, y deslumbrando las brillantes miradas que desde todas partes lo observaban (algunos de los refulgentes ojos que lo admiraban apenas si alcanzaban al nivel de la mesa, y otros se emocionaban con tímida admiración en el regazo de alegres mamás, tías y niñeras), constituía la viva imagen de la fantasía de la infancia, y me hizo pensar en cómo todos los árboles que crecen y todos los seres vivos sobre la tierra tienen también sus curiosos adornos en esta época feliz.

Ya de nuevo en mi hogar, solo, pues soy el único que permanezco despierto, los pensamientos regresan a mi propia infancia, gracias a una magia a la que no deseo resistirme. Empiezo por pensar en aquello que recordamos mejor, las ramas del árbol en la Navidad de nuestra niñez, por las cuales ascendimos hasta la vida real.

Erguido, en el centro de la estancia, liberado de muros que le impidan crecer o de un techo bajo, se levanta un árbol sombrío; y elevando la vista hasta el resplandor de ensueño de su copa —porque yo observo en este árbol la singular propiedad de crecer hacia abajo, hacia la tierra— me adentro entonces en los más lejanos recuerdos de la Navidad de mi infancia.

Y enseguida, allí me encuentro todos mis juguetes. Arriba del todo, entre el acebo y las bayas verdes, está el tentetieso con las manos en los bolsillos, que nunca se quedaba tumbado, y que siempre que lo ponías en el suelo, empezaba a dar vueltas con su orondo cuerpo, hasta que se quedaba quieto y sus ojos de langosta se volvían hacía mí... y yo simulaba reír alegremente, aun cuando en el fondo de mi corazón desconfiaba muchísimo de él. Por detrás está aquella infernal caja de sorpresas, de la cual saltaba un endemoniado abogado, vestido con negra túnica, con su odiosa cabeza despeinada y la boca roja de trapo, muy abierta. No podía soportarlo, de ningún modo, pero tampoco podía apartarme de él, porque solía aparecerse en mis sueños repentinamente, cuando menos lo esperaba, espantosamente grande, saltando de una descomunal caja de sorpresas. No está lejos la rana con un muelle en la parte trasera, que saltaba en cualquier dirección insólita, y que, cuando volaba sobre una vela y se posaba sobre una mano, con su lomo moteado, rojo sobre fondo verde, era de verdad horrible. La señorita de cartón, con su falda de seda azul, que se colocaba frente al candelabro para bailar, y a quien veo en la misma rama, era encantadora, y hermosa, pero no puedo afirmar lo mismo del hombre grande de cartón que solía estar colgado de la pared y que se movía con una cuerda; había una expresión siniestra en su nariz, y cuando colocaba las piernas alrededor de la nuca (cosa que hacía con frecuencia) estaba horrible, y ningún niño quería quedarse a solas con él.

¿Cuándo me miró esa espantosa máscara por primera vez? ¿Quién la puso allí, y por qué estaba yo tan asustado que su sola visión se me hacía eterna? En sí misma no tenía una expresión demasiado horrible, incluso parecía divertida; entonces, ¿por qué sus rasgos estúpidos me resultaban insoportables? Seguramente no era porque ocultaba su rostro bobalicón. Un delantal hubiera servido igualmente, aunque yo habría preferido el delantal, que no resultaba tan insoportable como aquella máscara. ¿O sería, tal vez, el hieratismo de la máscara? La cara de la muñeca era también hierática, pero *ella* no me daba miedo. Tal vez esa mutación fija e inflexible que se producía sobre un rostro natural inspirara en mi corazón inquieto alguna sugestión lejana y un pánico respecto al cambio universal que debe producirse en el rostro de todos los seres humanos, dejándolo silencioso. Nada me permitía olvidar aquella máscara. Ni los soldaditos que tocaban el tambor, de los que salía un chirrido melancólico al darles cuerda, ni los regimientos de soldados con sus bandas silenciosas. (Yo los sacaba de una caja y los disponía, uno a uno, sobre una plataforma rígida para poder manejarlos con un dispositivo). Ni la anciana hecha con alambres y papel marrón y que cortaba un pastel para dos niños pequeños. Nada de eso podía proporcionarme mucha alegría durante mucho tiempo. Y no encontraba ninguna satisfacción en que me enseñaran la máscara para hacerme comprender que era solo de papel o que la guardaran bajo llave para convencerme de que nadie la usaría. El mero recuerdo de aquella expresión inmóvil, la sola idea de su existencia era suficiente para despertarme en medio de la noche, horrorizado, sudoroso y gritando: «¡Oh, sé que viene a buscarme! ¡Oh, la máscara!».

En aquel entonces nunca quise saber de qué estaba hecho el viejo y querido borrico con sus alforjas... ¡Ahí está! Su piel era muy real al tacto, recuerdo. Y el gran caballo negro con aquellas manchas rojas y redondas sobre el lomo —ese caballo que nunca podría montar—: jamás me pregunté cómo pudo llegar a tener aquel aspecto tan raro, ni se me ocurrió pensar que un caballo así no se veía habitualmene en Newmarket. Sus cuatro hermanos descoloridos, junto a él, que viajaban en el vagón de los quesos y que se sacaban de allí para colocarlos en un establo instalado bajo el piano, parecían tener borreguillo en vez de cola, y otras tiras de borreguillo en lugar de crines, y se sujetaban sobre plataformas en vez de hacerlo sobre las patas, pero no eran así cuando llegaron a casa como regalo de Navidad. En aquel entonces estaban perfectamente; sus sillas de montar no estaban clavadas sin ninguna ceremonia en el lomo, como lo estuvieron después. Y *descubrí* que el tintineo del carrito musical se debía a una combinación de púas y alambres; y siempre pensé que el pequeño saltimbanqui, con su camiseta sin mangas, trepando perpetuamente por un lateral del marco de madera y cayendo cabeza abajo por el otro, era un poco tonto, aunque de natural bondadoso. Pero, a su lado, la Escalera de Jacob, hecha con pequeños cuadraditos de madera roja, que iban plegándose y repiqueteando uno sobre otro, ofreciendo cada vez un aspecto distinto, y todo animado por el tintineo de pequeñas campanillas, era para mí una asombrosa maravilla y un gran placer.[1]

¡Oh! ¡La casa de muñecas...! (Yo no era el dueño, pero solía visitarla!). No admiro el edificio del Parlamento ni la mitad de

---

[1]   La escalera de Jacob era un juguete muy simple, pero muy apreciado por los niños: como dice el autor, no son más que cuadraditos de colores que se van enlazando y formando diversas figuras. El nombre procede de un pasaje del Génesis (28, 11 y ss.): «[Jacob] tuvo un sueño: aparecía una escalera que se apoyaba sobre la tierra y cuyo extremo tocaba el cielo. Por ella subían y bajaban los ángeles de Dios».

lo que admiraba esa mansión con fachada de piedra, con ventanas de vidrio auténtico, escalones en la puerta y un balcón verdadero... más florido incluso que los que se ven ahora, salvo en los balnearios, e incluso estos solo son una pobre imitación. Y, a pesar de que se abría *de una vez* todo el frente completo (lo cual era un error, he de decir, pues acababa con la ficción de la escalera), no había más que cerrarla de nuevo y yo volvía a creer en ella. Cuando estaba abierta se veían tres estancias distintas: el salón, el dormitorio, elegantemente amueblado, y, lo mejor de todo, una cocina, con sus fogones y un surtido completo de diminutos utensilios... ¡Ah! ¡Ese calentador! ¡Y el pequeño cocinero, siempre de perfil, que siempre iba a freír dos pescados! ¡Qué justicia barmakí[2] hice yo a los nobles banquetes donde se ofrecían aquellas fuentes de madera, cada una con su plato exquisito de jamón o pavo, pegados con cola y decorados con algo verde que yo recuerdo como si fuera musgo! ¿Podrían, unidas, todas las sociedades de Moderación y Templanza de estos últimos tiempos servirme una taza de té como las que bebí en aquellos cacharros azules que contenían líquido verdadero? (Solía derramarse fuera del pequeño cuenco de madera y, recuerdo, sabía a cerillas); el té, preparado allí, era néctar. Y si los dos brazos de la ineficaz pinza para el azúcar resbalaban una sobre la otra y resultaban inútiles, como las manos de Punch,[3] ¿qué más daba? Y si grité alguna vez como un niño envenenado y causé consternación a la pequeña compañía femenina por haber bebido una cucharadita disuelta, sin advertirlo, en té demasiado caliente, nunca lo lamenté, ¡salvo porque lo ponía todo perdido!

Colgando de las ramas más bajas del árbol, junto al cortacésped y las herramientas de jardín en miniatura, ¡qué cantidad de libros colgaban! ¡Al principio eran libros pequeños, pero en gran cantidad, y con cubiertas deliciosamente suaves, de brillantes co-

---

[2]   Los barmakís o barmacidas constituían una poderosa familia en la antigua Persia. Son los protagonistas de un cuento de *Las mil y una noches,* donde se ofrece un banquete imaginario. A ese festín imaginario se refiere aquí Dickens.

[3]   Punch y Judy son los personajes clásicos de las historias de títeres en Inglaterra. Obviamente, Punch no puede asir nada con sus manos de trapo.

lores verdes o rojos! ¡Qué letras más gordas en la primera página! «La A era un arquero y disparaba contra una rana». Desde luego que sí. Además, era una tarta de *a*rándanos... ¡y allí estaba! La A era un montón de cosas, y lo mismo se puede decir de muchas de sus amigas, excepto de la X, cuya versatilidad era muy escasa, y a la que nunca vi transformarse más que en *X*erjes o en un *x*iló-fono... como la Y, que se limitaba a ser un *y*ate o una *y*egua; y la Z, condenada para siempre a ser una zorra o zinc. Pero ahora, ese mismo árbol cambia, y se convierte en las habas... las habas mági-cas por las que Jack escaló hasta la casa del gigante.[4] Y luego aque-llos gigantes de dos cabezas, sus garrotes al hombro, tan intere-santísimos, que caminaban a zancadas destrozando los bosques en espantoso tropel, arrastrando caballeros y damas por los pelos, para devorarlos en las cavernas. ¡Y Jack, qué noble, con su espada afilada y sus botas ligeras! De nuevo esas viejas reflexiones se me vienen a la cabeza cuando pienso en él, y me pregunto para mis adentros si es que hubo más de un Jack (lo cual no me parece muy posible) o solo un original, genuino y admirable Jack, que llevaba a cabo todas las proezas registradas.

Muy adecuado para la Navidad es el rubicundo color de la capucha de Caperucita Roja: el árbol se convierte en un bosque para que pueda cruzarlo con su canastilla. Caperucita viene ha-cia mí para informarme de la crueldad y la perfidia de ese lobo hipócrita que devoró a la abuela y, como si se comiera una golo-sina, la engulló a ella también después de burlarse ferozmente de ella con un cuento acerca de su dentadura. Fue mi primer amor. Yo creía que si me hubiera casado con ella habría conocido la felicidad más absoluta. Pero eso no podía ser; no me quedaba más remedio que buscar al lobo en el Arca de Noé y ponerlo al final de la procesión que formaba sobre la mesa, como a un monstruo que debiera ser humillado. ¡Ah, la maravillosa Arca

---

[4] Se trata del cuento popular inglés de Jack y las habas mágicas, a veces atribuido a H. C. Andersen. El cuento, en resumen, narra las aventuras de Jack (Periquín, en la tradición castellana), que fue a vender una vaca y, en el camino, un hombre se las cambió por unas habas mágicas. Su madre lo regañó, pero después de tirar las habas al suelo, estas crecieron y crecieron hasta llegar a la cueva de un ogro, donde Jack encontró inmensos tesoros.

de Noé! No había buenas condiciones de navegabilidad cuando la coloqué en el lavadero, con los animales amontonados sobre el tejado (debían tener sus patas bien limpias para ser admitidos en el interior), y ya dentro, comenzaban a tambalearse y a empujar la puerta, apenas cerrada y asegurada solo con un pestillo de alambre, pero ¡qué *importaba* eso! Mira la noble mosca, una o dos veces menor que el elefante; a la mariquita, a la mariposa... ¡todas verdaderas maravillas artísticas! Mira el ganso, cuyas patas eran tan pequeñas y cuyo equilibrio resultaba tan imperfecto que solía caer siempre hacia adelante y derribar a toda la creación animal. Mira a Noé y su familia, sirviendo de ridículos atacadores de pipas, y cómo cogíamos al leopardo para calentarnos nuestros pequeños dedos, y cómo las colas de los animales más grandes se convertían poco a poco en trozos raídos de cuerda.

¡Silencio! Otra vez el bosque, y alguien encaramado en un árbol... no es Robin Hood, ni Valentine ni el Duende Amarillo (no lo he mencionado a él siquiera, ni todas las maravillas de Mamá Bunch),[5] sino el sultán, con su brillante cimitarra y su turbante. ¡Por Alá! ¡Son dos sultanes, pues veo al otro subido a hombros del primero! Abajo, sobre la hierba, al pie del árbol, yace todo lo largo que es... el gigante negro, profundamente dormido, con la cabeza sobre el regazo de una dama; y cerca de ellos, la caja de cristal en la que solía mantenerla prisionera cuando estaba despierto. Ahora veo las cuatro llaves en su cinturón. La dama hace señas a los sultanes del árbol, que descienden con precaución. Es el brillante escenario de *Las mil y una noches*.

¡Oh! Ahora todas las cosas normales se tornan especiales y me parecen encantadoras. Todas las lámparas son maravillosas; todos los anillos, talismanes. Jarrones vulgares aparecen llenos de tesoros, con pequeñas porciones de tierra esparcida en la parte superior; los árboles son para que Alí Babá encuentre en ellos un escondite; los filetes son para arrojarlos al Valle de los Diamantes para que las piedras preciosas se adhieran a ellos y

---

5   El Duende Amarillo y Mamá Bunch son personajes de cuentos infantiles creados por Madame d'Aulnoy. Robin Hood es un personaje tradicional inglés y Valentine es la heroína de un antiguo cuento infantil titulado *Valentine y Orson*.

las águilas puedan llevarlas hasta sus nidos, donde los comerciantes los recogerán con gritos de alegría. Las tortas deben hacerse de acuerdo con la receta del hijo del visir de Bussorah, que se convirtió en pastelero después de que le quitaran los pantalones a las puertas de Damasco; los vendedores ambulantes son todos Mustafás que acostumbran a coser a las gentes cortadas en cuatro pedazos, y que llegan hasta ellos con los ojos vendados.

Cualquier anilla de hierro clavado en una losa es la entrada de una cueva, solo a la espera del mago, al fuego y a la brujería que hará temblar la tierra. Todos los dátiles importados proceden del mismo árbol, con cuya corteza el mercader le destrozó el ojo al hijo invisible del genio. Todas las aceitunas son frescas, y por eso el Comendador de la Fe escuchó el testimonio del niño en el juicio ficticio a aquel fraudulento mercader de olivas. Todas las manzanas son como la manzana que el niño compró (junto a otras dos) al jardinero del sultán por tres cequíes, y que aquel esclavo negro y altísimo le robó. Todos los perros me parecen aquel perro que, en realidad, era un hombre embrujado, que saltó sobre el mostrador del panadero y colocó la pata sobre el dinero falso. El arroz me recordaba al arroz de aquella dama horrible, que resultó ser un demonio, y que solo podía picotear grano a grano, en sus fiestas nocturnas, en el cementerio. Mi caballo balancín —aún lo veo ahí, con las ventanas de la nariz completamente abiertas, indicativas de su linaje— tendría que haber tenido un gancho en el cuello para poder llevarme volando, igual que el caballo de madera lo hacía con el príncipe de Persia, a la vista de todos los miembros de la corte de su padre.[6]

Sí: ¡en cada objeto que reconozco entre las ramas superiores de mi árbol de Navidad observo esa luz mágica! Cuando despierto en mi cama, al amanecer, en esas mañanas frías y oscuras de invierno, y contemplo la nieve con su turbia blancura a través de los cristales de mi ventana, oigo a Dinarzade: «Hermana, hermana, si estás despierta, te suplico que concluyas la historia del joven rey de las Islas Negras», y Scherezade contesta: «Si mi amo

---

[6] Son todos episodios e historias de *Las mil y una noches*.

el sultán me permite vivir otro día más, no solamente concluiré esa historia, sino que contaré otra más maravillosa todavía». Luego, el bondadoso sultán sale sin dar órdenes para la ejecución, y nosotros, los tres, respiramos de nuevo.

A estas alturas de mi árbol comienzo a ver, ocultas entre las hojas del árbol —puede ser a consecuencia del pavo, del pudin o del pastel de carne—, todas esas fantasías confundidas con Robinson Crusoe en su isla desierta, con Philip Quarll, entre los monos, Sandford y Merton, con el señor Barlow,[7] Mamá Bunch y la máscara —o puede que sea el resultado de una indigestión, combinada con la imaginación y el exceso de medicinas—, formando una pesadilla prodigiosa. Es tan absolutamente confusa que no sé por qué resulta tan horrorosa, pero sé que lo es. Solo puedo deducir que es un inmenso conjunto de cosas informes que parecen estar clavadas sobre una enorme extensión de muelles como los que sostenían a los soldados de plomo, y que se acercan lentamente hasta mis ojos y luego retroceden hasta una distancia inconmensurable. Cuando se acerca mucho, es mucho peor. Unidos a esos objetos, creo percibir recuerdos de noches invernales, increíblemente largas... de haber sido enviado temprano a la cama como castigo por cualquier pequeña fechoría, y despertar a las dos horas con la sensación de haber dormido dos noches enteras... recuerdos de la plomiza desesperación de mañanas que nunca amanecen, y de la opresión que causa el peso de los remordimientos.

Y ahora veo una fila maravillosa de pequeñas luces, que brillan suavemente en el suelo, delante de un enorme cortinón verde. Y ahora, una campana suena... una campana mágica, que aún resuena en mis oídos, distinta a todas las demás... y la música suena, en medio de un zumbido de voces y se percibe el fragante aroma de las pieles de las naranjas y el petróleo. ¡Al poco, la campana mágica ordena cesar la música, el gran telón

---

[7] Philip Quarll es un personaje de la novela *The Hermit* (*El ermitaño*, 1727), cuyo planteamiento es similar al famosísimo *Robinson Crusoe* de Daniel Defoe. Sandford y Merton son dos personajes de una serie de Thomas Day titulada *Las historias de Sandford y Merton* (1783-1789), donde aparecía el pedante y estricto señor Barlow, del que también habla Dickens.

verde asciende majestuoso, y comienza la obra de teatro! El fiel perro de Montargis venga la muerte de su amo, asesinado a traición en el bosque de Bondy,[8] y un divertido campesino de nariz colorada y sombrero diminuto, a quien desde ese mismo instante acojo en mi corazón como a un amigo verdadero (creo que es el mozo o el palafrenero en la posada del pueblecito, pero ya pasaron muchos años desde que me lo encontré por primera vez), señala que la sagacidad de ese perro es realmente sorprendente. Y esa idea desternillante se quedará grabada para siempre en mi memoria, viva e indeleble, quedando siempre por encima de cualquier otro chiste, hasta el final de mis días. Y luego asisto con amargas lágrimas a cómo la pobre Jane Shore, toda vestida de blanco, con su largo cabello castaño suelto, se muere de hambre en las calles, o cómo George Barnwell mató al tío más respetable que se puede tener en este mundo, y luego se sintió tan arrepentido por haberlo hecho que tuvieron que ponerlo en libertad.[9]

Acude rápida a consolarme la Pantomima —espectáculo extraordinario—: cuando lanzaban a los payasos desde morteros cargados hasta una gran lámpara de araña; cuando los arlequines, cubiertos todos con lentejuelas de oro puro, se retuercen y centellean como un pez asombroso; cuando Pantaleón (a quien comparo en mi pensamiento, sin querer ser irreverente, con mi abuelo), se metía unos atizadores de chimenea al rojo vivo en los bolsillo y gritaba: «¡Alguien está llegando!», o bien acusaba al payaso de una pequeña ratería y le decía: «¡Yo te he visto

---

[8]   *El perro de Montargis* (*The Dog of Montargis or Murder in the Wood*) fue un melodrama muy popular en el siglo XIX. Se basaba en la historia medieval de un caballero que fue asesinado a traición en el bosque de Bondy. Para saber quién había sido el criminal, se celebró uno de los llamados «juicios de Dios», en el que el supuesto asesino (Robert Macaire) lucharía a muerte con el perro del asesinado. El perro venció.

[9]   Elizabeth (Jane) Shore fue un personaje real, una de las muchas amantes del rey Eduardo IV de Inglaterra. Fue el personaje principal de distintas narraciones y dramas teatrales, debido a su dramática existencia. George Barnwell es el personaje principal de *The London Merchant*, de George Lillo, de principios del siglo XVIII, cuya historia de niños abandonados en manos de maleantes es, precisamente, muy dickensiana.

hacerlo!»,[10] cuando todo se puede transformar en cualquier cosa, con la mayor facilidad, y nada es real, sino «fruto de tu imaginación».[11]

También veo ahora la primera vez que experimenté esa aburrida sensación —que he tenido a menudo después— de sentirme incapaz, al día siguiente, de volver al mundo gris y monótono, de desear vivir para siempre en esa atmósfera brillante que quedaba atrás, de amar perdidamente al hada pequeña con su varita mágica —que era como uno de esos hipnóticos rodillos rojos y azules de los barberos, pero celestial— y anhelar una feérica inmortalidad a su lado. ¡Ah! ¡Ella regresa, en distintas formas, mientras mis ojos recorren las ramas de mi árbol de Navidad, y se va como siempre, sin quedarse nunca a mi lado!

Aparte de estos placeres, ahí está el teatro de títeres... con su familiar proscenio, con damas elegantemente ataviadas y emplumadas en los palcos, y todo el público de pasta, cola, goma y acuarelas, presenciando la escena de *La molinera y su hombre* y *Elizabeth o los exiliados de Siberia*.[12] A pesar de algunos tremendos accidentes y fallos (particularmente la irrazonable disposición del respetable personaje de Kelmar, y algunos otros, y aparte de la debilidad de piernas de las figuras, que tendían a caerse en las partes más interesantes del drama), el teatro de juguete era un mundo repleto de fantasías tan sugerentes y fecundas que veo, en mi árbol de Navidad, los teatros de la actualidad muy inferiores, oscuros y sucios, mientras que los míos, adornados con esos recuerdos, como si fueran guirnaldas de las flores más frescas y raras, me encantan todavía.

¡Escuchad! ¡Las comparsas navideñas están cantando e interrumpen mi ensoñación infantil! ¿Qué imágenes asocio a la música de Navidad mientras las veo colgadas del árbol? Las prime-

---

[10]   Son todos personajes de la Commedia dell'arte italiana, aunque convenientemente transformados al gusto decimonónico inglés. Las historias de la pantomima (o *panto*) se escenificaban habitualmente en Navidad.

[11]   En *Hamlet*, acto II, escena ii, de W. Shakespeare.

[12]   *The Miller and his Man* (1813) es una pieza teatral de Isaac Pocock. La novela *Élisabeth ou les Exilés de Sibérie* (1806) fue una novela sentimental muy popular en su tiempo, así como su autora, Mme. Cottin.

ras que recuerdo, bien distintas de todas las demás, rodean mi pequeña camita. Un ángel que se dirige a un grupo de pastores en el campo; unos viajeros con la mirada en el cielo, siguiendo una estrella; un niño en un pesebre; otro niño en un templo espacioso hablando con hombres muy serios; una figura solemne con expresión apacible en su hermoso rostro dándole la mano y ayudando a levantarse a una niña muerta; de nuevo, la misma figura, cerca de los muros de una ciudad, resucitando al hijo de una viuda; una multitud de personas que miran a través del techo abierto de la habitación donde permanece sentado mientras bajan con cuerdas a un enfermo; al mismo, en una tempestad, caminando sobre el agua hasta una barca; de nuevo, en la playa, predicando a una gran multitud; y luego, con un niño sobre sus rodillas y otros a su alrededor; en otra imagen, devolviendo la vista a un ciego, el habla a un mudo, el oído a un sordo, la salud a los enfermos, la firmeza a un inválido y la sabiduría al ignorante; y luego, muriendo sobre una cruz, vigilado por soldados armados, una densa oscuridad que se aproxima, la tierra que comienza a temblar y solo una voz que se oye: «Perdónalos, porque no saben lo que hacen».

No obstante, en las ramas más bajas y más viejas del árbol los recuerdos de Navidad se apiñan aún más. Libros escolares, cerrados; Ovidio y Virgilio, silenciosos; la regla de tres, con sus preguntas frías e impertinentes, hace mucho tiempo olvidadas;[13] Terencio y Plauto, que no actúan ya en un teatro de escritorios desordenados y bancos rayados y manchados de tinta; palos de *cricket*, bolos y pelotas abandonados, conservando aún el olor del césped pisoteado y el ruido amortiguado de gritos en la atmósfera vespertina. El árbol es nuevo todavía, alegre aún. Cuando ya no regrese a casa por Navidad, aún habrá allí niños y niñas (gracias a Dios) mientras el mundo exista. ¡Allí estarán! ¡Jugarán y danzarán alegremente en las ramas de mi árbol, Dios los bendiga, mientras mi corazón baila y juega también!

---

[13] Se trata de un ejercicio, no siempre matemático, en el que se trata de descubrir un cuarto término a partir de otros tres dados.

Yo vuelvo a casa por Navidad. Todos lo hacemos, o deberíamos hacerlo. Todos volvemos a casa, o deberíamos volver a casa, para unas cortas vacaciones —cuanto más largas mejor—, del gran colegio donde estamos siempre resolviendo problemas aritméticos en nuestras pizarras, para tomarnos un respiro y dárselo también a otros. En cuanto a ir de visita, ¿dónde no podremos ir si nos lo proponemos? ¿Dónde no hemos estado, con desearlo tan solo, dejando que la imaginación parta desde nuestro árbol de Navidad?

Una vez más tenemos delante la perspectiva de un nuevo invierno. ¡Cuántos pasaron ya junto al árbol! Junto a él avanzamos por tierras brumosas, a través de pantanos y nieblas, escalando montes, adentrándonos en bosques tan oscuros como cuevas, perdiendo casi de vista a las brillantes estrellas; y luego, en las altas cumbres, hasta que nos detenemos al fin, con súbito silencio, frente a la entrada de una mansión. La campanilla de la puerta produce un sonido casi tenebroso en el aire helado; la verja se abre balanceándose sobre sus goznes, y al acercarnos a la gran mansión las luces se hacen más intensas en las ventanas, y los árboles, frente a frente en hileras, parecen apartarse a ambos lados para cedernos el paso. De tanto en tanto se observa que, durante todo el día, una liebre asustada ha estado brincando sobre el césped cubierto de escarcha, o rompe el silencio el tableteo distante de un rebaño de ciervos que pisan con fuerza el suelo helado. Puede que detrás de los helechos sus ojos atemorizados brillen aún, si los pudiéramos ver, como heladas gotas de rocío sobre las hojas, pero permanecen en silencio, y todo está en silencio. Y así, con las luces que parece que fueran aumentando, y los árboles apartándose delante de nosotros y cerrándose de nuevo cuando ya hemos pasado, como prohibiéndonos retroceder, llegamos a la casa.

Parece que hay un aroma a castañas asadas y a otras cosas agradables continuamente, porque estamos contando historias de invierno —historias de fantasmas o, de lo contrario, cuánto lo sentíamos— cerca de la lumbre navideña, y no nos movemos del sitio sino para acercarnos un poco más al fuego. Pero eso no tiene importancia. Llegamos a la casa, y es una casa antigua, con grandes chimeneas donde arden los leños, por detrás de perros recostados sobre el suelo y torvos retratos (algunos de ellos con severas inscripciones también) que emergen recelosos de los paneles de roble que cubren las paredes. Somos nobles de la Edad Media y cenamos opíparamente con los dueños de la casa y sus invitados —es Navidad, y la vieja mansión está llena de invitados—, y luego nos retiramos a descansar. Nuestra habitación es muy antigua. Hay tapices que cuelgan de las paredes. No nos gusta el retrato del caballero vestido de verde que está sobre la chimenea. Hay unas vigas negras en el techo, y la enorme cama es negra también, sujeta a los pies por dos grandes figuras negras que parecen haber surgido de un par de tumbas de la antigua iglesia nobiliaria que hay en la propiedad, para venir a nuestra habitación particular. Pero no somos caballeros supersticiosos y no nos importa. ¡Bueno! Despedimos al criado, cerramos la puerta con llave y nos sentamos cerca del fuego de la chimenea, ataviados con nuestros camisones, murmurando acerca de un gran número de asuntos. Al fin, nos acostamos. ¡Vaya! No podemos dormir. Damos vueltas y más vueltas en la cama, y no podemos dormir. Las ascuas del hogar refulgen de tanto en tanto y la habitación parece fantasmal. No podemos evitar espiar por encima de la colcha a las dos figuras negras y al caballero, ese caballero de apariencia siniestra, vestido de verde. Por la luz vacilante, parecen avanzar y retroceder, cosa que no resulta agradable, a pesar de que no somos en absoluto caballeros supersticiosos. ¡Vaya! Comenzamos a estar nerviosos... cada vez más nerviosos. Decimos: «Esto es una tontería, pero no podemos soportarlo; haremos como que estamos malos, y así podremos llamar a alguien». ¡Vale! Vamos a hacerlo cuando la puerta se abre y entra una mujer joven, con una mortal palidez y largos cabellos rubios, que se acerca hasta la chimenea y se sienta en la silla que dejamos allí, y entrelaza las manos. Luego advertimos que sus ropas están empapadas. Nuestra lengua se la come el gato y no podemos hablar, pero la observamos atentamente. Sus largos cabellos están salpicados de barro húmedo; viste a la moda de doscientos años atrás, y sostiene en su cintura un manojo de llaves oxidadas. ¡Bueno! Se sienta allí y quisiéramos desaparecer de allí, tal es el estado en que nos encontramos. Entonces de repente se levanta y prueba las llaves oxidadas en todas las cerraduras de la habitación, sin que ninguna sea la adecuada; luego clava la mirada en el caballero vestido de verde y dice con voz baja y aterradora:

—¡Los ciervos lo saben todo!

Después vuelve a retorcerse las manos, pasa junto a la cama y sale por la puerta. Saltamos de la cama en camisón, cogemos nuestras pistolas (siempre viajamos armados) e intentamos seguirla y entonces nos encontramos con que la puerta está cerrada con llave. Giramos la llave, abrimos y miramos fuera, a la oscuridad de la galería; no hay nadie. Deambulamos un rato por allí, intentando encontrar a nuestro criado. Nada que hacer. Caminamos a grandes pasos por la galería hasta el amanecer; entonces regresamos a la habitación vacía, logramos dormirnos y nos despierta nuestro criado (a quien nada puede hechizar) y el sol radiante. ¡Bien! Desayunamos espantosamente, y todo el mundo dice que tenemos un aspecto un poco raro. Despues de desayunar vamos a ver la casa acompañados por nuestro anfitrión, a quien conducimos ante el retrato del caballero vestido de verde, y entonces todo se aclara. Traicionó los sentimientos de una doncella ligada a esa familia y famosa por su belleza, que se ahogó en un lago, y cuyo cadáver fue descubierto mucho tiempo después, debido a que los ciervos se negaban a beber en aquellas aguas. Desde entonces se murmura que suele pasear por la casa a medianoche y que se dirige especialmente a la habitación donde el caballero acostumbraba a dormir, probando las viejas cerraduras con sus llaves oxidadas. ¡Vaya! Le contamos a nuestro anfitrión la escena que habíamos presenciado, y su rostro se ensombrece y nos ruega que guardemos silencio al respecto; y eso es lo que hacemos. Pero todo es verídico y así se lo dijimos antes de morir (porque ya hemos muerto) a mucha gente respetable.

Esas antiguas mansiones no tienen fin, con sus galerías llenas de ecos, lúgubres dormitorios suntuosos y alas embrujadas y cerradas durante muchos años, a través de las cuales podemos vagar con un hormigueo delicioso que nos recorre la espalda, y tropezamos con un gran número de fantasmas, pero (tal vez valga la pena señalarlo) se reducen a esos pocos tipos y clases de fantasmas más habituales, porque los fantasmas tienen escasa originalidad y «caminan» por senderos trillados. Así pues, puede suceder que en una determinada habitación, en cierto corredor antiguo, donde algún noble pérfido, barón, caballero o señor se pegó un tiro, aparezcan tablas en el suelo con manchas de sangre que *no* se han podido quitar. Ya puedes raspar y raspar, como lo ha hecho el actual dueño, o cepillar y cepillar, como hizo su padre, o añadir y añadir, como hizo el abuelo, o quemar y quemar con ácidos, como hizo el bisabuelo: las manchas de sangre permanecerán ahí —ni más rojas ni más pálidas, ni más grandes ni más pequeñas—, siempre igual, las mismas. Asimismo, en alguna otra casa embrujada hay una puerta que no puede mantenerse abierta, u otra que nunca se cierra, o bien se escucha el sonido embrujado de un torno de hilar, o un martilleo, o unas pisadas, o un grito, o un suspiro, o el ruido de una caballo al galopar, o el chirriar de unas cadenas. U otras cosas, como el reloj de algún campanario, que a medianoche da trece campanadas cuando ha de morir el cabeza de familia, o un oscuro e inmóvil carruaje negro que en ese mismo instante siempre lo ve alguien, aguardando cerca de las puertas del establo. O asimismo, bien puede pasar que lady Mary vaya de visita a una gran mansión en las Highlands de Escocia y, muy fatigada por el largo viaje, se retire temprano a descansar para contar con ingenuidad al día siguiente, durante el desayuno:

—¡Qué enojoso, ayer se celebró una fiesta a altas horas de la noche, en este lugar tan apartado, y nadie me avisó antes de ir a dormir!

Entonces, todos le preguntan a lady Mary qué está diciendo. Entonces, ella contesta:

—Vaya, ¡toda la noche han estado los carruajes entrando y saliendo por la terraza, bajo la ventana de mi habitación!

Entonces, el dueño de la casa palidece, y también su esposa, y Charles Macdoodle le hace señas a lady Mary para que no diga más, y todos callan. Después de desayunar, Charles Macdoodle explica a lady Mary que una tradición familiar dice que ese ruido de carruajes presagia una muerte. Y así se demostró al final, pues la dueña de la mansión falleció dos meses después. Y Lady Mary, que fue doncella de honor en la corte, solía contarle a menudo esta historia a la anciana reina Carlota,[14] y el viejo rey, ante aquellas historias, solía exclamar:

—¡Bah, bah! ¿Qué? ¿Qué? ¿Fantasmas? ¿Fantasmas? ¡Nada de nada, nada de nada!

Y no abandonaba la cantinela hasta que se iba a la cama.

O puede ocurrir que el amigo de alguien a quien todos conocemos, cuando era joven y estaba en la universidad, tuvo un amigo particular con quien hizo un pacto según el cual, en caso de que los espíritus pudieran volver a este mundo después de haberse separado del cuerpo, aquel de los dos que falleciera primero reaparecería ante el otro. Con el paso del tiempo, nuestro amigo olvida el pacto; los dos jóvenes, habiendo prosperado en el mundo, continúan sus vidas por separado. Pero una noche, muchos años después, nuestro amigo, encontrándose en un lugar del norte de Inglaterra, y estando una noche en una posada en los páramos de Yorkshire, y al meterse en la cama observa la habitación; y allí, iluminado por la luz de la luna, apoyado en el escritorio, cerca de la ventana, mirándolo fijamente, ¡ve a su antiguo compañero de universidad! Nuestro amigo se dirige a él con temor, y la aparición contesta con una especie de susurro, pero claramente audible:

—No te acerques a mí. Estoy muerto. Y he venido a cumplir mi promesa. Vengo de otro mundo, pero no puedo revelar sus secretos.

Luego la figura palidece, se diluye, como si dijéramos, en la claridad de la luz de la luna y desaparece por completo.

O ahí está el caso de la hija del primer ocupante de una pintoresca casa de estilo isabelino, tan famosa en nuestra vecindad. ¿No ha oído lo que le pasó? ¿No? ¡Bueno! Pues salió al caer la tarde de un día de verano, cuando era una hermosa joven de diecisiete años, a recoger flores al jardín, e inmediatamente volvió corriendo al salón donde estaba su padre, aterrorizada, gritando:

---

[14] La reina Carlota (o Charlotte) (1744-1818) fue la reina consorte del rey Jorge III (1738-1820).

—¡Ah, padre! ¡La he visto! ¡Me he encontrado con una figura igual que yo!

El padre la abraza y le dice que todo son imaginaciones, pero ella contesta:

—¡Oh, no! Me la he encontrado en el camino grande, y era yo misma, muy pálida, recogiendo flores mustias y me miraba y me enseñaba las flores.

Y aquella misma noche, murió. Empezaron a pintar la historia en un cuadro, pero nunca se acabó, y se dice que está en algún rincón de la casa, con la pintura vuelta hacia la pared.

O el caso del tío del hermano de mi mujer, que volvía a caballo a su hogar, un apacible atardecer de verano, cuando en un verde sendero, cerca de su propia casa, vio a un hombre quieto delante de él, en el mismo centro del estrecho camino. «¿Por qué estará este hombre aquí?», se preguntó. «¿Querrá acaso que lo atropelle con mi caballo?». Pero la figura permanecía inmóvil. Sintió entonces una sensación extraña al verlo tan silencioso, pero siguió avanzando, aunque acortando el trote. Cuando estaba muy cerca de él, tanto que podía tocarlo con el estribo, el caballo se sobresaltó y la figura se apartó de un modo raro y sobrenatural —hacia atrás, y como si no estuviera utilizando los pies—, y desapareció. El tío de mi cuñado exclamó entonces:

—¡Santo cielo! ¡Es mi sobrino Harry, el de Bombay!

Hincó las espuelas a su caballo, repentinamente bañado en sudor, y, extrañándose ante tan raro comportamiento, lo obligó hasta llegar a la casa. Allí volvió a ver la misma figura, que en ese momento cruzaba por la ventana del salón que daba a la entrada. Le entregó las bridas a un criado y entró deprisa en casa. Su hermana estaba sentada allí, sola.

—Alice, ¿dónde está mi primo Harry?

—¿Tu primo Harry, John?

—Sí, el de Bombay. Acabo de encontrarme con él en el camino, y lo vi entrar aquí hace un momento.

Nadie había visto a nadie. Y exactamente a la misma hora, como luego se supo, ese primo falleció en la India.

O el caso de cierta señora de cierta edad, muy juiciosa, que murió a los noventa y nueve años y conservó sus facultades mentales hasta el último momento, que vio de veras al Niño Huérfano. Es una historia que a menudo se cuenta mal, pero que es perfectamente real —porque, de hecho, es una historia que ocurrió en nuestra familia— y la señora tenía algún parentesco con nosotros.

Cuando bordeaba los cuarenta años y continuaba siendo aún una mujer de excepcional belleza (su pretendiente murió joven, razón por la cual no contrajo matrimonio, a pesar de haber recibido muchas propuestas), fue a residir a una casa de Kent que su hermano, que hacía negocios con la India, había adquirido hacía poco. Existía una historia sobre ese lugar que decía que había sido ocupada por el tutor de un niño, y que fue también su heredero, y que mató al niño castigándolo del peor modo imaginable. La señora no sabía nada de esto. Se decía que en la habitación de la señora estuvo la jaula en la que aquel hombre solía encerrar al niño. Pero la jaula ya no estaba. Había solo un armario. La señora se fue a la cama, y no dio señales de alarma por nada durante toda la noche, y a la mañana siguiente le dijo tranquilamente a su doncella cuando entró en la habitación:

—¿Quién es ese niño tan guapo y de aire melancólico que ha estado espiándome toda la noche desde ese armario?

La doncella contestó dando un grito espantoso y huyendo de la habitación al instante. La dama se quedó muy sorprendida, pero era mujer con un notable dominio de sí misma, y se vistió, bajó las escaleras y se reunió con su hermano:

—Verás, Walter —le dijo—. Toda la noche me ha estado molestando un niño muy guapo, con gesto melancólico, que ha estado asomando la cabeza por ese armario que hay en mi habitación y que no he podido abrir. Será una broma.

—Me temo que no, Charlotte —replicó él—, porque esa es la leyenda de esta casa. Se trata del Niño Huérfano. ¿Qué hacía?

—Abría la puerta suavemente —contestó la dama— y se asomaba. Algunas veces se atrevía a dar uno o dos pasos por la habitación. Entonces decidí dirigirme a él, para animarlo, pero él se estremecía, temblaba y volvía a meterse dentro del armario cerrando la puerta.

—El armario no se comunica con el resto de la casa, Charlotte —le dijo su hermano— y las puertas están sujetas con clavos.

Esta historia era una verdad innegable, y dos carpinteros estuvieron ocupados toda una mañana intentando abrirlo, para examinar su interior. La señora quedó entonces convencida al comprobar que estaba completamente vacío. Pero la parte más extraña y terrible de esta historia es que el niño también fue visto por tres de los hijos de su hermano, uno tras otro, que murieron jóvenes. Cada vez que un niño enfermaba, doce horas antes había llegado a casa con fiebre, diciendo que había estado jugando en cierta pradera, bajo un determinado roble, con un niño extraño, con rostro melancólico, que era muy tímido y hablaba por señas. Por experiencia, trágica, los padres llegaron a la conclusión de que se trataba del Niño Huérfano, y que el destino del niño a quien elegía como compañero de juegos estaba indudablemente señalado.

Son numerosísimos los *castillos alemanes*[15] donde permanecemos a solas esperando al espectro —donde se nos introduce en una habitación, y relativamente animados por haber encontrado acomodo—, donde miramos alrededor, a las sombras que el fuego crepitante forma sobre las paredes desnudas, y donde nos sentimos muy solos cuando el mesonero del pueblo y su hermosa hija se retiran a descansar después de haber añadido más leña al fuego y haber colocado sobre la mesa una cena fría de pavo asado, pan, uvas y una botella de viejo vino del Rhin... donde las puertas que se cierran una después de otra, cuando los mesoneros se van y forman ecos con el estruendo de truenos lúgubres, y donde durante las escasas horas de la noche aprendemos a conocer los múltiples misterios sobrenaturales.

Numerosísimos son los fantasmas de *estudiantes alemanes* con quienes hemos estado sentados junto al fuego, mientras que un niño, en un rincón, abre los ojos desmesuradamente y salta del taburete en el que está sentado cuando la puerta se abre accidentalmente por el viento.

---

[15] Se refiere a los relatos góticos de terror, situados habitualmente en castillos alemanes.

Inmensa es la cosecha de frutos parecidos, brillando todos en nuestro árbol de Navidad, florecido casi hasta la misma copa, e inclinando las ramas con el peso de sus frutos.

Entre los últimos juguetes y los recuerdos suspendidos allí —a menudo vanos y menos auténticos—, están las imágenes relacionadas con los grupos de música que tocan villancicos, el dulce sonido de música en la noche, ¡siempre igual! ¡Enmarcada en los recuerdos sociales de la Navidad, la benévola figura de mi infancia permanece inalterable! ¡Que en cada imagen alegre, en cada sugerencia que provocan esas fechas, se halle la estrella brillante que descansó sobre el pobre techo, y sea la estrella de toda la cristiandad! Haz una pausa, ¡oh árbol que ya te desvaneces, cuyas ramas más bajas aún permanecen a oscuras para mí, y déjame mirar otra vez! Sé que hay espacios vacíos en tus ramas, donde los ojos que yo amé brillaron y sonrieron, y partieron ya. Pero allí arriba veo el ascenso de la niña muerta, y el Hijo de la Viuda; ¡y Dios es bueno! Si la vejez se oculta para mí en la parte invisible de tu crecimiento descendente, ojalá, ya con la cabeza gris, pueda devolverte todavía un corazón inocente y la fidelidad y la confianza infantil.

Ya está el árbol decorado con júbilo, y canciones y danzas y alegría. Y sean bienvenidas. Que la inocencia y la alegría se eternicen bajo las ramas del árbol de Navidad; ¡que no arrojen oscuras sombras! Pero al hundirse en la tierra escucho un susurro que se pierde entre las hojas.

«Cúmplase en conmemoración de la ley del amor y la bondad. Cúmplase en conmemoración Mía».[16]

---

[16] «A Christmas Tree» se publicó en *Household Words* en 1850.

La historia del niño

Érase una vez, hace ya muchos años, un caminante, y este caminante se disponía a hacer un viaje. Era un viaje mágico que parecía muy largo al comienzo y muy corto cuando llegó a la mitad de la ruta.

Anduvo a lo largo de un sendero oscuro durante un breve espacio de tiempo sin encontrarse con nadie, hasta que al final se topó con un niño pequeño, muy guapo. Así que le preguntó al niño:

—¿Qué haces aquí?

Y el niño contestó:

—Siempre estoy jugando. ¡Ven y juega conmigo!

Así que jugó con el niño, durante todo ese día, y ambos fueron muy alegres. El cielo era tan azul, el sol tan brillante, el agua tan burbujeante, las hojas tan verdes, las flores eran tan bellas, y oyeron cantar a tales pájaros y vieron tan gran cantidad de mariposas, que todo les pareció maravillosamente hermoso. Todo eso cuando hacía buen tiempo. Si llovía, les gustaba contemplar las gotas que caían y percibir el olor de la tierra húmeda. Cuando el día estaba ventoso, era delicioso escuchar el viento e imaginar lo que quería decir al lanzarse volando cuando salía de su gruta (solían preguntarse dónde estaría esa caverna), silbando y aullando, empujando las nubes, doblando los árboles, rugiendo en las chimeneas, zarandeando las casas y haciendo bramar con furia al mar. Pero lo mejor de todo era cuando nevaba, porque nada les gustaba más que mirar cómo caían los copos, y cuajaba, formando una espesa alfombra, como si cayeran los plumones de millones de pájaros blancos, y observar cuán suave y profunda era la nevada, y escuchar el susurro en las veredas y caminos.

Disponían en abundancia de los mejores juguetes del mundo y de los más admirables libros ilustrados: todos hablaban de cimitarras, babuchas y turbantes, duendes, gigantes, hadas, enanos y barbas azules, y judías; de riquezas, de cavernas y selvas, todo moderno, de Valentines y Orsons,[1] todo increíble y todo verdad.

Pero un día, de repente, el viajero perdió de vista al chiquillo. Lo llamó por su nombre muchas veces sin obtener respuesta. Entonces siguió su camino y recorrió un breve trecho sin encontrar a nadie, hasta que se topó con un niño encantador, a quien preguntó:

—¿Qué haces aquí?

Y el niño contestó:

—Estoy siempre estudiando. Ven y aprende conmigo.

Entonces el viajero aprendió con el niño lo que había que saber acerca de Júpiter y Juno, de griegos y romanos y de no sé cuántas cosas, y aprendió más de lo que yo (y él) podría contar, porque muy pronto olvidó la mayor parte de lo que había estudiado. Pero no siempre estudiaban: también se entretenían con los juegos más divertidos que había visto jamás.

Cenaban en verano junto al río y patinaban sobre el hielo en invierno; siempre estaban haciendo algo, ya en pie, ya montando a caballo; jugando al *cricket* y a todos los juegos de pelota imaginables; y al rescate, y a la liebre y el sabueso, y a hacer lo que haga el primero, y muchos más juegos de los que puedo recordar. Nada podía detenerlos. También tenían vacaciones, y el pastel de la Noche de Reyes, y fiestas donde bailaban hasta medianoche, y acudían a teatros de verdad donde contemplaban palacios de oro y plata de verdad que se elevaban sobre la tierra de verdad y podían admirar al mismo tiempo todas las maravillas del mundo.

En cuanto a los amigos, tenían tantos y tan buenos que ni tiempo tengo para enumerarlos uno a uno. Todos eran jóvenes,

---

[1]   Valentine y Orson son los protagonistas de una historia medieval: dos gemelos que son abandonados en el bosque, donde corren innumerables aventuras fantásticas.

como el niño, y jamás dejarían de ser amigos... a lo largo de toda la vida.

Sin embargo, un día, en medio de tantos placeres, el viajero perdió al niño, como antes perdiera al otro niño más pequeño, y, después de llamarlo en vano, prosiguió su viaje. Caminó así un corto trecho hasta divisar a un joven, a quien preguntó:

—¿Qué haces aquí?

Y el joven respondió:

—Siempre estoy enamorado. Ven y ama conmigo.

Así que el viajero siguió al joven, y de pronto se encontraron frente a una de las muchachas más hermosas que jamás hubiera visto. Era exactamente igual a Fanny, que tenemos aquí al lado; y tenía los ojos de Fanny, el pelo y los hoyuelos de Fanny, y se reía y se sonrojaba como ella ahora mismo, mientras estoy hablando. Entonces el joven se enamoró al instante, exactamente como alguien a quien no quiero mencionar la primera vez que vino a aquí y vio a Fanny. ¡En fin! El viajero era objeto de bromas algunas veces, igual que *alguien que yo me sé* solía soportar las bromas de Fanny. Otras veces discutían... igual que discuten *alguien que yo me sé* y Fanny. Luego hacían las paces y se sentaban en la oscuridad, y se escribían cartas todos los días, y nunca eran felices si estaban separados y siempre estaban buscándose el uno al otro, aunque simulaban que no. Se comprometieron en Navidad y se sentaron muy juntos cerca del fuego, e iban a casarse muy pronto, ¡exactamente igual que alguien a quien no quiero mencionar y Fanny!

Pero el viajero los perdió de vista un día, como sucedió con el resto de sus amigos, y después de llamarlos para que volvieran, sin éxito, continuó su camino. Así que continuó durante un corto trecho sin ver a nadie, hasta que al final se topó con un hombre de mediana edad, a quien le preguntó:

—¿Qué haces aquí?

Y su respuesta fue:

—Estoy siempre ocupado. ¡Ven y trabaja conmigo!

Así que empezó a trabajar mucho con el caballero, y juntos emprendieron el camino para cruzar bosque. Todo el viaje transcurrió por medio del bosque, solo que al principio parecía verde y abierto como un bosque en primavera; y luego poco a poco comenzó a oscurecerse y a espesarse como un bosque en verano; incluso los pequeños árboles que brotaron más temprano se volvían marrones. El caballero no estaba solo, sino acompañado por una dama de la misma edad, que era su esposa, y ambos tenían hijos que también les acompañaban. Así avanzaron juntos, cruzando el bosque, cortando árboles y trazando un sendero a través de las ramas y las hojas caídas, llevando pesadas cargas y trabajando muy duro.

Algunas veces avanzaban por largas avenidas verdes que desembocaban en bosques más profundos aún. Allí oyeron una vocecilla muy distante que gritaba: «¡Padre, padre, soy un nuevo hijo! ¡Espérame!». Y entonces una figura menuda, que se agrandaba al adelantarse, acudió corriendo y se reunió con ellos. Cuando llegó, todos se agruparon a su alrededor, besándolo y dándole la bienvenida, y juntos prosiguieron el camino.

Algunas veces llegaban a varias avenidas a la vez, y todos permanecían en silencio, interrumpido por la voz de uno de los hijos, que decía: «Padre, me voy a la mar». Y otro que decía: «Padre, me voy a la India». Y otro: «Padre, iré a buscar fortuna donde pueda». Y otro: «Padre, me voy al Cielo». Entonces, con muchas lágrimas de despedida, todos los hijos se fueron y ellos continuaron solos, apartándose de aquellas avenidas, mientras cada hijo seguía su camino, y el niño que fue al Cielo se elevó en el aire dorado y desapareció.

Siempre que estas separaciones tenían lugar, el viajero miraba al caballero y le veía contemplar el cielo por entre los árboles, cuando el día empezaba a declinar y el atardecer se acercaba. Observó también que sus cabellos se volvían grises. Pero nunca pudo descansar por mucho tiempo, pues debía alcanzar la meta y ambos se veían obligados a estar siempre ocupados.

Al final hubo tantas despedidas que no quedó ningún hijo, y solo el caminante, el caballero y la dama continuaron juntos el viaje. El bosque se había teñido ya de amarillo, luego se tornó castaño, y las hojas de los árboles, incluso los de las montañas, comenzaron a caer.

Entonces llegaron hasta una avenida que era más oscura aún que las anteriores, y por allí se vieron obligados a caminar, sin que pudieran mirar atrás, cuando la dama se detuvo.

—Esposo mío —dijo—, me llaman.

Permanecieron atentos entonces y oyeron una voz que al final del camino decía: «¡Madre, madre!»

Era la voz del hijo que había dicho que se iba al Cielo, y el padre suplicó:

—¡Todavía no, te lo ruego! La noche ya se acerca... ¡Espera un poco más, por favor!

Pero la voz gritaba: «¡Madre, madre!», sin hacerle caso, a pesar de su cabello ya completamente blanco y de las lágrimas que corrían por su rostro.

Entonces, la madre, que ya se sentía empujada hacia las sombras de la oscura avenida, continuaba rodeando con sus brazos el cuello de su marido, besándolo, y le dijo:

—Mi adorado, me llaman y debo irme.

Se fue y entonces el caballero y el viajero se quedaron solos.

Y continuaron juntos hasta llegar muy cerca del final del bosque, tan cerca que podían observar entre los árboles la puesta del sol, que teñía el cielo de un color rojo brillante.

Entonces, una vez más, mientras se abría camino entre las ramas, el viajero perdió a su amigo. Lo llamó una y otra vez, pero no obtuvo respuesta; y cuando salió del bosque y contempló el apacible sol ocultándose en un horizonte purpúreo, divisó a un anciano sentado sobre un árbol caído. Le preguntó entonces:

—¿Qué haces aquí?

Y el anciano contestó con una sonrisa tranquilla:

—Siempre estoy recordando. ¡Ven y recuerda conmigo!

El viajero se sentó al lado del anciano, frente al apacible atardecer; y todos sus amigos volvieron en silencio y lo rodearon. El niño pequeño, el niño estudioso, el joven enamorado, el padre, la madre y los hijos, todos estaban allí y comprendió que no había perdido a nadie. Entonces les dijo a todos que los quería, y fue cariñoso y dulce con ellos.

Siempre le gustaba verlos, y ellos lo honraban y lo querían. Me parece que el viajero debes ser tú, querido abuelo, porque eso es lo que haces con nosotros y eso es lo que nosotros hacemos contigo.[2]

---

[2]   «The Child's Story» se publicó en *Household Words* en 1852.

LA HISTORIA DE NADIE

Vivía en la orilla de un poderoso río, ancho y profundo, que se deslizaba siempre silencioso y constante hacia un vasto océano desconocido. Fluía así desde que el mundo comenzó. Su curso se había alterado algunas veces, al volcarse sobre nuevos cauces, dejando sus antiguos lechos, secos y estériles; pero jamás había dejado de fluir, y seguiría fluyendo siempre hasta el fin de los tiempos. Contra su corriente impetuosa e insondable nada podía enfrentarse. Ningún ser viviente, ni flores, ni hojas, ni la menor partícula de cosa animada o inanimada volvía jamás del océano ignoto. La corriente del río avanzaba irresistiblemente hacia el mar, y la corriente jamás se detenía, igual que la tierra jamás cesa en sus revoluciones alrededor del sol.

Vivía en un lugar bullicioso y trabajaba muy duro para poder subsistir. No tenía esperanza de llegar a ser algún día lo suficientemente rico como para vivir sin trabajar durante un mes, pero aun así estaba bastante contento, *Dios* lo sabía, para trabajar con animosa voluntad. Pertenecía a una extensa familia cuyos miembros debían ganarse el pan de cada día con el trabajo de cada día, desde el amanecer hasta que caía la noche. Más allá de este destino, no tenía perspectiva alguna, y tampoco veía otra.

En la vecindad donde residía había constantes ruidos de trompetas y tambores, y de gente hablando, pero eso no tenía nada que ver con él. Esos golpes y estruendos procedían de la familia Bigwig, cuya extraña conducta ciertamente le asombraba. Ellos ponían delante de su puerta las más raras estatuas de hierro, de mármol, de bronce y de latón, y atiborraban la casa con las patas y colas de grandes imágenes de caballos. Se preguntaba cuál sería el significado de todo aquello, sonreía con su tímido buen humor habitual y continuaba con su duro trabajo.

La familia Bigwig (compuesta por las personas más importantes de los alrededores, y los más ruidosos también) se tomó la molestia de evitarle el problema de pensar por sí mismo, y gobernaban su vida y sus asuntos.[1]

—Porque, verdaderamente —decía él—, carezco del tiempo suficiente, y si sois tan buenos como para protegerme, a cambio del dinero que os pagaré —pues la situación monetaria de la familia Bigwig no estaba por encima de la suya—, me sentiré muy aliviado y muy agradecido, porque vosotros sabéis más.

Así pues, continuaron los trompazos, los trompeteos, y los discursos, y las extrañas imágenes de caballos ante las cuales se suponía que debía arrodillarse y adorarlas.

—No entiendo nada de eso —dijo frotándose confuso el ceño fruncido—. Pero *tendrá* un significado, seguramente, que yo no alcanzo a descubrir.

—Eso significa —contestó la familia Bigwig, sospechando que había dicho algo— honor y gloria en su grado más elevado, para el mérito mayor.

—¡Oh! —respondió él. Y se alegró de oír aquello.

Pero cuando miró hacia las imágenes de hierro, mármol, bronce y latón, no encontró ningún honrado campesino de su tierra, que fuera por ejemplo el hijo de un vendedor de lana de Warwickshire, o algún campesino cualquiera de ese tipo. No pudo descubrir ni a uno de los hombres cuyo saber lo rescató a él y a sus hijos de una enfermedad terrible y espantosa, ni a hombres cuyo valor elevó a sus antepasados de la condición de siervos, ni a hombres cuya sabia imaginación había mostrado una vida nueva y más digna a los más humildes, ni a hombres cuyo

---

[1] Para comprender la parábola dickensiana de don Nadie, tal vez sea interesante recordar que *wig* significa 'peluca' y, por tanto, quienes gobiernan su vida son la familia «Pelucón». En la época de Dickens, los altos dignatarios políticos y judiciales aún lucían sus características pelucas blancas rizadas.

ingenio había llenado de infinitas maravillas el mundo del hombre trabajador. En cambio vio a otros acerca de los cuales no había oído jamás nada bueno y otros de los que conocía muchas maldades.

—¡Uf...! —se dijo para sí—. No lo entiendo bien...

De modo que se fue a su casa y se sentó junto a la lumbre para quitárselo de la cabeza.

En ese tiempo no había lumbre en su chimenea, cercada por marcas ennegrecidas, pero era su lugar favorito. Su mujer tenía las manos endurecidas por el trabajo, y había envejecido antes de tiempo; pero, aun así, la amaba. Sus hijos, atrofiados en su crecimiento, mostraban indicios de una alimentación deficiente; pero tenían belleza en la mirada. Por encima de cualquier cosa, este hombre tenía en el alma el ardiente deseo de que sus hijos recibieran una educación.

—Si algunas veces me engañaron —decía— por falta de conocimientos, al menos que ellos aprendan algo y no cometan mis errores. Si es duro para mí recoger la cosecha de placer y sabiduría acumulada en los libros, que a ellos les resulte fácil.

Pero la familia Bigwig estalló en violentas discusiones acerca de lo que era legítimo enseñar a los hijos de aquel hombre. Algunos miembros insistían en que no sé qué asunto era primordial e indispensable por encima de cualquier otra cosa; mientras que otra parte de la familia decía que lo primordial e indispensable era no sé qué otra cosa, por encima de cualquier otra. Y la familia Bigwig se dividió en distintas facciones, escribió panfletos, convocó reuniones, deliberó pros y contras, pronunció oraciones y discursos, acorraláronse unos a otros en tribunales laicos y cortes eclesiásticas, arrojáronse barro, cruzaron las espadas y cayeron en abierta pugna e incomprensible animosidad. Mientras tanto, aquel hombre, en sus pequeños momentos de asueto nocturno frente a la chimenea, vio al demonio de la ignorancia desperezándose y arrastrando consigo a sus hijos. Vio a su hija convertida en una prostituta andrajosa; vio a su hijo embrutecerse en los senderos de los vicios más bajos, hasta llegar a la brutalidad y al crimen; vio cómo la naciente luz de la inteligencia en los ojos de sus hijos pequeños cambiaba hasta convertirse en astucia y sospecha, hasta tal punto que hubiera preferido que fueran idiotas.

—Tampoco soy capaz de entender esto... —dijo entonces—; pero creo que no está bien. ¡Ni hablar! ¡Por el cielo nublado que tengo sobre la cabeza, protesto y digo que no es justo!

Tranquilizado nuevamente (porque sus pasiones eran por lo común de escasa duración y su natural bondadoso), miró a su alrededor y vio cuánta monotonía y hastío había por doquier los domingos y los días de fiesta, y por eso, cuántas borracheras había aquí y allá, con todas sus miserias. Entonces recurrió a la familia Bigwig, y les dijo:

—Somos gente trabajadora, y tengo la impresión de que la gente trabajadora, de cualquier condición, necesita refrigerio mental y distracciones... y tan elevadas inteligencias como las de sus ilustrísimas podrían proporcionárselas, tal y como uno humildemente entiende. Ved las condiciones en que caemos si no tenemos nada que hacer. ¡Vamos! ¡Entreténganme inocentemente, enséñenme algo, denme una salida!

Pero la familia Bigwig se sumió en una algarabía absolutamente ensordecedora.

Cuando pudieron escucharse débilmente algunas voces, se propuso que le enseñarían las maravillas del mundo, las grandezas de la creación, los notables cambios del tiempo, la obra de la Naturaleza y las bellezas del arte... le enseñarían todas esas cosas, entiéndase, cuando se pudiera. Esto originó entre los miembros de la familia Bigwig tanto desorden y desvarío, tantos tribunales y peticiones, tantas querellas y memoriales, tantas citaciones y ofensas, una avalancha tan intensa de interpelaciones y débiles réplicas (donde el «no me atrevería» seguía al «debería») que dejaron al pobre hombre estupefacto, mirando atónito a su alrededor.

—¿He provocado yo todo esto —se dijo, y se tapó aterrorizado los oídos— con lo que solo pretendía ser una inocente petición, surgida de mi experiencia personal y el saber común de todos los hombres que desean abrir los ojos? No lo entiendo y no me entienden. ¿Qué más puede pasar ahora?

Inclinado sobre su trabajo, con frecuencia se hacía esa pregunta, cuando comenzó a extenderse la noticia de una peste que había aparecido entre los trabajadores, provocando muertes a millares. Adelantándose a mirar a su alrededor, pronto descubrió que la noticia era cierta. Los moribundos y los muertos se hacinaban en las casas estrechas y sucias entre las que él mismo vivía. Nuevas infecciones se esparcían en aquella atmósfera siempre lóbrega, siempre enferma. Los fuertes y los débiles, los viejos y los niños, el padre y la madre, todos caían sin distinción.

¿Cómo podría huir? Permaneció allí, donde estaba, y vio morir a quienes más amaba. Un benévolo predicador se acercó a él, y le habría dicho alguna oración para consolar su corazón en aquella agonía, pero él exclamó:

—¡Oh! ¡Qué valor tienes, misionero, al acercarte a mí, a un hombre condenado a vivir en este lugar hediondo, donde cada sentido que se me otorgó para que disfrutara de la vida se convierte en un tormento y donde cada minuto de mis días contados es una nueva palada de lodo añadida a la tumba en la que ya estoy tendido y hundido! Pero permíteme ver fugazmente el Cielo, quizá un poco de su aire y su luz; dame agua pura, ayúdame a mantenerme aseado; ilumina esta atmósfera pesada y esta vida oscura en la que nuestros espíritus se hunden y que nos convierten en las criaturas indiferentes y encallecidas que tan a menudo puedes ver; gentil y bondadosamente llévate los cadáveres de aquellos que murieron entre nosotros, llévatelos lejos de este pequeño hogar donde crecimos y donde nos hemos habituado tanto a estas horribles circunstancias que, para nosotros, incluso ha perdido su santidad; y, Maestro, entonces oiré —nadie mejor que tú sabe que lo hago de muy buena gana— a Aquel cuyos pensamientos siempre estaban con los pobres y que compadecía todas las penas humanas.

Estaba ya de nuevo en su trabajo, triste y solitario, cuando el amo apareció y permaneció a su lado, vestido de negro. También él había sufrido mucho. Su joven esposa, su esposa tan bella y tan buena, había muerto; y también su único hijo.

—¡Señor, es muy duro de sobrellevar... lo sé... pero consuélate! Yo te consolaría si pudiera.

El amo se lo agradeció desde el fondo de su corazón, pero contestó:

—¡Oh, vosotros, trabajadores! La calamidad comenzó aquí, por vuestra culpa. Si hubierais vivido de un modo más saludable y más decentemente, yo no sería el viudo y el hombre solo y abandonado que soy ahora.

—Señor —replicó el otro, moviendo la cabeza—, he comenzado a comprender un poco que la mayor parte de las calamidades provendrán de nosotros, como provino esta, y que nada se detendrá ante nuestras pobres puertas hasta que no nos unamos frente a aquella gran familia pendenciera, para hacer las cosas que deben hacerse. No podemos vivir sana y decentemente hasta que aquellos que se comprometieron a dirigirnos no nos proporcionen los medios. No podremos tener una educación hasta que no nos enseñen; no podremos divertirnos razonablemente hasta que ellos no nos procuren diversiones; no podremos tener sino falsos dioses en nuestros hogares, mientras ellos ensalcen a muchos de los suyos en todos los lugares públicos. Las malas consecuencias de una educación imperfecta, las malas consecuencias de una negligencia peligrosa, las malas consecuencias de inhumanas privaciones y la denegación de cualquier disfrute humano, todas, procederán de nosotros y ninguna se saciará solo con nosotros. Se extenderá ampliamente, en todas direcciones. Siempre sucede así: los males actúan así... igual que la peste. Esto entiendo yo, eso creo al menos.

Pero el amo respondió de nuevo:

—¡Oh, vosotros, trabajadores! ¡Qué poco sabemos de vosotros, salvo cuando queréis quejaros!

—Señor —replicó—. Yo soy Nadie y tengo escasas posibilidades de ser escuchado (ni tampoco mucha necesidad de ser oído, tal vez), excepto cuando hay algún problema. Pero estos problemas nunca comienzan en mí, y nunca pueden terminar conmigo. Tan seguro como que existe la muerte, los problemas caen sobre mí y salen de mí.

Había tanta razón en lo que decía que la familia Bigwig oyó campanas y, terriblemente asustada por la reciente catástrofe, resolvió reunirse con él para hacer las cosas con más justicia... es decir, hasta donde dichas cosas estuvieran relacionadas con la prevención inmediata, humanamente hablando, de una nueva peste. Pero en cuanto desapareció ese temor, cosa que sucedió muy pronto, volvieron a enzarzarse entre ellos y no se hizo nada. En consecuencia, el azote volvió a reaparecer —entre los más desdichados, como antes—, y se extendió hacia arriba como antes, vengativamente, llevándose por delante a miles de aquellos pendencieros. Pero ninguno de ellos admitió jamás, ni en el más ínfimo grado, que tuvieran nada que ver con ello.

Así que Nadie vivió y murió como siempre, como siempre, como siempre. Y esta, en términos generales, es la historia de Nadie.

¿No tenía nombre?, preguntaréis. Tal vez se llamara Legión. Importa poco cuál fuera su verdadero nombre.

Si habéis estado en los pueblos belgas, cerca del campo de Waterloo, habréis visto en alguna iglesia pequeña y silenciosa el monumento erigido por fieles compañeros de armas a la memoria del coronel A, del mayor B, de los capitanes C, D y E, de los lugartenientes F y G, alféreces H, I y J, de siete oficiales y ciento treinta soldados que cayeron en el cumplimiento de su deber en un día memorable. La Historia de Nadie es la historia de los soldados anónimos de este mundo. Ellos tomaron parte en la batalla, les corresponde su parte en la victoria; cayeron, y no dejaron su nombre más que en el barro. La marcha del más orgulloso de nosotros camina por el sendero polvoriento por el que ellos avanzaron.

¡Oh! Pensemos en ellos este año, ante el fuego de Navidad, y no les olvidemos cuando se haya apagado.[2]

---

[2]   «Nobody's Story» se publicó en *Household Words* en 1853.

EL SIGNIFICADO DE LA NAVIDAD
CUANDO ENVEJECEMOS

Hubo una época en la que, para la mayoría de nosotros, la Navidad llenaba nuestro pequeño mundo, y lo ocupaba hasta tal punto que no deseábamos nada nuevo ni tampoco echábamos nada de menos. La Navidad reunía nuestras alegrías hogareñas, nuestros afectos y nuestras esperanzas, agrupaba a todos y a cada uno alrededor del hogar navideño y conseguía que la pequeña escena brillara perfecta ante nuestros ojos.

Llegó tal vez demasiado pronto el tiempo en que nuestros pensamientos saltaron esos estrechos límites, cuando llegó a nuestra vida una persona (muy querida, eso pensamos entonces, tan hermosa y absolutamente perfecta), y creímos que ella era absolutamente necesaria para completar la plenitud de nuestra felicidad. Fue el tiempo en que se nos requería también en otro hogar, habitado por esa persona (o al menos así lo creíamos, y actuamos en consecuencia). En aquel tiempo entrelazábamos su nombre en cada corona y guirnalda de nuestra vida.

¡Esa era la época de las brillantes y soñadas Navidades que ya se han alejado de nosotros, para mostrarse débilmente, después de las lluvias del verano, en las franjas más pálidas del arco iris! Era la época en la que gozábamos ingenuamente de las cosas que iban a suceder... y que nunca sucedieron. Y, sin embargo, ¡todos aquellos deseos resultaban tan reales entretejidos en nuestras esperanzas que ahora sería difícil decir qué hechos de nuestras vidas han sido más reales!

¡Cómo! ¿Nunca tuvo lugar en realidad esa Navidad en la que dos familias unidas —pero poco antes enfrentadas por nuestra culpa— nos recibían, a nosotros y a nuestra joya de inestimable valor —nuestra elección de juventud—, después de celebrarse el más feliz de los matrimonios completamente imposibles? ¿Nunca existió esa Navidad en la que hermanos y cuñadas —que siempre fueron tan fríos para con nosotros, antes de que nuestro parentesco se verificara—, nos adoraron y nos agasajaron? ¿No existió esa Navidad en la que nuestros padres y madres nos abrumaron con suculentas rentas? ¿Existió realmente alguna vez esa cena de Navidad, después de la cual nos levantamos, y generosa y elocuentemente rendimos honor a nuestro último rival, presente entre los invitados, y allí mismo nos juramos amistad y perdón, y encontramos un afecto que no se conoce ni en la historia griega o romana, perdurable hasta la muerte? ¿Hace mucho que ha dejado de importarle a ese rival nuestra misma joya de inestimable valor? ¿Le ha dejado de importar hasta el punto que después de casarse por dinero acabó siendo un usurero? Pero, sobre todo, ¿estamos seguros ahora, realmente, de que hubiéramos sido desgraciados si nos hubiéramos quedado con esa joya y que vivimos mejor sin ella?

¿Existió esa Navidad en la que, tras adquirir alguna fama y después de que nos llevaran en triunfo por haber hecho algo grande y noble, tras habernos hecho un nombre digno y honorable, cuando regresamos de nuevo al hogar fuimos recibidos en medio de un torrente de lágrimas de alegría? ¿Es posible que esa Navidad no se haya producido?

Y, en estos momentos, en el mejor de los casos, ¿ha llegado nuestra vida a ser de tal modo que, deteniéndonos en este hito del camino, que son estas grandes fiestas de la Navidad, miremos hacia atrás con tanta naturalidad y certeza, y con toda seriedad, hacia las cosas que nunca ocurrieron o a las cosas que fueron y ya se han ido como a las que fueron y existen todavía? Y si es así, y así parece serlo, ¿debemos llegar a la conclusión de que la vida apenas si es mejor que un sueño y de nada valen los amores y los esfuerzos que acumulamos en su transcurso?

¡No! ¡Apartemos lejos de nosotros esa mal llamada filosofía, querido lector, en el día de Navidad! ¡Acerquemos a nuestro corazón el espíritu de la Navidad que es el espíritu de la utilidad activa, de la perseverancia, del alegre cumplimiento de los deberes, de la bondad y el perdón! Es en estas últimas virtudes especialmente donde las dudosas visiones de nuestra juventud nos fortalecen o deben fortalecernos, porque, ¿quién puede afirmar que no son nuestras maestras a la hora de enfrentarnos a las incontables necedades del mundo?

Por eso, cuando llegamos a cierta edad, debemos estar aún más agradecidos de que el círculo de nuestros recuerdos de Navidad y las nuevas lecciones que aporta se expanda aún más. Demos la bienvenida a cada uno de nuestros recuerdos y emplacémosles a ocupar su lugar junto a la chimenea.

¡Bienvenidas, viejas aspiraciones, brillantes hijas de una ardiente fantasía! ¡Venid y refugiaos aquí, bajo el acebo navideño! Ya os conocemos y aún no os hemos olvidado. ¡Bienvenidos viejos proyectos y viejos amores, incluso los más efímeros, venid a vuestro refugio, entre las luces que arden a nuestro alrededor! ¡Bienvenido todo lo que alguna vez fue real en nuestros corazones! ¡Y que la buena fe lo convierta en real, gracias al Cielo!

¿Por qué no construimos también castillos de Navidad en el aire? Dejemos que nuestros pensamientos, agitándose como mariposas entre estos niños preciosos, lo atestigüen. Delante de estos niños se extiende un futuro aún más brillante que lo que hemos entrevisto en nuestra mejor época romántica, pero más luminoso en honor y verdad. Alrededor de esa cabecita de rizos dorados, las gracias danzan tan bellas, tan alegres, como cuando no había tijeras en el mundo capaces de cortar los rizos de nuestro primer amor. Y en el rostro de esa otra niña, más apacible y de radiante sonrisa, un rostro pequeño, pero sereno y amable, vemos la palabra «Hogar» claramente escrita. ¡Irradiando de esta palabra, como los rayos irradian de una estrella, sentimos la certeza de que, cuando nuestras sepulturas son ya viejas, otras esperanzas son jóvenes, otros corazones distintos de los nuestros se conmueven; y cómo los caminos se allanan; y cómo florecen otras felicidades, y maduran, y se marchitan... ¡No, nada de flores marchitas, pues otros hogares y otros grupos de niños, que no existen todavía y que vendrán en años venideros, surgirán, florecerán y madurarán hasta el fin del mundo!

¡Que así sea! ¡Bien está! Bien está lo que ha sido, lo que nunca fue y lo que esperamos que pueda ser, y que todo ello encuentre cobijo bajo el acebo, alrededor del fuego de Navidad, donde todo tiene su sitio en el amable corazón. ¿Y si, entre sombras dudosas, vemos furtivamente en las llamas el rostro de algún enemigo? Debemos perdonarle por ser el día de Navidad. Si el daño que nos hizo le permite estar con nosotros, dejémosle acercarse y ocupar su lugar. Si desgraciadamente no es así, dejemos que se aparte, y no lo injuriemos ni lo acusemos.

¡Nada es imposible en Navidad!

—¡Un momento! —dice una voz profunda—. ¿Nada? ¡Piénselo!

—En Navidad, no se le cierra a nadie la puerta. Ni a Nada.

—¿Ni a la sombra de esa vasta Ciudad donde las hojas secas yacen en capas profundas? —pregunta la voz—: ¿Ni a la sombra que oscurece el mundo entero? ¿Ni a la sombra de la Ciudad de la Muerte?

—Ni siquiera a eso. De todos los días del año, el día de Navidad es precisamente cuando volvemos nuestro rostro hacia esa Ciudad, y desde sus silenciosas multitudes traemos hasta nosotros a aquellos a quienes amamos. Ciudad de los Muertos, en el nombre bendito de los cuales estamos aquí reunidos ahora y, en presencia de Quien está aquí, entre nosotros, de acuerdo con la promesa que hicimos, recibiremos y no olvidaremos a aquellos a quienes amamos.

Sí. Podemos adivinar a esos ángeles infantiles, leves, solemnes y maravillosos, entre los niños de verdad, junto al fuego, y nos resulta imposible concebir cómo pudieron alejarse de nosotros. Divirtiendo a los ángeles invisibles, como hacían los patriarcas, los niños que están jugando no son conscientes de estar rodeados de esos invitados; pero nosotros podemos verlos —podemos distinguir un brazo deslumbrante alrededor del cuello de algún amigo favorito, como si fuera la tentación de un amigo perdido—. Entre las figuras celestiales hay una, que fuera un pobre niño deforme en esta vida, que ahora es de una magnífica belleza, a quien su madre se refirió al morir, diciendo cuánto la apenaba dejarle en este mundo, solo, durante tantos años, pues era posible que transcurrieran muchos hasta que volvieran a reunirse, pues en aquel entonces era muy niño. Pero él se fue muy pronto; y lo colocaron sobre el seno materno, y ahora lo lleva de la mano.

Hay un muchacho joven, que cayó en tierras lejanas, sobre la arena cálida bajo un sol ardiente, diciendo: «Decidle a los míos, con todo mi amor, cuánto hubiera deseado besarlos una vez, pero que muero contento, ¡cumpliendo con mi deber!» O ese otro, sobre quien se pueden leer estas palabras: «Por eso, confiamos este cuerpo a las aguas del mar», y así lo entregaron a los solitarios océanos y continuaron el viaje. O aquel otro, que se tumbó a descansar bajo la fresca sombra de un bosque inmenso, y no despertó ya jamás en este mundo. ¡Qué! ¿Acaso no desean venir en estas fechas a su hogar, desde las arenas, los océanos y los bosques?

Hay también una niña adorable, casi una mujer, que nunca llegaría a serlo, que convirtió la Navidad de un hogar alegre en un día de duelo, y se alejó por un camino sin huellas hasta la Ciudad silenciosa. La recordamos agotada, susurrando débilmente algo que apenas se oye, y hundiéndose en el último sueño. ¡Oh! ¡Mirad su rostro ahora! ¡Mirad su belleza, su serenidad, su juventud inmutable, su felicidad! La hija de Jairo[1] fue devuelta a la vida para morir otra vez, pero ella, más feliz, oyó la misma voz, que le dijo: «Levántate para siempre».

Tuvimos un amigo, que lo fue desde nuestra edad temprana, con quien a menudo imaginamos los cambios que sobrevendrían en nuestras vidas y alegremente auguramos cómo hablaríamos, caminaríamos, pensaríamos y conversaríamos cuando llegáramos a viejos. Se le destinó una habitación en la Ciudad de la Muerte cuando estaba en la flor de la vida. ¿Debemos cerrarle la puerta de nuestro recuerdo de Navidad? ¿Su amor nos habría olvidado?

---

[1] Episodio de los evangelios, en Mt 9, 18-28, Mc 5, 21-43 y otros lugares.

Amigo perdido, hijo perdido, padre perdido, hermana, hermano, esposo, esposa, ¡nunca os olvidaremos! Tendréis vuestro lugar abrigado en nuestros corazones navideños y en nuestro hogar de Navidad. Y en esta época de esperanzas inmortales y en el aniversario de la inmortal misericordia, ¡no le cerraremos la puerta a Nadie!

El sol invernal se pone sobre pueblos y ciudades; deja una estela rojiza sobre el mar, como si la Sagrada Huella estuviera fresca sobre el agua. Pocos momentos más y se ocultará por completo. La noche se aproxima y las luces comienzan a brillar en la lejanía. Sobre la ladera de la colina, más allá de la ciudad informe y nebulosa, y en el silencioso refugio de los árboles que cercan el campanario del pueblo, los recuerdos están grabados en piedra, y brotan en flores sencillas, que crecen entre el césped, entrelazadas con enredaderas alrededor de montículos de tierra.

En la ciudad y en el pueblo, las ventanas y las puertas protegen frente al frío, hay buenos montones de leños en la chimenea, rostros alegres, música de voces jóvenes. ¡Que todo lo indigno e falso sea apartado de los lares hogareños, pero admitamos todos los demás recuerdos con ternura y ánimo! Son testigos del tiempo y de toda su consoladora y pacífica certeza; testigos de la historia que une sobre la tierra a los vivos y a los muertos; testigos de la generosa benevolencia y bondad que muchos hombres han tratado de desgarrar en pedazos.[2]

---

[2] «What Christmas is, as we grow older» se publicó en *Household Words* en 1851.

AUSTRAL SINGULAR reúne las obras más emblemáticas de la literatura universal en una edición única.

TÍTULOS DE LA COLECCIÓN:

Las mil y una noches

Emma, Jane Austen

Orgullo y prejuicio, Jane Austen

Las flores del mal, Charles Baudelaire

Crónicas marcianas, Ray Bradbury

Agnes Grey, Anne Brontë

Jane Eyre, Charlotte Brontë

Cumbres borrascosas, Emily Brontë

Don Quijote de la Mancha, Miguel de Cervantes

El corazón de las tinieblas, Joseph Conrad

¿Sueñan los androides con ovejas eléctricas?, Philip K. Dick

Canción de Navidad y otros cuentos, Charles Dickens

Grandes esperanzas, Charles Dickens

Crimen y castigo, Fiódor M. Dostoievski

El gran Gatsby, Francis Scott Fitzgerald

Madame Bovary, Gustave Flaubert

Romancero gitano, Federico García Lorca

Fausto, Goethe

Ilíada, Homero

Odisea, Homero

La metamorfosis y otros relatos de animales, Franz Kafka

El fantasma de la Ópera, Gaston Leroux

En las montañas de la locura, H. P. Lovecraft

Mujercitas, Louisa May Alcott

Moby Dick, Herman Melville

Veinte poemas de amor y una canción desesperada,
Pablo Neruda

Cuentos, Edgar Allan Poe

Hamlet, William Shakespeare

Romeo y Julieta, William Shakespeare

Frankenstein, Mary Shelley

Rojo y negro, Stendhal

Drácula, Bram Stoker

Ana Karenina, Liev N. Tolstói

Guerra y paz, Liev N. Tolstói

La guerra de los mundos, H. G. Wells

El retrato de Dorian Gray, Oscar Wilde

La señora Dalloway, Virginia Woolf

Una habitación propia, Virginia Woolf

AUSTRAL

www.australeditorial.com

www.planetadelibros.com